U0129720

A LIBRARY OF
DOCTORAL
DISSERTATIONS
IN SOCIAL SCIENCES IN CHINA

中国
社会科学
博士论文
文库

约翰·斯坦贝克的
小说诗学追求

田俊武　　著
导师　赵太和

中国社会科学出版社

图书在版编目（CIP）数据

约翰·斯坦贝克的小说诗学追求/田俊武著．－北京：
中国社会科学出版社，2006.4
（中国社会科学博士论文文库）
ISBN 7－5004－5504－6

Ⅰ．约… Ⅱ．田… Ⅲ．斯坦贝克，J.（1902～
1968)－小说－文学研究 Ⅳ.I712.074

中国版本图书馆 CIP 数据核字（2006）第 026998 号

责任编辑 易小放
责任校对 李小冰
版式设计 李 建

出版发行 中国社会科学出版社
社　　址 北京鼓楼西大街甲 158 号　　　邮　编　100720
电　　话 010－84029450（邮购）
网　　址 http://www.csspw.cn
经　　销 新华书店
印　　刷 北京新魏印刷厂　　　　　　装　订　丰华装订厂
版　　次 2006 年 4 月第 1 版　　　　　印　次　2006 年 4 月第 1 次印刷
开　　本 880×1230 1/32
印　　张 11.125　　　　　　　　　　插　页　2
字　　数 278 千字
定　　价 25.00 元

作 者 简 介

田俊武　男，1966 年生，2003 年 7 月毕业于北京师范大学外国语学院，获英美文学博士学位。现为北京航空航天大学外语系副教授，硕士研究生导师，全国美国文学研究会会员。近年来曾在《外国文学评论》《国外文学》以及《外国文学研究》等刊物发表论文 20 余篇。

内 容 提 要

本书通过对作家多元的哲学观、所处的文学语境、丰厚的文学积淀以及始终不渝的试验精神的探究，来研究作家小说诗学的整体特征。第一章论述作家多元甚至矛盾的世界观以及它们对小说诗学追求的影响。第二章分析作家小说诗学形成的文化语境，包括所处的文学时代、青少年时期的文学习得、百老汇和好莱坞情结以及小说试验观等。第三、四、五、六章具体论述了作家的小说诗学追求，即崇高和宏大的主题，现实、神话、寓言和象征的融合肌质，"全知型"、戏剧化和电影化三种视角并存的叙事格局以及语言的诗性化等。本文认为，斯坦贝克的小说诗学具有自己的独特性，经得起时代的考验和各个时代读者的诠释，因而作家得以跻身于美国现代小说大师的行列。

本书出版得到北京航空航天大学
"985" 工程基金资助

总　序

　　在胡绳同志倡导和主持下,中国社会科学院组成编委会,从全国每年毕业并通过答辩的社会科学博士论文中遴选优秀者纳入《中国社会科学博士论文文库》,由中国社会科学出版社正式出版,这项工作已持续了12年。这12年所出版的论文,代表了这一时期中国社会科学各学科博士学位论文水平,较好地实现了本文库编辑出版的初衷。

　　编辑出版博士文库,既是培养社会科学各学科学术带头人的有效举措,又是一种重要的文化积累,很有意义。在到中国社会科学院之前,我就曾饶有兴趣地看过文库中的部分论文,到社科院以后,也一直关注和支持文库的出版。新旧世纪之交,原编委会主任胡绳同志仙逝,社科院希望我主持文库编委会的工作,我同意了。社会科学博士都是青年社会科学研究人员,青年是国家的未来,青年社科学者是我们社会科学的未来,我们有责任支持他们更快地成长。

　　每一个时代总有属于它们自己的问题,"问题就是时代的声音"(马克思语)。坚持理论联系实际,注意研究带全局性的战略问题,是我们党的优良传统。我希望包括博士在内的青年社会科学工作者继承和发扬这一优良传统,密切关注、深入研究21世纪初中国面临的重大时代问题。离开了时代性,脱离了社会潮流,社会科学研究的价值就要受到影响。我是鼓励青年人成名成家的,这是党的需要,国家的需要,人民的需要。但问题在于,什么是名呢?名,就是他的价值得到了社会的承认。如果没有得到社会、人民的承认,他的价值又表现在哪里呢?所以说,价值就在于对社会重大问题的回答和解决。一旦回答了时代性的重大问题,就必然会对社会产生巨大而深刻的影响,你也因此而实现了你的价值。在这方面年轻的博士有很大的优势:精力旺盛,思想敏捷,勤于学习,勇于创新。但青年学者要多向老一辈学者学习,博士尤其要很好地向导师学习,在导师的指导下,发挥自己的优势,研究重大问题,就有可能出好的成果,实现自己的价值。过去12年入选文库的论文,也说明了这一点。

什么是当前时代的重大问题呢?纵观当今世界,无外乎两种社会制度,一种是资本主义制度,一种是社会主义制度。所有的世界观问题、政治问题、理论问题都离不开对这两大制度的基本看法。对于社会主义,马克思主义者和资本主义世界的学者都有很多的研究和论述;对于资本主义,马克思主义者和资本主义世界的学者也有过很多研究和论述。面对这些众说纷纭的思潮和学说,我们应该如何认识?从基本倾向看,资本主义国家的学者、政治家论证的是资本主义的合理性和长期存在的"必然性";中国的马克思主义者,中国的社会科学工作者,当然要向世界、向社会讲清楚,中国坚持走自己的路一定能实现现代化,中华民族一定能通过社会主义来实现全面的振兴。中国的问题只能由中国人用自己的理论来解决,让外国人来解决中国的问题,是行不通的。也许有的同志会说,马克思主义也是外来的。但是,要知道,马克思主义只是在中国化了以后才解决中国的问题的。如果没有马克思主义的普遍原理与中国革命和建设的实际相结合而形成的毛泽东思想、邓小平理论,马克思主义同样不能解决中国的问题。教条主义是不行的,东教条不行,西教条也不行,什么教条都不行。把学问、理论当教条,本身就是反科学的。

在21世纪,人类所面对的最重大的问题仍然是两大制度问题:这两大制度的前途、命运如何? 资本主义会如何变化? 社会主义怎么发展? 中国特色的社会主义怎么发展? 中国学者无论是研究资本主义,还是研究社会主义,最终总是要落脚到解决中国的现实与未来问题。我看中国的未来就是如何保持长期的稳定和发展。只要能长期稳定,就能长期发展;只要能长期发展,中国的社会主义现代化就能实现。

什么是21世纪的重大理论问题? 我看还是马克思主义的发展问题。我们的理论是为中国的发展服务的,决不是相反。解决中国问题的关键,取决于我们能否更好地坚持和发展马克思主义,特别是发展马克思主义。不能发展马克思主义也就不能坚持马克思主义。一切不发展的、僵化的东西都是坚持不住的,也不可能坚持住。坚持马克思主义,就是要随着实践,随着社会、经济各方面的发展,不断地发展马克思主义。马克思主义没有穷尽真理,也没有包揽一切答案。它所提供给我们的,更多的是认识世界、改造世界的世界观、方法论、价值观,是立场,是方法。我们必须学会运用科学的世界观来认识社会的发展,在实践中不断地丰富和发展马克思主义,只有发展马克思主义才能真正坚持马克思主义。我们年轻的社会科学博士们要以坚持和发展马克思主义为己任,在这方面多出精品力作。我们将优先出版这种成果。

李铁映

2001 年 8 月 8 日于北戴河

目　录

绪　论

一　文学大师的兴衰

1962 年 12 月 10 日，在瑞典皇家科学院的大厅里，科学院常任秘书安德斯·奥斯特林庄严地宣布了一件让世界各国的文学界为之瞩目的大事：

　　在已获得本奖的美国现代文学大师——从辛克莱·刘易斯到欧内斯特·海明威——当中，斯坦贝克不仅仅是坚持着自己的立场，有着独立的见解和独立的成就，在他的身上有着一种冷峻的幽默的性质，这在某种程度上使他的往往残酷而又赤裸裸的主题得到了补偿。他的同情总是给予了被压迫者、不合时宜的人和苦恼的人；他乐于把生活的淳朴的欢乐与对金钱的野蛮而又玩世不恭的渴求进行对照。但是在他身上我们发现了那种美国气质，这也见于他对大自然、对耕耘的田地、对荒原、对高山、对大洋沿岸所怀有的伟大情感，对斯坦贝克来说，所有这一切都是在人类社会之中和人类社会之外的一种用之不竭的灵感的来源。

　　瑞典科学院之所以将本奖颁给约翰·斯坦贝克，是因为"他那现实主义的、富有想像力的创作，表现出富有同情心的幽默和对社会的敏锐的洞察力"。

1

亲爱的斯坦贝克先生——您并不令您的祖国的公众和全世界的公众感到陌生，您也同样不令瑞典的公众感到陌生。您由于有您的最为杰出的作品而成为一名友善和仁爱的教师，成为一名人的捍卫者，这完全可以说与诺贝尔奖的宗旨是相一致的。现在我请您从国王陛下的手中接受本年度的诺贝尔文学奖，同时表达瑞典学院对您的祝贺。①

　　奥斯特林的授奖词，以官方的形式最终确立了斯坦贝克在美国文学界和世界文学史上的大师级地位。为了这一天的辉煌，这位从加利福尼亚州萨利纳斯小城走出的小说家奋斗了40年。少年时期初试锋芒的失败，成名后历遭评论家的误解和批评，个中辛酸有谁知怜？然而他终于成功了。这位自幼饱读《圣经》《亚瑟王之死》，饱读密尔顿、但丁以及陀思妥耶夫斯基的作品并发誓要写出宏大的叙事主题的作家，在1929年亦即其人生步入第31个年头时出版了第一部长篇小说《金杯》（*Cup of Gold*）。可惜，这部小说连同随后出版的长篇小说《献给一位无名的神》（*To a God Unknown*, 1933），并未引起评论界的重视。斯坦贝克的兴起，是从1934年短篇小说《谋杀》获得欧·亨利短篇小说奖开始的。他曾经获得此奖达四次之多。② 1935年中篇小说《煎饼坪》（*Tortilla Flat*）的出版，使斯坦贝克体验到了英国诗人拜伦所说的"我一天早晨醒来，发现自己出了名"时那种兴奋的滋味。这部小说在表层上以加利福尼亚州蒙特雷城的地方生活为

---

　　① 宋兆林主编：《诺贝尔文学奖文库：授奖词与受奖演说卷》（8），浙江文艺出版社1998年版，第424页。

　　② 见哈利·汉森主编《欧·亨利纪念奖：1934年获奖故事》，纽约：双日出版社1934年版，第179—192页（收录故事为《谋杀》；1938年卷收录《诺言》；1942年卷收录《爱迪丝·麦克基克迪与史迪雯逊的相遇》；1956年卷收录《路德大街7号的事情》）。

背景，描写了一群无忧无虑的西班牙裔美国派萨诺人的生活经历，但在深层上却是以马洛利的《亚瑟王之死》为隐在的结构，表现人类在艰难的困境中追求诗意栖居和崇高超越的精神风貌。这对于仍在经济危机的阴影里和贫困线上挣扎的普通美国人民来说，无疑是一种精神的启示和感召。小说一出版便风靡全国，引得无数"朝圣者"去参拜这些视物质利益为粪土的"圣人"，并且一睹写出这部小说的作家的风采。自然，小说也赢得了该年度的加利福尼亚共同体俱乐部最佳小说奖。

此后，斯坦贝克的创作如日中天，长、中、短篇小说纷至沓来，它们有的获得了全国性的轰动，有的被评为该年度的最佳畅销书。1936 年出版的《胜负未决》（*In Dubious Battle*），是斯坦贝克在现实主义和象征派手法交叉运用方面的一次有益的尝试。小说通过展示加利福尼亚州托加斯谷地季节工人的一次罢工经历，阐释了人类"在自身永恒的、痛苦的斗争"[1] 中出行的必然性和救赎的艰难性。《胜负未决》出版后赢得该年度加利福尼亚共同体俱乐部金奖。1937 年出版的《人鼠之间》（*Of Mice and Men*），通过描写流动农业工人乔治和莱尼梦想得到自己的一片土地但最终失败的悲剧，旨在表明在善与恶的永恒冲突中，人类的一切伟大计划与幻想最终都不能实现。小说出版后立即在美国引起强烈反响，被选入"一月一书俱乐部"，并被评为畅销书。[2]而后，小说由作家本人改编为剧本，在纽约百老汇一连演出 207 场，并且赢得纽约剧评界该年度最佳剧作奖。[3] 尤其值得一提的是，1939 年出版的《愤怒的葡萄》（*Grapes of Wrath*），以其客观

① Steinbeck, Elaine. & Robert Wallsten. *John Steinbeck: A Life in Letters*. New York: the Viking Press, 1975, p. 102.

② French, Warren. *John Steinbeck*. Boston: Twayne Publishers, 1975, p. 88.

③ Benson, Jackson J. *The Short Novels of John Steinbeck*. Durham: Duke University Press, 1999, pp. 275—283.

的描绘和辛辣的揭露反映了美国大萧条时期农民的生活，震惊了整个美国。它所引起的轩然大波，是其他作家的作品很少能够比得上的。这部小说出版之后，引起统治者的恐慌，许多州禁止小说的发行，甚至有人写了《快乐的葡萄》等书籍，以抵消《愤怒的葡萄》的影响。但是，小说严肃的主题和高度的真实性还是获得了读者的好评，它在俄克拉荷马州的发行量超过当时最畅销的小说《飘》。此外，《愤怒的葡萄》为作者赢得了该年度的国家图书奖和普利策奖，并为他 1962 年获得诺贝尔文学奖奠定了坚实的基础。自从 1939 年以来，斯坦贝克就在美国文坛确立了自己的地位，他的作品在英、美两国同时发行。此后出版的著名小说还有《小红马》（*The Red Pony*）、《月落》（*The Moon Is Down*, 1942）、《罐头厂街》（*Cannery Row*, 1945）、《任性的公共汽车》（*The Wayward Bus*, 1947）、《珍珠》（*The Pearl*, 1947）、《烈焰》（*The Burning Bright*, 1950）、《伊甸之东》（*East of Eden*, 1952）、《甜蜜的星期四》（*Sweet Thursday*, 1954）以及《烦恼的冬天》（*The Winter of Our Discontent*, 1961）等。斯坦贝克也是短篇小说的创作能手，他一生先后创作出 60 余篇短篇小说，结集收录在《天堂牧场》（*The Pastures of Heaven*, 1932）和《长谷》（*The Long Valley*, 1938）里。在这些短篇小说里，斯坦贝克以其神奇的笔触，在加利福尼亚中部海岸地区塑造了一个"斯坦贝克县"，描绘了那里美丽的风景，再现了淳朴的民风，揭示了人的命运。这个"斯坦贝克县"作为背景后来在斯坦贝克的长、中篇小说中反复出现，形态逐渐稳定固化，足可同托马斯·哈代的"威塞克郡"和福克纳的"约克纳法塔法县"等虚构的定型场景相媲美。其中，《菊花》（*The Chrysanthemums*）、《逃亡》（*Flight*）、《袭击》（*The Raid*）等也都是世界短篇小说中的精品，堪与契诃夫等著名短篇小说家的作品相提并论。除了小说之外，斯坦贝克还创作了电影剧本《被遗忘的村庄》（*The Forgotten Village*, 1941）、《轰炸》（*Bombs Away*, 1942）、《救生船》（*Lifeboat*, 1944）以及报道文学集《俄罗斯之行》（*A Russian Journal*, 1948）、《从前打过一场战争》（*Once There Was a War*, 1958）、《和查利同游美国》（*Travels with Charley in Search of America*, 1962）以及《美国与美国人》（*America and Americans*, 1966）等。与此同时，斯坦贝克的作品被源源不断地翻译到国外，据美国《翻译年鉴》统计，仅在他去世的那年（1968 年），就有 44 部作品被翻译成 12 种国家的文字。[①] 这使得斯坦贝克的声誉在国际上大大提高。

斯坦贝克的声誉和作家小说诗学的特质，也吸引了百老汇和好莱坞的改编者。他们纷纷加盟改编斯坦贝克作品的队伍，竞相将小说《煎饼坪》《人鼠之间》《愤怒的葡萄》《月落》《小红马》《珍珠》《任性的公共汽车》《伊甸之东》及《罐头厂街》等改编成戏剧和电影，在全美国乃至世界各地广为上演，使数以万计的观众得以领略斯氏作品的风采。作品中生动的人物、真实的场景、宏大的主题以及多元化的肌质都给观众留下了深刻的印象。斯坦贝克的作品被搬到舞台和银幕上的次数之多、演出之成功，在美国文学史上也是独一无二的。也就是说，在美国文学史上没有哪一个作家的作品在舞台和银幕的改编方面，曾经超过斯坦贝克。[②] 这固然是斯坦贝克响亮的知名度使然，但同斯坦贝克的小说诗学的独特追求也是分不开的。

斯坦贝克本人的努力以及电影和舞台媒介对其作品的广泛传播，使这位作家的声誉在其去世前达到了顶峰。1948 年，还在斯坦贝克获得诺贝尔文学奖之前，威廉·福克纳就将他列为美国

[①] Davis, R. Murray. *John Steinbeck: A Critical Essays*. Englewood Cliffs, New Jersey: Prentice-Hall, Inc., 1972, p. 1.

[②] Millichap, Joseph R. *Steinbeck and Film*. New York: Frederic Ungar Publishing Co., 1983, p. 1.

第五位最重要的现代小说家。① 另据约瑟夫·冯腾洛斯记载："25 年来如果有谁问起当今最伟大的小说家是谁的时候，人们通常会想起三个名字：福克纳、海明威和斯坦贝克。"② 在斯坦贝克被选为诺贝尔文学奖得主的前几年，联合国的一项调查也将斯坦贝克列为当时第三位作品在世界上广为翻译和传播的作家。③

也许是应了物极必反的古训吧，斯坦贝克的名声在如日中天之后也难免黯然衰落，尤其是在他去世后的几年里。正如戴维斯所指出的那样，斯坦贝克声誉的最显著特征是：观众总是愿意读他的书，而批评界却不愿赞扬他。④ 他的作品越是在读者当中广受欢迎，给他在评论界带来的负面影响就会越大。报纸杂志的书评家们，对瑞典皇家科学院将诺贝尔文学奖授予斯坦贝克尤为恼火。亚瑟·麦兹纳就曾在一篇文章中发出将诺贝尔文学奖授予"一个三十年代的道德家"是否物有所值的质问。他认为，斯坦贝克之所以如愿以偿，那不过是欧洲人对美国作家的粗俗的解读以及诺贝尔文学奖的政治性所产生的结果。⑤ 麦兹纳的观点代表了当时文学评论界对斯坦贝克的普遍反应。一些著名的评论家要么忽视斯坦贝克的存在，要么在他们的批评著作或杂志中对他的作品吹毛求疵。正视这一现象的评论家们，将斯坦贝克名声衰落的部分原因归结为文学风气的转向。他们认为，在斯坦贝克声誉日隆的 30 年代的中、后期，文学创作的显著特征，是对无产阶

---

① Roscoe, Laven. "An Interview with William Faukner", Western Review, 15 (Summer 1951), p. 304.

② Fontenrose, Joseph. *John Steinbeck: An Introduction and Interpretation*. Barnes & Nobel, Inc., 1964, p. 1.

③ McElrath, Joseph R. Jr, ed. *John Steinbeck: The Contemporary Reviews*. Cambridge University Press, 1966, p. x.

④ Davis, Robert Murray, ed. Steinbeck: *A Collection of Critical Essays*. Englewood Cliffs, NJ: Printice-Hall, 1972, p. 1.

⑤ *New York Times Book Review*, December 9, 1962, pp. 4, 43—45.

级斗争表示关注，对弱势群体寄予同情。例如，卡尔·桑德堡、亚克保尔德·麦克莱什、贝内特兄弟等一大批不太著名的作家，将对社会的沉思与史诗般的旋律结合起来，以显现大萧条时期严峻的社会现实。因此，他们的作品在得到读者短暂的青睐以后会自然减弱其影响力或艺术魅力，因为它们经受不起文学转型时期评论的检验。[①] 由于斯坦贝克的观点和创作手法同他们相同或类似，因此他的作品随着时代的转型也同样会显得有些"过时"。事实上，斯坦贝克小说声誉下降的说法也不是在作家死后才出现的。如果说作家死后其声誉下降的主要原因是他的现实主义作品在 20 世纪 70 年代受到知识界的冷落的话，那么，有些评论家提出的斯坦贝克的创作能力在其发表《愤怒的葡萄》以后就已经衰退这一观点就更值得深思了。

斯坦贝克真是像众多的评论家或书评家所说的那样，是一个 30 年代的作家吗？斯坦贝克的创作能力真的在《愤怒的葡萄》发表后就衰退了吗？带着这些问题，笔者阅读了斯坦贝克的主要作品和传记。通过研读，笔者得出的结论是，由于斯坦贝克终生都在小说主题、文体和表达形式等方面进行实验，以期追求一种独特的小说诗学，客观上也就导致了评论界对他的小说的不解和误读。下面两则言论可以典型地体现出评论界对斯坦贝克及其作品的惊奇。威尔伯·尼德海姆有一次在《洛杉矶时报》上声称："这个人（斯坦贝克）是深不可测的，他从不用同一种方法去进行两部小说的创作，而且也从不运用相同的感情或理性的视点。"[②] 另一个著名的评论家托马斯·芬奇表达了相同的看法："斯坦贝克有意识地使第二本小说在形式和内容方面与第一本不

① Barker Faireley. "John Steinbeck and the Coming Literature", Sewanee Review, L（April-June 1942）, pp. 145—161.

② McElrath, Joseph R, et al. *John Steinbeck: The Contemporary Reviews*. Cambridge University Press, 1999, p. xiii.

同，第二本小说在形式和主题方面可能更具有试验性，而第三本小说与第一本和第二本之间没有任何关系。"① 在评论家们的眼里，生性腼腆、不善于在媒体上抛头露面的斯坦贝克，在创作上似乎在跟他们捉迷藏，所以他们无法根据惯常的风格走向来推测斯坦贝克的下一部作品会是什么样子。1952 年，在斯坦贝克创作长篇小说《伊甸之东》时，他偶然打破沉默，在报刊上透露出一些有关《愤怒的葡萄》的创作日志，这对斯坦贝克评论家来说真是如获至宝。他们以为据此可以推断斯氏下一部小说的脉络，而结果又一次大失所望。

可以想像，斯坦贝克独特的诗学追求、始终不渝的文学试验、表面上截然不同的作品范式以及和批评家沟通的缺失，都不可避免地导致了批评界对其作品的误读和曲解，由此引发出对他的作品过高的褒扬乃至随意的贬低，导致他在东西方批评视野中的形象不断摇摆。回顾一下近 80 年东西方文学界对斯坦贝克作品的研究和评价，就可以清楚地看出这一点。而且这种回顾无疑也是必要的，尤其是在我们对斯坦贝克的小说诗学追求进行历时的和共时的研究的时候。

二　东西方文学批评视野中的斯坦贝克

作为一个著名的小说家和诺贝尔文学奖获得者，不管是在他的祖国还是世界各地，斯坦贝克都自然是众多的评论家研究的对象。然而，正如上一节所指出的那样，斯坦贝克在其生前和死后的若干年里，其声誉经历了美国文学史上少有的大起大落。美国的报纸杂志书评家更是将他玩弄于股掌之中，要么捧上天堂，要

---

① Fensch, Thomas. *Conversations with John Steinbeck.* Jackson and London：University Press of Mississippi, p. x.

么贬入地狱。这些观点截然不同的斯坦贝克评论，被完整地收录在约瑟夫·R. 麦克拉斯二世、杰西·S. 克莱斯勒及苏姗·希灵劳编辑的长达 600 页的《美国批评档案 8：斯坦贝克卷》之中。① 面对浩如烟海的斯坦贝克研究文献，笔者不可能一一顾及，而只能择其要者而述之，即重点梳理与斯坦贝克小说诗学研究有重要关系的评论专著。这里，笔者按它们的出版年代来论述。

尽管斯坦贝克早在 1929 年就发表了他的第一部长篇小说《金杯》，但有关他的专论却是直到他发表了《天堂牧场》(1932)、《致一位无名的神》(1933)、《煎饼坪》(1935)、《胜负未决》(1936)、《人鼠之间》(1937) 和《长谷》(1938) 后才开始发表的。在 1939 年，即斯坦贝克发表他的史诗性巨著《愤怒的葡萄》的同一年，哈利·桑顿·莫尔的《约翰·斯坦贝克的小说：第一次研究》（*The Novels of John Steinbeck：A First Study*）出版了。我们可能会感到奇怪，为什么直到 10 年以后评论界才以专著的形式，对斯坦贝克的小说进行严肃的批评性关注？斯坦贝克的崇拜者们早在几年前就曾指出，这是因为美国东部的知识分子对来自西部乃至南部和中西部的作家持有严重的偏见。这个观点是否属实，现在仍然值得研究。不管早也罢迟也罢，总算有了第一部斯坦贝克研究专论，这一事实本身还是值得肯定的。该书在两个方面为后来的斯坦贝克评论奠定了基调：一是分析批评（judicial criticism），二是个案研究（case study）或者编年体式研究（chronological study）。所谓"分析批评"是指批评家"不仅试图从文学作品的主题、结构、表现手法及风格

---

① 美国批评档案是一系列参考书，提供美国主要作家的主要作品的当代评论。每一卷包括完整的评论文章和从报纸、周刊和月刊上摘录下来的评论节选，这些文章一般是在作家的书出版后几个月内发表的。除了斯坦贝克以外，美国批评档案覆盖的其他作家还有爱默生、梭罗、艾蒂丝·沃顿、艾伦·格拉斯哥、纳撒尼尔·霍桑、威廉·福克纳、赫尔曼·麦尔维尔、亨利·詹姆斯以及沃尔特·惠特曼。

等方面说明作品的艺术效果，而且还注重对作品艺术效果的分析和解释，同时要求批评家用文学杰作的一般标准去衡量评价作品"①。例如，在评析斯坦贝克的小说时，莫尔指出《金杯》的作者"还没有达到那种将作品中所有人物都描写得栩栩如生的境地"②。与此同时，莫尔将斯坦贝克和托马斯·沃尔夫一起置入那些企图将个体和宇宙化为一体的小说家，指出"在世界文学大家中唯一在文学中达到这一目标的美国人是赫尔曼·麦尔维尔"，因而一笔抹杀了密西西比河地区两位当代小说家的努力或者说成就。所谓"编年体式研究"是根据作家出版作品的年代顺序一本书一本书地进行研究，它主要是一种纵向的概览，不进行横向的比较。斯坦贝克多元的诗学追求和始终不渝的小说试验，使他的作品在风格和主题方面缺乏表层上的形式统一，这就给当时共时的斯坦贝克研究带来了困难。因此，近80年来的国外斯坦贝克专论主要是采取共时的"个案"研究形式。

1957年，新墨西哥大学的两位教授泰德洛克二世和威克出版了《斯坦贝克和他的评论家：25年的记录》（*Steinbeck and His Critics：A Record of Twenty-five Years*）一书。这是美国第一部斯坦贝克评论文集，收录了新、老评论家自1929年至1956年间有关斯坦贝克小说的评论，其中比较重要的有：约瑟夫·沃伦·比奇的《约翰·斯坦贝克：一个计时工艺术家》、弗莱德里克·I.卡品特的《约翰·斯坦贝克：一位美国梦游者》、伍德本·O.罗斯的《约翰·斯坦贝克：地上和星星》以及马丁·斯塔波尔·萧克莱的《〈愤怒的葡萄〉在俄克拉荷马州的接受》等。经过对这些评论的归纳和分析，泰德洛克和威克在这本书的序言里

---

① M. H. 艾布拉姆斯：《欧美文学术语词典》，朱金鹏等译，北京大学出版社1990年版，第65页。

② Moore, Harry Thornton. *The Novels of John Steineck：A First Study*. Chicago：Normandie House, 1939, p.15.

得出结论，认为以往的斯坦贝克评论家在评论斯氏的作品时犯了严重的错误，尤其是在涉及作家的所谓的哲学观的时候：

> 他们首先假想出一种正确的哲学，并据此判定斯坦贝克的小说是有缺陷的，理由是该作家的哲学观不符合他们的标准。尽管评论家们明显地显示他们无法或不情愿遵循古老的、理性的基本法则，但这种法则还是迫使着他们在关注更加普遍和富有争议的问题之前，要尽力去理解作家的创作意图，同时判断作家在实现自己的意图方面究竟是成功还是失败。评论界历来有一种倾向，认为斯坦贝克是一个现实主义者，可是他们又对他加以谴责，因为他不属于评论家心目中的现实主义者。①

皮特·李斯卡的专著，结束了斯坦贝克长期以来被报纸杂志评论家无情摆布的时代。李斯卡曾是美国威斯康星大学的博士生，其博士论文《约翰·斯坦贝克的艺术》（*The Art of John Steinbeck: An Analysis and Interpretation of Its Development*）是美国学界首次系统研究斯坦贝克小说艺术的专著，经过修改，以《约翰·斯坦贝克的广阔世界》（*The Wide World of John Steinbeck*）为题于 1958 年亦即斯坦贝克从事文学创作 30 周年之际出版。在该书的序言"批评家的失败"里，李斯卡历数 30 年来他的评论界前辈们如艾德蒙·威尔逊、马克斯威尔·基斯麦、弗雷德里克·J. 霍夫曼等对斯坦贝克作品的种种非难，指出评论家对斯氏艺术的否定态度主要是由于这样一个事实造成的：他的 30 年代最成功的三部作品《胜负未决》《人鼠之间》和《愤怒

---

① Tedlock, E. W., Jr & C. V. Wicker, eds. *Steinbeck and His Critics*. Albuquerque: New mexico University 1957, p. xl.

的葡萄》是在大萧条时期写成的，涉及的是无产阶级题材。因此，批评家不管对它们是肯定或否定，都不可避免要采用社会批评而不是美学批评的标准。[①] 因此，李斯卡提出，现在该是客观地、综合地研究斯坦贝克的时候了。在这本专著的正文部分，李斯卡采取了编年体研究的方法，对从《金杯》到《皮品四世的短命统治》等作品逐一进行探讨，分析了斯坦贝克主要小说的故事情节、主题和文体，认为斯坦贝克小说艺术的主要特征是主题的人道化而非政治化，叙事文体的多元化以及人物性格刻画的客观化。在详细研究的基础上，李斯卡认为斯坦贝克远非人们所想像的一般艺术家，值得将他和福克纳、海明威等一起归入美国当代小说大家之列。但是，由于李斯卡采取的是编年体研究，传记的因素与烦琐的作品细节描述多于理论的分析，他的观点显得并不系统或突出。不过，作为美国第一部主要的斯坦贝克研究专著，《斯坦贝克的广阔世界》在研究斯坦贝克的小说艺术及树立斯坦贝克的形象方面还是功不可没的。

在 20 世纪 60 年代，有三四本斯坦贝克研究专著值得评论界关注——沃伦·弗伦奇的《约翰·斯坦贝克》、F. W. 瓦特的《约翰·斯坦贝克》、约瑟夫·冯腾洛斯的《约翰·斯坦贝克：介绍与阐释》（*John Steinbeck*：*An Introduction and Interpretation*）以及莱斯特·杰伊·马克斯的《约翰·斯坦贝克小说的主题设计》（*Thematic Design in the Novels of John Steinbeck*）。尤其值得指出的是，在 1962 年，正当美国本土的评论家对斯坦贝克的声誉兴衰争论不止的时候，第一部由外国人撰写的斯坦贝克专著出版了，这就是英国人瓦特的《约翰·斯坦贝克》。这部专著的独特之处在于，它是从一个局外人的视角来看待斯坦贝克的作品，不

---

① Lisca, Peter. *The Wide World of John Steinbeck*. New Brunswick, NJ: Rutgers University Press, 1958, p. 3.

受北美大陆地区偏见的影响。在沃伦·弗伦奇等美国评论家看来，斯坦贝克创作能力之所以衰退，是因为他离开了自幼以来就熟悉的故土加利福尼亚并迁居到大城市纽约的缘故。但在瓦特看来，斯坦贝克在20世纪40年代早期离开美国西海岸，并不是对故土的抛弃，更算不上远离艺术土壤，那只不过是一种旅行罢了。① 作为第一个读完斯坦贝克生前所发表的小说的外国评论家，瓦特在对斯坦贝克的作品作出自己的判断时，尽量保持客观、公正，尤其是在对作品的情节进行概括的时候，他的目的是使英国的读者熟悉这位他们完全陌生的作家。因此，瓦特对斯坦贝克后期的作品基本上还是持肯定态度的，这就为斯坦贝克在英国赢得了更多的读者。冯腾洛斯专著的重要性在于，它不仅是这一时期激发起新一代或更专业化的斯坦贝克读者的三部批评著作之一，而且基本上不介入评论界有关斯坦贝克后期创作能力下降一说无休止的争论，冯腾洛斯的主要研究兴趣在于斯坦贝克早期所受的神话与科学的影响。与早期其他的斯坦贝克评论家不同的是，冯腾洛斯坚持自己对所谓"哲学"的定义。在他看来，哲学包括神话和科学，甚至也包括世俗宗教，但任何形式的道德说教都不能归入哲学。基于这种标准，冯腾洛斯对斯坦贝克的作品作出了这样的评价：

> 尽管有这样或那样的哲学缺陷，斯坦贝克的早期小说毕竟还是最伟大的小说。它们的优点在于精确的观察，清晰而富有表现力的写作，人道主义的同情，犀利的洞察力。我不敢肯定，是否要把《金杯》和《致一位无名的神》排除在外（后者的确是一部著名的作品），我只是认为，它们比斯坦贝克在《伊甸之东》（或者在《罐头厂街》）之后写的任

---

① Watt, F. W. *John Steinbeck*. New York: Grove, 1962, p. 9.

何作品都要好。尽管在作家开始创作时有一些缺点，但它们还是显示出了小说家的创作力呈上升趋势这种势头。在1940年以前斯坦贝克所写的所有小说中，神话具有一种动态的功能，它完全和小说的叙事主题整合在一起，起着阐释现实、破除浪漫主义幻觉的作用。斯坦贝克的后期小说，为达到同样的效果，将神话从外部置于材料之上。①

冯腾洛斯的研究，可以看做是国外最早的根据诺斯洛普·弗莱等人的"神话—原型"理论对斯坦贝克小说进行的神话解读，尽管冯腾洛斯本人并未说明采用的是这种理论。他的专著提出的许多观点在当时还是新颖的，对于向读者阐释斯坦贝克作品的诗学及其丰富的内涵具有重要意义。然而，惯常的编年体解读和芜杂的作品分析，毕竟不是理论的阐释，因而大大地冲淡了冯腾洛斯观点的表达力，减少了他的研究专著的影响力。与冯腾洛斯的神话解读不同，被称为1969年斯坦贝克研究中诞生的一颗新星的马克斯，则首次将斯坦贝克的哲学观和他的小说结构加以对比研究，以便客观地、毫无偏见地审视作家的创作目的和结果是否相符。马克斯发现，斯坦贝克的小说自始至终贯穿着三个主题范式（thematic patterns），尽管在各个时期的侧重点方面有所不同：

第一个主题范式显示人是一种宗教动物（religious creature），而且每一个人都会创造出一个主神（godhead）来满足自己的宗教需要。第二个范式是从生物学上将人类看做由个体组成的"群体动物"（group animal），这个"群体动物"中的每一个体都有与其他个体不同的意志和智力。然

① Fontenrose, Joseph. *John Steinbeck: An Introduction and Interpretation.* New York: Holt, Rinehart and Winston, 1963, p. 141.

而，在这个群体之外，是另一种与生物学家本人相似的个体，它在斯坦贝克的小说中以一个恒定的角色出现，观察着这个"动物"，并对之作出评论。最后一个范式是阐释"非目的论"（non-teleological），即当人生存在这个世界上时并不知道他生存的目的，只是生活的神秘刺激他去寻找人生的价值。①

马克斯的研究方法和三个主题范式的界说，为后来的斯坦贝克研究带来一股清风。这种界说启迪人们从哲学或美学的角度去研究斯坦贝克，而不再仅仅局限在社会学批评的窠臼里。因此，笔者认为，该书在斯坦贝克研究史上具有里程碑式的意义。在20世纪70年代，除了特祖马洛·哈亚西及其领导的斯坦贝克研究会出版的斯坦贝克研究著作以外，由其他评论家撰写的比较重要的斯坦贝克专著主要有两本。1971年，美国明尼苏达大学出版了美国作家评论系列，其中有詹姆斯·格雷撰写的《约翰·斯坦贝克》。此时，关于斯坦贝克小说声誉下跌的喧嚣已风行20年了。格雷在写作《约翰·斯坦贝克》一书时，本可以顺应潮流，对斯坦贝克轻易地采取否定态度。然而，格雷没有这样做，格雷是一个严肃的斯坦贝克批评专家。但在斯坦贝克去世后的70年代里却没有几家学术机构提供条件，使真正的斯坦贝克专家能从事自己的批评事业。明尼苏达大学选定的美国作家评论系列，只给格雷40多页的篇幅来论述斯坦贝克。这就使格雷不能像前辈评论家那样，采取逐本书（book-by-book）论述的方式进行研究。格雷采取的是一种概括的方式，与先前的报纸杂志书评家的方式相似，但又不像他们那样随意褒贬。与那些将斯坦贝克

---

① Marks, Lester Jay. *Thematic Design in the Novels of John Steinbeck.* The Hague: Mouton, 1969, p. 11.

的小说划归为"30 年代社会抗议文学"而肆意加以贬低的评论家大相径庭，格雷重点分析了斯坦贝克小说的总体主题。在书的结论部分，格雷称斯坦贝克是"某种形式的工人阶级的弗洛伊德"，而不是教条主义意义上的弗洛伊德。格雷进一步赞扬斯坦贝克在自己的作品中探索弗洛伊德和弗雷泽的"启示"（the suggestions），赞扬他所关注的范围广于同时代任何一个作家：

> 斯坦贝克是一个有抱负的作家，他罄尽毕生的精力将"人类状况"（the human conditions）的当代迹象与人类过去的经历结合起来。他的作品再三启示我们，人类的故事是一个充满激情的恒在，我们现在的激情与两千年前的激情别无二致。正是这种古今贯通的思想，使得斯坦贝克的佳作具有普遍的魅力。过去的疾苦仍然困扰着我们，远古的渴望依然存在……这些因素构成了他的小说戏剧性的本质，因此使他与别的作家判然有别。①

格雷对斯坦贝克小说历史普遍性的阐释，使他对作家的神性意识的理解与众不同。也正是在这一分析的基础上，格雷指出，斯坦贝克绝不是别的评论家所指控的"激进的思想家、小册子作者、鼓动家、共产主义者或其同路人"。② 霍华德·莱温特于1974 年出版的《约翰·斯坦贝克小说批评研究》（*The Novels of John Steinbeck：A Critical Study*），是 70 年代又一部重要的斯坦贝克研究专著。莱温特将斯坦贝克看做是一个寻求小说形式的作家，或者更准确地说，是一个力求将小说形式和叙事内容巧妙地

---

① Gray, James. *John Steinbeck*. Minneapolis：University Minnesota Press, 1971, p. 45.

② Ibid., p. 31.

结合起来的艺术家。由于莱温特对小说家应采取什么样的样式有自己的看法，并以此来衡量一个具有独特个性的艺术家的作品，所以他会给人一种印象：专横和偏见。这样进行批评很可能会引起读者的反感，但莱温特并没有因此束缚自己。他深信，他的批评方法只对斯坦贝克的声誉有好处，即在给斯坦贝克的小说开了一服重药或说是一服苦药之后，"我们就可以用最好的方式赞扬他的写得最好的小说，只要我们知道为什么这样的小说写得最好"。在书的结尾，莱温特声称：

> 我可以毫不犹豫地说，我的研究是在提高而不是降低斯坦贝克的声誉，因为坦诚的读者会从我的研究中得到一些斯坦贝克艺术的感性知识，并欣赏这种艺术和斯坦贝克所有长篇小说的实质性的统一。如果要对在准确、合理和完整的证据基础上进行的评价的公正性予以审视，这种知识就是必不可少的基础。对于价值的真正的区分需要哪种坚实的基础，我已经作出了判断，而且我认为结果还是有价值的。①

莱温特的书采取的先发制人的评价多少会使斯坦贝克学者们感到不安，他本人也料到了这一点，于是，为了确保书的权威性，莱温特请沃伦·弗伦奇为该书写了序言。在斯坦贝克早期和晚期作品中都有缺陷这一点上，弗伦奇和莱温特有共同的看法。而对斯坦贝克的中期作品，他们的分歧很大。利用给莱温特的书写序言这一机会，弗伦奇探究了前辈批评家皮特·李斯卡在批评形态方面的缺陷，认为李斯卡所使用的诸如"技艺"（craftsman-ship）和"技巧"（technique）并无多大的意义，只不过是独特

---

① Levent, Howard. *The Novels of John Steinbeck: A Critical Study*. Columbia: Missouri University Press, 1974, p. 302.

地使用语言来构成一种个人的风格而已。再者，当李斯卡谈到斯坦贝克的"范式"（patterns）时，他似乎指的是叙事习惯而非结构。弗伦奇还认为，约瑟夫·冯腾洛斯在用新批评的解读范式方面比李斯卡走得更远。因此，对于冯腾洛斯来说，主要的批评问题是："这位艺术家（斯坦贝克）将正确的东西表达得好吗？"①在序言的结尾，弗伦奇提出了清晰写作（telling clarity）这一问题。他引用斯坦福大学文学系斯坦贝克的小说写作指导教师艾迪丝·米瑞丽丝的话，指出最重要的小说技巧就是"小说所叙说的事件应同纯粹发生的事情区分开"②。弗伦奇的序言以这样一个问题做结，即："在许多场合下尤其是在《伊甸之东》和其他后期小说中，'小说所叙说的事件'是否会混淆'纯粹发生的事情'，因而损害了小说的艺术性呢？"③

　　总的说来，弗伦奇将莱温特的研究方法看做是一种"结构主义"的方法。④然而，由于距当时莱温特和弗伦奇所生活的时代已有 20 多年，斯坦贝克后期作品中的后现代、内省式的叙事并未引起两位评论家的注意。莱温特同意弗伦奇的观点，在书的前言里指出："斯坦贝克小说的典型缺陷是其结构。不管是什么类型的结构，都要自行其是地发展，完全不依赖材料，结果导致结构和材料的分离。"⑤莱温特进一步列举了斯坦贝克所使用的形式技巧，并补充说这些技巧本身并不构成"结构"：

---

　　① Levent, Howard. *The Novels of John Steinbeck: A Critical Study.* Columbia: Missouri University Press, 1974, pp. xvi—xvii.

　　② Ibid., p. xxii.

　　③ Ibid.

　　④ 这是一种有趣的术语选择，预示了后期结构主义和解构主义的分析模式。但是弗伦奇和莱温特在这里无意抛弃内容的重要性。

　　⑤ Levent, Howard. *The Novels of John Steinbeck: A Critical Study.* Columbia: Missouri University Press, 1974, pp. 2—3.

这些技巧充其量只能用来强化一个进展顺利的结构，但是它们不能挽救一个由于别的原因不能适当发展的结构。因此，它们对小说的程序只起一种辅助作用。[①]

作为一种应用性的理论，莱温特在自己的专著里提出的斯坦贝克批评学说具有不容抹杀的价值，但是要将之付诸实践又确实困难重重。而且，对于大多数严肃的斯坦贝克读者来说，莱温特提出的许多问题远非他那本即使很详细、很复杂的专著所能解决的。

从 60 年代末到 90 年代初，斯坦贝克研究的重头戏是日裔美国学者特祖马洛·哈亚西和他领导的斯坦贝克研究会（The John Steinbeck Society）。1966 年即作家去世的前两年，哈亚西在他任教的印第安纳州的巴尔州立大学创建了该组织，并创办了《斯坦贝克季刊》。该刊物对近半个世纪的斯坦贝克研究产生了深远的影响，而且一直是国际斯坦贝克研究会开展活动的中心。国际斯坦贝克研究会每隔五年举行一次国际斯坦贝克大会（The International Steinbeck Congress），到 2002 年 2 月 29 日斯坦贝克诞辰 100 周年之时，已成功举行了五次大会。《斯坦贝克季刊》也是"斯坦贝克专号系列"（*The Steinbeck Monograph Series*）的发起者，定期发表世界各地的学者提交给国际斯坦贝克大会的论文。在近半个世纪里，斯坦贝克研究会和《斯坦贝克季刊》吸引了许多像皮特·李斯卡和哈洛德·布鲁姆这样的著名批评家，他们从各个层面研究斯坦贝克，发表了大量的研究文章。

由哈亚西和理查德·亚斯特洛主编的《斯坦贝克其人其作》（*Steinbeck：The Man and His Work*, 1971），拉开了该研究会研究

---

① Levent，Howard. *The Novels of John Steinbeck：A Critical Study*. Columbia：Missouri University Press, 1974，p. 3.

斯坦贝克的序幕。这是一部论文集，收录了在第一次斯坦贝克研究会议上提交的 10 篇论文。这 10 篇论文从不同的层面研究了斯坦贝克，如查尔斯·西弗利研究了斯坦贝克的社区（community）意识，詹姆斯·P. 迪格南论述了斯坦贝克反对加利福尼亚土地垄断的战争，查尔斯·R. 米茨杰分析了斯坦贝克作品中的墨西哥裔美国人形象。其中罗伯特·迪莫特的论文《斯坦贝克和创作过程》（*Steinbeck and the Creative Process：First Manifesto to End the Bringdown Against Sweet Thursday*）尤其值得称道。因为它讽刺性地反映了读者受传统批评束缚的时代的终结，预言了将后期斯坦贝克作为一个原始后现代主义者进行批评的新的解读方法的诞生。为了与迪莫特的宣言相适应，笔者将略去哈亚西时代仍然存在的斯坦贝克传统批评，而将重点放在新的批评潮流方面。

"斯坦贝克研究专号系列"之二的主题是"斯坦贝克和 D. H. 劳伦斯：想像的声音和伦理责任"（*Steinbeck and D. H. Lawrence：Fictive Voices and the Ethical Imperative*），它是由克莱顿大学教授里洛伊·格夏提出的。长期以来，人们想当然地认为，斯坦贝克和劳伦斯具有相同的精神气质，但这种认识却没有成为一种批评领域得到严肃的探索。格夏提出了这个研究任务，并在自己的论文里抛砖引玉地比较了两个人的作品和创作生涯：

除了一般的共同之处以外，斯坦贝克和劳伦斯还在共同的土地上进一步耕耘：在两人都将自己看做道德活动家的同时，他们又都被迫放弃了对社会承担的责任；两人都有表达道义的愤怒的要求，但又都受到诱惑，遁入自然、神秘主义、历史或者温和的神话和象征世界，以求得到相对的安稳。正是这种暧昧的公众角色和个人角色的不断冲突，社会干预和政治干预的冲突，以及一种相反的退却趋向，才形成了他们的作品，支配了作品的审美间距。而且，这种冲突还进一步在他们的小说和戏剧表层之下提供了节奏的辩证法。①

格夏的"斯坦贝克—劳伦斯"比较批评的重要性，不仅在于它首次在斯坦贝克研究史上将批评界想当然的看法付诸理论的阐释，而且开辟了斯坦贝克研究的新领域——比较文学批评。许多批评家从哲学、主题、文体、人物塑造等方面，将斯坦贝克与其同时代及以前的重要作家如福克纳、海明威、托马斯·哈代、左拉、马克·吐温、狄更斯、威廉·布莱克以及约翰·密尔顿等加以比较。他们的文章，完整地被收录进哈亚西主编的《斯坦贝克的文学纬度：比较研究指南》(*Steinbeck's Literary Dimension：A Guide to Comparative Studies*)。在这些作家中，有的被公认为对斯坦贝克的创作产生过影响，有的是因为相似的创作手法和历史环境而与斯坦贝克成为有趣的同行者。例如，约翰·L.葛里本就将斯坦贝克和密尔顿这两位表面上看截然不同的作家结合在一起进行研究。他的研究的最合理之处，是将比较的重点聚焦在两位作家作品中隐含的自由意志（free will）主题上：

> 在《失乐园》里，密尔顿用亚当和夏娃被逐出伊甸园的故事，阐释了人类的自由问题。密尔顿时代的神学已将人类的自由问题搅乱了，将人类的自由和上帝的先见相比较，表征人类并不如他们所认为的那样，具有自由的意志。密尔顿首先关注的是，证明上帝对人类的态度。但是，他主要想论证的是，如何将思想遭到上帝禁锢的人类确立为"具有完整的力量和自由意志的人类"。②

① Garcia, Reloy. *Steinbeck and D. H. Lawrence：Fictive Voices and the Ethical Imperative.* Munice, IN：Steinbeck Monograph Series No. 2, 1972.

② Hayashi, Tetsumaro, ed. *Steinbeck's Literary Dimensions：A Comparative Studies.* Metuchen, NJ：Scarecrow, 1973, pp. 196—197.

斯坦贝克继承了这种主题，并在《伊甸之东》中以"提姆歇尔"（timshel）亦即"你可以"母题体现出来。上帝不仅使亚当和夏娃充分意识到他们必将犯罪，而且还将这种原罪延续到第二代。在这里，上帝不仅仅是发布命令，而且还赋予人类进行选择的权利。在进行这样的阐释的时候，斯坦贝克实际上已痛苦地承担了《约伯之书》所赋予的使命。

杰克·本生的《猎手海明威和农夫斯坦贝克》（*Hemingway the Hunter and Steinbeck the Farmer*），也是这一时期很有见地的一篇比较论文。本生从传记、职业以及主题等方面，对两位作家逐点进行了比较。他认为，斯坦贝克不像海明威，他不是一个非常具有竞争性的人物，他与自然的关系是建立在理解、合作而非支配的愿望上。本生进一步指出：

> 如果海明威扮演的是杀鹿者和白种猎人的角色，那么斯坦贝克就是和自然具有亲缘关系的钦加哥和土著美国人。在痛苦的时候，海明威式的主人公会告诉我们人类是重要的；在斯坦贝克的作品里，人类在广袤的宇宙里只是沧海一粟。①

在文章的结尾，本生总结了他对两位作家的看法，认为他们的观点构成了美国的原型价值：

> 斯坦贝克昭示我们，我们要么节俭地利用我们的资源，与大地及其生灵保持一种亲密的关系，在需要时学会相互关

---

① Hayashi, Tetsumaro, ed. *Steinbeck's Literary Dimension*: *Series II*. Metuchen, NJ: Scarecrow, 1991, p. 56.

心；要么我们会在盲目的自我主义、自私的竞争和自我仇恨中灭亡。因此，斯坦贝克是农夫。海明威昭示我们，我们必须学会主宰环境，在自然和社会领域里成功地进行竞争，在必要时有勇气独自承担生活的重厄，否则我们便会成为环境的受害者，被迫丧失自由，失去个人的身份，并成为恐惧和幻觉的奴隶。因此，海明威是猎人。[1]

斯坦贝克的作品能引来众多的学者从比较的角度进行解读，这进一步证实了斯坦贝克远非一个仅以"社会抗议"而著称的作家，而是以一种独特和永恒的视野所产生的强力鼎立于美国文学史上的艺术家。"斯坦贝克研究专号系列"之九是《斯坦贝克的女人》，其中收录了评论者对斯坦贝克作品的女权主义解读。在其所收录的六篇文章中，惟一一篇由男性评论家写的论文是罗伯特·E. 默斯伯格的《斯坦贝克的快乐的妓女》（*Steinbeck's Happy Hookers*），探索了斯坦贝克和美国其他男性作家的共同倾向，即对妓女的同情。由女性评论者撰写的论文则对斯坦贝克的非一般化和个性化的女性形象更感兴趣。米米·瑞瑟尔·葛莱德斯坦是一位女性学院派批评家，她以其女权主义思维，将评论界对斯坦贝克作品中女性形象的批评推进到 20 世纪后期的女权主义阶段。她在分析《珍珠》中奇诺的妻子朱安娜这个形象时说：

> 朱安娜是原型女性所有优点的集大成。但是，尽管朱安娜拥有所有的优点，她仍然是一个扁形人物。作为女人（Woman），她有生育能力并且坚不可摧。作为女性的象征符号，她起着令人尊敬和使人受益的作用。但是，作为一个

---

[1] Hayashi, Tetsumaro, ed. *Steinbeck's Literary Dimension*: *Series II*. Metuchen, NJ: Scarecrow, 1991, p. 61.

23

个体的女人，一个朱安娜，奇诺的妻子，她的性格却不鲜明。作为正面价值的代表，她的出现预示着确定的未来。一般的斯坦贝克评论，很少涉及作家作品中的女性形象。因此，在今后的批评中，我们决不能忽视这些形象的重要性。《珍珠》中的朱安娜就是一个明证。①

作为斯坦贝克研究的泰斗，哈亚西最后一次编辑大作，是编选1990年在檀香山召开的第三次国际斯坦贝克大会上提交的论文。在这次大会上，来自日本等国的东方学者和北美学者，就斯坦贝克1936—1939年的创作畅所欲言。而后出版的论文集《斯坦贝克：1936—1939的辉煌年代》中所收录的文章，也显示了三代斯坦贝克批评家在这里的历史性聚合。其中，夏洛特·库克·海德勒的论文《斯坦贝克在塑造柯莱的妻子时所呈现的对话张力》（*The Dialogic Tension in Steinbeck's Portrayal of Curley's Wife*），又一次预示了斯坦贝克新一代批评家的诞生。他们不再满足于老一代批评家的细读式（close reading）批评，而是更希望用新的文学理论来解读斯坦贝克的作品。海德勒在解说她的论文题目时，清楚地表明了这种倾向：

> "对话张力"这个术语，是我从米哈伊尔·巴赫金的对话理论中借来的。它阐释的是说者和听者就主人公或主体之间进行的对话。在说者—听者—主体这个修辞性三角关系中，巴赫金用"主人公"代替"主体"，并将主人公看做一个积极的代理人与说者进行互动，以便给语言定型并决定形式。有时，主人公会成为书写的话语中的支配者。对话张力存在于所有的话

① Hayashi, Tetsumaro, ed. *Steinbeck's Women: Essays in Criticism*. Muncie, IN: Steinbeck Monograph Series No. 9, 1979, p. 52.

语，因为词这种对话的成分负载着各种各样的社会意义差异，它们相互影响，而且甚至会由于联想而发生改变。①

以上是近 80 年来国外评论界对斯坦贝克小说艺术的主要阐释，现在来回顾一下中国的斯坦贝克小说研究情况。2002 年是斯坦贝克诞辰 100 周年，当第五次国际斯坦贝克大会在斯坦贝克的故乡轰轰烈烈地召开的时候，中国的批评界却没有任何动静。除了人民网刊发了一则有关斯坦贝克百年诞辰的消息以外，《外国文学评论》、《外国文学动态》、《国外文学》、《外国文学研究》以及《世界文学》等外国文学研究专业刊物都没有相应地刊发斯坦贝克研究专号。这说明国内外国文学批评界要么对斯坦贝克知之甚少，要么是不够重视。这种反常现象也是不难理解的。事实上，与国外的斯坦贝克研究相比，中国的斯坦贝克研究更是处于薄弱的境地。虽然斯坦贝克的作品早在 20 世纪 40 年代就被介绍到中国②，但是这位著名的作家从未像亨利·詹姆斯、福克纳以及海明威那样得到系统的研究。笔者曾通过因特网对北京图书馆、上海图书馆以及全国各大名牌院校的图书馆进行检索，发现国内没有一本由大陆学者撰写的斯坦贝克研究专著。国内涉及斯坦贝克的博士论文也只有两篇，即南京大学外语学院方杰的《约翰·斯坦贝克与 30 年代的美国——斯坦贝克"工人三部曲"研究》和中国人民大学杨彩霞的《20 世纪美国文学与圣经传统的同构研究——威廉·福克纳与约翰·斯坦贝克小说的基督教视角》。虽然由于各种条件的限制，笔者的调查不可能穷尽资料，但已大体上反映了国内斯坦贝克研究的明显不足。

---

① Hayashi, Tetsumaro, ed. *John Steinbeck: The Years of Greatness, 1936—1939*. Tuscaloosa: Alabama University Press, 1993, p.65.

② 吴均燮：《谈谈斯坦贝克的创作》，载《外国文学季刊》1982 年第 3 期，第 244 页。

在过去的 60 年里，中国也有一些零星的斯坦贝克研究文章，散见于报纸、杂志中。不过，它们中的大部分不是对斯坦贝克的生平和作品作些简单的介绍，就是从主题、人物刻画或语言方面，对斯坦贝克的某个（些）作品进行解读。这样的解读基本上没有逃出社会批评（在改革开放前则是阶级斗争批评）的窠臼。例如，苏索才的《约翰·斯坦贝克其人其作》在叙述了斯坦贝克的生平，分析了《煎饼坪》《人鼠之间》《愤怒的葡萄》等小说的情节和主题之后指出："斯坦贝克并非是一个激进的思想家，故而提不出、也不会提出任何方案来推翻资本主义制度和改良社会。他是一个人民的艺术家，所以他所能做的就是通过他的笔，以艺术的形式记载下人民的斗争，使普通民众能清楚地认识他们所处的环境和时代，也使当权者从中得到些许警示和建议。"[①] 董衡巽先生可以称为我国斯坦贝克研究专家，国内的斯坦贝克小说中译本的序言、外国文学选集中的斯坦贝克部分基本上是由董先生撰写的。除此之外，董先生还写了一些斯坦贝克评论文章。但是，董先生的斯坦贝克评论主要也是基于社会批评的标准，虽然有时也兼顾艺术形式。例如，在《诺贝尔文学奖作家丛书：斯坦贝克卷》的序言中，董先生指出："他（斯坦贝克）写过反法西斯的、具有社会抗议性质的小说，也写过轻松幽默的喜剧；写过富于浪漫情调的传奇，也严肃地思考过社会道德面貌的变化。"[②] 时隔几年之后，董先生又写了一篇《论斯坦贝克的兴与衰》，逐条否定了他以前的观点。他认为，斯坦贝克早期的富于浓厚乡土气息和幽默的作品如《天堂牧场》《煎饼坪》和后期的类似作品《罐头厂街》《美妙的星期四》，具有脱

---

① 苏索才：《约翰·斯坦贝克其人其作》，载《外国文学》1996 年第 1 期，第 26 页。

② 刘硕良主编：《获得诺贝尔文学奖作家丛书·人鼠之间》，漓江出版社 1989 年版，第 1 页。

离现实的逃逸倾向，有美化现实的嫌疑。甚至作家在后期创作的"探索人生奥秘的"长篇小说《伊甸之东》中，也没有告诉读者多少奥秘，实在是一种不成功的尝试。斯坦贝克比较成功的作品是在30年代后期创作的，它们是《胜负未决》《人鼠之间》《愤怒的葡萄》以及《小红马》等。但他又强调指出，即使是这些作品也不能算是很成功的。因为，《愤怒的葡萄》之所以在美国引起轰动，主要是因为它触及了具有历史意义的题材，而凡是具有重大历史意义题材的作品，即使其在艺术上具有这样或那样的缺陷，文学史都是不能忽略的。斯坦贝克声誉的跌落，主要是因为他后期视野和思想的改变。斯坦贝克后期离开加州，迁居纽约高级住宅区，与政界权势人物频频来往，社会观点与执政者趋于认同和一致。正是这种对于权力的崇拜和媚俗，使得斯坦贝克换了一双眼睛。于是，早期抗议社会的斯坦贝克宣布：美国的理想在现实中得到了实现，美国夜不闭户、路不拾遗，人人都快活得像国王似的，还去重建什么精神家园？因此，在文章的最后，董先生这样评说斯坦贝克的后期小说和作家本人："我们看到文盲间打逗的闹剧场面，故作低智商的问答，空洞无聊的诙谐，人物因误会而引发的忧伤，以及看不出有什么好笑的滑稽文字。在这些矫情的喜剧风格背后，我们闻出'人人称颂，家家感恩'的味道。这样的情趣不是在避暑胜地的社会既得利益者，是不会产生的。'文格渐卑庸福近'，我们的古人说得多好啊！"[①]

三 论题的缘由和研究设想

　　董先生对斯坦贝克的解读，代表了中国学界对斯坦贝克

---

　　① 董衡巽：《论斯坦贝克的兴与衰》，载《外国文学评论》1996年第1期，第38页。

评论的整体走向，而且也是与国外评论界对斯坦贝克作品的社会批评相一致的。这种社会批评将斯坦贝克定格为"无产阶级"或"社会抗议"作家，受到 20 世纪 80 年代以前的我国学界的推崇。但到了 80 年代以后，随着我国文学和文学批评的转型，像斯坦贝克这样的所谓的"无产阶级"或"社会抗议"作家就受到了冷落。这就解释了为什么中国至今还没有一本斯坦贝克研究专著的原因。笔者认为，作为曾一度与福克纳、海明威齐名的文学大家，斯坦贝克的作品还是具有独特的魅力的。否则，如果斯坦贝克真如某些评论家所说的那样，仅以几部有缺陷的"社会抗议"小说而成名的话，我们又如何解释他获得诺贝尔文学奖呢？而且斯坦贝克不像泰戈尔，为获得诺贝尔文学奖而四处活动，他获得该奖提名完全是在他不知情的情况下进行的。我们承认，诺贝尔文学奖的评选制度存在一定的缺陷，但是，即使那些评选专家无论如何幼稚和无知，他们也不至于会选择如某些评论家所说的"三流作家"① 来获得这项世界文学最高奖。获得诺贝尔文学奖这一事实本身，足以表明斯坦贝克的作品具有不容忽视的魅力。再者，斯坦贝克的作品至今在欧美和日本等世界各地一版再版，研究他的学者络绎不绝。尤其是 2002 年 2 月在美国举行的第五次国际斯坦贝克研究大会，更是引人注目。来自世界各地的新、老斯坦贝克学者会聚一堂，斯坦贝克戏剧节和电影节也推波助澜，美国及其他国家的旅游者也云集斯坦贝克的故乡蒙特雷，怀念这位著名的文学大师。这就雄辩地表明，斯坦贝克是一个具有现代性的作家，他的作品并不像某些评论者所说的那样，是 30 年代"社会抗议文学"的

---

① Mizener, Arthur. "In the Land of Nod", The New Republic, 127（October 6, 1952）, p. 23.

产物，随着社会的变迁逐渐消失在历史的烟云之中，他的作品像福克纳和海明威等作家的作品一样，是一个丰厚的宝藏，等待那些具有独特视角的读者去开采，而且总会有欣喜的收获。

毋庸置疑，斯坦贝克的后期小说也的确存在着如某些评论者所说的质量下降问题，但这种下降是大多数有才华的作家在创作后期都不可避免的现象。海明威没有下降吗？海氏后期自知创作力衰尽，再也写不出像《永别了，武器》和《老人与海》那样的洪钟大吕，毅然饮弹自尽，从而完成了作家自身的"硬汉"形象的塑造。斯坦贝克也意识到了评论界对他后期作品质量下降的指责，但是他仍然在探索新的艺术形式，直至在疾病的痛苦和感情的煎熬中走完了一生，这也不失为一种"硬汉"。纵观斯坦贝克的主要小说、书信和传记，笔者发现，无论是作家早期的"兴"和后期所谓的"衰"，都与他一生的小说诗学追求有关，而且，这种诗学又是与他的小说"实验"（experimentation）紧密联系在一起的。那么，斯坦贝克的小说诗学追求究竟是什么呢？在研究这个问题之前，首先需要对"诗学"这个容易令人望文生义的词进行简单的界定。"诗学"的英文形式 poetics 源于亚里士多德的同名著作《诗学》（*Poietike*）。在该书的开端，亚里士多德开宗明义地指出："关于诗艺本身和诗的类型，每种类型的潜力，应如何组织情节才能写出优秀的诗作，诗的组成部分的数量和性质，这些，以及属于同一范畴的其他问题，都是我们在此探讨的。"[1] 这说明术语的最初含义指的是诗歌的艺术。但是，在后来的批评家的著作里，其意义由最初的诗歌的艺术演化成所有文学创作的艺术。例如，瓦勒里指出："根据词源，诗学是指一切有关既以语言作为实体又以它作为手段的著作或创作，

---

① 亚里士多德：《诗学》，陈中梅译，商务印书馆 1999 年版，第 27 页。

而不是指狭义的诗歌美学原则和规则。"① 托多洛夫和杜克罗在他们编著的《语言科学百科辞典》里也指出："诗学一词根据传统概念首先指涉及文学在内的理论；其次它也指某一作家对文学法则的选择与运用（主题、构思、文体等），例如'雨果的诗学'；最后，参照某一文学流派所提出的主张，它指该流派必须遵循的全部法则。"② 当然，结构主义学派和形式主义学派对诗学还有更多略微不同的界定，这里不再赘述。笔者所依据的诗学主要是指上述两种界定，即研究斯坦贝克对小说主题、文体、叙事手法以及语言各方面的追求和实验。斯坦贝克一生不断地从哲学的高度进行人生奥秘的探索，进行小说形式的实验，以便创作出一种具有"崇高"（noble）与"宏大"（big）性质的主题、诗性化的语言、多元的肌质，而且通过叙事文体的戏剧化和电影化能够迅速搬上舞台和银幕的小说。斯坦贝克之所以赢得包括诺贝尔文学奖在内的众多奖项，被评为美国国家文学艺术科学院院士，主要得益于他的小说诗学的成功部分，而非所谓的"社会抗议"或"无产阶级文学"主题。当然，斯坦贝克的小说诗学也有一定的缺陷，那就是过分偏重于作品的主题、文体、语言等方面的追求，而忽视了小说人物的塑造。这就在一定程度上降低了他的小说诗学成就，这不能不让后代作家引以为戒。

因此，研究斯坦贝克的小说诗学追求，对于读者尤其是中国读者全面了解斯坦贝克的小说艺术，对于作家尤其是中国作家借鉴斯坦贝克的小说创作的经验和吸取教训，都有重要意义。因为，我们进行外国文学研究的终极目的，就是要读者了解外国作家的文学艺术，为中国作家的文学创作提供一些可资借鉴的东

---

① 王先霈、王又平：《文学批评术语词典》，上海文艺出版社 1999 年版，第133 页。

② 同上。

西。正是基于这种认识，笔者在进行自己的斯坦贝克博士论文写作时，尝试采用一种宏观的总体研究的方式，以作家的主要小说、传记、书信以及前人的研究为依据，对作家的小说诗学追求进行历时的概览和共时的分析，以便对作家有一个完整、客观的认识。在进行研究时，笔者主要采用分析批评的方法，即从作家诗学形成的哲学纬度、文化语境以及作为诗学主要构成要素的主题、语言、象征和文体等层面上进行论证。在必要的时候，笔者也借鉴当代批评理论中的一些相关的理论来充实自己的观点。

本篇论文由六章组成。第一章研究斯坦贝克小说诗学形成的哲学观。斯坦贝克的哲学观主要是"非目的论"（non-teleological thinking）和超验主义。"非目的论"是一种对于生活的思考，通过关注"生活是什么"，而不是回答"为什么"或"应该怎样"的问题，以避免对拘谨和势利的道德作出错误的判断和排斥，并且通过接受生活的方式，实现对生活的热爱。超验主义以爱默生为代表，对所有形式的自然生命都怀有一种神秘的敬畏之情。斯坦贝克继承超验主义哲学，主要是要表明自然的现象和循环所揭示的远不是简单的相似，而是一种根植土壤的原始神秘主义或象征主义。

第二章研究斯坦贝克诗学形成的文化语境，包括作家所处的时代、文学继承、作家的百老汇和好莱坞经历以及小说实验观等方面。斯坦贝克开始进行文学创作的时代是 20 世纪 20 年代中期，这正是现实主义向现代主义转型的时期。斯坦贝克继承了现实主义悠久的传统，又借鉴了现代主义流派的某些特征，这就使他的作品在现实主义的表层之下蕴藏着丰富的现代肌质。斯坦贝克的文学继承主要体现在他广泛的阅读兴趣方面。他阅读过大量的书籍，其中包括《亚瑟王传奇》、密尔顿的《失乐园》、福楼拜的《包法利夫人》、陀思妥耶夫斯基的《罪与罚》等。密尔顿宏大的叙事、福楼拜逼真的写实以及陀思妥耶夫斯基的戏剧化，都对斯坦贝克的小说诗学追求有影响。

第三章解析斯坦贝克小说主题的崇高与宏大。在本章第一节，笔者从美学和文学的结合角度分析并界定了崇高和宏大的内涵。在第二节和第三节，笔者将斯坦贝克的主要小说划分为悲剧意识和喜剧意识小说两类，并将它们各自的主题概括为"人，悲剧地出行在善与恶冲突的世界"与"人，诗意地栖居"两种。与这两种主题相适应，斯坦贝克尝试采用史诗和田园诗的结构。

第四章论述斯坦贝克作品中现实、神话、寓言和象征的融合肌质。斯坦贝克的作品从表层上看是一种以文献式的现实主义为主体、兼具抒情和心理现实主义特征的风格，似乎是对生活中发生的事件作的客观逼真的记录。但在这个表层之下，隐含着浓厚的神话和寓言的特质，这就使斯坦贝克的作品具有以象征主义为标志的现代主义特征。斯坦贝克的象征主义一方面体现在作家对作品中的人物、动物、物体和自然景物等具体叙事元素的塑造方面，它们在表层上是对现实生活的逼真摹写，但在深层上是一些象征符码，起着表达主题、烘托气氛以及推动情节发展等作用；另一方面体现在《圣经》神话和《每个人》寓言在作品中的结构性对应。

第五章研究斯坦贝克的小说视角问题，它包括以"戏剧化视角"为主体的"剧本小说"、以"电影化视角"为主体的"电影小说"以及长篇小说中的"戏剧化"和"电影化"视角等。斯坦贝克尤其对小说的"戏剧化"和"电影化"视角情有独钟。他认为，不管是通过宏大的主题来对世人进行启示，还是用深刻的象征意蕴和诗性化的语言给人带来审美的愉悦，如果它们单是以叙事文本的形式而存在，那就不足以使更多的人受到影响，达不到对人类命运关怀的目的。所以，斯坦贝克想到了戏剧舞台和银幕，认为只有借助舞台和银幕，才能使自己的作品得到广泛迅速的流传。而要使自己的作品尽快搬上银幕，就必须在小说叙事的框架内更多地融入电影的因素或者说"戏剧化"和"电影化"的视角。所以,斯坦贝克自始至终地进行小说文体的戏剧化和电影化实验,他的小说之被大量搬上戏剧和银幕就是明证。

第六章研究斯坦贝克叙事文本语言的诗性化问题。宏大的叙事主题、深刻的象征和寓言的意蕴以及"戏剧化"和"电影化"的特征等,最后都要由语言进行表达。与此相适应,斯坦贝克在进行小说创作时,极力寻求一种诗性化的语言。它表现在小说题目的诗性启示,人物口语和叙事语言的诗意化等。但是,斯坦贝克对小说语言的诗性追求有时也会达到极端,导致语言的抽象化和非真实化,从而削弱了作品的表现力。

第 一 章
约翰·斯坦贝克的哲学观

一 哲学和文学创作

　　文艺界一度流行这样一种看法，那就是文学、艺术家不应该讨论理念，尤其是抽象理念。评论家们所关注的是艺术品的娱乐价值（它会取悦读者吗？）以及它所创造的直接现实的印象。比如，他们认为，《飘》的成功，主要是因为它是一部富有戏剧性的历史小说，以及小说家对女主人公斯佳丽人生命运的形象展示。其实这是一种谬论。理念在文学、艺术的创作过程中并不是可有可无的东西。亚里士多德就曾经认为，诗歌应该比历史更富有哲学性①，所有的诗歌最终都要根据它们所蕴含的哲理内容来区分高下。成为经典的小说，不仅仅是叙述一个生动的故事，塑造几个栩栩如生的人物形象，而且还要透过这个故事传达一种深刻的哲理意识。就美国文学而论，那些成为经典名著的小说，无一不含有深刻的哲学理念。霍桑的《红字》揭示了人性"恶"的所有本质，麦尔维尔的《白鲸》对人生、自然和上帝的存在进行探索和挑战，马克·吐温的《哈克贝利·费恩历险记》以自然个性来反叛"文明"的束缚。这一切都表明，文学、艺术

---

　　① 亚里士多德：《诗学》，陈中梅译，商务印书馆1998年版，第81页。

作品如果不表达一种深刻的理念，就不大可能成为经典性作品。系统化的理念就是哲学，或者叫世界观。文学艺术的发展历史表明：作家、艺术家对创作方法的选择、运用，要受其世界观的制约和指导。正确的世界观或世界观中的进步因素，能指导作家和艺术家正确地认识生活，表现生活，从而采用合适的创作方法，真实地反映生活；错误的世界观或世界观中的落后因素，必定会妨碍作家、艺术家对生活的正确认识和评价，从而曲解生活，将创作引入歧途。当然，作家、艺术家世界观内部的矛盾，也必然会在创作方法上反映出来。列宁曾就俄国 19 世纪伟大的批判现实主义作家托尔斯泰的世界观和创作方法之间的关系，作过生动的论述：

> 托尔斯泰的作品、观点、学说、学派中的矛盾的确是显著的。一方面，是一个天才的艺术家，不仅创作了无与伦比的俄国生活的图画，而且创作了世界文学中第一流的作品；另一方面，是一个发狂地笃信基督的地主。一方面，他对社会上的撒谎和虚伪作了非常有力的、直率的、真诚的抗议；另一方面，是一个"托尔斯泰主义者"，即是一个颓唐的、歇斯底里的可怜虫，所谓俄国的知识分子，这种人当众捶着自己的胸膛说："我卑鄙，我下流，可是我在进行道德上的自我修养；我再也不吃肉了，我现在只吃米粉团子。"一方面，无情地批判了资本主义的剥削，揭露了政府的暴虐以及法庭和国家管理机关的滑稽剧，暴露了财富的增加和文明的成就同工人群众的贫困、野蛮和痛苦的加剧之间极其深刻的矛盾；另一方面，狂热地鼓吹"不用暴力抗恶"。一方面，是最清醒的现实主义者，撕下了一切假面具；另一方面，鼓吹世界上最卑鄙龌龊的东西之一，即宗教，力求让有道德信念的僧侣代替有官职的僧侣，这就是说，培养一种最精巧的

因而是特别恶劣的僧侣主义。①

列宁的这一段精彩的论述，生动有力地说明了世界观与创作方法的一致性，以及世界观对创作方法的制约和影响作用。同样，马克思和恩格斯在《神圣家族》中对欧仁·苏的小说《巴黎的秘密》的批判，也是因为《巴黎的秘密》所体现的作者的创作思想，在一定程度上体现了青年黑格尔派所热衷的思辨观念，即把人的认识过程看做是从抽象到具体、从观念到实在的过程。

因此，要研究斯坦贝克的小说诗学追求，我们就不可忽视作家的世界观亦即哲学观问题。斯坦贝克在创作之初，就寻求用一种小说的手段去阐释哲学的"真理"。内心的宗教冲突、早期宗教熏陶的残余、后期对神学的独立感悟以及在生活中观察到的无数道义和社会的悖论，都促使他终生寻求哲学的自我发现，并将之作为艺术能量的动力和文学视野的基准。在进行哲学观的追求中，斯坦贝克受他的文学前辈如爱默生和惠特曼及同时代海洋微生物学家爱德华·里基茨的影响较大，他继承了爱默生的超验主义、惠特曼的宗教式的普世思想和里基茨的非目的论，并在他们的共同影响下形成了"群体—个体"理论。这些理论之间既有联系又有区别，甚至有时还自相矛盾。这反映了斯坦贝克作为一个非专业哲学家的缺陷，但即使是专业的哲学家，也很少能保证他们的哲学观点始终贯彻如一。一个最鲜明的例子就是古希腊哲学家亚里士多德。列宁曾说，亚里士多德的哲学"最典型的特征就是处处显露出辩证法的萌芽和探索"②。但是在他深入一步论述社会问题时，他就走向了唯心主义。笔者认为，作家哲学观

① 中国社会科学院文艺理论研究室编：《列宁论文学与艺术》，人民文学出版社 1983 年版，第 202 页。

② 《亚里士多德〈形而上学〉一书摘要》，《列宁全集》第 38 卷，第 416 页。

的复杂性和矛盾性在某种意义上也不失为一种优点，它可以丰富文本的肌质，激起阅读者解构的快感。莎士比亚、托尔斯泰、巴尔扎克等文学大家的作品之所以具有长久的魅力，一方面固然是他们高超的文学造诣使然，但另一方面也与他们复杂甚至矛盾的世界观以及由此导致的作品的多义性有关。同样，正是因为斯坦贝克的复杂的哲学追求以及这些追求化为主题在其作品中的显现，才使得斯坦贝克的小说主题具有复杂、精深的内涵，吸引众多的评论家进行不懈的解读。

二 目的论和非目的论

斯坦贝克一生曾受过许多哲学家及其作品的影响，但对他影响最大的是他同时代的海洋微生物学家爱德华·里基茨（Edward F. Ricketts）。1930 年秋天，斯坦贝克结识了这位海洋生物学家，从此两人成了忘年之交。里基茨是一个非同寻常的人。尽管他在芝加哥大学接受过正规的海洋无脊椎动物学教育，但是他的扩张性的大脑使他对各种人文学说兼收并蓄。他喜欢就各种可能想像得到的话题进行写作和辩论，并以异乎寻常的智慧给出权威、独到的见解。他在加利福尼亚州太平洋沿岸开有一个专门研究海洋无脊椎动物的研究所，这个地方也同时是当地的艺术家、作家和学者聚会的地方。里基茨不仅吸引斯坦贝克对生物学产生了浓厚的兴趣，而且也使这位正在走向文坛的作家成了他的学说忠实的听众和接受者。他们的友谊一直延续了将近 20 年，在此期间，"里基茨是领导者和导师，斯坦贝克是追随者和学生"①。里基茨对斯坦贝克的影响非其他人所能比拟，甚至我们

---

① Kiernan, Thomas. *The Intricate Music*: *A Biography of John Steinbeck.* Boston & Toronto: Little, Brown, p. 160.

在斯坦贝克的主要小说里都能找到这位科学家兼哲学家的影子，如《胜负未决》中的医生多克·伯尔顿、《愤怒的葡萄》中的牧师吉姆·凯绥、《月落》中的温特大夫、《罐头厂街》和《甜蜜的星期四》中的科学家多克等。里基茨于 1948 年 5 月死于车祸，这对斯坦贝克来说真是一个灾难性的打击，因为他不仅失去了最有价值的朋友，而且失去了他哲学和文学上的导师。[①]

那么，斯坦贝克从里基茨那里接受的哲学思想是什么呢？——非目的论。在《科尔特兹海日志》（*The Log from the Sea of Cortez*, 1951）里，斯坦贝克详细地阐释了他受里基茨的影响而逐渐形成体系的这种哲学思想。他认为人类的思维方式有两种：目的论（teleological thinking）和非目的论（non-teleological thinking）。需要指出的是，里基茨和斯坦贝克所指的哲学目的论和哲学史上的目的论在概念上不尽相同。哲学史上的目的论主张世界上的一切都是为某种目的所决定的唯心主义学说。在欧洲，古希腊哲学家苏格拉底最早提出目的论的思想。他说："如果心灵是支配者，那么心灵将把一切都支配得最好，并且把每一特殊事物都安排在最好的地位。"[②] 目的论与神学关系密切。神学家认为，世界万物之所以能被创造出来，并且秩序井然，那是神有目的地安排的结果。神不仅安排了大自然和人，也为人的生存和活动安排了一切。神给人安排了身体的各个部分和器官，还赋予人以灵魂。17 世纪末 18 世纪初，德国哲学家莱布尼茨把他的唯心主义"单子论"与神学目的论统一起来，提出单子发展的"前定和谐"说，认为整个世界的和谐有序，正是上帝在创世时有目的的安排。恩格斯在批判目的论时指出："根据这种理

---

① Kiernan, Thomas. *The Intricate Music: A Biography of John Steinbeck*. Boston & Toronto: Little, Brown, p. 285.

② 柏拉图：《文艺对话集》，朱光潜译，人民文学出版社 2000 年版。

论，猫被创造出来是为了吃老鼠，老鼠创造出来是为了给猫吃，而整个自然界被创造出来是为了证明造物主的智慧。"① 斯坦贝克心目中的目的论是一种精神目的论。他将目的论思维描绘成一种心理投射，认为目的论者生活在直接的现实之外，生活在由渴望、目标和梦幻组成的虚假世界里，他们的心理投射通过移植会遮掩并最终破坏现实。在斯坦贝克看来，目的论思想家由于对现实总是不满，因而企图从终极目的角度考虑对现实进行改变和疗救。斯坦贝克进一步评价目的论思维：

> 目的论者相信形势会变好。然而，常常令人感到不幸的是，他们甚至连对那种形势的最表面的理解也达不到。在他们有时令人无法容忍地拒绝面对事实的时候，目的论理念或许可以代替一种激烈但也无效的努力，去改变他们认为不合需要的条件，而不是去理解接受它们，而后者将会为任何可能出现的变革而作出的更加理性的努力铺平道路。②

目的论者不去理解现实，而是坚持用一种理想的标准来裁决现实，并坚持重铸现实，使之符合那种理想。而非目的论与此截然不同：

> 非目的论观点源自对"现实"的思考（"is"thinking），它们可以同达尔文所理解的自然选择联系起来。它们蕴含的是深度，是基本教义，是对传统或个人理念的彻悟。非目的论思维将事件看做一种发展，一种表现，而不是结果。它们

---

① 《马克思恩格斯选集》第 3 卷，人民出版社 1995 年版，第 449 页。

② Steinbeck, John. *The Log from the Sea of Cortez*. London：Mandarin Paperbacks, 1990，pp. 197—198.

还将事件看做是一种对迫切需要的东西的有意识的接受，当然也是一种十分重要的先决条件。非目的论思维主要关注的是生活"是"什么，而不是"应该是"什么或"可能是"什么。非目的论致力于回答那些业已相当困难的问题，即生活"是"什么或者"怎么样"，而不是"为什么"会这样。①

斯坦贝克把著名画家凡·高（Van Gogh）逃到亚里斯岛最终在疯癫之中自杀这件事当做例子，来阐释目的论和非目的论对待事件的态度。自然目的论者认为，凡·高活动频繁，经常风餐露宿而又不会合理照料自己，结果导致疯癫和自杀。精神目的论者认为，凡·高逃到亚里斯岛，是因为他已经从内心里意识到他的死期迫近，于是想最大限度地表现自己的本性。非目的论者认为，除自然目的论和精神目的论的看法外，还有许多别的症状和想法（其中一些可以从凡·高的信件中推测出来）也是凡·高本性的部分表现，从中可以推导出他对生活的渴望。

那么，在目的论和非目的论这两种对待生活的哲学态度中，哪一种更能反映生活的本质呢？斯坦贝克的答案是非目的论，因为"非目的论较之别的方法似乎更贴近生活，更具有包容性，除此之外很少会有别的方法能与之相比"②。但是严格地讲，非目的论不只适用于我们的思维方式，而且还会涉及很多别的方面的问题。因此，斯坦贝克认为，如果用 modus operandi（拉丁语，操作法）这个词来表示它所涵盖的意义，似乎比非目的论更合适一些。非目的论将思考（thinking）延伸到生活本身（living it-

① Steinbeck, John. *The Log from the Sea of Cortez*. London: Mandarin Paperbacks, 1990, p. 198.

② Ibid. , p. 208.

self)。事实上，非目的论暗含的定义就是超越思考的领域，倡导对生活的介入（living into）。非目的论将生活看做一个无限的整体，只有成为它的一部分，只有介入它，才能认知它。换句话说，斯坦贝克的意思是，非目的论是一种对生活的思考。它通过关注生活是什么，而不是回答为什么或应该怎样的问题，试图避免对拘谨和势利的道德作出错误的判断和排斥，并且通过接受生活的方式，以实现对生活的热爱。

作为一种人生观，非目的论是斯坦贝克"蒙特雷小说三部曲"中"人类诗意栖居"主题的哲学基础。仅以三部曲中的第一部《煎饼坪》为例，它以轻松幽默的笔触再现了居住在煎饼坪的一些派萨诺人的诗意的生活方式，那就是自由、随遇而安、非物质主义、与自然合而为一以及人与人之间的和谐为邻。① 这是斯坦贝克在《科尔特兹海日志》中对非目的论哲学（"is" thinking）的清晰阐释。非目的论的主要观点之一是对自由的热爱，这种热爱是派萨诺人生活方式的基石。他们拒绝任何形式的对于财产的责任，因为接受责任就意味着自由的丧失。没有财产，人们就没有什么可被"偷盗、利用或者抵押的"，这就使他们免除金钱问题的困扰，更不会为追求对金钱财富的占有而去发动对于他人的战争。故事的主人公丹尼继承了祖父的两座旧房子，为此，他的心灵受到财产责任的困扰，这种丧失自由的痛苦最终导致了他的死亡。他死后，他的朋友们放火烧掉了象征财富的房子，其目的就是不让对于财富的责任困扰灵魂的自由。非目的论哲学在《煎饼坪》中的第二种表现，就是对现世生活的接受（an acceptance of things as they are）。对于派萨诺人来说，沉湎于过去或为未来担忧，都会给心灵带来痛苦，只有现世的生活

---

① Benson, Jackson J. ed. *The Short Novels of John Steinbeck*: *Critical Essays with a Checklist to Steinbeck Criticism*. Durham & London: Duke university Press, 1990, p. 32.

才是可珍视的。为此，他们不听森林之神向他们预测祸福，也不关注时间的存在，他们认为，现世生活中只要有酒，就能使生活过得愉快和富有诗意。对于幸福和财富的关系，他们具有自己独特的哲学观，那就是"幸福胜过财富"。他们不恋城镇的物质财富，而是栖居在自然之中，过着一种田园诗般的生活。他们与自然和谐为邻，并成为自然的一个组成部分。在描写丹尼和他的朋友们与自然的亲近关系时，斯坦贝克情不自禁地赞叹："丹尼是一个自然之神，而他的朋友们就是风、太空和太阳的原始符号。"① 这种田园诗般的生活和贴近自然是非目的论哲学的典型特征。

作为一种方法论，非目的论对文学创作有什么指导作用呢？笔者认为，由于目的论关注的不是现世的生活"是"什么，而是理想的生活"理应是"什么或"可能是"什么，因此这种思维反映在文学创作中，就是浪漫主义或者是批判现实主义。浪漫主义通过描写理想的生活是什么而企图逃避现实，批判现实主义一方面描绘了现实的生活，另一方面也是最主要的方面，就是对生活作出拘谨的道德判断甚至是严肃的批判。相反，非目的论思维反映在文学创作方法上，就是近乎文献式的现实主义或自然主义。非目的论从方法论上指导斯坦贝克在 20 世纪 30 年代后采用现实主义的创作手法，在某些作品中甚至用近乎文献式的现实主义手法，去客观、如实地描写人间发生的事件，而不作任何主观的评价②。比如《人鼠之间》这部中篇小说，最初的题目就是《人间的事》(*Something Happened*)。斯坦贝克似乎是在用一部摄

---

① Benson, Jackson J. *The Short Novels of John Steinbeck: Critical Essays with a Checklist to Steinbeck Criticism.* Durham & London: Duke University Press, 1990, p. 36.

② Hayashi, Tetsumaro & K. Beverly, Simpson. eds. John Steinbeck: *Dissertation Abstracts and Research Opportunities.* Metuchen, N. J. & London: The Scarecrow Press, Inc., 1994, p. 57.

影机，如实地记录了发生在萨利纳斯谷地一个农场中的人间悲剧。斯坦贝克写出《愤怒的葡萄》的初稿后曾交里基茨审阅，里基茨就批评小说的语气（tone）和视点（point of view）不够超脱（being detached）。在里基茨看来，初稿的语气过于说教化，目的论色彩很浓。里基茨认为，对待生活的目的论思维是没有用的，因为目的论者关注的生活"应该是"什么、"可能是"什么，而不是实际"是"什么。他认为，目的论的思维，即为任何事情寻找目的和阐释的思维，是社会的主要问题。这种思维会导致社会中的人产生一种破坏的激情，要求自然中的一切事情都要符合人的旨意，于是始有战争、非正义、不平等等现象的存在。里基茨认为，对待生活的最好的方法就是非目的论。如果人只关注可以观察和证实的生活"现实"，并用这种现实而不是非自然的目的论规则去指导自己的思想和行动，他就能更好地创造出一个理性的、有机的社会。针对《愤怒的葡萄》而言，里基茨指责斯坦贝克，说他倡导用一种道义的社会去取代另一种非道义的社会，不惜塑造目的论式的人物。不过，里基茨也赞扬了斯坦贝克至少在小说的某些方面也实现了非目的论的超脱。例如，小说中对自然力量和循环的描写虽然不多但有声有色，它们为冲突的双方提供了一个真实的环境。里基茨的意思是说，在运用纯粹的非目的论思想来指导文学创作方面，斯坦贝克已经向前迈进了一大步。如果斯坦贝克能够彻底摆脱目的论的思维，他就一定能够创作出最伟大的艺术品。斯坦贝克虽然不完全相信里基茨的观点，但他还是根据这位海洋生物学家的建议，对小说中的各个要素进行了脱胎换骨式的改造，于是始有今天的这种文本形式。小说主要用纯粹、客观、生动的画面来塑造人物形象，用富有冲突性的对话来叙述故事，通过美丽如画的景物描写来抒发哲理般的感情。斯坦贝克之所以被认为是一个现实主义作家或者某种程度上的文献式的现实主义作家，不能不与这一哲学主导思想有关。

　　尤其值得指出的是，他用文献式的现实主义手法创作出的作品，非常具有电影的视象性和戏剧的舞台表演性。所谓视象性是电影的基本特性之一。电影以活动的画面形象为基本表现手段，主要通过诉诸观众视角来引发艺术的冲动。具体表现是：以画面来塑造形象，叙述故事，抒发感情，阐述哲理。因此，电影表现的对象必须是可见的物质现实，它的素材必须是可以搬上银幕的人、景、物。即使是人物内在的心理活动和抽象思维，也必须用可见的空间画面和人物的外部造型表现出来。① 舞台表演性，是指作品中生动的视觉性行动和冲突性对话，可以直接搬上舞台而无须作大的改写。不单是《愤怒的葡萄》，斯坦贝克的其他主要小说，例如《胜负未决》《人鼠之间》《月落》《烈焰》《小红马》《珍珠》《任性的公共汽车》以及《烦恼的冬天》等，都具有这些鲜明的特征。它们好像是专门为戏剧和电影写的。当然，我们不能一概而论，将斯坦贝克的现实主义尤其是他的文献式现实主义手法完全归因于非目的论的哲学观。因为，他的艺术手法还同他的文学继承和所处的文学时代有一定的关系。不过，非目的论的哲学观确实对作家形成这样一种小说文体起着至关重要的指导作用。

　　但是，斯坦贝克也是一个试验作家。他一生进行人生奥秘的追求，希望创作出具有崇高和宏大的主题、丰富的肌质、多元视角和诗性语言的小说，这就使他不可能也没有必要将自己拘泥在一种哲学观和文学创作方法中。即使在他创作的前期和中期，他也不时地受目的论思维的影响。与这种思维相适应，在进行文献式的现实主义叙事的时候，作家也不时地进行一些浪漫主义或批

　　① 许南明、沈善主编：《电影艺术词典》，中国电影出版社1986年版，第9—10页。

判现实主义的抒情和议论。《愤怒的葡萄》和"蒙特雷三部曲"中的议论和抒情就是明证。哲学导师里基茨死后，斯坦贝克在哲学观上更多地偏向目的论。这种哲学观体现在创作上，就是不仅要再现现世的生活"是"什么，还要揭示"为什么是"这样，或者"应该是"什么。这就把过去、现在和将来有机地结合在了一起，后期长篇小说《伊甸之东》和《烦恼的冬天》就是在这两种哲学观指导下创作的结果。例如，《伊甸之东》是一部家世小说。它以历时的"叙"和共时的"示"为主要叙事手段，又融入寓言剧《每个人》和《圣经》中的神话因素，生动地再现了萨利纳斯河谷两个家族从美国南北战争直到第一次世界大战结束这长达半个世纪的生活，从而以史诗的形式揭示了人生的奥秘：即善与恶冲突背景下的人类出行和最终获得"自由选择意志"的人生启悟。斯坦贝克在给友人科维希的信中说："小说包含了我近乎所有的一切。"美国著名文学史论家罗伯特·E. 斯皮勒看了这部小说后评论道："他（斯坦贝克）本来还可以加一句，小说也包含美国近乎所有的一切。"①

三　群体和个体理论

作为一位哲学导师，里基茨不仅教会了斯坦贝克非目的论的思维方法，而且还使这位年轻的作家早年模糊不清的"群体"（phalanx）和"个体"理论得以系统化和哲学化。斯坦贝克曾在里基茨的海洋微生物实验室进行过认真的观察和研究。他发现，数以亿计的珊瑚虫结合在一起，会形成一个奇怪而又美丽的植物状结构。经过一段时间以后，这些植物状的结构会形成美丽的环

---

① 罗伯特·E. 斯皮勒：《美国文学的周期》，王长荣译，上海外语教育出版社1996年版，第229页。

礁。由珊瑚虫和珊瑚礁的关系得到启示,斯坦贝克联想起了人类历史上类似的现象。欧洲人建造哥特式尖塔,其动机似乎和珊瑚虫建造珊瑚礁一样神秘,也一样单纯。在加利福尼亚的门多西诺县,曾经有一个社区的人,把一个人当做他们共同的仇敌,并最终将他打死,虽然这个人并没有对他们造成危害。这一切引起了斯坦贝克对群体人和个体人本性的深思。在给朋友卡尔顿·谢菲尔德的信中,斯坦贝克阐述了自己对群体人和个体人本性的认识:

> 在邪恶的刺激下,群体很容易摆脱个体的善良本性,在人类作为一个群体(group)进行活动的时候,他们就不再具有个人的普通属性。群体能够改变个体的本性,群体能够改变个体的出生率,减少个体的数量,控制个体的思想,从精神上和肉体上改变个体的形象。我所作的所有记录最后都归结为一点,那就是,群体由个体构成但又与这些个体相区别开来,一如个体的人由细胞构成但又与细胞截然不同。①

在与朋友的通信中,斯坦贝克进一步指出,群体的本性是可变的。有时候,一个可怕的自然刺激会在一夜之间创造出一个群体。斯坦贝克所指的群体,可以具有不同的规模。小的群体可以是一个宗教布道会,大的群体可以指投入战争的整个世界。令斯坦贝克着迷的是,群体具有自己的灵魂、倾向、意图、目的、方法和向性,它们与构成这个群体的个体所拥有的灵魂、倾向、意图和向性等绝不相同。这些群体通常被认为是个体的繁殖,其实并非如此。它们本身就是一种实体,一种存在,正如一块铁的特

---

① Steinbeck, Elaine & Robert Wallsten. eds. *John Steinbeck: A Life in Letters.* New York: The Viking Press, 1975, p. 75.

性与它的构成部分原子的特性不同一样。人类这个巨大的群体，其特性也与其构成部分人类原子即个人的特性不同。群体还具有它自己的记忆。它知道月落时会涨潮，世界上的食物消耗殆尽后会闹饥荒，知道群体中的个体数量过多时为了保护整体需要消除部分个体的办法，它甚至对历史过程本身也留有记忆。群体也具有其构成个体所不具有的巨大的激情，即破坏激情、战争激情、迁徙激情和仇恨激情等。宗教就是一种群体激情，这一点教堂的牧师们深有体会。他们经常布道说，当两三个人聚集在一起时，神圣的上帝就会来到他们心里。

斯坦贝克认为，用群体理论可以揭示历史上许多神秘的事情。它可以揭示人类迁徙的动因，揭示成吉思汗和哥特人怎样由个体的牧民和猎人变成拥有一个本能的并且对人类造成巨大破坏的群体，揭示为什么美国的禁酒法会突然被废止。这一切都是群体的激情使然。一个游牧民族可能一夜之间变成一种巨大的破坏力量，一个真正的群体，会突然入侵欧洲。而在另一个时代，他们又变成了牧民，软弱得连鞑靼人的侵略都抵挡不住。我们在这个变迁中找不出个人的原因，我们也找不出玛雅人突然迁徙的个人原因。我们可以说这是成吉思汗和亚啼拉领导着干的，但事实上，这是他们个人本身所不能做到的。他们只不过是这些运动的代言人而已。德国的纳粹群体也不是希特勒个人创建的，他只不过是把这个群体要做的体现出来罢了。

那么，艺术与群体理论有什么关系呢？斯坦贝克认为，在个体人的无意识中存在着一个支配机制。荣格把这个机制称为第三人（the third person）。它像一个插销，插进群体的螺帽以后，就会使个人在群体中丧失其个人身份。群体存在于艺术家的意识之内，艺术是群体的特征，而不是个人的特征。艺术是群体对自然和生活本性的认知结果的形象表达。斯坦贝克这样描述艺术和群体的关系：

艺术家就是群体的发言人。当一个人听到伟大的音乐，看到伟大的绘画，读到伟大的诗篇的时候，他便会将自己熔铸于群体之中。我不需要描述由这些艺术引起的激情，但是毋庸置疑，这是一种将个人和群体融为一体的感情。人在与世隔绝的时候是孤独的，乃至于会死掉。而从群体之中，他可以源源不断地获得生活的必需品。①

有两点需要在这里特别指出。第一，斯坦贝克不是美国文学界第一个对群体理论感兴趣的人。在他之前，马克·吐温在《哈克贝利·费恩历险记》里，就曾对群体现象进行过论述："天下最可怜的就是一群乌合之众；军队就是这么回事——乌合之众；他们打起仗来，不是靠他们自己天生的勇气，而是仗着人多，仗着长官，才有勇气打仗。可是一群乌合之众没有一个有胆子的人领头，那就连可怜都说不上了。"② 在 20 世纪 30 年代，美国有许多无产阶级作家如迈克尔·高尔德、约翰·里德等，都曾在自己的作品中触及到类似的现象。这些无产阶级作家试图摆脱孤立与无所作为的状态，通过描写广大劳动人民的痛苦和觉醒，将自己和劳苦大众结合起来，跟他们并肩向着新生活迈进。他们提出的口号和座右铭是："不是我，而是我们；不是我的或是他们的，而是我们的。"③ 他们认为，工人阶级只有成为一个团结一致的整体，才能赢得尊严和力量，而作为受压迫和软弱无

---

① Steinbeck, Elaine & Robert Wallsten. eds. *John Steinbeck：A Life in Letters*. New York：The Viking Press, 1975, p.80.

② 马克·吐温：《哈克贝利·费恩历险记》，张友松等译，江西人民出版社1983年版，第186页。

③ 马尔克姆·考利：《我在作家协会工作》，（台北）皇家图书有限公司1978年版，第101页。

力的个体却不可能得到这样的目的。斯坦贝克与前人哲学观的不同在于，他不愿将任何道德判断强加在群体哲学现象上，也不愿将它锁定在"左"翼文学或无产阶级文学的窠臼里。在给朋友的信中，他阐述了他的客观、中立的观点："俄国人给我们提供了一个很好的人类习性的例子。他们以一种奇特的怀旧心理摆脱个性，重铸这个民族记忆和希望的群体特性。对于他们的所作所为，我不会下任何结论。"[①] 当有些"左"翼评论家将他的史诗性小说《胜负未决》奉为无产阶级小说而进行赞扬时，斯坦贝克矢口否认作品的政治性，认为小说只不过是对"人类与自身永恒斗争"的科学考察而已。他说："我对以罢工为手段试图提高人们工资的做法不感兴趣，我对宣扬正义和压迫不感兴趣……我只不过是记录意识，不作任何判断，只是记录而已。"[②] 这说明，斯坦贝克是要跳出阶级和党派的窠臼，从"群体—个体"本性的角度来考察人类的生存规律。当然，作为一个富有普世情感的作家，斯坦贝克不可避免会在作品中流露出对工人的同情。第二，在"群体—个体"的关系方面，我们很难说斯坦贝克是重视群体而轻视个体。事实上，斯坦贝克的"群体—个体"哲学观本身就存在矛盾。一方面，他认为群体是历史上重大事件的发起者，艺术是群体的代言人；另一方面，他也承认个体的巨大作用，甚至认为个体具有惟一重要的作用。这一点，他在给著名作家约翰·奥哈拉的信中清楚地表现了出来：

> 我非常相信一件事。那就是，我们人类所拥有的惟一具
> 有创造性的东西就是个体。两个人能生育出一个孩子，但是

---

① Steinbeck, Elaine & Robert Wallsten. *John Steinbeck: A Life in Letters.* New York: The Viking Press, 1975, p. 76.

② Ibid., p. 98.

我不知道群体还能创造出别的什么东西。没有个人思想支配的群体是可怕的、具有破坏性的。在过去的两千年里，最伟大的变化就是产生了认为个人灵魂是最宝贵的基督思想。如果我们不能保护和培育这种珍贵的个体思想，那么，人类世界不是分崩离析，就是陷入悲惨的奴役状态。我们伟大的任务似乎就是要保护和培育这种个体思想。①

怎样解释斯坦贝克哲学观中的这个矛盾呢？笔者认为，对斯氏的"群体—个体"哲学观不妨作这样的阐释：一方面，无数的人类个体构成了群体的生物人，他们作为一种合力可以求得生存或者推动社会的发展；另一方面，群体的发展也离不开个体先知的指导作用，个体只有融入群体才能生存、发展乃至成为领导群体前进的领袖。不管矛盾与否，斯坦贝克还是将自己对"群体—个体"哲学理论的发现看做生活对他的一种启示，以及他对人类生存规律的顿悟。他发誓要将他的发现化为小说的宏大的主题和叙事符号，以便对读者产生启示作用。"群体—个体"理论，在斯坦贝克的主要的史诗性小说《胜负未决》《人鼠之间》《愤怒的葡萄》以及其他小说中都有体现。例如，在《胜负未决》中，群体人的具体形象是加利福尼亚托加斯谷地的一些摘苹果工人。作为个体，他们与其他穷人形象没有什么差别。他们懒惰、粗心、残忍、胆小、嫉妒和自私。他们不愿为改善营地的卫生条件相互合作，男人在性方面恣意放荡，女人也对男人进行性挑逗。但是，一旦这些人被作为个体人先知的罢工煽动者麦克组织成一种群体性的动物，那么这个新的集体就变得非常强大凶猛。它既不比它的构成个体更崇高，也不比那些个体更卑下，但

① Steinbeck, Elaine & Robert Wallsten. *John Steinbeck: A Life in Letters*. New York: The Viking Press, 1975, pp. 359—360.

在许多属性方面却与个体截然不同。斯坦贝克通过小说中罢工组织者麦克与医生多克·伯尔顿的辩论，表达了他对作为群体和个体人的本性的关注。麦克将这个群体动物看做需要吃饭、经过煽动可以为共产主义的政治理想卖命的东西，他心目中的这个群体形象不可避免的是一种卑下的动物形象。多克·伯尔顿是一个给罢工工人治病的医生，也是一个"梦幻者、神秘主义者和玄学家"。他将群体人看做一种可供研究分析、以便获取知识的东西。他反对麦克将群体人看做动物的形象，而用胚芽和细胞的形象取而代之。但这并不比麦克有关群体人的形象的言论具有更多的人道意味。"人民的领袖"是中篇小说《小红马》的一部分，同样反映了斯坦贝克的"群体—个体"思想。这个故事讲述的是一个老人的经历。在群体西进开拓西部疆域的运动中，这个老人曾经是一个群体的首领；当这个群体最终到达太平洋西岸的时候，他作为一个领袖的职能消失了；对于他的家人来说，他现在只不过变成了一个讨厌的、喜欢饶舌的人。老人最终认识到自己经历的真正性质：他过去的辉煌只不过是一种群体现象，而不是英雄的壮举。"印第安人，冒险的经历，甚至横跨到这里来，这些事都没有什么要紧。这是整个一群人变成一头巨大的爬行动物。我是首领。往西走，往西走。人人都有自己的打算，但这一头巨大的动物所要求的就是往西走。我是领头的，如果我没有去，会有别的人领头。事情总得有一个头"[1]。

四　超验主义与普世情感

除了里基茨以外，在哲学上对斯坦贝克影响较深的还有爱默

---

[1]　约翰·斯坦贝克：《中短篇小说选》（一），人民文学出版社 1983 年版，第 263 页。

生（Ralph Waldo Emerson）和惠特曼（Walt Whitman）。在一般美国人的心目中，爱默生既是位诗人，更是位哲学家。虽然他并没有独立完整的哲学思想体系，他的超验主义思想是康德、谢林等唯心主义和美国清教主义杂交而成的产物，他宣传的超验哲学及其独特的"超灵"说还是对 19 世纪以来的美国文化产生了巨大的影响。爱默生作为美国哲学上的一个先知，就像一头母牛，人人争相吮其乳汁，但不一定都喜欢那种味道，都承认受益于他。斯坦贝克也是这样。有关斯坦贝克的创作同爱默生哲学的关系的研究很是罕见，国外只有弗雷德里克·I. 卡朋特有所触及。① 至于斯坦贝克本人对爱默生的评论，笔者目前见到的材料也只有寥寥几句："目前所作的任何调查将要使这些微生物显现出来，否则它们将会不为人所知，正如爱默生在一百年前《论超灵》中谈论的那样。"② 这样的话远不足以说明爱默生的超验主义哲学曾对斯坦贝克产生过影响，但是，从斯坦贝克对待自然的态度方面，从作家始终如一的对宏大的启示主题的追求方面，我们还是能看到以爱默生为代表的超验主义哲学对斯坦贝克的影响，尽管这种影响有时是作为斯坦贝克思想矛盾的一方存在的。爱默生的超验主义学说的核心有两个，一个是超灵说，一个是个人主义。什么是超灵呢？爱默生在《论超灵》（The Oversoul）一文中明确指出：

> 古往今来，对错误的最高批评家，对必然出现的事物的惟一预言家，就是那大自然，我们在其中休息，就像大地躺在大气柔软的怀抱里一样；就是那"统一"，那"超灵"，

① Bloom, Harold. ed. *John Steinbeck's The Grapes of Wrath*. New York: Chelsea House Publishers, 1988, pp. 7—15.

② DeMott, Robert J. *Steinbeck's Reading*. New York: Garland Publishing, INC., 1984, p. 38.

每个人独特的存在包含在其中，并且跟别人的化为一体；就是那共同的心，一切诚挚的交流就是对它的膜拜，一些正当的反应就是对它的服从；就是那压倒一切的现实，它驳倒我们的谋略才干，迫使每个人表露真情，迫使每个人用他的性格而不是用他的舌头说话，它始终倾向于进入我们的思想和手，变成智慧、德性、能力和美。我们连续地生活，分散地生活，部分地生活，点点滴滴地生活。同时，人身上都有整体的灵魂；有着明智的沉默；有着普遍的美，每一点每一滴都跟它保持着平等的关系；有着永恒的"一"……我们一点一点地看世界，如看见太阳、月亮、动物、树木；然而，这一切都是整体中触目的部分，整体却是灵魂。①

在《论自然》的第七部分"精神"中，爱默生又进一步指出：

我们了解到人的灵魂中存在着最崇高的东西；那令人敬畏的宇宙的本质不是智慧、爱情、美和权力，而是一切独立体的总和，万物为它而存在，万物由它决定其存在；精神可以造物；在自然界的后面，浸透着自然界的是精神；它作为整体而不是混合体，不是从外面，即经过时间和空间，而是通过思想，或通过我们自身，对我们发生作用。②

通过上面的这两段论述可以看出，在爱默生的词汇中，超灵和精神是同义语。它们都是既指一种存在于天地万物之间的、无

---

① 拉尔夫·沃尔多·爱默生：《爱默生集》（上），赵一凡译，生活·读书·新知三联书店 1993 年版，第 425 页（译文有改动）。

② 同上书，第 49 页。

所不包、无所不在的浩然灵气，又指一种有形有体、伸手可触的现实存在。世间万物，包括人和自然界，都是它的体现。人的灵魂是超灵的一部分，每个人的灵魂都存在于超灵这个大灵魂之中。个人的灵魂只有通过自然的或宗教的感悟，才能达到和超灵的物我合一的崇高境界。爱默生在"自然"一章内，讲述了自己一次林中漫步时所经历的"妙悟"时刻：

> 我站在空地上，头沐浴在和煦的空气里，仰望着渺邈无垠的太空，小我的一切都消失了。我变成了一只透明的眼球；本身不复存在；我洞察一切；"上帝"的精气在我的周身循环；我成为上帝的一部分。①

这和中国佛教中所说的"顿悟"有惊人的相似。在这种时刻，灵魂挣脱肉体的限围，和"上帝"合而为一。这里所说的"上帝"是指自然，它是"上帝"和"超灵"的象征。那么，什么样的人才能达到和自然合而为一呢？爱默生认为，是那些感官敏锐、能够通过具体形象进行思维的人。联结思想与其适当象征物的能力，取决于他们性格的纯真程度。人通过直觉所体验到的生活的存在、道德及神的启示，都可以在通过感觉观察到的自然界多种形式的表现中找到对应。据爱默生回忆，他有一次曾在巴黎的植物园里观察"蝎子与人之间的神秘关系"，幡然顿悟出人与自然的对应关系，因而发誓要做一个自然主义者。所以，他以激情的浪漫主义口吻向世人宣称："爱自然界的是……在成年时期也还保留着童稚之心的人。"因此，他主张人们应回到原始状态，回到自然，如稚子一般沐浴在大自然的氛围里。

---

① 拉尔夫·沃尔多·爱默生：《爱默生集》（上），赵一凡译，生活·读书·新知三联书店1993年版，第10页。

爱默生超验主义的另一面是个人主义，它是欧洲悠久的个性思想和美国新生的个人主义发展的集大成，并在爱默生那里提炼成为一种民族的文化精神。较之前辈的思想，爱默生的个人主义具有超验的特点。它超出了政治、社会和经济的范畴，进入了道德、哲学和形而上的层次。爱默生强调个人的主观精神，认为一个人衡量自己的尺度不再是其他的个人，而是抽象的个人，这个大写的个人就潜在于个体自身之中。爱默生强调，人具有四个方面的属性。第一方面是个人的神圣性。作为超灵的一部分，每个人都可以声称自己的神圣，每个人由于分享着宇宙之灵因而都是一个小宇宙。第二方面是人的个性。爱默生将人的个性定义为现代社会的特点，认为"人不是造得像盒子那样……千篇一律的，具有一样的向度，一样的能力；不是的。他们是经过令人惊讶的九个月才来到世上，每个人都有一种不可估量的性格和无限的可能性。"① 第三个方面是人的无限潜力。爱默生把个人视为社会和历史的中心，认为世界不算什么，人才是一切，在人自身当中存在着一切自然的法则。最后一个方面是强调个人的自足和自治。他认为，如果一个人毫无畏惧地按自己的本能生活并坚持下去，庞大的世界就要以他为中心运动。然而，随着个人成为他自己的主人，他也同时承受了压力。因此，他必须振作起来，对自己的状况负责。

爱默生的超验主义思想，从两个方面影响了斯坦贝克的小说创作。一方面，它作为一种哲学思维促进了美国文学中原始象征主义的发展。在爱默生看来，潺潺不息的流水暗示宇宙的无穷运动，春夏秋冬的更替预示人生的生老病死，地上爬行的蚂蚁身小心大，也能够象征人本身的崇高和伟大。斯坦贝克继承了爱默生

① Whitcher, Stephen E. ed. *Selections from Ralph Waldo Emerson.* Boston：Houghton Mifflin Company, 1960, p. 95.

的这种超验主义思想，并将它和非目的论思维结合在一起，来关注自然界和人类社会，尤其是人、植物和动物的生长和变化。他将这些发现用一种直觉和神秘的方式与人联系起来，从而通过一种神秘的、"对所有形式的生命"的尊敬，使人类形象得以艺术的升华。[1] 著名文学评论家爱德蒙·威尔逊对斯坦贝克作品中大量存在的乌龟、老鼠等小动物和类似小动物的人的形象，颇有微词。他指出："斯坦贝克先生几乎总是在小说中要么描写低级的动物，要么描写智力发育不全、近乎处于动物层次的小人物……好像是人类的思想感情和言语能力，被赋予了一群跳海的旅鼠"[2]。其实，如果我们了解了斯坦贝克超验主义和非目的论的哲学观的话，威尔逊的指责似乎就不应是斯坦贝克作品的缺陷。诚然，斯坦贝克小说中的人物，的确像动物一样单纯，绝不是"高、大、全"式的人物。这是因为，非目的论的哲学观要求作家去"现实地"观察"现世生活"，然后将观察的结果付诸纸端。斯坦贝克所生活的加利福尼亚谷地，就生活着这样的人物，他们的生存几乎毫无例外的是一种动物的本能表现，吃、喝、住、性以及为了追求目的而进行的努力，这些构成他们主要的生命关怀。里基茨认为，居住在蒙特雷的这些贫穷、半文盲的人物，是斯坦贝克哲理化小说的理想人物。因为，没有什么能比表现这些贫穷的人为摆脱贫穷和压迫的地位而进行的努力以及因他们本性的淳朴和良善而使他们的努力不可能实现之间的冲突更具有震撼性了。他们的思想来自他们作为人的精神诉求过程，他们不可避免的失败则又源于他们的动物本能。里基茨鼓励斯坦贝克描写这些人物，并向读者揭示以"动物性"

① Bracher, Frederic. "Steinbeck and the Biological View of Man". The Specific Spectator, Winter, 1948.

② Wilson, Edmund. "The Californians: Storm and Steinbeck." New Republic, 103 (December 9, 1940), pp. 784—787.

形式显现出来的人类本性中的"原始性"。在表现人类的"动物性"本质的时候，斯坦贝克又受爱默生超验主义的影响，将人类的"动物性"作为一种神秘的"原始性"来进行图腾式的描绘和崇拜。他在作品中显示的正是这种神秘的原始性，它升华了自然的或接近自然的东西。因此，也正是从这种神秘的原始性中，产生了作品的"神秘象征主义"特征。在斯坦贝克的作品中，人物、动物和自然景物达到了"三位一体"的合一，它们既是作品中必不可少的叙事元素，又是一些相对独立的象征符号。例如，《人鼠之间》里的老鼠、谷地与莱尼，《愤怒的葡萄》中的乌龟、加利福尼亚和约德一家，《小红马》中的马、雨与乔迪等，都是三位一体的合一。通过对它们三位一体的描写，斯坦贝克将自然和人物神秘地结合起来，以表现他对自然和生命的各种形式的敬畏，以及从中获得的超验的启悟。斯坦贝克在《愤怒的葡萄》中对乌龟的描述，就是一个典型的例子。读过《愤怒的葡萄》的人，是不会忘掉乌龟这个形象的。当看到作家用第三章整整一章的文字来描述乌龟的时候（它在后面的章节中又反复出现），读者就不得不寻找这其中神秘的原始象征意义了。首先，作家是这样来描写乌龟的活动的：它爬过草地，"在后面留下了一条踩过的路迹。接着，它遇到了一座小山——那是一个路坎——它很讲究方法地爬到了公路平坦好走的路面上。它征服了——通过用力、滑下、再挣扎的过程——那四英寸（10.16厘米）高的混凝土墙壁……"这里的"乌龟"，实际上象征着66号公路上拖家带口逃难的奥克拉荷马州人。其次，乌龟那"坚硬的嘴"和"锐利的、幽默的眼睛"，很像"眼睛机敏、刻薄和幽默"的祖父约德与"长着坚硬的鹰钩鼻子"的牧师吉姆·凯绥。他们虽然处境艰难，但仍然能够苦中作乐。这个乌龟即使被汤姆用靴子翻了个底朝天，又险些被一个妇女开的汽车轧死，但它仍然本能地躲过灾祸，继续向西爬行。因此，这里的乌龟代表着生存，代表着神秘和本能的生命力。正是这种神秘和本能的力量，促使乌龟不管遇到多少挫折，始终不断地向前进。这就象征着奥克拉荷马人不顾路途的艰难险阻、执意出行到加利福尼亚的决心和行动。再者，乌龟在行进的过程中，它的前腿还拽着一根野生燕麦的梢头，梢头里包含着种子。当乌龟躲开灾祸，重新在公路的另一侧找到了平衡之后，"那根野生燕麦梢头落了下来，于是便有三颗矛头似的种子紧粘在地里了。乌龟爬下路坎的时候，它的甲壳拖带一些泥土，盖住了这几颗种子"。艰难前进的乌龟却使生命长驻，这就又象征了一个新的生命循环。最后，作为世界上最古老的爬行动物之一，乌龟还象征着人类与生俱来的寻求新家园的本能的欲望，即《小红马》里祖父所称的"西行"本能。

另一方面，爱默生超验主义哲学中的个人主义一面也制约了斯坦贝克对于"群体"现象的过分强调。个人主义促使斯坦贝克把人文关怀的中心集中在个人的行为方面，表现个体人的奋斗历程。那就是，通过描写群体背景下的个人的"顿悟"以取得"超灵"和精神救赎的行为，来突出"崇高"和"宏大"的主题。《愤怒的葡萄》里的吉姆·凯绥和汤姆·约德、《月落》中的奥顿市长和温特大夫、《小红马》中的乔迪、《珍珠》中的奇诺、《烈焰》中的乔·索尔以及《伊甸之东》中的老李和亚当·特拉斯克等人身上，都可以找到爱默生的超验思想——他们经过地域的或精神的出行，获得人生的启悟和精神的升华——这是斯坦贝克小说情节的滞定型范式，也是他毕生追求的崇高和宏大主题的重要表现。

超验主义的另一个代表人物是惠特曼，他的哲学思想的核心是普世情感。什么是普世情感呢？托尔斯泰认为："艺术……要表现一切人具有的本乎天性的情感。而一切人天性中秉有的情感

58

是最高尚的情感。人的情感越是高尚，如属神的爱，就越为一切人所共有，反之亦然。"[①] 托尔斯泰在这里所说的"最高尚的情感"，实际上就是普世情感，即人类普遍之爱。它超越一般的个人情感范畴、狭隘的阶层局限以及社会的边界和民族的隔阂，因而是永恒的、普世的。作为一个伟大的超验主义诗人，惠特曼在他的作品中始终如一地表现了对普通人的关爱以及对集体民主向往的思想。他倾注 40 年心血写就的《草叶集》（*Leaves of Grass*），就是这一思想的集中体现。《草叶集》开篇的序言，其实就是一首优美的散文诗，一篇阐释作者普世情感的哲学宣言书。诗人写道，他热爱美利坚的山川、河流、湖泊，热爱它的树木、花草、鸟兽，热爱它的人民、土地和城市。他热爱美国的一切，包括苦难、黑暗、死亡和哀伤。用做书名的"草叶"，其实就是一个耐人寻味的意象，它象征着千千万万具有强大生命力的美国劳动人民。惠特曼这样写道：

> ……我猜想它是一种统一的象形文字，
> 它的意思乃是，在宽广的地方和狭窄的地方都一样发芽，
> 在黑人和白人中都一样地生长，
> 开纳克人，塔卡河人，国会议员，贫苦人民，
> 我给予他们的完全一样，我也完全一样地对待他们。[②]

《草叶集》中第一首诗"自我之歌"，也集中表达了惠特曼的普世情感。这首诗的第一节讲诗人要歌颂自我和大众，要

---

① 《列夫·托尔斯泰文集》第 14 卷，人民文学出版社 1972 年版，第 174 页。
② 沃尔特·惠特曼：《草叶集》（上），楚图南译，人民文学出版社 1987 年版，第 67 页（本书有关译文均出自该版本）。

"毫无顾虑,以一种原始的活力述说自然"。从第 2 节到第 14 节,诗人描绘"我"和自然的融合过程,探讨草叶和生死、永恒之间的关系,表达诗人热爱动物和人的情感。诗人的普世情感在该诗的第 41 节和第 42 节达到了高潮,他豪迈地向世人宣布:"我"爱一切,"所给予人的是整个我自己";"我"接受一切信仰,"接受了这粗糙的神圣的速写使它在我的心中更加完整,然后自由地赠给我所遇到的每一个男人和女人"。于是,普通人——建筑工人、消防队员、机器匠的妻子、收割庄稼的农夫、红发缺牙的马夫以及普通物——牛、粪块和泥土,在惠特曼的笔下都具有了神性。这难道不是普世情感的最高体现吗?

惠特曼的这种近乎宗教式的对普通人的关爱或曰普世情感,深深地影响到了斯坦贝克。早在上高中的时候,斯坦贝克就读过惠特曼的诗歌,尤其是钟爱惠特曼的《自我之歌》。[①] 自那以后,斯坦贝克总是将惠特曼作为美国亘古以来最伟大的诗人来崇拜和研读。斯坦贝克的小说,不管是长篇、中篇还是短篇,大都以加利福尼亚州中部的萨利纳斯山谷和附近的蒙特雷海岸一带为背景,描绘那里的山川、谷地、大海和平原,再现生活在社会底层的农业季节工人、渔民、店员、落魄的艺术家、科学家以及流浪汉们痛苦而又不乏情趣的生活。例如,《煎饼坪》《罐头厂街》和《甜蜜的星期四》构成喜剧三部曲,它们描写了流浪汉、妓女、科学家等普通人之间幽默、和谐和诗意的生活。被某些评论家称为"工人阶级三部曲"的《胜负未决》《人鼠之间》和《愤怒的葡萄》,描绘了农业季节工人的悲惨命运、他们的出行以及精神的救赎等艰难的历程。晚期的长篇小说《伊甸之东》,叙述了两个家族三代人的生存历史,表现了人类在善与恶冲突中

---

① Demott, Robert J. *Steinbeck's Reading*. New York & London: Carland Publishing, INC. , 1984, p. 180.

的出行和对自由选择意志的顿悟。在《愤怒的葡萄》中，作为超验主义思想重要部分的惠特曼普世情感表现得尤为突出。《愤怒的葡萄》不仅表现了约德一家和其他季节工人痛苦的生活以及像乌龟一般坚强的求生意志，而且通过约德一家与其他季节工人家庭的聚合和联邦收容所的自治生活，向世人启示了惠特曼式的"大我"和"集体民主"的思想。诺贝尔文学奖授奖词一语道破了斯坦贝克作品中体现出的这种情感："但是在他身上我们发现了那种美国气质，这也见于他对大自然、对耕耘的土地、对荒原、对高山、对大洋沿岸所怀有的伟大情感，对斯坦贝克来说，所有这一切都是在人类社会之中和人类社会之外的一种用之不竭的灵感的来源。"①

---

① 宋兆霖主编：《诺贝尔文学奖文库：授奖词与受奖演说卷》（8），浙江文艺出版社 1998 年版，第 424 页。

第 二 章

斯坦贝克小说诗学形成的文化语境

一 现实主义和现代主义交汇时期的斯坦贝克

斯坦贝克是一位什么流派的作家，历来是评论家争论和文学史家进行分类的一个焦点。伊恩·奥斯比认为，斯坦贝克是现实主义作家，"他的作品在表现人类苦难与人的尊严方面具有不朽的价值。"[①] 英国评论家马尔科姆·布雷德伯里在其专著《现代美国小说》里，称斯坦贝克是从"严肃自然主义"转向"神话式自然主义"的重要小说家。[②] 约翰·H. 逖麽门认为，斯坦贝克是一个超自然的自然主义小说家。[③] 中国和前苏联等社会主义国家的文学评论家，则主要将斯坦贝克作为一个无产阶级小说家或社会抗议小说家来推崇。那么，斯坦贝克到底是个什么样的作家呢？笔者认为，简单地贴标签是无益于解决问题的，最好的办法还是将作家置于他所处的文学和文化时代来审视。

---

① Osby，Ian. *An Introduction to 50 American Novels*. London：Pan Books，1974，p. 404.

② 转引自王长荣《现代美国小说史》，上海外语教育出版社 1996 年版，第 115 页。

③ Timmerman，John H. *John Steinbeck's Fiction：The Aesthetics of the Road Taken*. Norman and London：University of Oklahoma Press，1998，p. 29.

斯坦贝克在20世纪20年代中后期开始从事文学创作，并一直持续到60年代初期。这一时期，社会充满了矛盾和动荡，突出的表现是物质文明的突飞猛进和精神文明的每况愈下。作为社会生活的晴雨表，文学也经历着激烈的变革。一方面，文学流派蜂拥而起，异彩纷呈；另一方面，批评理论花开花落，各领风骚。浪漫主义、自然主义、现实主义和现代主义等文学流派相竞争而存在，相融合而发展。其中，现实主义和现代主义的对立和交汇，是这一时期的主要特征。如果说19世纪美国文学还处在世界文学的边缘状态，不为世人所重视的话，那么，到了20世纪20年代，美国文学已步入世界文学之林，世界文坛上的流派竞争也自然而然地在美国文坛上反映出来。虽然美国没有经历两次世界大战的残酷磨难，但美国的大萧条岁月和高科技发展带来的人的精神危机，也使得现实主义文学和现代主义文学有了长足的发展。

首先是现实主义。作为文学史上一个重要的流派，它有广义和狭义之分。广义的现实主义，是指自古以来就有的反映现实的艺术品共同具备的一种原则和因素；狭义的现实主义，是指欧洲19世纪中期取代浪漫主义而占主导地位的一种自觉的创作方法和文艺流派。它由贝朗瑞发起，司汤达奠基，形成以巴尔扎克、福楼拜、狄更斯、萨克雷、果戈理、托尔斯泰、哈代、萧伯纳等人为代表的全欧洲性质的现实主义文学思潮。由于其鲜明的时代、地域和美学特征，这一时期的现实主义又被后来的文艺理论家称为经典现实主义。19世纪的欧洲经典现实主义，有以下一些基本特征：第一，偏重于描绘客观现实生活的精确图画，反对作家在作品中直接抒发自己的主观理想和情感。比如，司汤达认为，作家应该描写"关于某一种情欲或某一种生活情景的大量的细小的真实事实"。巴尔扎克强调："只有细节才形成小说的优点。"福楼拜更主张"伟大的艺术应该是科学的、客观的"，认为"艺术家不该在他的作品里露面，就像上帝不该在自然里露面一样"。第二，注重在深入细致地观察、体验现实生活的基础上，对客观事物加以典型化，强调从人和环境的联系中塑造典型性格。例如，巴尔扎克的《人间喜剧》不但真实地描绘了法国社会各阶层的生活风貌，而且通过塑造他所处的时代形形色色的人物典型形象，给后人提供了一部法国社会特别是巴黎上流社会的卓越的现实主义历史。第三，扩大了文艺题材的范围，主张文学抛弃专写伟大人物和伟大事件、追求曲折离奇的情节俗套，有意识地描写社会下层人物和日常生活习俗。狄更斯为了"追求无情的真实"，在《奥力佛·特维斯特》等社会小说中，如实地描绘了当时英国社会底层的悲惨生活和犯罪堕落现象。以果戈理为代表的俄国"自然派"作家，正式提出了写"小人物"的口号。到了 19 世纪中、后期，在法国实证主义哲学家孔德（Auguste Comte，1798—1857）和文艺理论家丹纳（Hippolyte Taine，1828—1893）的影响下，形成了以左拉（Emile Zola，1842—1902）为代表的自然主义文学，并逐渐波及欧美诸国。但是，由于自然主义和现实主义没有质的规定性，都强调对客观现实生活的精确描绘，因此，有的文学史家把它归入现实主义文学的范畴，有的把它看做是现实主义文学的深化和变种。[①] 笔者认为，这种归类是有道理的。笔者在研究斯坦贝克所处的文学语境的时候，也遵循这种分类原则，即把自然主义归入现实主义这个文学大范畴。

欧洲经典现实主义文学（包括自然主义）传到美国是在南北战争以后。战争的残忍、竞争的加剧、人口的剧增、道德的衰微改变了美国人乐观浪漫的思维，而对严峻的社会现实的思考和反映成了这一时期作家关注的焦点。从欧洲大陆吹来的现实主义清风，使苦闷的美国作家耳目一新，他们开始认真研究现实主义

---

① 王宁：《现实主义、现代主义和后现代主义》，载柳鸣九主编《二十世纪现实主义》，中国社会科学出版社 1992 年版，第 69 页。

的理论。例如，马克·吐温从欧洲现实主义前辈那里得出结论：真实高于一切。豪威尔斯则指出：惟有自己经历过的生活才值得描写，艺术的惟一秘密在于用自己的肉眼观察生活。在此期间，法国哲学家孔德的实证主义哲学和丹纳的文艺理论对美国现实主义文学理论的形成起了重要作用。孔德主张对各种社会问题要采取科学的态度，并用它来解决物质世界的秘密。丹纳将实证主义哲学引进文艺理论，提出了以"种族、环境和时代"为代表的文学源泉和文学创作原理说①，它们构成了美国现实主义文学的理论基础。在欧洲经典现实主义作品、丹纳的艺术哲学和美国乡土文学的共同作用下，美国在19世纪60年代至20世纪20年代形成了以威廉·豪威尔斯、马克·吐温和亨利·詹姆斯为代表的现实主义文学创作的高峰。尤其是马克·吐温的《哈克贝利·费恩历险记》对后世美国文学尤其是现实主义文学的影响最大。海明威曾说："全部现代美国文学源于一本马克·吐温写的叫《哈克贝利·费恩》的书……这是我们所有书中最好的一本。一切美国文学都来自这本书。"② 这一时期，美国重要的现实主义文学作家还有哈姆林·加兰、布莱特·哈特、斯托夫人以及作为现实主义之深化的自然主义代表作家，他们是斯蒂芬·克兰、弗兰克·诺里斯、西奥多·德莱塞和杰克·伦敦等。

在20世纪20年代，当斯坦贝克在斯坦福大学尝试文学创作的时候，经典现实主义在欧洲已走过了将近80个年头，在美国也将近60个年头。这时，它正面临着文坛上一个新生的流派的强大挑战，那就是现代主义。什么是现代主义，这是一个富有争议的问题。在它的起止时间、涵盖流派以及与"后现代主义"

---

① 参阅丹纳《艺术哲学》，傅雷译，人民文学出版社1986年版。

② Chang Yao-xin. *The History of American Literature*. Vol. 1. Tianjin：Nankai University Press，1998，p. 485.

的关系方面，至今都存在着不同的界说。马尔科姆·布雷德伯里和詹姆斯·麦克法兰曾在《现代主义》一书中指出："现代主义看上去如此千差万别，简直到了令人惊讶的地步。这取决于人们是在哪个中心，或在哪个首府（或省份）来观察它。正如在今天的英国，'现代'这个词语与一个世纪以前马修·阿诺德所理解的含义迥然不同那样，我们可以看到，从一个国家到另一个国家，从一种语言到另一种语言，它的含义也是极为不同的。"①尽管如此，现代主义和现实主义一样，还是具有自己质的规定性的，尤其是在它们的哲学思想基础和艺术形式方面具有内在的共同性。现代主义哲学和思想的基础，是叔本华和尼采的非理性意志论、柏格森的直觉论、弗洛伊德和荣格的精神分析论以及海德格尔的存在主义等。正是这一切，决定了现代主义关于世界和人的观念于传统的现实主义大为不同。在现代主义者看来，世界是破碎、残酷、不可知的，人生是孤独、痛苦和异化的。现代主义作家的创作，就是要竭力表现人与人、人与自然、人与社会、人与物的对立关系和全面异化以及对自我的探索和思考。奥地利小说家卡夫卡（1883—1924）的小说，例如《美国》《审判》和《变形记》等，可以说是现代主义的典范作品。在艺术形式和表现手法上，现代主义具有强烈的反传统性，更多地使用象征、隐喻、时空颠倒、意识流、潜意识和荒诞等手法。与这些手法相对应，现代主义也形成了众多的流派，如象征主义、超现实主义、表现主义、意识流和荒诞派等。在这一时期，美国的现代主义文学和欧洲的现代主义文学是同步发展的，欧美现代主义文坛上的大家有乔伊斯、艾略特、普鲁斯特、卡夫卡、福克纳等。

现代主义和现实主义孰优孰劣的论争，早在现代主义产生之

---

① 马尔克姆·布雷德伯里、詹姆斯·麦克法兰编：《现代主义》，胡家峦等译，上海外语教育出版社 1992 年版，第 15 页。

初就已存在。例如，在英国，以弗吉尼亚·沃尔夫为代表的现代主义小说家，就曾指责现实主义传统已流于僵化。他们认为，现实主义机械的形式不足以表现现代社会错综复杂的社会矛盾和快速的生活节奏，特别不适于表现现代人那种纷乱复杂的精神世界。他们还认为，在 20 世纪特殊的历史环境里，"现实主义已经成了思想的牢笼"。到了 20 世纪 50—70 年代，现实主义和现代主义的论争达到了顶峰。笔者认为，那些甚嚣尘上的现实主义"过时"和现代主义"新颖"的论调，自然是错误的。但是，罗杰·加洛蒂所提出的"无边的现实主义"论①将卡夫卡等显然不符合现实主义标准的作家硬绑在现实主义的战车上的做法，也同样是荒谬的。不过，有一点是肯定的，面对现代主义思潮和创作手法的挑战，现实主义作家如果抱残守缺，一意孤行地坚持 19 世纪经典现实主义的创作手法，肯定要落后于时代和变化了的读者的欣赏情趣。他们必须有所创新，而且他们也确实呈现出了某种程度的深化。正如王宁先生所说的那样，"即使我们拿公认的 20 世纪现实主义作家高尔斯华绥、萧伯纳、斯坦贝克、辛克莱·刘易斯以及更早些的托马斯·哈代等同司汤达、巴尔扎克、狄更斯、托尔斯泰、契诃夫等 19 世纪的批判现实主义大师们相比较，也不难发现其中明显的差异。"② 这种差异的表现是，那些坚持传统的作家能"自觉地将现代主义和现实主义的成分融为一体，通过自己'接受屏幕'的创造性'投射'，形成自己独特的风格"③。哈代后期的小说创作，就明显地打上了象征、神秘的印迹。例如，在《远离尘嚣》中，季节的变化就是一个明

① [法] 罗杰·加洛蒂：《论无边的现实主义》，吴岳添译，载柳鸣九主编《西方文艺思潮论丛：二十世纪现实主义》，中国社会科学出版社 1992 年版，第 314 页。

② 王宁：《现实主义、现代主义和后现代主义》，载柳鸣九主编《西方文艺思潮论丛：二十世纪现实主义》，中国社会科学出版社 1992 年版，第 59 页。

③ 同上书，第 68 页。

显的象征符号。作者把主要事件的发生安排在不同的季节，借以显示深刻的象征内涵。而以《还乡》中的爱敦荒原为代表的哈代小说中的自然环境，则具有一种超自然的神秘力量，主宰着人间的生死祸福。海明威的创作基调是现实主义的，但是在具体的技巧方面借鉴了现代主义的意识流。他继承了马克·吐温的现实主义传统，将美国中西部的语言提炼成简洁、明快、含蓄的"海明威式"语体；同时，他又从西方现代派绘画中吸取了直觉的表现手法来构成深沉的意境，从现代派作家那里借鉴了自由联想和内心独白来展示人物的心态。

在这个文学的大语境里，斯坦贝克采用现实主义作为自己基本的创作方法。但是，他也自觉地借鉴了现代主义流派常用的一些手法，例如象征、神话和讽喻等。当然，里基茨"非目的论"和爱默生的神秘超验主义，也对作家选定现实主义和现代主义特别是该流派中的象征主义相结合的创作方法，起了重要的框定作用。此外，斯坦贝克博览群书，尤其是对古今各种流派的作品采取兼收并蓄的态度，这也在一定程度上影响了他对创作手法的选择。

二 斯坦贝克的文学习得

斯坦贝克40岁以前的大部分时间，是在萨利纳斯山谷一个殷实和有教养的家庭度过的。使这位未来的作家幸运的是，读书是这个家庭的知识传家宝，并形成了一种浓厚的氛围。这种知识的氛围不仅使作家的童年生活与众不同，而且也为他日后的创作生涯提供了一个艺术的摇篮。斯坦贝克的母亲名叫奥利芙·汉密尔顿·斯坦贝克，是当地的公立学校教师，也是一位才女，她对文学的兴趣深深地影响了自己的儿子。斯坦贝克的父亲约翰，多年任蒙特雷县的司库一职，也将自己对古希腊和罗马经典作品的钟爱传给了自己的儿子。在父母的直接影响的背后，是外祖父塞缪尔·汉密尔顿的监护性的存在。他对优秀图书的挚爱和有关这方面的知识，影响了他所有的孩子，也激发了这位未来的小说家对创作的兴趣。[①] 当这位老人在 1904 年去世时，斯坦贝克还是一个不谙世事的孩童。但是，外祖父在这个家中虽死犹生，已经成了一个传奇式的人物，以至于斯坦贝克后来在《伊甸之东》中将他塑造成一个神话式的人物。更让斯坦贝克感到欣慰的是，这个书香世家还拥有一个藏书丰盛的图书馆，里面收藏有历史书、19 世纪小说、儿童历险书和宗教文学。据斯坦贝克的姐姐回忆，位于萨利纳斯中央大街的斯坦贝克家"充满了书刊"，伸手可及。"我们可以自由选择，"她说，"没有人强迫我们，不管是赞成还是反对。"[②] 沉浸在这种书香氛围中的童年斯坦贝克，日后成为一个著名作家自然就不足为奇了。在 1940 年给一位大学同学的信中，斯坦贝克的姐姐伊丽莎白说，她对弟弟成为一名作家毫不感到奇怪。她曾回忆道：有一年，她从大学回到家里，发现父母在抱怨约翰。约翰把太多的时间花费在书籍报刊上，终日躲在自己的房间里，不吃饭，也不做家务活。她的父母要她劝告约翰注意自己的行为。一天下午，她来到弟弟的房间，期望抓住他偷看"黄色书刊"的证据，结果意外地发现他在专心致志地阅读《包法利夫人》。她对此感到非常惊讶。因为，像她这样的大学生，在文学课上阅读《包法利夫人》尚且有一定的困难。她规劝约翰，说如果他确实想读点东西的话，至少要找些能理解的东西读。约翰对她的劝告充耳不闻，反而向她大声朗读了福楼拜的一些小说片断。然后他抬起头看着她，说有朝一日他会像福

① Steinbeck, John. *Travel with Charley in Search of America*. New York: Viking, 1962, p. 37.

② Elizabeth Ainsworth / Robert DeMott, Letter, 5 October 1979. In: DeMott, Robert J. *Steinbeck's Reading*. New York & London: Garland Publishing, INC. , 1984, p. xxii.

楼拜一样写作。"他说得那样认真,你不可能嘲笑他。"伊丽莎白回忆道:"现在他终于成功了。"①

那么,斯坦贝克究竟看了哪些书?他看的书对他的文学创作尤其是他的小说诗学方面的追求产生了什么样的影响呢?在1979 年的一封信中,他的遗孀伊莲·斯坦贝克(Elaine Steinbeck)曾写道:"他一生阅读不辍。他贪婪地读书,各种各样的书。但是他究竟读过哪些书,则没有记录和整理。"② 美国学者罗伯特·J. 狄莫特,从 1968 年到 1983 年共花费了 15 年的时间,致力于研究斯坦贝克的阅读问题。他以作家死后出版的《小说日志》(Journal of a Novel,1969)、《斯坦贝克书信集》(Steinbeck:A Life in Letters,1975)、《亚瑟王的行为》(The Acts of King Athur,1976)以及哈利·莫尔、皮特·李斯卡、约瑟夫·冯腾洛斯等人的批评著作中提到的线索为依据,共列出了 934 部书③,并指出这些只是有据可查的很少一部分。狄莫特研究的重点是斯坦贝克究竟阅读、借阅或收藏过哪些书籍,以及这种读书经历以何种方式显现在作家的作品中。例如,在提到斯坦贝克读过约翰·班杨的《天路历程》时,狄莫特马上从作家的长篇小说《愤怒的葡萄》中摘引一段文字以作佐证:"那个女人坐在这些毁掉的东西中间,前前后后地翻看它们。'这本书是我父亲的。他喜欢书。他过去常读《天路历程》,上面还有他的名字呢'。"④ 狄莫特的考证可谓细致,反映了美国考据批评的实绩。但是,狄莫特没有在书中论述斯坦贝克的阅读和他的小说诗学追

① Kierman, Thomas. *The Intricate Music: A Biography of John Steinbeck.* Boston & Toronto: Little, Brown and Company, 1979, p. 26.

② DeMott, Robert J. *Steinbeck's Reading: A Catalogue of Books Owned and Borrowed.* New York & London: Carland Publishing, INC., 1984, p. ix.

③ Ibid., pp. 3—125.

④ Ibid., p. 19.

求方面的关系，这就使他那本花费了 15 年的心血查阅众多的资料写成的专著意义不是很大。但是，这本书毕竟为后人研究斯坦贝克的文学习得和诗学追求提供了一些富有启发意义的资料。

笔者认为，在斯坦贝克阅读过的众多的文献中，对他的小说诗学追求产生重大影响的作家或作品有下面几类：（1）非小说、戏剧、诗歌类：《圣经》，托马斯·马洛利的《亚瑟王之死》，老子的《道德经》，威廉·詹姆斯、弗洛伊德和荣格等人的心理学，弗雷泽（Sir James Frazer）的《金枝》，赫拉多特斯（Herodotus）的《历史》等。（2）小说类：约翰·班扬的《天路历程》，亨利·费尔丁、托马斯·哈代、塞万提斯的《堂吉诃德》；作家有巴尔扎克、福楼拜、司汤达、赫尔曼·麦尔维尔、马克·吐温、弗兰克·诺里斯、西奥多·德莱塞、多斯·帕索斯、福克纳、海明威、陀思妥耶夫斯基、托尔斯泰等。（3）戏剧类：埃斯库勒斯、索福克勒斯、莎士比亚、亚瑟·米勒、尤金·奥尼尔、萧伯纳等的作品。（4）诗歌类：荷马、维吉尔、约翰·密尔顿、但丁、彼得拉克、威廉·布莱克、罗伯特·彭斯、爱默生、惠特曼等。

在这些众多的作家或作品中，对斯坦贝克影响最大、也是最早的作家或作品莫过于莎士比亚、《圣经》、班扬的《天路历程》和托马斯·马洛利的《亚瑟王之死》等。这些作家和作品早在斯坦贝克还是一个九岁的顽童时，就开启了他的智力，唤起了他对文学浓厚的兴趣。在他后期的翻译著作《亚瑟王和他的圆桌骑士传奇》中，斯坦贝克这样回忆这些书对他的启迪：

> 我记得那些语言——手写的或印刷的。它们是魔鬼。这些书，它们给我带来痛苦，它们就是我的敌人。我置身于文学的氛围之中。《圣经》浸透了我的肌肤。我的叔叔、舅舅们身上散发出莎士比亚的气味，我母亲的乳汁中流淌着

《天路历程》。这些东西进入我的耳朵，它们是声音，是节奏，是人物。书籍是印刷成的魔鬼——穷凶极恶地迫害人的刑具。有一天，我的姑姑给了我一本书，但是她并不考虑我喜欢还是不喜欢。我带着憎恶的情绪看着那些印刷的黑字，渐渐的，书页向我敞开了大门。奇迹发生了。《圣经》、莎士比亚和《天路历程》是大家的书，但这本书却是我的，这个插图版的《亚瑟王之死》。我喜欢那些字的旧的拼写，它们现在都不再使用了。也许正是这本书，使我对英语语言产生了激情的爱。①

马洛礼（Sir Thomas Malory，1405—1471）是英国 15 世纪杰出的散文家，也是英国第一位使散文成为强有力的文学叙述工具的作家。他的散文清新自然，文笔朴实流畅。马洛礼的代表作是《亚瑟王之死》（Le Morte，d' Arthur）。通过围绕描写亚瑟王的生死和业绩这个中心，马洛礼将中世纪关于亚瑟王的材料有机地组织成一个传奇整体。这些故事主要包括亚瑟王的出生、早年业绩以及最终去世的故事，魔术师梅林的故事，美丽王后桂内薇尔的故事，圆桌骑士以及寻找圣杯的故事。马洛礼的《亚瑟王之死》开创了用散文叙述宏伟的文学材料的先河，它的语言也深深地影响了后世的作家。那么，对于当时刚刚九岁的童年斯坦贝克，它的影响体现在哪里呢？最初使斯坦贝克对圆桌故事着迷的东西，也许是作品的语言、宏大的场景以及崇高的情感。《亚瑟王之死》中的语言不同于斯坦贝克所熟知的语言，它是一种充满了神秘、悖论和奇怪的意义的语言，是充满了响亮的节奏和抑扬顿

---

① Steinbeck，John. *The Acts of King Arthur and His Noble Knights*，*from the Winchester Manuscripts of Thomas Malory and Other Sources*. ed. Chase Horton（New York：Farrar，Straus & Giroux，1976），p. xi.

挫的语言。"正是那种奇特的语言使我着了迷，并将我带到了古代的一个场景"。他后来回忆道：

> 在那个地方，有世上各种各样的罪恶，也有勇敢、悲哀和挫折。但是，最主要的还是勇敢，也许这是西方人所产生的惟一一种人品。我的是非观、崇高的情感以及反对压迫者和同情被压迫者的思想，都来自这部神秘的书。它并不像几乎所有的少儿书那样，伤害我的情感。亚瑟·彭得根看中他部下的老婆并占有她，这对我并不感到奇怪。我并不害怕发现那里有邪恶的骑士，当然也有高尚的。在我的家乡，有些人穿着高贵的衣服，但我知道他们骨子里是坏的。带着痛苦或者悲哀或者迷惑，我又回到我神奇的书中。孩子们有些是凶猛残忍的，当然也有些是善良的。我就具备这些特性，而且这所有的特性都被写进了这本书里。如果我不能在爱与忠诚的十字路口选择我的道路的话，那么兰塞洛也不能。我能理解莫德来德心中的黑暗，因为它就在我心中。我心中也有加拉德的成分，但也许不多。然而，那里有圣杯的情感，根深蒂固，也许会永远存在。①

由此可见，《亚瑟王之死》对少年斯坦贝克的影响是巨大的。作家后来在小说创作中所追求的崇高与宏大的主题、象征的意蕴和诗意性的语言，可能就与这本书对他的影响有关。斯坦贝克对《亚瑟王之死》的钟爱终身不减。在 1957 年 1 月 16 日给 C. V. 威克的信中，斯坦贝克写道："第一本属于我的书——真

---

① Steinbeck, John. *The Acts of King Arthur and His Noble Knights*, *from the Winchester Manuscripts of Thomas Malory and Other Sources*. ed. Chase Horton. New York: Farrar, Straus & Giroux, 1976, p. xi.

正属于我的书，就是考克斯顿版的《亚瑟王之死》。我九岁时得到了它，在以后的岁月里，我受它的影响除了钦定版《圣经》外没有别的书所能代替。后来它吸引我对中、古英语进行认真研究，我怀疑这一切对我的散文都产生了深远的影响。"① 另据斯坦贝克的朋友亚德莱·史蒂文逊回忆，1959 年 7 月的一天，他在英国的索姆塞特郡的一个乡间别墅拜访过斯坦贝克夫妇。席间，斯坦贝克谈起了亚瑟王传奇和它的象征意义。斯坦贝克谈到了亚瑟王传奇对人们今天的意义，亚瑟王传奇中所体现的人类永恒的善与恶的斗争，以及人类在经历了一段时间的精神堕落后对纯洁和崇高的追求。② 除此之外，斯坦贝克还有意识地用亚瑟王传奇作为隐在的结构，来构思他的小说。例如，在 1935 年的成名作《煎饼坪》的序言里，斯坦贝克写到："丹尼的朋友们跟'圆桌骑士'不无相似，丹尼的房子就好比是'圆桌'。这个故事就是讲这伙人怎样聚集在一起，怎样兴旺发达，逐渐变成了一个聪明人和好人的团体。"③ 甚至在晚年，斯坦贝克还不惜花费大量的时间和金钱，致力于将具有古典英语风味的《亚瑟王之死》翻译成现代美国英语。

《圣经》是基督教的经典。基督教相信，《圣经》中的记述是上帝的启示和永恒的真理，是人们信仰的总纲和处世的规范。《圣经》分《旧约》和《新约》两部分，内容丰富，包罗万象。它不仅是一部宗教经典，而且也是西方文化的重要支柱。斯坦贝克从很小的时候就接触《圣经》，而《圣经》中他最喜欢的部分

① Lisca, Peter. *The Wide World of John Steinbeck*. New Brunswick, NJ: Rutgers University Press, 1958, p. 23.

② See "Adlai Stevenson and John Steinbeck Discuss the Past and the Present", Long Island Newsday, 22 December 1959, pp. 34—35.

③ 《煎饼坪》序言，载《斯坦贝克中短篇小说选》（一），人民文学出版社 1983 年版，第 1 页。

是《旧约》中的《创世记》《出埃及记》《传道书》《雅歌》和《新约》中的《马太福音》和《启示录》等。《创世记》叙述上帝创造世界、原罪的来历、失乐园、洪水灭世以及古以色列人的祖先亚伯拉罕等人的故事。《出埃及记》叙述先知摩西奉上帝之命，率领在埃及为奴隶的古以色列人逃离埃及，到圣地迦南的故事。《传道书》是希伯来"智慧文学"作品，以"凡事都是虚空"为命题来探讨人生。《启示录》是希伯来"启示文学"的代表作。它叙述使徒约翰被流放到拔摩海岛，看见了异象后写给使徒们一封信，鼓励他们为信仰而战。这些内容具有史诗的宏大，语言优美，具有浓厚的象征意味。斯坦贝克虽然不是一个正统的基督徒，但是他具有艺术家的气质，所以以对《圣经》的精神、诗性节奏、象征主义、人物塑造和道义的纬度感触很深。[①]《圣经》对斯坦贝克小说诗学的影响，不仅在于它作为一种隐在的结构贯穿在作家的某些小说中，不仅在于作家在创作时经常借用《圣经》中的典故，而且它的叙事内容的宏大、诗性的语言和象征色彩也深深地影响了作家的小说诗学追求。这在斯坦贝克的两部长篇小说《愤怒的葡萄》和《伊甸之东》中得到了鲜明的体现。

莎士比亚是英国也是世界上亘古以来最伟大的戏剧家和诗人之一，他一生创作出 37 部剧本和 154 首十四行诗，它们都已成为世界文学中的瑰宝。从 20 世纪 20 年代早期一直到 60 年代，斯坦贝克始终坚持阅读莎士比亚的作品，当然也收藏有莎士比亚作品的各种版本。在他给朋友的信中，斯坦贝克经常谈及莎士比亚，谈及他从莎氏的作品中吸取的有关人物刻画、主题和灵感等方面的素养。[②] 例如，1943 年为《纽约先驱论坛报》担任战地

---

① DeMott, Robert J. *Steinbeck's Reading*: *A Catalogue of Books Owned and Borrowed*. New York & London: Carland Publishing, Inc., 1984, p. 134.

② Ibid., p. 171.

记者的时候，他在给第二任妻子格温多林的信中写道："昨天夜里阅读了莎士比亚，也许目前的处境使我从中发现了更多的意义。"① 在 1956 年 10 月 16 日的一封信中，他告诉弗来德·赫勒，马克·安东尼在恺撒大帝的尸体边的演说是"人类所能写出的最伟大的政治语言"②。斯坦贝克也经常从莎士比亚的作品中借用一些词句作为自己作品的题目，如剧本小说《月落》的题目借自《麦克白》的第二幕第一场。长篇小说《烦恼的冬天》不仅其题目借自《理查得三世》的第一幕第一场，而且里面包含各种来自《麦克白》《哈姆雷特》《裘利斯·恺撒》和《安东尼和克莉奥佩特拉》等作品中的隐喻。在 1960 年 6 月 25 日给亚得来·史蒂文逊的信中，斯坦贝克还声称，《烦恼的冬天》是采用莎士比亚的十四行诗的形式构思的。但是，笔者认为，这些还只是莎士比亚对斯坦贝克的表层影响。一旦我们考虑到斯坦贝克一生的诗学追求，亦即宏大的主题、诗意的语言以及小说戏剧化的试验等，那么，莎士比亚对斯坦贝克的深层影响就大了。首先是莎士比亚戏剧主题的崇高和宏大。莎士比亚的悲剧作品之所以伟大，是因为它们具有高度的概括性和永恒性。《李尔王》的哲理意义，在于它处理了权威与爱的矛盾、权威与社会正义的矛盾、真诚的爱与虚伪的爱的矛盾以及人性与大自然的善恶问题。《哈姆雷特》的永恒性在于它揭示了哈姆雷特的困惑。哈姆雷特关于生存还是毁灭的困惑，是人类的共同困惑，是处于矛盾之中的人都会感知到的困惑，这种困惑在激烈变动的时代会显得更加突出。其次是语言的诗意美。莎士比亚既是诗人又是戏剧家，因此他的戏剧语言不仅生动逼真，而且具有诗意的美感和永恒的魅

① Steinbeck, Gwydolyn. "The Closest Witness". ed. Terry Halladay. *Thesis*, 1979, p. 235.

② Princeton University Library. See also *Steinbeck: A Life in Letters*, p. 401, p. 544, p. 637.

力。典型的体现自然是哈姆雷特关于生存还是毁灭的独白和《皆大欢喜》中畸零人杰奎斯"人生是个大舞台"的感慨。再次是莎士比亚的试验性。莎士比亚富有试验精神,他善于打破三一律的禁忌,试验艺术的混合手法。例如,《威尼斯商人》混合了喜剧和悲剧的界限,《仲夏夜之梦》和《皆大欢喜》将奇妙的幻想和英国本土的现实结合起来。斯坦贝克一生追求崇高和宏大,追求语言的诗意美,进行多种艺术形式和手法、风格的混合试验,这难道不与莎士比亚对他的终身影响有关吗?

除了莎士比亚以外,在主题和语言方面对斯坦贝克的小说诗学追求具有一定程度影响的剧作家和诗人还有古希腊著名的悲剧作家埃斯库勒斯,诗人荷马、维吉尔、密尔顿和美国现代剧作家奥尼尔等。埃斯库勒斯的代表作是悲剧《被缚的普罗米修斯》。普罗米修斯曾把天上的火种偷来送给人类,并赋予人类智慧和科学。为此,他被主神宙斯钉在悬崖上,忍受千万年的折磨。在西方文学中,普罗米修斯成了崇高的化身,马克思也盛赞普罗米修斯为"最高尚的圣者和殉道者"。埃斯库勒斯的语言庄严雄浑,比喻奇特,这与他的作品的崇高的主题追求是相适应的。奥尼尔是美国现代戏剧崛起后的代表剧作家,他继承了自埃斯库勒斯以来的悲剧的优秀传统,而又大胆试验和创新,将古希腊悲剧模式、传统的现实主义手法和现代派的表现主义等手法有机地结合起来,从多个角度对人生真谛进行探索。因此,他的戏剧对美国文学的影响是深远的。斯坦贝克在 20 年代就阅读奥尼尔的剧本,尤其是对《琼斯皇》和《毛猿》印象最深。[①] 后来,斯坦贝克在为《烈焰》中的"永恒语言"辩护时说:"我的这种方法是有很权威的根据的,自埃斯库勒斯到奥尼尔以来一直使用这种方

---

① DeMott, Robert J. *Steinbeck's Reading*: *A Catalogue of Books Owned and Borrowed*. New York: Carland Publishing, Inc. , 1984, p. 166.

法。问题是习惯了现实主义戏剧的观众，是否能够接受这样的言语。"① 这说明两位不同年代的剧作家对斯坦贝克的创作是有影响的。

荷马、维吉尔和密尔顿是三位以宏大的史诗著作打动斯坦贝克的诗人。荷马的《伊利亚特》，取材于公元前 12 世纪的特洛伊战争和希腊神话。它以"阿喀琉斯的愤怒是我的主题"为主线，叙说了希腊联军和特洛伊人持续 10 年的战争，刻画了交战双方众多的英雄，反映了荷马时代五光十色的社会生活，堪称古希腊时代的社会百科全书。斯坦贝克在年轻的时候就贪婪地阅读荷马的史诗，并经常和他的姐姐玛丽谈论它们（尤其是《伊利亚特》）。亚格萨·特迈特在自己的论文《约翰·斯坦贝克：早年创作过程的本质》里，曾记录一桩发生在 60 年代早期的逸事。斯坦贝克在给自己的《月落》签名时，曾称自己为"可怜的荷马"②。斯坦贝克的朋友和出版家帕斯克尔·考文奇在他编辑的《袖珍斯坦贝克》（Portable Steinbeck，1943）的序言的结尾，也曾这样写道："斯坦贝克对民间故事的伟大的、直觉的感情，他对方言的精湛的运用，他对简单主题的运用以及他的诗性节奏，都使我想起美国散文中的荷马精神。"③ 罗马诗人维吉尔的《伊尼德》也是斯坦贝克的案头书。《伊尼德》（又译《埃涅阿斯纪》）在结构和技巧方面与荷马史诗相近，叙述了特洛伊英雄埃涅阿斯在特洛伊被希腊远征军攻陷后到意大利建立城邦的故事。在《伊尼德》里，维吉尔描写了特洛伊人漫长的漂泊生涯和凶险的战争经历，歌颂了以埃涅阿斯为代表的古罗马开国时代

---

① Steinbeck, John. "*Critics, Critics, Burning Bright*". in *Saturday Review*, 1950. reprinted in *Steinbeck and His Critics*, pp. 43—44.

② TeMaat, Agatha. *John Steinbeck: On the Nature of the Creative Process in the Early Years*. Lincoln: University of Nebraska, 1975, p. 19.

③ Covici, Pascal, ed. *The Portable Steinbeck*. New York: Viking, 1943, p. vi.

的英雄们英勇、坚忍不拔的优秀品质。作为第一部文人史诗，《埃涅阿斯纪》的结构更加严整，风格更加典雅，气势更加恢弘。斯坦贝克曾在书的 20 多个段落作过详细的注释，这些注释的大部分是"关于维吉尔所运用的叙事技巧以及与荷马的比较"①。在《论英雄小说》中，利奥纳德·拉特瓦克也指出："斯坦贝克作品中所描写的迁徙人物源于两个史诗传统，《出埃及记》中对古以色列人的叙述和《伊尼德》中特洛伊人的故事。"② 由此可见，斯坦贝克小说诗学中的史诗性叙事和结构，是与他对伟大的诗人的史诗作品的借鉴分不开的。

斯坦贝克从小就发誓要成为一名小说家，因此，阅读小说自然是他进行文学习得的主要渠道。由于斯坦贝克阅读的名家很多，笔者自然不可能一一述及，只能论述对斯坦贝克小说诗学产生较大影响的作家或作品。斯坦贝克曾经说过这样的话："一些书——例如，《罪与罚》《包法利夫人》和《还乡》等，比经历的事情还要真实。我很小的时候就读过这些书了，我并没有将它们当做书，而是把它们看做发生在我身边的事。"③ 这段话表明，斯坦贝克小说习得的重点主要是那些描写具体的生活经历的小说，也就是现实主义小说。属于这种范畴的而且受斯坦贝克钟爱的小说家主要有巴尔扎克、福楼拜、哈代、托尔斯泰、陀思妥耶夫斯基以及麦尔维尔等。这些作家既有共性又有个性，他们对斯坦贝克小说诗学追求都有一定程度的影响，虽然斯坦贝克本人并没有详细阐明这一点。笔者认为，这些小说家对斯坦贝克的小说诗学的影响主要体现在以下几个共性方面。第一，除麦尔维尔是

---

① Morrow, Bradford. *Bradford Morrow Catalogue*, No. 8, 1980.

② Lutwack, Leonard. *Heroic Fiction: The Epic Tradition and the American Novels of the Twentieth Century*. Carbondale: Southern Illinois University Press, 1971, p. 48.

③ Lisca, Peter. *The Wide World of John Steinbeck*. New Brunswick: Rutgers University Press, 1958, p. 23.

浪漫主义作家以外，其余的这些作家基本上是现实主义作家。这些作家在自己的小说中真实地再现了典型环境中的典型人物和事件，他们描绘的生活细节甚至比人们经历的事情还要真实。例如，巴尔扎克对 19 世纪上半期巴黎和外省的整个社会风貌的描写，哈代笔下埃格敦荒原上小人物的悲欢离合，陀思妥耶夫斯基对俄国资本主义发展时期畸形的城市生活的揭示，都是非常生动和逼真的。恩格斯在论述巴尔扎克作品的真实性时曾说过，他从《人间喜剧》中获得许多有用的资料，"甚至经济细节方面（如革命以后动产和不动产的重新分配）所学到的东西，也要比当时所有职业的历史学家、经济学家和统计学家那里学到的全部东西还要多。"① 即使是像《白鲸》这样的浪漫主义巨著，也充满了细节的真实。例如，小说中对捕鲸活动的详细描述，使得没有任何这方面知识的读者也感到仿佛是身临其境。第二，这些作家中有很多以擅长写史诗性作品而著名。巴尔扎克的《人间喜剧》被称为法国社会的"百科全书"。它通过 91 部小说和 2400 个人物，展示了 19 世纪前半叶整个法国社会生活画卷。托尔斯泰的长篇小说《战争与和平》和哈代的长篇诗剧《列王》，都以拿破论战争为题材，气势磅礴，场面广阔，人物众多，被称为俄罗斯和英国的两部史诗性作品。麦尔维尔的《白鲸》也是美国的一部史诗。首先，它详细描绘了捕鲸者的艰苦生活和工作，讴歌了作为普通劳动者象征的捕鲸者为社会发展创造的巨大财富。其次，它具体描写了以亚哈船长率领的裴廓德号捕鲸船追杀一只白鲸而最终导致悲剧的事件，对宇宙的奥秘、人类社会中的善与恶、人与自然的关系等重大的哲学问题进行了深刻的探索。第三，巴尔扎克、麦尔维尔和陀思妥耶夫斯基等作品中的戏剧手

---

① 转引自《中国大百科全书·外国文学》（Ⅰ），中国大百科全书出版社 1982 年版，第 95 页。

法。巴尔扎克在创作时以剧本为楷模，他认为："一部小说就是一出悲剧或者一出喜剧。"[①] 他的故事的总体特征是：首先是静止的陈述部分，随后变成活跃的情节组织。情节缓慢地准备着，终于转入正题，爆发出接二连三的危机。在这些相反的性格之间，情节（金钱把戏、阴谋和惨剧）不可避免地了结，同时引起激情爆发和利益斗争。这样，由于运用了戏剧固有的技巧，读者一下子就被节奏的加速震慑了。同样，《白鲸》也具有相当一部分戏剧表现手法。例如，叙述者伊什梅尔在对鲸鱼的游动进行描述时，小说作者和故事叙述者都隐退了。《白鲸》第36章（"后甲板"）到第40章（"半夜，艏楼甲板"）便是一个典型例子。这里没有出现故事叙述者，直到第41章，伊什梅尔才又出现。小说的戏剧化，在陀思妥耶夫斯基的作品里表现得特别突出。俄国批评家叶尔米洛夫在分析陀思妥耶夫斯基作品中的现实主义品格时，从人物形象的刻画方面触及到作家作品中的戏剧性特征，尤其是悲剧性的特征。例如，《罪与罚》中的卡杰琳娜·伊凡诺夫娜是"悲剧性的痛苦形象"的代言人，她的身上"包含着抗议、痛苦和愤怒的毁掉一切的力量"。主人公与社会的冲突和与走投无路的现实生活的对立，始终处于一种高度紧张的气氛中，因而着上了强烈的悲剧色彩。[②] 高尔基也敏锐地感觉到，陀思妥耶夫斯基的小说中含有十分突出的戏剧式的特征，极易改编为戏剧在舞台上演出。谈到《白痴》的改编剧，高尔基指出，其中确有一些令人欣赏的戏剧性场面："例如，患肺结核病的伊波里特弥留时的情景，梅希金公爵的羊痫风，罗果静的残酷不仁，娜斯塔西雅·费里波夫娜的歇斯底里，以及其他各种各样肉

---

① 皮埃尔·布吕奈尔：《19世纪法国文学史》，郑克鲁等译，上海人民出版社1997年版，第150页。

② 叶尔米洛夫：《陀思妥耶夫斯基论·作者的话》，上海译文出版社1958年版，第162页。

体及精神疾病的富有教益的描绘。"① 他认为，这些都是极好的戏剧场面，很适合在舞台上表演。俄国批评家罗京娜的《陀思妥耶夫斯基的小说与戏剧》则对作家的戏剧性特征进行了翔实的研究。她指出："陀思妥耶夫斯基创作中的艺术作品的戏剧化是一个现象。这种现象不能用仅仅是作家的个人癖好的观点来解释，不能用他受戏剧影响的感悟来解释。这里包含着在一切文化范围内形成的特定的文学与戏剧的相互关系，体现了一种在叙事体裁中持续发展而来的一种新的戏剧开端的相互关系，并且迄今为止并未将其以独立的形式加以具体化。"② 陀思妥耶夫斯基小说的戏剧化，不仅使其作品中的人物和事件显得更真实，如斯坦贝克所说的"比经历的事情还要真实"，而且也改变了传统小说的叙事模式，使其由单一的"述"向以"示"③ 为主、"述""示"和"抒情"为一体的开放性小说发展。斯坦贝克小说诗学中对戏剧视点的追求，是与陀思妥耶夫斯基小说的戏剧化一致的，由此可以看出作家对前辈文学大师的继承和发展。

三　斯坦贝克的百老汇、好莱坞情结

斯坦贝克小说诗学中的戏剧化，一方面固然是他从埃斯库勒斯、莎士比亚、尤金·奥尼尔等剧作家的剧本以及巴尔扎克、麦尔维尔和陀思妥耶夫斯基等小说家的小说那里习得而来的，但是也与20世纪二三十年代美国戏剧的兴起和作家在百老汇的活动有关。百老汇是美国纽约市的一条大街，在它的时代广场附近，

---

① 《高尔基论文学续集》，人民文学出版社1983年版，第182页。

② 罗京娜：《陀思妥耶夫斯基的小说和戏剧》，莫斯科：科学出版社1984年版，第6页。

③ 关于现代小说中的showing和telling部分的论述，参阅华莱士·马丁著、伍晓明译的《当代叙事学》中的有关部分。

即在被称为"不夜街"的第 42 街附近，有美国最大的剧院区。在美国财富增长和文化需求的推动下，百老汇的戏剧活动于 20 世纪 20 年代后期达到高潮。尽管后期它出现过商业化的倾向，但是毕竟在推动美国戏剧艺术的发展，培养大批优秀导演、演员及剧作家方面起到了巨大的作用，许多剧作家都以能够在百老汇上演自己的作品为荣。因此，"百老汇"一词实际上已成为美国戏剧的同义语。① 笔者用这个词既是实指百老汇的戏剧，又是美国整个戏剧的借代。与小说和诗歌相比，美国戏剧起步较晚。在 19 世纪，美国舞台上经常上演欧洲以打情骂俏和暴力凶杀为主的情节剧，迎合小市民的低级趣味。虽然也改编过一些英国文学名著进行上演，但是因其量小或改编水平问题，无法满足观众的需要。于是，一些有志于戏剧艺术的艺术家开始发起小剧场运动，在芝加哥、纽约等地创建小剧场，上演欧洲当代名剧，培养戏剧新秀。1905 年，著名戏剧理论家乔治·皮尔斯·贝克教授在哈佛大学开设"47 号戏剧研习班"，为研究生开设了戏剧实践写作课。这个戏剧培训班不但为美国戏剧界培养了奥尼尔、西德尼·霍华德、多斯·帕索斯等才华出众的戏剧人才，而且为美国现代戏剧的诞生和二三十年代戏剧的繁荣奠定了重要基础。

1916 年盛夏的一个夜晚，在马萨诸塞州的普罗文斯敦市的一个码头上，上演了尤金·奥尼尔的《东航卡迪夫》。戏剧评论家维拉德·索尔普将此次事件称为"美国戏剧史上具有决定性的一夜"②。这一夜拉开了美国 20 世纪 20 年代戏剧繁荣的序幕，也诞生了美国戏剧文学大师奥尼尔。他的《琼斯皇》《毛猿》《榆树下的欲望》以及《进入黑夜的漫长旅程》等作品，以现实

---

① 汪义群：《当代美国戏剧》，上海外语教育出版社 1997 年版，第 62 页。

② Thorp，Willard. *American Writing in 20th Century*. Cambridge：Harvard University Press，1960，p. 248.

主义和表现主义相结合的手法，深刻地揭示了现代人的生存危机和异化。30 年代是一个动荡不安的年代。在美国国内，长期的经济危机和大萧条使广大人民挣扎在贫困线上；在国际上，资本主义各国右翼势力抬头，对外发动侵略战争。这一形势促使美国人民思想的觉醒，并为保护自身的利益而奋起斗争。正是在这一形势下，美国具有良知的作家也纷纷以自己的作品为武器，揭露迫在眉睫的社会问题，启迪人民关注自身的生存危机。例如，克利福德·奥德茨的《等待莱弗蒂》（*Waiting for Lefty*，1935）以愤怒的笔触，从不同视角揭示了美国社会中真实存在的多种社会问题，向资本主义社会提出了强烈的抗议。罗伯特·舍伍德的《愚人作乐》（*Idiot's Delight*，1936）以闹剧的形式，通过剖析一帮军火贩子、军警特务和出卖良心的科学家的丑恶灵魂，严肃地警告人们，法西斯主义正在抬头，人们面临战争威胁。处于这种激进时代的美国知识分子，"特别相信戏剧能改变美国的生活，这或许是因为他们认为，戏剧只是比一般散文更具潜力的一种发展……"① 一位激进的戏剧家甚至指出："戏剧往往比小说更能深入民间并具有吸引力，其影响面也就更大。"② 一个典型的例子，就是在纽约麦迪逊广场上演的由约翰·里德创作的《派特逊雄壮的罢工行列》。参加演出的工人演员有 1200 名，观众达15000 人。该剧描写美国工人和资本家的一场斗争，场面悲壮，观众群情激奋。其影响力可见一斑。正是在这种文化背景下，"一些小说家如约翰·斯坦贝克、欧文·肖等也拿起戏剧这一武器……"③

---

① 理查德·H. 皮尔斯：《激进的理想与美国之梦——大萧条岁月中的文化和社会思想》，卢允中等译，上海外语教育出版社 1996 年版，第 300 页。

② 艾伯特·马尔茨：《美国的左翼戏剧》，载《新共和》LXXXIII（1935 年 7月 24 日），第 304 页。

③ 汪义群：《当代美国戏剧》，上海外语教育出版社 1997 年版，第 14 页。

早在完成《胜负未决》这部本身就具有很强的戏剧因素的小说后，斯坦贝克就对他的文学经纪人宣称："我在创作一个剧本。我不知道结果会是怎样。如果我写得好的话，那可真是一部好剧本。我的意思是说主题是很好的。"① 斯坦贝克的戏剧创作，主要是亲手将自己的小说改编成戏剧剧本，或一个体裁同时用小说和戏剧两种文学形式进行表达。例如《人鼠之间》作为小说获得巨大的成功后，斯坦贝克在著名剧作家兼导演乔治·S. 考夫曼的帮助下，将它改编成戏剧剧本，在百老汇上演。据说，戏剧评论家对这个剧本的喜爱简直到了迷狂的程度。布鲁克斯·亚特肯逊称这个剧本为"纽约舞台上的一部杰作"②。联想到斯坦贝克在创作小说之初就盯上了舞台，亚特肯逊说："这部戏剧情简洁，格调统一，人物单纯，对话完全具有戏剧性。总之，《人鼠之间》绝不是二流的戏剧……从技术上讲，《人鼠之间》是一部完美的艺术作品。"③ 斯坦贝克也曾经告诉他的朋友乔治·阿尔比："这是一部微妙的作品，其目的是教我尝试为舞台写作。"④ 该剧在百老汇连续上演 207 场，并作为该年度最佳剧本获得纽约剧评奖。⑤ 在授奖时，评奖委员会这样宣称："由于《人鼠之间》在处理美国生活的主题方面具有直接的力量和洞察力，由于它的材料的严肃性，由于它拒绝廉价地或耸人听闻地去研究人性的悲剧性孤独和挫败，并且最后由于它在舞台上的简洁和紧张的效果，纽约剧评奖委员会特将该年度奖项授予剧本的作

---

① Benson, Jackson J. ed. *The Short Novels of John Steinbeck: Critical Essays with a Checklist to Steinbeck Criticism.* Dunham & London: Duke University Press, 1990, p. 272.

② Atkinson, Brooks. *New York Times*, November 24, 1937.

③ Atkinson, Brooks. "Episode in the Lower Depths." *New York Times*, December 12, 1937, section 11, p. 3.

④ Benson, Jackson J. ed. *The Short Novels of John Steinbeck: Critical Essays with a Checklist to Steinbeck Criticism.* Dunham & London: Duke University Press, 1990, p. 272.

⑤ Ibid., p. 276.

者约翰·斯坦贝克。"① 小说《月落》首先是以戏剧剧本的形式进行创作的,该剧本完成于1941年12月7日,亦即日本偷袭珍珠港那一天。后来,斯坦贝克又认真地将剧本改写成小说,于1942年3月出版。剧本于1942年4月8日在百老汇的马丁·贝克剧院上演,由切斯特·厄斯肯任导演,奥托·克拉格、拉尔夫·摩根、威特夫德·科恩等分别饰演兰塞上校、奥登市长和温特医生等。在剧本的首演仪式上,斯坦贝克告诉他的朋友斯维特:"一场奇怪的兴奋波澜席卷纽约的戏剧界。我还从未见过这样的阵势。我想轰动太大了,评论界会将它诛杀的。"② 后来,虽然评论家攻击斯坦贝克在这部剧中对纳粹官兵的刻画太过于人性化,但它还是赢得了该年度纽约剧评奖的提名。尽管剧本《月落》在美国受到评论家的抨击,在欧洲却受到好评。1943年,剧本在伦敦和斯德哥尔摩引起轰动,挪威国王哈桑因《月落》对挪威人民抵抗运动的支持而授予斯坦贝克勋章。同样,1950年出版的《烈焰》也是首先以剧本的形式发表,后来又有小说版本。在此期间,斯坦贝克还同戏剧界的人物如考夫曼、理查德·罗杰斯等人保持亲密的联系,探讨戏剧创作的规律和技巧。斯坦贝克的百老汇活动,从实践的方面给他的小说诗学打上了戏剧化的烙印。他的主要小说,不管是成功的还是不太成功的,都很容易地被搬上舞台。

斯坦贝克在百老汇活动的同时,也经常奔走于好莱坞。因为在斯坦贝克刚刚从事文学创作的时代,也是美国电影开始走向繁荣并对文学形成巨大挑战的时代。虽然电影在1895年在美国问世时并未引起人们太多的注意,它对文学的影响还是被感觉敏锐

① "Of Mice and Men Wins Critics' Prize", *New York Times*, April 19, 1938.

② Steinbeck, Elaine & Robert Wallsten. *John Steinbeck: A Life in Letters.* New York: The Viking Press, 1975, p. 243.

的文学界人士体验到了。当时美国戏剧界有一位重要的演出经纪人叫查尔斯·弗洛曼，他在目睹了爱迪生的维太放映机为一批百老汇话剧观众放映影片的实况后感慨地说："布景完蛋了。画出来的一动不动的树木，高达数尺就停在那里的浪头，我们在舞台上以假充真的一切布景都将完蛋。如今电影艺术能使我们看到的是活生生的自然，舞台上的死东西必须让位。"① 虽然电影没有像弗洛曼所预料的那样让戏剧完全让位，但是在 20 世纪二三十年代，它却一下子在世界各地尤其是它的发源地美国得到了广泛的普及。拿美国为例，在 20 年代初，全国各地建起了两万多个电影院，位于加利福尼亚的好莱坞更是全国电影业的中心。好莱坞丰厚的利润吸引了全国各地的剧作家、小说家、作曲家和男女演员加盟，它制作的影片遍及美国，走向世界。在那个时代，几乎没有什么能比好莱坞电影更能牵动公众的神经，影响人们对世界的看法。② 不管电影公司放映什么，数以百万计的人每周看两场电影已成习惯。人们的言谈举止处处以电影明星为典范，电影业的丰厚利润也使得人们认为，进入好莱坞是实现美国梦的重要途径。例如，美国文豪福克纳就曾经揭示作家通过好莱坞实现美国梦的现象：

> 有一些作家认为自己很有才能，做着登峰造极的美梦。他们接到好莱坞的聘请，可以在那里赚一笔大钱。他们开始拥有宽大的游泳池和进口的汽车，他们不能洗手不干，因为他们要继续拥有那个游泳池和进口汽车。另一些作家也同样做着登峰造极的美梦，同样认为自己也能实现理想。他们也去了那里，

---

① Morris, Lloyd. *Not So Long Ago.* New York, 1949, p. 21.
② 理查德·H. 皮尔斯：《激进的理想与美国之梦》，卢允中译，上海外语教育出版社 1996 年版，第 312 页。

但顶住了金钱的诱惑。他们没有游泳池和进口车。他们干工作适可而止，只求赚够自己所需要的钱，不当好莱坞的奴隶。在这方面，诚如你们所说的，完全逆着文化潮流而行将是很困难的。但是，你能在不彻底出卖自己个性的前提下进行妥协。①

同时，电影的技巧一下子闯入文学领域，连戏剧家和小说家们似乎都在不知不觉中承认，如果他们的技艺不能适应大众文化的新时尚，便无法生存下来。美国激进作家德怀特·麦克唐纳就认为，电影已取代了戏剧、音乐和文学，成为20世纪最高级的美学体现，也是公众娱乐的主要形式。正因为"电影是为人们的娱乐而创造，不是作为艺术鉴赏家或业余艺术爱好者的一件赏心悦目之事"，麦克唐纳相信，只要处理得恰当，电影就可以促使艺术家和知识分子与广大群众接触，这种接触范围之大将是美国历史上前所未有的。②一位马克思主义的评论家则说得更直截了当："凡是立志要摧毁中产阶级的思想结构从而使工人阶级得到加强的艺术家，如果要有效地使自己的想法被人了解，他们就必须认真考虑如何通过好莱坞的途径来达到这个目的。"③电影对文学的这种巨大的影响，甚至在它产生之初，就被俄国大文豪列夫·托尔斯泰预见到了：

> 你们将会看到，这个带摇把的嗒嗒响的小玩艺儿将给我们的生活——作家的生活——带来一场革命。这是对旧的文艺方法的一次直接攻击。我们将不得不去适应这影影绰绰的

---

① 爱德华·茂莱：《电影化的想像——作家和电影》，邵牧君译，中国电影出版社1989年版，第173页。

② 德怀特·麦克唐纳：《我们伊丽莎白女王时代的电影》，载《杂录》I（1929年12月），第27—28页。

③ 罗伯特·格斯纳：《好莱坞的大屠杀》，载《新的电影和戏剧》I（1934年3月），第17页。

幕布和冰冷的机器。我们将需要一种新的写作方式。我已想到这一点，我能感到将要来临的是什么。但我是很喜欢它的。场景的迅速变换、情绪和经验的交融——这要比我们已习惯的那种沉重、拖沓的作品好得多。它更贴近生活。在生活里，变化和转折在我们面前瞬息即逝，内心情感犹如一场飓风。电影识破了运动的奥秘。那是它的伟大之处。[①]

不管是出于对金钱的渴望，还是出于对小说形式的变革，斯坦贝克也加入了好莱坞的行列。斯坦贝克的小说很早就呈现出电影化的倾向，显示了电影艺术对小说领域的越界。例如，他的第一部小说《金杯》给人的印象，就好像它是专门为电影而写作的。[②] 但是，斯坦贝克真正加盟好莱坞，却是在 1941 年他创作电影剧本《被遗忘的村庄》（*The Forgotten Village*）时开始的，而这又进一步影响了他后期的小说尤其是"电影小说"的创作。《被遗忘的村庄》通过墨西哥一个荒僻农村的故事，反映了斯坦贝克对愚昧的憎恨，对"小人物"和年轻人最后胜利的乐观信心。该剧本中的人物、语言和主题具有充满灵气的单纯，它预示了"电影小说"《珍珠》和电影剧本《萨巴达万岁》（*Viva Zapata*，1952）的特征。片子放映后，评论界毁誉不一。美国《新闻周刊》反应良好，称《被遗忘的村庄》是"卓越的"。电影评论家奥斯蒂·弗格森的看法较为中肯，称《被遗忘的村庄》为"罕见的，但不是一部非凡的影片"[③]。斯坦贝克的下一部影

① 爱德华·茂莱：《电影化的想像——作家和电影》，邵牧君译，中国电影出版社 1989 年版，扉页。

② Lisca，Peter. *The Wide World of John Steinbeck*. New Brunswick：Rutgers University Press，1958，p. 26.

③ 《新闻周刊》1941 年 12 月 1 日，第 70—71 页，作者未署名；《新共和》1941 年 12 月 8 日，第 763 页。

片是《救生船》（*Lifeboat*，1944），它描写"二战"期间公海上一艘被鱼雷击沉的船上逃生的人和一个纳粹潜艇艇长之间的故事。通过对这九个人为代表的社会横断面的剖析，作者试图阐明第二次世界大战期间的全球形势。《新闻周刊》称这部影片为"本年度最令人振奋的影片之一"①。不过，由于这篇影评刊出时"本年度"才刚过了 17 天，所以影评者的话可能是出于揶揄。但是，这部剧本的题材和方法与作家后来的"电影小说"《任性的公共汽车》有显而易见的相似之处。在此后的岁月里，斯坦贝克不断地奔走于好莱坞，进行电影的执导、改编和创作。例如，1945 年他编写了电影故事《给本尼的勋章》（*A Medal for Benny*）；1947 年和 1948 年改编自己的小说《珍珠》和《小红马》；1952 年亲自出马，在摄影机前为 20 世纪福斯公司的《欧·亨利的满座》（*O Henry's Full House*）作解说。斯坦贝克的好莱坞经历，使他名利双收，实现了福克纳所说的美国梦。例如，《月落》拍摄成电影时，斯坦贝克获得 30 万美元的版权费（在当时是创纪录的数目）。同时，我们也清楚地看到，他的好莱坞经历也不可避免地在他的小说创作中打上了电影化的烙印。他的小说，除了极少数例外，似乎都是自觉或不自觉地专为电影摄影机而写的了。②

四　斯坦贝克的小说试验观

在文学批评尤其是小说批评中，批评家倾向于使用"传统"和"试验"两个术语。大多数读者在阅读历险小说时，对主流

① 爱德华·茂莱：《电影化的想像——作家和电影》，邵牧君译，中国电影出版社 1989 年版，第 276 页。

② 同上。

小说形成了一种模糊的观念。他们认为，小说是一种有人物和事件的连续性故事，其充足的悬念可以诱使读者读下去，并对人生进行思考，而不仅仅是一种消遣的无害方法。在他们的观念中，小说有开端，有中间发展，有结局。阅读以丹尼尔·迪福的《鲁宾孙飘流记》为代表的现实主义小说和以查尔斯·狄更斯的《艰难时世》为代表的批判现实主义小说，就是这样一种经历。但是，有一天当他们拿起弗吉尼亚·沃尔弗的《海浪》和弗拉吉米尔·纳巴克夫的《微火》（*Pale Fire*）时，他们会感到迷惑不解：它们是小说吗？他们之所以迷惑，是因为这些作品缺乏他们所熟悉的主流小说的常规。然而，它们的确是小说，但是具有试验的特征。那么，什么是试验小说呢？福勒认为：

（试验性作品）是指那些与占统治地位的文学传统决裂的作品。在现代，主要是通过模仿以便捕捉表层现实幻觉的常规，这是 19 世纪现实主义的特征。然而，与先前的试验浪潮相对比，还可以出现第二种形式的试验。两种形式的试验写作的效果，在很大程度上取决于它们与之决裂的传统的对照。许多试验性技巧，都是在作家努力观察和表现人与社会的新方式的过程中产生的。建立在革命性的洞察力的基础上的试验性作品，可以形成一种新的机制。内心独白技巧，尽管最初在乔伊斯和沃尔夫的探索意识领域的作品中具有试验性，现在也成了许多小说家的俗套。新小说的新客观性，也以自己的方式成为常规的内心视野。在戏剧中，表达事实上超出人物意识之外的思想的独白，是一种试验性技巧。传统的形式常常通过吸收试验技巧，改头换面后又东山再起……①

---

① Fowler, Roger. *A Dictionary of Modern Critical Terms*. London and New York: Routledge, 1987, p. 82.

基于这种定义，任何一种或多或少打破主流文学传统的新的文学形式都可以称为试验性的。塞缪尔·理查逊是一个试验家，甚至是一种早期的跨文类试验家。他创立了一种书信体小说（e-pistolary novel），在这种形式里，小说的叙事性主要通过信件的交换而取得。沃尔特·司各特引进了对待历史和逻辑背景的新观念，并创立了历史小说这个文类。亨利·詹姆斯在表现人物、动机和视角方面，带来了新的方法。这些试验都是富有革命性和创新性的。即使在我们称之为"主流"的小说里，我们也可以找到一些试验性特征，尽管它们与那些革命性的试验相比显得微不足道。例如，我们在亨利·菲尔丁的作品《约瑟夫·安得鲁斯》中看到对理查逊的反讽（satire），在托比亚斯·斯摩莱特的《亨弗利·克林克》（Humphry Clinker）中看到语言的揶揄，在狄更斯的作品中看到悖论和讽喻等，这些可以称为文体上的创新。

　　20世纪可以称为一个文学试验和革新的时代，许多试验性作品像雨后春笋一样涌现出来。尤其是在20世纪中后期，小说技巧方面的试验达到了极端化的程度。弗拉吉米尔·纳巴克夫是一个写作"内延小说"（involuted novel）① 的试验小说家，他采用多种语言的双关语和笑料，把下棋、字谜和对其他小说的戏谑摹仿，统统合并在一起，给粗疏的读者设下精心布置的圈套。20世纪小说也是一个被称做"反小说"（anti-novel）的时代。"反小说"是这样一种小说，它们在结构上背离常理，删除传统小说的组成要素，违背传统的文学创作的基本标准，打破由传统手法使读者产生的种种臆测。法国小说家阿兰·罗布·格里耶的《嫉妒》（Jealousy，1957）就是这样一部小说。它摒弃了传统小

---

　　① 一种把小说的构思和发展的记载都纳入其主题之内的作品，例如纳巴克夫的《微火》。

说的标准要素，例如情节、人物刻画、时序与空间的通常关系以及导引读者理解的某种评价基准。作品向我们提供的只是大部分用视觉表现出来的一连串概念。①

在研究现代小说的结构时，英国著名评论家玛乔丽·博尔敦列出了现代小说尤其是 20 世纪早期小说的 20 种试验技巧。其中，第 3 种是象征手法，第 12 种是典故运用，第 19 种是戏剧式表现手法和叙述式表现手法的混合使用。② 开斯·科恩在揭示电影和小说的关系时也指出，20 世纪是艺术和文学互动的时期。在此期间，艺术家和作家企图摆脱文学和艺术的纯洁性，倾向于进行艺术和文学的杂交。他认为杂交的最典型的结果就是意识流小说，它是小说和电影技巧的动态互动。③

玛乔丽·博尔敦和开斯·科恩所列举的小说试验技巧，有几种斯坦贝克也曾在自己的作品中尝试过，而且是把诸种手法结合在一起进行。生活在 20 世纪的早期和中期，斯坦贝克对小说试验表现出巨大的激情，并终身进行这方面的试验。虽然斯坦贝克不爱在公共场合抛头露面或宣扬自己的文学主张，他还是在某些文章中或与记者的会晤中阐明了自己的试验观：

> 如果一个作家喜欢写作，他将会在无尽的试验中找到满足。他将会改进技巧、场景的安排，词汇的节奏和思想的节奏。他将会不断地探索，尝试将一些对他来说新的技巧结合在一起，有时用一种旧的方法表达一个新的观点。反之亦

---

① Abrams, M. H. *A Glossary of Literary Terms* (fourth edition). Cornell University Press, 1981, p. 122.

② Boulton, Marjorie. *The Anatomy of the Novel*. London: Routledge & Kegan Paul, 1975, p. 159.

③ Cohen, Keith. *Film and Fiction: The Dynamics of Exchange*. New Haven and London: Yale University Press, 1979, p. 1.

然。他的有些试验会不可避免地失败。但是，如果他要使读者对他的作品永远保持兴趣，他就必须试验。这种试验是不犯法的，而且也许并不重要。但是，如果一个作家不想垂死的话，他就必须试验。①

在和文学记者亚特·巴克沃德的一次会晤中，斯坦贝克又一次表达了他在文学创作中寻求新的文体和技巧的愿望：

斯坦贝克：……我在改变我的文体。我讨厌了自己的技巧。我在试验一些新的东西。当一个作家开始学习技巧时，一切都是困难的，一切也都是新鲜的。一旦你获得了某种技巧，这个技巧就开始选择你的主题。你很快就知道，如何应付你的读者。你不再是你自己的作品的主人。就这个宇宙飞船故事而言，我要摆脱小说的所有特征。里面没有描写，没有道具。我在这里进行的只有对话。

我感觉，好像在重新开始写作。我并不介意承认，一段时间以来我一直对我的作品不满意。在《伊甸之东》里，我用尽了所有的技巧，我是有意识地运用它们的。三年来我一直在考虑这个问题。我发现，我该是作家的时候却成了一个小说家。

小说家没有死，但对于我来说他却死了。我没有永远抛弃小说。也许我还会回到小说写作方面，但是我将会被净化。由于我有了这种心灵的变化，我感觉像个新人了。我又有活力了。一个富有创新性的人必须有活力。他不能借用他过去做过的东西，不能让他的手法选择他的主题或人物，也

---

① Steinbeck, John. "Critics, Critics, Burning Bright". *Saturday Review* 33（November 11, 1950）, pp. 20—21.

不能将这些主题和人物歪曲以适应他的文体。因此，我要进行完全的创新。

自从决定试验以来，我已学到许多东西。我又听人们说话，发现了人们说话的方式。他们不像在许多作品中刻画的那样说话——省略的句子和成段的问答。人们说话的方式是，一个人抓住话题，不断地说下去。

巴克沃德：你在试验新的技巧时，害怕书评家的批判吗？

斯坦贝克：我并不考虑批评家。作家的惟一乐趣是过程，不是结局。作品的接受，不应该是写作愉悦的一部分。当一件事情做完时，就没有创作的快感。我想学习做的事情就是，每次写作就像第一次开始创作那样新鲜。作家不应该学习写作，他应该不断地试验。否则，他的技巧将会枯竭，他将再也写不出好的东西。①

正是由于斯坦贝克一生致力于小说试验以及其作品中明显的试验特征，他被评论界称为一位具有多面性的作家。就文学流派而言，他就曾分别被贴上浪漫主义、自然主义、现实主义和神话象征主义等标签。就文学形式而言，斯坦贝克尝试过短篇如《菊花》，小说链（story-circle）如《小红马》，中篇小说如《煎饼坪》，电影剧本如《生命舟》，戏剧剧本如《烈焰》，剧本小说如《人鼠之间》和史诗小说如《伊甸之东》等。在评论家的眼中，斯坦贝克在创作时似乎从不走俗套，从不重复自己先前的东西。而且，斯坦贝克本人也曾声称，他的每一件新的作品都是一种试验，都是就评论界对他的下一部作品的预测提出的挑战。但

---

① Fensch, Thomas. *Conversations with John Steinbeck*. Jackson & London: University Press of Mississippi, 1988, pp. 63—64.

是笔者认为，斯坦贝克的小说尽管在表层形式上显得千姿百态，他一生的小说诗学追求却是始终如一的。作家的小说诗学追求可以由下面一句话来概括：他心中想着小说主题的崇高和宏大，肌质的写实和象征，语言的诗意和永恒，但两只眼睛却一只盯着舞台，一只盯着银幕。斯坦贝克的小说试验，就是要将这多种的因素有机地结合在一起。

第 三 章

崇高与宏大的主题

在诺贝尔文学奖受奖演说词中，斯坦贝克曾宣称：

> 作家的古老任务并没有改变，他有责任揭露我们的许多可叹的过失和失败，有责任为了获得改善而将我们的愚昧而有危险的梦想挖掘出来，暴露在光天化日之下。

> 而且，作家已获得授权，可以宣告人类已被证明具有达到心智伟大的能力并歌颂这种能力——这是一种在失败时获得勇敢的能力，是一种获得勇气、同情和爱的能力。在反对软弱和绝望的无休止的斗争中，这些是灿烂的、振奋人心的希望和竞争的旗帜。

> 我认为，一个作家如果并非满怀激情地相信人类的可完善性，就不会献身于文学，也无资格跻身于文学……①

斯坦贝克的演说词，雄辩地表明了作家的崇高使命和表现宏大的文学主题的责任。这是所有具有良知的严肃作家共同的使命，也是斯坦贝克一生矢志不渝的追求，且因作家独特的生活经

---

① 宋兆霖主编：《诺贝尔文学奖文库：授奖词与受奖演说词》（8），浙江文艺出版社 1998 年版，第 426 页。

历、哲学纬度和文学习得的不同，带有自己与众不同的特征。在揭示斯坦贝克崇高与宏大的主题之前，首先有必要阐述一下什么是崇高和宏大。

一　崇高与宏大的含义界定

崇高是文学和美学领域经常见到的一个术语。它首先是指那些数量、体积和力量无比众多、巨大和有威力的自然现象（如太空、森林、海洋和群山）以及人类创造的许多伟大工程（如万里长城和金字塔等），其次也指道德风貌和思想行为超群出众、令人敬仰的优秀人物和人类巨大的集体创举。① 在这个意义上，崇高与宏大是同义语，故笔者将这两个词结合在一起使用，共同表现斯坦贝克的小说主题特征。

作为审美范畴之一，崇高与宏大是存在于人类生活中的一种特殊审美对象，是物质形式、精神品质或二者兼有的特别伟大、出众的现象。在西方文论史上，最早提到崇高概念的文论家是古罗马的朗加纳斯（Longinus）。他认为，崇高是一种来自客观和主观方面的美感。就客观方面来说，大自然中有崇高的事物，像太阳、尼罗河、大海、埃得纳火山等，它使人们感到大自然的宏大和高超。就主观方面来说，人生来具有一种追求崇高事物的愿望。他们生长在世间，看到自然界处处富有高大美丽的事物，久而久之便养成一种向往崇高与宏大的审美情趣，培育出由伟大的思想和激动的情感所构成的伟大心灵：

> 大自然把人放到宇宙这个生命大会场里，让他不仅来观赏这全部宇宙壮观，而且还热烈地参加其中的比赛，它就不

---

① 王世德主编：《美学词典》，知识出版社 1986 年版，第 55 页。

是把人当做一种卑微的动物；从生命一开始，大自然就向我们人类心灵里灌注进去一种不可克服的永恒的爱，即对于凡是真正伟大的、比我们自己更神圣的东西的爱。因此，这整个宇宙还不够满足人的观赏和思索的要求，人往往还要游心思于八极之外。一个人如果四方八面把生命谛视一番，看出一切事物中凡是不平凡的、伟大的和优美的都巍然高耸着，他就会马上体会到我们人是为什么而生在世间的。因此，仿佛是按照一种自然规律，我们所赞赏的不是小溪小涧，尽管溪涧也很明媚而有用，而是尼罗河、多瑙河、莱茵河，尤其是海洋。①

朗加纳斯认为，艺术和文学作品如果要达到上述崇高和宏大的效果，就必须具备五个因素，即"庄严伟大的思想"、"强烈而激动的情感"、"运用藻饰的技术"、"高雅的措辞"和"整个结构的堂皇卓越"。在这五个因素中，最重要的是"庄严伟大的思想"。只有作家有了崇高的思想，读者的灵魂才能为真正的崇高所感悟。朗加纳斯指出，崇高的思想固然是由一个人精神上的天赋本性所决定，作家后天的培养和训练对伟大思想的形成也有意义。因此，他提倡从希腊古典作品中吸取伟大的精神，以陶冶性情。他说："对于那些想向古人学习的人来说，从古人伟大的气质中，就有一种涓涓细流，好像从神圣的岩洞中流出，灌注到他们的心苗中，因此连那些看来不容易着迷的人也受到了启示，在古人伟大的魅力作用下，不觉五体投地了。"② 当然，后四项因素对文艺作品的崇高与宏大的效果的形成也是至关重要的。这样，朗加纳斯就为当时和后世的文艺创作提供了一个理想的境

---

① 转引自朱光潜《西方美学史》上卷，人民文学出版社 2000 年版，第 112 页。
② 伍蠡甫主编：《西方文论选》上卷，上海译文出版社 1979 年版，第 127 页。

界。论文中的许多观点，对后世的文论家和文艺家的创作产生了深远的影响。

自朗加纳斯以后，西方文论家和美学家对崇高多有论述。法国新古典主义理论家布瓦罗（1636—1711）讲到崇高的时候，主要将之限定在文体风格方面。英国经验主义美学家爱德蒙·博克（Edmund Burk，1729—1797）在《论崇高与美两种观念的根源》一文中，分析了崇高的外部特征和心理特征。他认为，崇高产生于人类内心的"恐怖"和"自体保存"情欲。"凡是能以某种方式适宜于引起苦痛或危险观念的事物，即凡是能以某种方式令人恐怖的、涉及可恐怖的对象的，或是类似恐怖那样发挥作用的事物，就是崇高的一个来源"①。在博克看来，引起恐怖的东西，主要是体积的巨大（例如海洋）、晦暗（例如某些宗教的神庙）、力量、空无（如孤寂和静默）、无限（大瀑布的不断的吼声）和壮丽（星空）等。这些实质上都是一种有形或无形的宏大，即崇高源于宏大的事物。康德（Kant，1724—1804）是研究崇高最有影响的美学家。他在《批判力批判》中将崇高进行分类，认为有"数量上的崇高"和"力量上的崇高"。关于数量的崇高，所涉及的主要是体积。对崇高进行体积方面的估计就是"无限大"或"无比的大"，即不根据某种外在的单位尺度或概念来比较，我们就能在对象本身上见出无限大。关于力量的崇高，其特征在于对象既引起恐惧又引起崇敬的那种巨大的力量或气魄。不管是数量的崇高还是力量的崇高，其特征都是"无形式"。因为，形式都是有限的，而崇高对象的特点在于"无限制"或"无限大"，亦即"宏大"。此后，黑格尔和车尔尼雪夫斯基也对崇高进行了研究。黑格尔说："崇高一般是一种表达无限的企图，而在现象学领域又找不到一个恰好能表达无限的对

---

① 转引自朱光潜《西方美学史》上卷，人民文学出版社 2000 年版，第 231 页。

象"，"内容的表现同时也就是对表现的一种否定，这就是崇高的特征。"① 与康德和黑格尔的观点相反，俄国文学理论家车尔尼雪夫斯基认为，崇高的秘密不在于康德和黑格尔所说的观念压倒现象，而在于"现象本身的性质"。他给崇高所下的定义是："一件事物较之与它相比的一切事物要巨大得多，那便是崇高"；"一件东西在量上大大超过我们拿来与之相比的东西，那便是崇高的东西"；"一种现象较之我们拿来与之相比的现象强有力得多，那便是崇高的现象。"② 遗憾的是，博克、康德、黑格尔都将"崇高"对象限定在自然界或思维领域方面，没有很好地将之与社会生活和文学创作结合在一起。将崇高从单纯的自然领域或思维领域扩大到社会范围的美学家，是博克之后、康德之前的狄德罗。他认为，崇高感是一种"英雄激情"和"胜利感"。将崇高理论真正用于文学艺术批评的主要是席勒和施莱格尔兄弟，他们用这种理论来说明悲剧。他们认为，文学艺术上的崇高，是自然现象和社会现象在文学家和艺术家头脑中的反映，表现崇高的最主要的文艺形式是悲剧（也包括后来的悲剧意识小说）。悲剧的主角大都是时代的或神话中的英雄或杰出人物，他们在悲剧性冲突中的失败或毁灭给观众或读者带来强烈的心理痛感并继而产生审美的快感。

斯坦贝克深谙西方文艺理论界关于"崇高"的观点，并始终将它作为自己小说主题追求的目标。对于斯坦贝克来说，要表现崇高和宏大的主题，首先必须要发现具有崇高精神的人物。斯坦贝克自幼受具有崇高和宏大气魄的古典和现代文学的熏陶，他的整个文学方向被框定了。他从前人的作品中得到启示，作品要想取得宏大的效果，就必须要描写伟大的或重要的人物——国

① 黑格尔：《美学》卷2，朱光潜译，商务印书馆1981年版，第79—80页。
② 转引自胡日佳《俄国文学与西方》，学林出版社1999年版，第118页。

王、王子、骑士和天才。后来，他的观念发生了一定的变化，认为现代文学写作的关键在于人物刻画的连贯和真实。只要这一点达到了，即使一个无知的乞丐也能像一个崇高的人那样成为作品的主角。① 在一次对全国广播公司电台节目的谈话中，斯坦贝克谈到他心目中的崇高人物：

> 波瓦罗曾说过，王公、诸神和英雄们才是文学所适合表现的主题。作者只能写他所崇仰者。今日之王公并不太让人兴奋，诸神们度假去了，剩下的英雄是些科学家和穷人……但是穷人还在空白之中。当他们奋斗时，如果失败，这个英雄的奋斗就会带来饥馑、死亡或监禁作为惩罚。我们人类崇仰英勇无畏，因此作者每见到大无畏便会表现它。他现在于奋斗的穷人中发现了大无畏。②

规模的宏大和永恒性是斯坦贝克小说主题追求的第二个目标。但什么是规模的宏大和永恒性，斯坦贝克本人并未对此作深入的论述，只是使用了 big、huge 和 universal 这几个字眼来表示。③ 鉴于小说家本人的沉默，斯坦贝克小说评论家也绕开了这个不容易论述清楚的问题。笔者认为，所谓宏大和永恒的主题主要是指作品反映社会生活的广度和深度。一部作品要想取得宏大的效果，它必须典型地反映五光十色的社会生活，揭示人间的本质矛盾，向世人传达永恒的人生真谛。而且这种主题要具有不可

---

① Kienan, Thomas. *The Intricate Music*: *A Biography of John Steinbeck*. Boston: Little Brown and Company, 1979, p. 68.

② ［美］罗伯特·迪莫特编：《斯坦贝克日记选》，邹蓝译，百花文艺出版社1994年版，第6页。

③ Kienan, Thomas. *The Intricate Music*: *A Biography of John Steinbeck*. Boston: Little Brown and Company, 1979, p. 21.

穷尽性，不同时代的人可以根据自己的感受作出不同的阐释。就斯坦贝克所读过的文学作品而论，我们发现有很多作品具有作家所追求的那种宏大和永恒的特征。荷马的史诗《伊利亚特》是宏大和永恒的，它以"阿喀琉斯的愤怒是我的主题"作为主线，不但描绘了长达10年的特洛伊战争，而且广泛反映了作为人类童年时代的古希腊的社会生活和社会意识。莎士比亚的作品是宏大和永恒的，哈姆雷特的一句台词"生存还是毁灭"，道出了人类亘古以来对生与死的思索。《失乐园》的主题是宏大和永恒的，密尔顿要通过撒旦、亚当、夏娃和上帝之间的互动关系，来"申述永恒的天意，证明上帝对人之道的公正"。麦尔维尔的《白鲸》是宏大和永恒的，因为书中的鲸鱼和大海本身不仅是世界上最大的动物和雄伟的自然景观，具有博克、康德和车尔尼雪夫斯基所说的崇高，而且麦尔维尔要通过白鲸和人类的关系，写"宇宙的问题"。麦尔维尔要用维苏威火山的喷火口做墨水缸，用雄鹰的羽毛做笔，书写"超出理解范围"的思想。这种思想涉及人类的过去、现在和未来，贯通整个宇宙，不像阿喀琉斯的愤怒只是针对一个特洛伊城邦，《白鲸》的主人公亚哈的愤怒是针对象征上帝的白鲸。因此，亚哈的愤怒就具有宇宙的规模与强度，他的痛苦就是人类痛苦的结晶，他的悲剧就是人类的悲剧。巴尔扎克、托尔斯泰和陀思妥耶夫斯基的作品是宏大的。因为，且不说他们作品内容，单从《人间喜剧》《战争与和平》《罪与罚》等作品的题目，就可以看出它们反映的主题是多么宏大了。

斯坦贝克的小说，无论是以《愤怒的葡萄》和《伊甸之东》为代表的长篇还是以《胜负未决》和《人鼠之间》为代表的中篇，都意在追求这样的效果。斯坦贝克小说主题的宏大和永恒性突出地表现在其悲剧意识小说中，当然，在其为数不多的喜剧意识小说中也有表现。斯坦贝克的小说，尤其是以《胜负未决》

《人鼠之间》《愤怒的葡萄》《月落》《小红马》《珍珠》《烈焰》《伊甸之东》《任性的公共汽车》和《烦恼的冬天》等为代表的中、长篇小说，都具有强烈的悲剧意识，所以，笔者将它们定义为悲剧性小说。所谓悲剧性是指具有正面素质或英雄性格的人物，在具有必然性的社会矛盾剧烈冲突中，遭到不应有的但又是必然性的痛苦、失败或死亡，从而引起人们的悲痛、同情和奋发的一种审美特性。① 作为审美范畴的悲剧性客观存在于社会生活中，由悲剧性矛盾冲突和悲剧性性格构成，集中表现为悲。但是，这种悲与日常生活中一般的悲哀、不幸事件或人物的悲不同，它必须本质上与崇高相通或类似，必须给人以强烈的心理震撼或痛感，从而使人奋发兴起，提高精神境界。在小说产生以前，表现人生悲剧的文学形式主要是作为戏剧种类之一的悲剧和叙事史诗，例如古希腊时代埃斯库勒斯的《被缚的普罗米修斯》、莎士比亚的《哈姆莱特》和密尔顿的《失乐园》等。小说产生后，自然分担了悲剧和史诗的一部分任务，以小说的形式表现具有重大悲剧性意义的人物和事件，巴尔扎克的《高老头》和曹雪芹的《红楼梦》就是这样的悲剧性小说。

虽然由于"非目的论"哲学思想的影响，斯坦贝克所如实描写的"现实的人"与以往悲剧中的英雄人物有所不同，为此，作家曾受到他同时代的一些批评家的质疑，但是，由于象征、寓言和神话等手法在作品中的奇妙介入，斯坦贝克笔下的人物实际上就是整个人类的代表。他们所生存的环境就是广袤的宇宙的象征，他们的迁徙、寻觅、堕落和毁灭就代表了人类永恒的境遇。如果我们撇开国内外评论家给斯坦贝克作品人为贴上的"阶级斗争文学""无产阶级文学"或"社会抗议文学"之类的标签，从作家的哲学纬度、文化语境和文本自身的意蕴来分析的话，我

---

① 王世德主编：《美学辞典》，知识出版社 1986 年版，第 56 页。

们会突然发现，作家追求崇高与宏大的主题的努力从来就没有停止过。他的每一部悲剧性作品几乎都有几个不同层次的主题，如关于善与恶对立的主题、人类堕落与救赎的主题、群体与个体对立的主题、普世之爱的主题、关于人类孤独的主题、美国梦破灭的主题以及关于 journey（出行）的主题等，它们有机地结合在一起，共同揭示人类境遇的规律。在这些众多的主题中，笔者认为占支配地位的主题有两个，一个是善与恶冲突的主题，另一个是关于人类出行的主题。这两个主题是有机联系的，斯坦贝克就是要揭示在善与恶冲突的宇宙中人类的出行问题。而在人类的出行中，自然可经历善与恶的冲突、灵魂的失落与救赎、群体与个体的关系、人类的孤独以及梦幻的追求和破灭等人生重大的问题。人类在善与恶背景下的永恒的出行中，因社会环境的邪恶和个人心理向度的张力，必然会经历灵魂的失落、肉体的死亡乃至精神的救赎。因此，善与恶冲突背景下的出行，就是斯坦贝克所致力于追求的宏大和永恒的主题。人类在永恒的出行途中所经历的失落、死亡和救赎，会给读者带来强烈的心理痛感，从而使读者产生像席勒和施莱格尔所说的"崇高"感。

二　悲剧性小说主题：人，悲剧地出行在 善与恶对立的世界

斯坦贝克悲剧小说中占支配地位的主题之一是善与恶的冲突，这也是自古以来一个宏大和永恒的主题。斯坦贝克终生致力于探索和表现这种主题，在后期的史诗小说《伊甸之东》中，他曾明确地对这种主题进行过论述：

小孩往往要问："世界的故事讲些什么？"成年男女也会寻思："世界朝什么方向进展？结局会怎么样？人生在世

105

究竟是怎么一回事?"

我认为世界上有一个故事,并且惟有这个故事使我们受到惊吓和启发,以至像生活在连载小说里那样,经常处于思索和疑惑之中。人类的生活和思想、渴望和野心、贪婪和残酷以及善良和慷慨,都逃不出善与恶的罗网。我认为这就是我们惟一的故事,不论感情境界高低,不论聪明才智大小,谁都摆脱不了这个窠臼。美德和罪恶是构成我们基本意识的经纬,也将是我们最终意识的组织,尽管我们改变田野河山的面貌、经济和生活方式,这点却是一成不变的。此外,没有别的故事了。一个人把他一生的尘埃和片屑掸除干净后,会剩下这些严峻明确的问题:我这辈子是善是恶? 我干得很出色——还是很糟糕?

……

在我们的时代,一个人去世时——如果他有钱有势以及拥有能引起妒忌的一切事物,活着的人清点死者的财产和功绩时仍旧存在这一问题:他一辈子究竟是善是恶? ——问题的实质同克里塞斯的一样,只是换一种提法而已。妒忌心理已经消失,衡量的标准是:"他生前受到爱戴还是憎恨? 他的死被人当做损失还是使人暗暗高兴?"

……

我们只有一个故事。所有的小说和诗歌都基于善和恶在我们身上的永不停息的搏斗。我认为恶必须不断地繁殖才能延续后代,善和美德却是永存的。罪恶始终具有一副新鲜年轻的面孔。美德却年高德劭,世上没有任何东西可以相比。①

---

① 约翰·斯坦贝克:《伊甸之东》,王仲年译,人民文学出版社 1986 年版,第 523—525 页。

不管是在宗教神话还是社会生活中，惟有善与恶的对立斗争最能制造悬念。① 就拿宗教神话来说，善与恶、上帝与撒旦、光明与黑暗、灵魂与肉体的对立双方互相抗衡，而且在许多情况下后者甚至会压倒前者。在基督教故事中，具有叛逆思想的天使起义反抗，但是上帝轻而易举地把他们打败，并轻蔑地将他们投入地狱。撒旦是上帝的心腹之患，一度使上帝束手无策。上帝派他的使臣——人类始祖去镇压撒旦，而始祖却在战斗中被打败，成为撒旦的俘虏。善与恶的冲突是一个崇高和宏大的主题，古往今来许多文学作品都曾表现过这个主题，如《圣经》《亚瑟王传奇》《神曲》《浮士德》《蝇王》《红字》等。斯坦贝克的普世情感和追求宏大主题的抱负，也促使他在作品中表现这一人类亘古以来所关注的主题。因此，"善与恶的对立"主题就贯穿在斯坦贝克的主要悲剧小说中，至少是在表层形式上。

《胜负未决》是斯坦贝克第一部比较成功的悲剧性小说，它在表层形式上描写托加斯果园的一次罢工斗争。小说的题目取自密尔顿的史诗巨著《失乐园》，通过和《失乐园》的关联，斯坦贝克实际上在艺术上赋予《胜负未决》的善与恶冲突主题一种宇宙的纬度。天堂里有撒旦和上帝的战争，在这场战争中，撒旦是正义的；地球上有工人和资本家的冲突，在这场冲突中，工人是善的。主人公吉姆·诺兰的父亲在一次工潮中被枪杀，而后，他的母亲出于对生命的弃绝死去，吉姆本人也在一次示威观望中被警察毒打，并丢掉了在旧金山的工作。带着对社会制度的愤恨，吉姆来到托加斯谷地，参加了由共产党人麦克领导的罢工斗争。悲剧的高潮是罢工遭到血腥镇压，吉姆在罢工中悲壮地牺

① Gurko, Leo. "Of Mice and Men: Steinbeck as Manichean". In: *The University of Windsor Review*, Vol. 8, 1973, pp. 11—23.

牲。麦克将吉姆的尸体扛到罢工工人聚集的地方，继续鼓动工人罢工，表明他们与资本家的斗争没有结束。当然，这是第一层次亦即表层的善恶冲突。第二层次的善恶冲突，是人类灵魂内部自我之爱和自我之恨之间的永恒的冲突，最显著的表现是吉姆的成长性教育。众所周知，密尔顿在刻画撒旦这个形象时，内心是矛盾的。撒旦不屈不挠地反对上帝和重返天堂的行为，表现了他善的和革命性的一面。为了反对上帝，撒旦也曾化装为蛇潜入伊甸园，诱使亚当和夏娃犯罪，这又表现了他为达目的而不择手段的恶的一面。斯坦贝克在塑造吉姆和其他罢工领导人时，内心同样是矛盾的。吉姆的自我之爱，促使他成为"人民的领袖"；他的自我之恨又使他意识到，托加斯谷地果园里作为群体的工人本性和他本人一样是凶恶和粗野的，需要被控制和操纵，以便达到善的境界，实现美好的生活目标。在麦克的启发下，吉姆在美好目的和邪恶手段之间进行选择，并接受了这样一个悖论：即善可以从恶中产生。在和麦克一起指导罢工的过程中，吉姆逐渐成熟，成为罢工的主要领导者，他利用果园工人的盲从和无知来操纵他们为实现党派利益服务。因此，从自我之爱的界面上看吉姆在罢工高潮中的牺牲是给人类光明事业的献祭，但从自我之恨的角度讲也是他灵魂走向邪恶的必然结局。

《人鼠之间》描写季节工人乔治与莱尼梦想得到自己的一片土地而未能实现的悲剧。小说主要刻画了六个人物：乔治、莱尼、斯利姆、坎迪、科莱和他的老婆。小说的善恶对立，也主要由两个层面构成。第一个层面，也就是最为明显的层面，是代表"善"的雇工乔治和莱尼与代表"恶"的少东家柯莱及其精神空虚的老婆之间的对立。第二个层面，乔治和莱尼善良的美德与由此导致的不幸结果构成对立。莱尼智商低下，但那实际上象征着他心灵的纯洁。他喜爱抚弄小动物也是一种友善的表示，但却无意中将他们害死。乔治对莱尼，本是兄弟、父亲和保护人集于一身。但是，正是这种深厚的感情，促使他不忍心看着莱尼被追杀者捕捉并蒙受私刑之苦，所以忍痛将相依为命的伙伴杀死。因此，乔治与莱尼作为善的一方代表的善（其中也有恶），以及他们美好的感情（善的另一种体现）中含有的"残酷"，可以看做是第二个层面的善恶斗争，即人本身（存在）含有的本性中的善恶斗争。

在《愤怒的葡萄》中，俄克拉荷马州的银行家和大庄园主强迫以约德一家为代表的大批佃农背井离乡，逃荒到加利福尼亚。到达加州后，他们受到当地官员和雇主的欺诈和排斥。跟随他们一起西行的凯绥牧师组织穷人罢工，被暴徒杀害。约德家的汤姆愤然杀了暴徒，离开加州，去寻求人类摆脱压迫和救赎的道路。在小说的结尾，约德妈妈的女儿罗撒香在暴风雨中生下一个死婴。她在妈妈的指引下，用自己的乳汁救活了一个行将饿死的男人。在这里，善的一方自然是牧师凯绥和约德一家，恶的一方是吞噬土地的银行家、大庄园主及其豢养的警察。

《月落》描写发生在纳粹占领军统治下的一个北欧小城的故事。面对强寇侵凌，国土沦陷，那些从未经历过战争的小人物奋起反抗，从而使敌人陷入四面楚歌。为了阻止人民的反抗，占领军头目兰赛上校软禁奥登市长，并迫使他下令让人民停止反抗。奥登市长宁死不屈，吟着苏格拉底的遗言英勇就义。在这部小说里，善恶对立具有两个层面。善的代表是温和、具有学者风范的小城市长奥登、他的朋友温特大夫以及为被纳粹军官处决的为丈夫报仇的寡妇莫莉·莫顿；恶的代表是思想复杂的兰赛上校和一些性格迥异的纳粹军官。在善与恶的尖锐冲突中，尽管奥登市长最终就义，最终获胜的还是善的一方。因为，面对人民的正义，入侵者的士气瓦解了。善与恶冲突的第二个层面，是入侵者内心的人性和兽性的冲突。作为入侵者，兰赛上校和汤德中尉枪杀了罢工的煤矿工人亚历山大·莫顿和拒绝与他们合作的奥登市长，以便做到杀一儆百。这是他们人性中兽性的一面。另一方面，他们是爱国的德国人，而不是死心塌地的纳粹分子。他们希望德国获胜，他们不得不执行纳粹总部的命令。但是，在个人人性方面，他们并不残忍。他们是人，他们甚至很温和，对占领区人民对他们的轻微侮辱也不反抗。尤其是汤德中尉，他是一个浪漫的青年诗人，幻想自己是一个高贵的人追求一个贫穷的女孩，以便获得完美理想的爱情。他对莫莉·莫顿的爱是温和的，也是发自内心的。然而，他却在一个风雪之夜被莫莉谋杀了。在这个场景中，善与恶、爱与恨紧密地交织在一起，谁是谁非很难进行判别，因为他们两个之间彼此都有善与恶的一面。人性内部的善与恶的冲突，也许在兰塞上校身上表现得最为突出。他对上司和他们的主义总是持怀疑和愤世嫉俗的态度，他憎恶战争，因为他看到的是战争的残忍性。他不想残酷地对待占领区的人民，然而他不得不执行上司的命令。当他下令处决奥登市长时，他的道义基本上垮了。在这里，我们体悟到了斯坦贝克的非目的论的思维和他的普世情感。斯坦贝克如实地表现了生活"是什么"，而不是"应该是什么"。他的普世情感使他认为纳粹士兵和军官也是人，具有人的情感，而不单纯是邪恶战争机器的部件。小说出版后，第二个层面的善与恶的斗争招致了美国许多批评家的攻击，他们认为斯坦贝克将纳粹官兵写成人是错误的。[①] 但是，当我们远离战争的硝烟和宣传的喧嚣，重新审视战争和人的关系的时候，我们会发现，斯坦贝克对纳粹官兵人性善的刻画是有其合理的一面的，它丰富了作品善与恶冲突的主题。

在小说《珍珠》的扉页，斯坦贝克点出了这部小说的善恶对立的主题：

---

① Fontenrose, Joseph. *John Steinbeck: An Introduction and Interpretation*. Barnes & Noble. New York, 1963, p.99.

在城里，人们读着大珍珠的故事——它是怎样找到的，又是怎样丢失的。人们讲到渔夫奇诺、他的妻子胡安娜和他的儿子小狗子。因为故事被讲过那么多遍，它已经在每个人的心里生了根。和留在人们心里的一切反复讲过的故事一样，其中只有好的和坏的东西、黑的和白的东西、善良的和邪恶的东西，而不论哪里都没有中庸的东西。①

简单地说，这部小说的善恶对立主要体现在"家庭之歌"、"珍珠之歌"和"邪恶之歌"这三部曲中。"家庭之歌"表现一种静谧快乐的生活。当这种歌奏起的时候，主人公奇诺、他的妻子胡安娜及儿子小狗子过着宁静的生活。"珍珠之歌"象征着希望与苦痛、实在和缥缈。奇诺下海捞到一颗稀世珍珠，他的希望和痛苦也就接踵而至。"邪恶之歌"则是神甫、医生和珠宝商人贪婪的欲念和罪行。"邪恶之歌"奏响的时候，奇诺在集市上卖珍珠受到商人的欺诈，他的家被人烧掉，他和妻子受到坏人的追杀，他的儿子也被坏人打死。奇诺愤而打死一个暴徒，并忍痛将给自己带来无穷灾难的珍珠投入大海。

《烈焰》的题目取自威廉·布莱克的诗歌《老虎》（*The Tiger*）。

Tiger! Tiger! Burning bright.

In the forest of the night,

What immortal hand or eye

Could frame thy fearful symmetry?②

---

①　《斯坦贝克中短篇小说选》（二），人民文学出版社 1984 年版，第 272 页。

②　Blake, William. *The Tiger*. Quoted from *The Selected Readings in English Literature*. Vol. 1. edited by Chen Jia. The Commercial Press, Beijing. 1988, p.249.

老虎和羔羊的可怕的对称，实质上就是人本性中善与恶的对立。因此，通过引用布莱克的诗句，斯坦贝克"引导他的观众去思考善与恶的问题。但是，在他具体处理这个问题的时候，他将这个问题限定为爱与恨，限定在人类生活的情感方面"①。事实上，善与恶、爱与恨交替存在于四个主要人物乔·索尔、莫蒂、维克多和朋友爱德身上。索尔挚爱自己的妻子莫蒂，却不幸患上了不孕症，这就是一种人性恶的表现。索尔实际上就是渔王（The Fisher King）的复现。渔王违背上帝的旨意，作恶多端，于是上帝就惩罚他，使他患了不孕症，他的王国也随之变为荒原。② 爱与不孕的斗争，使索尔憎恶一切。首先，他痛恨自己是"某种黑暗的咒语"的受害者，正像上帝对渔王的咒语一样。后来，当他发现妻子和维克多通奸后，威胁要杀死她，吓得妻子退到墙角以躲避这个发怒的"奥塞罗"。莫蒂深深地爱着自己的丈夫，即使当她知道丈夫患不孕症的时候，这显示了她人性中善的一面。为了给丈夫怀上一个孩子，她不惜跟丈夫的助手维克多通奸，这又显示她为达目的不择手段的恶的一面。与索尔相比，维克多身强力壮，具有生育能力，这是人性善的表现。当他得知莫蒂怀上自己的孩子的时候，便违背了和莫蒂的诺言，威胁莫蒂并索要孩子。这是他人性恶的显示，当然也就激起莫蒂对他的恨。于是，在莫蒂的授意下，索尔的朋友爱德在一个漆黑之夜谋杀了维克多。这个谋杀行为构成最大的恶，因为维克多并未坏到非杀不可的地步。所以，人人皆有善，人人皆有恶，是这个小说的主题。最后，索尔了解了事情的前因后果。他克服了人性中的自私和恨，接受了莫蒂和维克多的孩子，以慷慨仁慈的态度来善待人

---

① Britch, Carrol & Clifford Lewis. *Burning Bright: The Shining of Joe Saul. Copied in The Short Novels of John Steinbeck: Critical Essays with a Checklist to Steinbeck Criticism.*

② Western, Jessie L. *From Ritual to Romance* (New York, 1920), pp. 172—174.

生。他说："每个人（every man）都是所有孩子的父亲，每个孩子都必须将所有人看做父亲。这不是一件私有财产，登记、据为己有或送人。莫蒂，这是个孩子啊!"斯坦贝克最初创作这部小说时，是受了中世纪寓言《每个人》（Everyman）的启发。很显然，他在作品中是要暗喻整个人间善与恶的斗争。

《伊甸之东》是斯坦贝克的第二部史诗小说，它叙述了萨利纳斯山谷两个家族三代人的历史。在这两个家族中，光明的一方是汉密尔顿一家，阴暗的一方是亚当家族。而在亚当的家族，也有善与恶的对立。善的一方几乎总是由名字以 A 开头的人物组成，如 Adam，Aron，Abra，恶的一方由名字以 C 开头的人物组成，如 Cyrus，Charles 和 Cathy。父亲赛拉斯是个邪恶的家伙，他违背儿子的天性，强行对他们进行军事化训练。他对大儿子亚当的偏爱，使小儿子查尔斯跟哥哥反目成仇。亚当成年后娶了卡西，这个女人却有毒蛇般的心肠。她生下两个儿子后无情地丢下他们，打伤阻拦她的丈夫，甘心去做妓女。亚当的大儿子迦尔嫉妒父亲对自己弟弟的偏爱，作为报复，他告诉善良的弟弟，说他们在天堂的母亲并没有死，而是在金城开妓院。纯洁的弟弟亚伦无法忍受丑恶的现实，忍痛从军，战死沙场，亚当也为这沉重的打击伤心而死。在《烦恼的冬天》里，主人公伊坦·郝雷代表正直、诚实的传统美德，这种美德在伊坦的雇主商人马鲁洛和伊坦的女儿爱伦身上也时有体现。恶的代表则是银行家贝克先生、亦娼亦巫的玛姬，还有伊坦那毫无廉耻之心的儿子亚伦。儿子的贪婪、妻子的怂恿、贝克先生和玛姬的引诱，使得善良、纯洁的伊坦一步步走向堕落。然而，内心的良知使他不甘忍受堕落的痛苦，他在深夜跳入大海，企图了此一生。只是出于对纯洁女儿的爱和防止她在这个世界堕落，他才又决定活下去。

笔者认为，善与恶的冲突主题在斯坦贝克的小说中有两个作用。其一，是通过描写善的一方遭受的巨大痛苦或毁灭，达到斯坦贝克所说的"惊吓"和"启发"的目的，亦即美学家所说的"痛感"和"崇高"。其二，正如批评家利奥·格寇所指出的那样："善恶冲突论最适宜于戏剧表演。再没有什么比两个势均力敌的交战者的竞赛更具有戏剧性，尤其是当宇宙本身被划分为这样两个方面的时候。"[①] 斯坦贝克的小说具有较强的戏剧性，很容易改编成戏剧上演，恐怕也与善与恶冲突主题有关吧。

　　贯穿斯坦贝克悲剧小说始终的第二个主题，是出行主题（journey motif）或迁徙（migration motif）。这也是一个相当宏大的主题，其宏大并不亚于莎士比亚在《皆大欢喜》中所表现的"人生如戏"的主题，尤其是对美国人民来说。首先，它有渊源的文化历史。《圣经》中的《出埃及记》就是一部人类出行或迁徙史。根据《出埃及记》的记载，古犹太人到埃及寻觅食物，结果被困在埃及400余年。他们的苦难惊动了上帝，他派先知摩西去解救他们。摩西率领古犹太人逃出埃及，向圣地迦南行进。后来，出行或迁徙作为一种史诗性主题，就经常出现在历代作家的笔下。从古希腊荷马的《奥德修记》到古罗马维吉尔的《埃涅阿斯记》，从英国17世纪约翰·班扬的《天路历程》到美国19世纪赫尔曼·麦尔维尔的《白鲸》，人类通过出行或迁徙追求幸福和真理的历程从未间断过。对于美国人民来说，出行或迁徙的主题更有其历史和现实的原型。从历史上讲，1620年，一批英国清教徒为逃避本国天主教的迫害，搭乘"五月花号"航船，漂洋来到北美洲。他们进入新大陆这个"清新的、保持着童贞又是荒野粗狂、渺无人烟的伊甸园"[②]，成为今日美国人的祖先。1803年，杰斐逊总统从法国人手里购买了包括现在路易斯安那

　　① Leo Gurko, "Of Mice and Men: Steinbeck as Manichean", quoted from *Contemporary Literary Criticism*, vol. 21, 1983.

　　② 詹姆士·O.罗伯逊：《美国神话美国现实》，贾秀东译，中国社会科学出版社1990年版，第52页。

州在内的 200 万平方公里的土地，为拓荒者西进提供了辽阔的疆域。于是，成千上万的美国人离开贫瘠的家园，怀着致富的梦想，奔向西部理想中的天堂。有首民谣形象地刻画了拓荒时代美国佬西部迁徙的风貌：

> 都来吧，希望改变命运的杨基佬们，
> 勇敢地走出你们土生土长的庄园，
> 离开爹娘恋爱不舍的村落，
> 跟我来吧，定居密执安。①

今天，出行或迁徙仍然是美国社会生活中一个很重要的现象。美国被称为一个"坐在车轮上的民族"，它不断地在出行和迁徙。住在城市的出行到乡下，住在乡村的迁往城市，住在此州的迁往彼州。这种无止境的出行或迁徙，成了美国历史进程的象征。他们出行或迁徙的目的概括起来讲有两个，一是为了物质生存，一是为了精神自由。他们持之以恒地向较宽松美好的社会现实进发，向更舒心自由的心理世界迈进。然而，这种出行和迁徙，往往因为社会现实本身的阻遏和个人精神向度的偏离而产生灾难性的后果。例如在麦尔维尔的《白鲸》中，船长亚哈和他率领的"裴廓德号"捕鲸船追杀白鲸的过程，其实就是人类探索自然和宇宙奥秘的精神之旅。在这探索的旅途中，亚哈的精神向度发生了可怕的偏离。他将象征自然和上帝的白鲸偶然咬断他的腿这一事件，看做是白鲸或上帝有意跟他作对。于是，他发誓要杀死白鲸，向上帝复仇。复仇的欲望吞噬着他的每一个细胞，使他变成一个超级偏执狂。为此，他违背船主的利益，也听不进

---

① 詹姆士·O.罗伯逊：《美国神话美国现实》，贾秀东译，中国社会科学出版社 1990 年版，第 190 页。

船员的劝告，最后将自己和"裴廓德号"引向覆灭的境地。但是，也有出行者经过人生历程的种种磨难，最终达到对人生的感悟，从而获得崇高的意识和境界。同样是在麦尔维尔的《白鲸》中，与亚哈船长的毁灭相对立的是故事的叙述者以实玛利的新生。以实玛利很像《圣经》中的一个同名人，也是一个流浪者。小说开始的时候，他感到内心一片荒凉，想通过出行寻觅一处快活的地方。他登上亚哈的"裴廓德号"捕鲸船，开始了寻求知识和价值的人生旅程。在这次悲壮的出行中，以实玛利认清了亚哈的悲剧性弱点和毁灭的必然性，看到了人与人之间可以建立和谐关系的可能性，并意识到人生救赎的迫切性。最后，当亚哈和船上的其他人员毁灭的时候，以实玛利一人获得了拯救，向世人讲述了他所目睹的人间悲剧以及它对后人的重大启示。

作为一个具有普世情感的作家，斯坦贝克自然也要在自己的作品中表现这一关怀人类生存的宏大主题。斯坦贝克悲剧小说中的出行主题的模式是这样的：出行者从一个地域的或精神的荒原出发，希求达到物质的或精神的乐园。然而，由于社会邪恶环境的阻遏和个人心理向度的张力，出行者在经过一系列陌生的富有挑战性的事件后，获得了不同的结果。有的虽然到达的是物质的荒原，但精神上得到了升华，例如《愤怒的葡萄》中的凯绥牧师和约德一家；有的得到的是物质上的乐园，但在精神上却陷入痛苦，乃至在肉体上死亡，例如《伊甸之东》中的亚当·特拉斯克和他的儿子亚伦；有的通过出行却误入精神的迷宫而不能自拔，从而导致肉体的毁灭，例如《胜负未决》中的吉姆·诺兰。斯坦贝克的普世情感，使他不满足于在表层形式上表现现代人的痛苦生活，他所感兴趣的是揭示人类深层的危机，尤其是精神危机，从而给读者带来审美的痛感，使作品产生崇高和宏大的效果。然而，大多数评论家并未意识到贯穿在斯坦贝克主要作品始终的这一主题。他们简单地将斯坦贝克界定为一个"罢工作家"

或"无产阶级作家",这实际上降低了作品主题的宏大性和永恒性，虽然描写罢工斗争也是崇高主题的一种。

《胜负未决》发表后，斯坦贝克曾遭到来自左翼和右翼批评家的两面夹攻。这些批评也预示了批评界后来对《愤怒的葡萄》和《月落》等作品的指责。[1] 左翼批评家认为，斯坦贝克对共产党人麦克和吉姆的形象刻画得不够崇高和伟大；右翼批评家认为，《胜负未决》只是一部粗俗的罢工小说，缺乏审美价值。这是社会批评的观点，也可称之为一种误读。《胜负未决》本质上并不是一部普通的表现罢工的小说，尽管作家的普世情感使他不可避免地流露出对贫穷工人的同情，罢工斗争只是善与恶冲突的一种形式。小说的第二个主题便是出行主题。小说要表现的是，主人公吉姆怎样从旧金山出行到托加斯谷地，在麦克指引下误入精神的迷宫，从而导致肉体毁灭的故事。这个主题，可以首先从斯坦贝克的创作意图上体现出来。他曾经在给朋友乔治·阿尔比的一封信中，谈到这部小说的写作目的："我对将罢工作为提高人们工资的手段并不感兴趣，我对高声宣讲正义和压迫并不感兴趣，它们只是刚刚揭示生活的现象。但是，人类憎恶他自身的一些东西。人类能够战胜自然的一切障碍，但是他却战胜不了自己，除非他扼杀自己的个性（individual）。人类的这种自我之恨（self-hate）和自我之爱（self-love）紧密地联系在一起，而这正是我要写的。"[2] 因此，描写人类灵魂中的自我之恨和自我之爱的斗争，并将之与主人公的出行结合在一起，构成这部小说的主题。斯坦贝克认为，由于人类自我之恨的膨胀，他们作为个体的孤立进程就开始了，其结果是将一个群体和另一个群

---

[1]　Kiernan, Thomas. *The Intricate Music*：*A Biography of John Steinbeck*. Boston：Little, Brown And Company, 1979, p. 204.

[2]　Elaine, Steinbeck & Robert Wallsten. *John Steinbeck*：*A Life in Letters*. New York：The Viking Press, 1975, p. 98.

体隔离开来。令人感到奇怪并且具有讽刺意味的是,一个群体凝合的力量正是自我之爱和自我之恨。自我之爱的倾向结合在一起形成一种观念,将一种类别的人联合成为一个群体;而自我之恨又激励他们集体地反对另一类持有不同观念的人的群体。战争给予交战的双方无限的权力,于是,憎恨、愤怒和暴力成为战争的武器,给群体成员的内心和外部世界带来巨大的伤害。他们无组织的自我泛滥,导致社会的、经济的、道义的和精神的所有系统的瘫痪。在这场战争中,观念失败了。但是,那些群体中幸存的人,在新的起点上又将这胜负未决的战争持续下去。

故事开始的时候,吉姆被置于一个阴暗、孤独和倦怠的精神荒原。他不满于现存的制度,认为它毁掉了自己的整个家庭,也使群体的人类承受苦难。他悲愤地说:"我感觉像是死掉了。过去的一切都过去了……我想跟过去的一切断绝关系。"① 正是由于具有自我之爱,他才感到现存制度对他以及他所隶属的群体的压迫。他从旧金山出行到托加斯谷地,决定加入党派(故事中用 party 指称),立志要率领他所隶属的群体起来反抗这种现存的制度。在党派里,他成了罢工煽动者和领导人麦克的信徒,并从麦克对果园工人的煽动性演讲中,看到一种新的观念,一种可以使他的梦想得以实现的观念。因此,像麦克一样,吉姆要利用罢工来实现自己和群体的权力意志。② 在麦克的目的与手段的理论和实践的教育下,在他们共同领导罢工工人反对果园主的斗争中,吉姆内心的自我之爱和自我之恨,也以悖论式的非对称态势迅速发展。由于吉姆受过教育,读过柏拉图的《理想国》、摩尔

---

① Steinbeck, John. *In Dubious Battle*. New York: Bantam Books, 1976, p.7.

② Sarchet, Barry W. "In Dubious Battle". *Steinbeck Quarterly*, Vol. XIII, Nos. 3—4, 1980, p.89.

的《乌托邦》和马克思的《资本论》等书，他就有能力很快成为领导者和先知。但是，他在利用工人作为手段方面也比麦克走得更远。麦克尽管有一些自我的因素，但是在某些方面还能和群体融合在一起。而吉姆则不然。群体的工人对于他来说，只不过是他实现党派整体利益的工具，因此，他对群体或群体中的其他个人就缺乏应有的同情。当麦克为痛打一个为果园主通风报信的学生而感到难过时，吉姆说："那是个该死的孩子，他对我们的事业是个危险。你做得对，不需要愧恨，不需要感情，这只是一个工作。"① 由此可见，此时的吉姆在自我之恨的道路上已经陷得很深了，一旦他获得能够支配他人的权力，他的自我（ego）就会膨胀，并脱离所有理性的束缚。对权力和自我意志的追求，使他永远无法融入群体，也不能成为群体有机的一部分，他在心灵中的自我之旅已走得太远了。在这方面，他与天堂的撒旦和麦尔维尔笔下的亚哈船长有相似之处。因此，他后来的悲剧也就不可避免了。他的死既是为群体利益的献祭，又是内心邪恶发展的结果。他的死亡，代表了他内心两种交战意识的终结。但是，他的死亡并不意味着这种模棱两可的战争的结束。因为，在小说的结尾，麦克取代了吉姆的位置，仍在鼓动工人们罢工。斯坦贝克似乎是在暗示，只要人类踏上自我之爱和自我之恨的旅途，他们之间的战争就会永恒地进行下去，孰胜孰负很难决断。在这场胜负未决的战争中，医生多克·伯尔顿（Doc Burton）是惟一一个局外人，他以一个科学家和医生的眼光审慎地观察人类的行为。他说："人类憎恶自己。心理学家说一个人的自我之爱和自我之恨是平衡的，人类必须这样。如果我们跟我们自身战斗的话，我们只有杀掉每一个人才能赢得胜利。"② 然而作为一个医生，他

---

① Steinbeck, John. *In Dubious Battle*. New York: Viking Press, 1936, p. 248.

② Ibid., p. 184.

只能客观地观察人类旅程中的愚行，却不能治愈。

在《人鼠之间》里，乔治和莱尼两个季节工人从维德（Weed）到索里达德（Soledad）的出行，也是一次孤独和毁灭之旅。Soledad 在西班牙语中是"孤独的地方"的意思。在索里达德农庄干活的人也是世界上最孤独的人，正如乔治所说的那样："像咱们这样在农场上干活的，是世界上最孤苦伶仃的人。他们没家没业，没有亲人。他们在农场上干活刚有了钱，就到城里去花光，接着又垂头丧气地走到另一个农庄去干活。他们一辈子没有什么指望。"① 在农场干活的智者斯利姆对此也有同感，他对乔治感慨地说："一块出门上路的人不多……不知为什么。也许是因为这个鬼世道叫人彼此害怕。"② 在这个孤独的世界，只有乔治和莱尼具有兄弟友爱之情，他们结伴而行，互相照应。他们希求找到一份工作，积攒一些钱，购置一处自己的农场。这样他们可以"有一间小房子，还有厨房，一天工作六七个小时"。然而，他们的兄弟之谊和美好的梦想，受到外界势力的阻遏。农场主对他们的兄弟之谊表示怀疑，农场主的儿子柯莱邪恶好斗，不断欺辱莱尼。柯莱的老婆由于极度的精神空虚，也引诱莱尼跟她说话，并让他玩弄她的柔软的头发。力大如牛但智商低下的莱尼，不幸将柯莱的老婆掐死了。柯莱率领毫无阶级意识和友爱之心的农场工人追杀莱尼，要将他处以私刑。为了使自己的朋友不惨死在柯莱的私刑之下，乔治找到莱尼藏身的地方，含泪枪杀了他。莱尼的人生之旅以死亡作结，乔治也从莱尼之死和他们家园梦幻的破灭，领悟到人生的两个悲剧性启示：一是在邪恶的、失落的世界中，兄弟之谊是不能长久的，人类注定要陷入永恒的孤独之中；二是在没有爱的世界里，人类的一切努力只能以

① 《斯坦贝克中短篇小说选》（一），人民文学出版社 1983 年版，第 276 页。
② 同上书，第 294 页。

失败而告终，正如彭斯的诗句所表达的那样：人与鼠的最佳设计常常是一场空。

《小红马》由《礼物》《大山》《许诺》和《人们的首领》四个短篇故事组成，是斯坦贝克的一部成功的"故事链"（story-circle）小说。所谓"故事链"小说，就是在结构上具有独立性、在主题和人物方面又具有连续性的一组故事。[①] 这也是一部关于journey 主题的作品，或者说是一部"主人公成长小说"（Bildungsroman）。这类小说的主题是"主人公思想和性格的发展，叙述主人公从幼年开始所经历的各种遭遇。主人公通常要经历一场精神上的危机，然后长大成人并认识到自己在人世间的位置和作用"[②]。这种 journey 主题，关照的是主人公精神或人生历程的出行。小说的第一部分《礼物》讲述父亲送给乔迪一匹小红马，这个小红马就成了乔迪走向成熟和获取自然界知识的象征。后来，由于粗心，乔迪将小红马放在外面挨了雨淋，小红马得病死了。这使乔迪意识到自然对人类的冷漠和残酷。在小说的第二部分《大山》里，斯坦贝克表现了复杂和冷酷的成人生活对少年乔迪心理的影响。首先，乔迪出行到西山探求知识的愿望遭到了以父亲为代表的成人世界的阻遏：

　　"山那边是什么？"他有一次问父亲。

　　"我看还是山。怎么啦？"

　　"再过去呢？"

　　"还是山。怎么？"

① Tetsumaro Hayashi & Beverly K. Simpson. ed. *John Steinbeck*: *Dissertation Abstracts and Research Opportunities*. Metuchen, N. J. & London: The Scarecrow Press, Inc. 1994, p. 60.

② M. H. 艾布拉姆斯：《欧美文学术语词典》，朱金鹏等译，北京大学出版社1990 年版，第 218 页。

"一直过去都是山，山？"

"嗯，不。最后是海。"

"山里面有什么？"

"悬崖峭壁，灌木丛，大岩石，干旱地区。"

"你去过么？"

"没有。"

"有人去过么？"

"我看，少数人去过。那是很危险的，悬崖峭壁什么的。你看，我在书上看到，美国就数蒙特雷县的山区还有许多地方没有开发过。"他的父亲对于这一点好像很得意。

······

"去去才好呢。"

"去干什么？那里什么都没有。"①

其次，乔迪父母关于收留老盖达诺人吉达诺的争论以及吉达诺之死也对少年乔迪产生了复杂的影响。吉达诺曾出生在乔迪父母现在所生活的农场，后来迁移到了别处。当他年老的时候，他又千里迢迢地迁移回来，以求长眠在自己出生的地方。这又是一个出行的主题，它和中国文化中的叶落归根思想有惊人的相似。然而，老人的要求却受到了乔迪父亲的强烈反对，这使乔迪深深地意识到成人世界的残酷。后来，老人骑着乔迪家的一匹行将死亡的老马，悲壮地向西山奔去，以求寻得一种尊严的死亡。老人的举动使乔迪既感到悲伤又对老人肃然起敬。在《许诺》里面，乔迪真正领略了从生到死的历程。父亲许诺再给他一匹小马，条件是乔迪必须自己牵着家里的母马去配种并照应它生下小马驹。经过一年的耐心照料和等待，母马终于该产驹了，然而却遇到了

---

① 《斯坦贝克中短篇小说选》（一），人民文学出版社 1983 年版，第 214 页。

难产。为了使乔迪得到小马驹，长工贝利不得不杀掉母马。这就使乔迪完整地感悟了生的艰难和死的悲壮。第四部分是《人们的首领》，它写乔迪的爷爷从遥远的地方来到乔迪家，向家人讲述他年轻时出行的故事以及出行的伟大意义：

> 这是整个一大群人变成一头巨大的爬行动物。我是首领。往西走，往西走。人人都有自己的打算，但这一头巨大的动物所要求的就是往西走。我是领头的，如果我没有去，会有别的人领头。事情总得有一个头。
>
> 大白天，矮树丛下面，影子是黑的。我们终于见到了山，我们叫了起来……都叫了起来。但是要紧的不是到这儿来，要紧的是前进，往西去。
>
> 我们把生活带到这里来，像蚂蚁推蛋似的把生活固定了下来。我是领头的。往西走这件事像上帝一样伟大，慢慢的一步步走去，越走越远，一直把陆地走完。①

对于爷爷来说，西行就是开拓疆域，就是建立新的国家和家园。他年轻时领导人们西行的举动，就是一种英雄的行为。然而，随着美国的封疆运动，西行结束了。昔日的西行者，如今沦落为像乔迪父亲卡尔·迪弗林那样的小业主和长工彼利·巴克那样的衰老的牛仔。这种状况使爷爷非常悲哀，他说："人们已经没有往西去的精神了。不再渴望往西去了。人们已经完了。"②然而人类并没有完全堕落，此时的乔迪已经成熟了，他从爷爷昔日的辉煌找到了人生奋斗的目标。他长大后决心继承爷爷的事业，领导人们继续西行。他对爷爷这样说："说不定哪一天我会

---

① 《斯坦贝克中短篇小说选》（一），人民文学出版社 1983 年版，第 263 页。
② 同上书，第 264 页。

领着人们往西去。"① 至此，乔迪完成了他人生历程的崇高与伟大的转变，他将注定成为人们的新的领袖。

在《珍珠》的扉页上，斯坦贝克曾指出："如果这个故事是个寓言，也许各人都从里面领会自己的意义，也以自己的生活体验去读它。"② 既然是寓言，既然人们可以从里面领会自己的意义，那么我们当然可以从中领会其出行的主题。尤其是小说的最后两章，它描写了奇诺一家到首都去卖珍珠的经历。这既是一次地域上的出行，也是奇诺灵魂上寻求救赎的一次出行。在奇诺下海捞到一颗稀世珍珠之前，他们家过着宁静的生活。珍珠的到来打破了家庭生活的平静，珍珠在给他们带来幸福生活的奢望的同时，也给他们带来了一系列的灾难。医生、牧师和珍珠商人争相觊觎珍珠，他们的家也受到歹徒的洗劫。更主要的是，这颗珍珠也刺激了奇诺贪婪的欲念，支配了奇诺的灵魂。正如奇诺对哥哥所说的那样："这颗珍珠已经成了我的灵魂，如果我放弃它，我就要失去我的灵魂。"③ 然而，这时的珍珠已经成了邪恶的东西。尤其是经过在山中惊心动魄的出行以后，奇诺再看珍珠时发现："珍珠是丑陋的，它是灰暗的，像个毒瘤。"④ 在妻子胡安娜的启发下，奇诺最终感悟家庭生活的美好和珍珠对人类灵魂的毒害。他将珍珠投进大海，完成了灵魂的净化。

在《任性的公共汽车》的扉页上，斯坦贝克附上一段选自中世纪道德寓言剧《每个人》中的诗句：

I pray you all gyve audyence,

And here this mater with reverence,

---

① 《斯坦贝克中短篇小说选》（一），人民文学出版社 1983 年版，第 263 页。
② 同上书，第 272 页。
③ 《斯坦贝克中短篇小说选》（二），人民文学出版社 1984 年版，第 326 页。
④ 同上书，第 344 页。

By fygure a morall playe;

The somonynge of Everyman called it is,

That of our lyves and endynge shewes

How transtory we be all daye.

——Everyman [1]

很显然，通过引用中世纪的道德寓言剧，斯坦贝克意在向读者暗示，他的这部小说描写的是一次现代的"每个人"的出行。《任性的公共汽车》是要通过描写现代人的一次现实意义上的旅行，揭示人类精神上的失落与救赎。小说中的公共汽车"甜蜜之心"（sweetheart）和道路代表出行的物质载体，汽车和旅客是出行的"每个人"。司机朱安·季璜（Juan Chicoy）是一个先知一样的人物，他的名字本身就像耶稣名字的缩写。车上的人来自美国的各行各业，例如小商贩厄内斯特·赫敦，脱衣舞女卡米尔·欧克斯，学徒工匹姆珀利斯·卡尔森，女大学生密尔德拉德·普利查德、她的父母亲普利查德夫妇以及老头范·布伦特等。普利查德先生是一个大商人，他是整个现代商业社会及其与生俱来的虚伪道义和性空虚的代表；范·布伦特是一个60多岁的老头，他经常聆听时间在他的脉搏里流逝，既希望死亡的到来，又充满了对死亡的恐惧；诺玛是餐馆服务小姐，是好莱坞男明星卡拉克·盖贝尔的崇拜者，她希望进入好莱坞，虽然在现实生活中她从没有与男人做爱的经历，但是在想像中总是与她的崇拜者神交，她的整个生命就悬在现实和幻觉之中；密尔德来德·普利查德小姐是普利查德夫妇的女儿，她生活在一个高度浅薄、虚假和精神贫瘠的世界，自幼受到父亲的控制，她代表了人性中

---

① Steinbeck, John. *The Wayward Bus*. New York: The Viking Press, 1947, title page.

的反抗意识——由此可见，汽车上的乘客都具有道义上的缺陷、精神上的疾病、性方面的饥渴和感情上的压抑，这些可以看做现代人类的通病。为了逃避艰难的现实、生活的无聊并追求欲望的满足，他们坐在朱安·季璜的公共汽车上旅行，就像摩西率领古犹太人出埃及，也像安·波特的《愚人船》上的人物那样去远行。他们希望通过旅行得到自己的幸福和乐园，因此，他们的出行就象征着现代人类寻求救赎的历程。然而他们的出行是任性的，永远不能到达目的地，因为生活的喧嚣、肉体的享受、道义的放纵巨大地影响了他们追求救赎的意识。同时，他们出行的历程也被砾石、被河水冲塌的桥梁、泥泞的公路和泥潭所困扰，他们要不断地穿行在山岭和沙漠之中，这实际上是现代荒原的象征。尽管他们在旅行途中不断看到指引他们通向救赎的正确道路的启示性招牌，像 Repent（忏悔）、Come to Jesus（到基督那里）、Sinner, Come to God（罪人，到上帝那里去）等，但他们仍然永远不能到达目的地。一个很重要的原因是司机朱安·季璜不喜欢他的乘客，就像耶稣或摩西不爱他的庶民一样。他有意将车往坏路上开，就像耶稣或摩西给他们的庶民指错了救赎的道路。最后，他带着近乎报复的情绪和喜欢他的女大学生密尔德拉德·普利查德在远离路边的一个草房里发生性关系，这象征着先知耶稣或摩西的堕落。如果人们的领袖和先知都堕落了，人类还能到达他们精神的乐园吗？人类还有救赎的希望吗？这是斯坦贝克对现代人类危机的深深思索。

出行的主题在《月落》《烈焰》《伊甸之东》和《烦恼的冬天》等小说里面都有不同的体现。然而，斯坦贝克表现出行主题的杰作是《愤怒的葡萄》。大萧条和连年的干旱，使俄克拉荷马州的佃农纷纷破产。他们误把盛产葡萄的加利福尼亚州当做希望之乡，于是举家西行，以期到达理想的乐土，过上美好的生活。整个 66 号公路变成了一条出行的长龙，在这支庞大的队伍中，有约德一家和牧师吉姆·凯绥。为了摆脱日益严重的生存危机，他们抛弃了在俄克拉荷马的"40英亩"土地，幻想在加利福尼亚的橘子园里能够拥有自己的一套白房子。他们举家西行的过程和在加利福尼亚的坎坷遭遇，一方面揭示了人生历程的艰难和曲折，另一方面也揭示了人类心理的自我认识和灵魂的升华，从而体现了斯坦贝克所追求的崇高和宏大的主题。为了表现现代人的心理认识和灵魂的升华，斯坦贝克几乎将他所习得的哲学、社会学和文学的知识全部融进这部巨著，例如他的"群体"和"个体"理论、爱默生的超灵说、惠特曼的宗教式的人类之爱等。在小说的第四章约德一家出行还未开始时，作家引进了牧师吉姆·凯绥这个人物。作家首先描写凯绥从旷野出行到约德家的举动，实际上就预示作家要通过这个人物的行为揭示人类即将进行的地域和心理出行历程。凯绥以前是个基督教的牧师，但是现在却不干这一行了。他已经清楚地知道，从良知上讲他已经不能再布道了，因为他已经清醒地意识到他灵魂中的斗争："再也听不到上帝的召唤了，反而有了许多邪恶的念头……可是这些念头倒似乎是合情合理的。"[①] 这就预示着凯绥将作为某种新思想的发言人，为人们重新确定方向，并成为人类的先知。那么，他的新思想是什么呢？就是爱默生式的"超灵"说。他用一些朴素的语言表达了他未曾谋面的导师的深邃的超验主义思想："我考虑了圣灵和耶稣的道理，我心里想：'为什么我们非在上帝或是耶稣身上转念头不可？'我想：'我们所爱的也许就是一切男男女女；也许这就是所谓圣灵……那一大套反正就是这么回事。也许所有的人有一个大灵魂，那是大家所共有的。'"[②] 这一超验的

---

① 约翰·斯坦贝克：《愤怒的葡萄》，胡仲持等译，外国文学出版社1982年版，第21页。

② 同上书，第26页。

思想由先知凯绥的口中说出，将由约德一家和其他的家庭在西行的旅途中去实施。

在第八章即将出行的时候，斯坦贝克关于"群体"和"个体"的理论通过约德妈的直觉和凯绥的饭前"布道"体现了出来。约德妈直觉地意识到，面对家乡邪恶势力的步步进逼和即将到来的艰难的出行，每一个弱小的个人的力量都是不能抗拒的。只有组成一个集体，才能形成对个体的有效保护。她对儿子汤姆说："你别一个人跟他们去斗。他们会追来捉你，像打野狗一样把你干掉。汤姆，我心里老在寻思着，做梦似的琢磨着。听说我们这些被赶掉的人有上十万。我们要是都跟他们作对，那么，汤姆……他们就不能捉到什么人了。"① 约德妈的这种靠直觉得来的想法，在牧师凯绥从旷野回来的早餐布道中得到了更明确的阐释："我想我们成了一体，我们也就神圣了，人类成了一体，人类也就神圣了……只要我们大家在一起工作，并非一个人为别人工作，而是大家为一件事共同尽力……那就对了，那就神圣了。"② 约德妈和牧师凯绥所倡导的群体求生思想，在他们西行的路上正式开始了。人们的群体求生思想，首先体现在约德家和威尔逊家联合起来共渡难关方面（第十三章，第十六章，第十八章和第十四、十五等插入章）。这是在出行途中面临艰难困苦时，他们感悟到的从"我"到"我们"或者从"个体"到"群体"的开始。爷爷在西行途中死在威尔逊家的帐篷里，威尔逊家的友善也得到了回报，约德家的奥尔提出帮助他们修理抛锚的汽车，他们在困苦但友爱的氛围中结伴西行。在西行的过程中，人们从"我"到"我们"以及惠特曼式的普世之爱的观念进一

---

① 约翰·斯坦贝克：《愤怒的葡萄》，胡仲持等译，外国文学出版社 1982 年版，第 93 页。

② 同上书，第 100 页。

步加强。一个路边服务员对两个孩子的友善之举，换来了目睹这一事件的卡车司机的回报。一辆破旧的装着 12 口之家的拖车，在 66 号公路上绝望而又天真地等待一辆汽车把他们拖到加利福尼亚，而真有一辆车把他们拖走了。斯坦贝克尤其描写了许多宿营地西行人们的群体求生、普世之爱和爱默生式的自助行为：

> 到了晚上，奇怪的事情发生了：二十家变成了一家，孩子们都成了大家的孩子。丧失了老家成了大家共同的损失，西部的黄金时代成了大家共同的美梦。一个生病的孩子也许会在二十家、百来个人的心头投下绝望的阴影；帐篷里倘使有人生孩子，也许会使百来个人静悄悄地担一夜的心，而到第二天早上又使这百来个人为了新的生命而满心欢喜。头一天夜里还愁穷着急的一家人，也许会在他们那一堆破烂东西里搜寻一件送给新生婴儿的礼物。晚上坐在火边，二十家人便成为一家了。他们变成露营地的组成单位，变成共同过夜的组成单位了。
>
> ……于是领袖出现了，种种的法律制定出来了，种种的规则产生了。这些世界一面向西迁移，一面也就逐步完备起来，因为那些建造者对于建成这种世界越来越有经验了。
>
> 这些人懂得了哪些权利必须尊重——比如帐篷里的私生活各不相犯的权利；各人对过去的历史保守秘密的权利；谈话和倾听的权利；拒绝帮忙或是接受帮忙的权利，帮助人家或是谢绝帮助的权利；少年求爱或是少女接受求爱的权利；饥饿的人要吃东西的权利；还有一切权利之上的孕妇和病人受到照顾的权利等。①

---

① 约翰·斯坦贝克：《愤怒的葡萄》，胡仲持等译，外国文学出版社 1982 年版，第 248—249 页。

人们在西行途中感悟出的这种群体求生的方式、惠特曼式的友爱和爱默生式的自助，在他们到了加利福尼亚以后联邦收容所里得到进一步的强化。[①] 到了全书的第十九章，约德一家终于到达了他们梦想的加利福尼亚。在这漫长的西行途中，艰难困苦自不必说，他们一家的爷爷和奶奶相继去世，诺亚也离开了这个家庭，家庭这个群体已受到严重的打击。然而他们到达加利福尼亚后，得到幸福了吗？答案是否定的。加州并非他们所想像的迦南圣地，这块盛产葡萄的乐园，早已异化为富人的天堂和穷人的地狱。那里的工作很少，大农场主联合起来压低工资标准，地方警察也时不时地来骚扰他们。面对这一困境，作为个人主义者的罗撒香的丈夫康尼也像诺亚一样离开了家庭，汤姆和凯绥与镇压工人的警察发生了冲突。为了掩护汤姆，凯绥进了监狱，就像耶稣为拯救世人而上十字架一样。对凯绥来说，监狱的日子就像耶稣在荒原度过的日子。他感悟了人生的真理，认为人性的堕落是因为贫穷所致，而摆脱贫穷的惟一办法，就是组成一个群体来和压迫者抗争。因此，他出狱后积极组织工会，领导工人的罢工斗争，不幸被农场主的走狗杀害。凯绥作为一个拯救人类的"先知"，走完了他人生的历程。他的死教育了汤姆，使其从个人主义的窠臼中摆脱出来，将自己的灵魂融入群体的大灵魂中，并成为一个新的"先知"。汤姆打死敌人后藏身的洞穴，既是旷野的意象又是子宫的象征；汤姆从洞中走出和亲人告别的举动，就象征他像耶稣一样从旷野获得启示并获得灵魂的再生。他对约德妈说：

---

① 参见斯坦贝克著、胡仲持译《愤怒的葡萄》第 22、24、26 章，外国文学出版社 1982 年版。

也许凯绥说得对，一个人并没有自己的灵魂，只是一个大灵魂的一部分——到处都有我——不管你往哪一边望，都能看见我。凡是有饥饿的人为了吃饭而斗争的地方，都有我在场。凡是有警察打人的地方，都有我在场。哦，我希望凯绥知道才好。人生气的时候，就大嚷大叫，我也会像他们那样嚷。饿着肚子的孩子们知道晚饭做好了的时候，就哈哈大笑，我也会像他们那样笑。我们老百姓吃到了自己种的粮食，住上了自己造的房子的时候——我都会在场。①

汤姆在灵魂中完成了从"小我"到"大我"的转变，他踏入了人生新的征途，投入到为人民谋利益的宏大的事业中去了。汤姆的转变也深深地影响了约德妈，她从儿子身上看到了博爱，看到了人类救赎的希望。她和家里其余的人经过暴风雨的洗礼后，迁移到山上的一个仓棚，在那里，他们看到一个行将饿死的男人。约德妈给女儿罗撒香一个意味深长的目光，女儿便让其他的人走开，自己躺在那个挨饿的男人身边，将奶水喂给他。至此，罗撒香从一个极度自私的女孩变成了人类的伟大之母。罗撒香的转化，标志着约德一家完成了他们的人生之旅。他们在物质上陷入艰难的境地，在精神上却进入了崇高的境界。

善与恶的冲突和出行这两个主题是崇高和宏大的，它们实际上使斯坦贝克的悲剧意识小说达到了史诗或半史诗的高度。但是，什么是史诗呢？这个术语的含义相当含混。它最初的含义是指长篇叙述体诗歌，主题崇高庄重，风格典雅，集中描写以自身行动决定整个部落、民族或人类命运的英雄或近似神明的人物。古希腊荷马的《伊里亚特》、英国盎格鲁撒克逊时期的《贝奥武

① 参见斯坦贝克著、胡仲持译《愤怒的葡萄》，外国文学出版社 1982 年版，第 553 页。

甫》和密尔顿的《失乐园》等都是史诗。史诗后来也指和《伊里亚特》之类的作品有许多不同之处但在描写的空间范围、视野及突出人物重要性的主题方面表现出史诗风采的小说，如托尔斯泰的《战争与和平》。[①] 具体到美国文学，格雷斯·迈克恩逊·琼斯认为，史诗主要不是像传统的欧洲史诗那样赞颂民族的重大事件，它主要致力于表达美国意义上的英雄使命以及不能完成这种理想的根本性矛盾。为了表现这种主题，美国作家改变史诗的常规而保留其精神，偏离文化认同的爱国主义英雄传奇叙述，而主要对一个堕落的现实（a fallen reality）进行反讽性叙说。宏大的规模、超然的视角和对出行（journey）的主题性关注，是美国史诗的主要特征。[②] 从这个意义上讲，斯坦贝克的长篇小说《愤怒的葡萄》《伊甸之东》和《烦恼的冬天》具备以上三个条件，称它们为史诗是不该有什么异议的。他的中篇小说如《人鼠之间》《胜负未决》《小红马》和《任性的公共汽车》等，也至少具备史诗的一两个特征，所以，笔者认为称它们为半史诗也是妥当的。下面仅以长篇小说《愤怒的葡萄》和中篇小说《小红马》为例，论述斯坦贝克悲剧意识小说的史诗性特征。

在《愤怒的葡萄》里，斯坦贝克首先用了 16 个插入章（interchapters，长达 100 多页）的篇幅，来渲染俄克拉荷马州和加利福尼亚州的社会背景、66 号公路上的逃荒实况以及季节的自然变化，为读者构建了一个史诗般的背景。这种史诗性的背景，能使读者从更为广阔的社会和历史条件下，了解约德一家以及以他们为代表的美国季节工人的生活状况，他们出行的必然性以及

---

① M. H. 艾布拉姆斯：《欧美文学术语词典》，朱金鹏等译，北京大学出版社 1990 年版，第 91—94 页。

② Tetsumaro Hayashi & Beverly K. Simpson, ed. *John Steinbeck: Dissertation Abstracts and Research Opportunities*. Metuchen, N. J. & London: The Scarecrow Press, Inc. 1994, p. 108.

他们美国梦幻破灭的必然结局。例如，第一章用全景式的笔法描写了俄克拉荷马的干旱及其对人们生活和心理的影响。这就为读者揭示了一个现代荒原的图景，同时也预示了以约德一家为代表的季节工人出行寻求新的家园的必然性。第十二章用全景式和蒙太奇的笔法，记述了66号公路上季节工人的大逃难以及约德一家的实际出行，这就将一般和个别、整体性和典型性有机地结合了起来。最后一个插入章，亦即第二十九章，描写了加利福尼亚的一场暴风雨。这场雨既给出行到加利福尼亚的季节工人带来了严重的生存危机，同时也促使了他们灵魂的转化和再生。因为，雨就是水，而水在西方文学中具有深刻的象征意蕴，即"施洗礼"和"灵魂再生"。① 大雨过后，"草的嫩芽从大地钻出来；几天工夫，山头便透出初春的淡绿色了"②，这难道不是新生的象征吗？果然，在全书的最后一章，罗撒香这个极度自私的女孩，在母亲的指引下，用自己的奶水救活了一个行将死亡的男人，从而成为全人类伟大母亲的象征。

其次，斯坦贝克对《圣经》的娴熟了解，使他在《愤怒的葡萄》用了《出埃及记》的结构。《出埃及记》讲述了这样一个故事：古犹太人到埃及觅食，结果被困在那里400余年，成了埃及法老的奴隶。他们的苦难惊动了上帝，上帝派先知摩西下凡，带领古犹太人逃出埃及。摩西带领众人出了埃及，越过旷野的沙漠，到达上帝的应许之地迦南，结果却受到当地的部落的敌视。《愤怒的葡萄》全书30章可以划分为三部分，即俄克拉荷马（第1—10章）、出行（第11—18章）和加利福尼亚（第19—30章）。这三部分大体上与《圣经》中的《出埃及记》的结构相对

---

① 常耀信：《漫话英美文学》，南开大学出版社1987年版，第30页。
② 约翰·斯坦贝克：《愤怒的葡萄》，胡仲持等译，外国文学出版社1982年版，第573页。

应，即"埃及的压迫"、"出埃及"和"逗留在迦南"。《愤怒的葡萄》中的 draught，bankers，journey 和 Californians 也分别对应《出埃及记》中的 plagues，Egyptians，exodus 和 the hostile tribes of Canaan。这种在结构上与《出埃及记》的对应，进一步赋予小说的结构以宏大的史诗意义。

如果说以《愤怒的葡萄》为代表的长篇小说是从主题和结构等方面来达到史诗的深度的话，那么，以《小红马》为代表的中篇小说则主要是从主题方面来取得史诗性意义的。《小红马》在结构上由《礼物》《大山》《许诺》和《人民的领袖》等四个短篇小说组成，小男孩乔迪是这四个短篇小说的主人公。四个短篇小说虽然在情节上相互独立，但是在主题上却具有一致性。它们不同程度地含有美国意义上的史诗的主要特征，即对一个堕落的现实进行反讽性叙说、对出行主题关注等。《礼物》展示小男孩乔迪意识发展的第一个阶段，即从天真到经验的启蒙性认知过程。在这个阶段，乔迪发现，人类的占有意识是脆弱的，生命力总是与破坏力结合在一起。《大山》揭示了乔迪心理发展的第二个阶段，即对未知世界的探求。在这个阶段，大山代表自然的神秘和生命力。乔迪想到山上和山外的世界去探索，但是这个愿望却受到世俗世界的阻遏。《许诺》阐释乔迪意识发展的第三阶段，即对责任的履行和对生死过程的完整感悟。乔迪答应父亲，履行照看小马驹出生的责任。而小马的出生却导致老马的死亡，这就使乔迪深刻地认识了生的艰难和死的悲壮。《人民的领袖》揭示乔迪精神出行的最终完成。这部短篇小说篇幅虽不长，但却蕴含着几个主题，即对历史的继承、群体理论、出行、对美国堕落现实的反讽和对英雄主义的赞颂等。乔迪的祖父总是生活在对过去历险的回忆中，因此他代表历史；而乔迪、他的父亲和长工贝利则代表当时的社会。除了乔迪以外，家里没有其他人愿意听祖父叙说历史，这就涉及现代人怎样继承历史的主题。通过祖父对过去历史的回顾，斯坦贝克还有意表现了"群体—个体"关系和西行的主题。昔日像祖父那样通过西行开拓疆域的英雄已经不存在了，今日的美国生活着像父亲卡尔·迪弗林那样自私的小农场主和贝利那样的衰老牛仔，这又蕴含着对美国堕落现实的反讽主题。最后，乔迪完成了精神的出行，立志承担率领人民西行的责任。这就同时揭示了出行、英雄主义和责任的主题。特别需要指出的是，斯坦贝克在揭示乔迪意识的发展时，有意识地将故事置于《每个人》的寓言语境框架之内进行叙说和展示，这就使四个短篇有机地整合起来，形成一部具有史诗意义的中篇小说。

三　喜剧性小说主题：人，诗意地栖居

与斯坦贝克的悲剧性小说相对应的是其喜剧性小说，虽然这种小说的数量在其整个创作中所占的比例并不大，比较有影响的有号称"蒙特雷三部曲"的《煎饼坪》《罐头厂街》和《甜蜜的星期四》等。之所以将"蒙特雷三部曲"界定为喜剧意识小说，首先是因为笔者有意将它们和斯坦贝克的悲剧意识小说相对应，也许称它们为田园诗小说更为合适些。在这三部小说中，没有悲剧意义上的善与恶的剧烈冲突，也没有刻意表现主人公的精神痛苦或肉体死亡。在这里，我们看到的是人和自然的亲近，类似牧羊人的流浪汉和类似牧羊女的妓女的快乐生活，科学家和普通人的和谐相处。因此，称它们为喜剧小说是妥当的。其次，这些小说具有传统美学意义上关于喜剧的一般特征，即"笑"的特征。亚里士多德认为："喜剧是对于比较坏的人的摹仿，然而'坏'不是指一切恶而言，而指丑而言，其中一种是滑稽。"① 这

---

① 亚里士多德：《诗学》，陈中梅译，商务印书馆1999年版，第58页。

三部小说中的人物，都是流浪汉、妓女、小商人、科学家或其他智商低下者，相对于传统悲剧中的主要人物，他们的确是如亚里士多德所说的"比较坏的人"。他们性格中的缺陷，他们的滑稽行动，他们俏皮的言辞，他们非目的论的处世方式，的确让那些受过理性功利主义思想熏陶的正常人感到好笑。在笑过之后，人们也不禁会反思自己在商业文明社会的生存方式。虽然"笑"是这三部小说的主要特征，但是斯坦贝克的本意却不是要像惯常的喜剧作品那样嘲讽人物的性格缺陷或生存方式。斯坦贝克的喜剧小说是一种快乐的喜剧小说，它们主要体现的是喜剧的另一种特征，亦即"亲切地微笑着表现正面事物的风趣，肯定和赞扬美的事物"①。在这些喜剧性小说中，斯坦贝克就是要赞美人与人之间的友谊为邻以及人与自然的和谐相处。一句话，如果说在悲剧性小说中，斯坦贝克通过揭示在善与恶的冲突中人类的悲剧性毁灭和出行来取得主题的崇高与宏大的效果的话，那么在其为数不多的喜剧性小说中，斯坦贝克则为痛苦的人类描绘了一个美好的境界，即：人怎样能在非诗意的世界寻求诗意的栖居。所以，笔者将这个三部曲的主题界定为：人，诗意地栖居。这也同样是一个崇高与宏大的主题，虽然它是以轻松的"笑"的方式表现出来的。

"人，诗意地栖居"一语出自德国诗人赫尔德林的诗歌《还乡》：

> 如果人生纯属辛劳，人就会
> 仰天而问：难道我
> 所求太多以至无法生存？是的。只要良善
> 和纯真尚与人心为伴，他就会欣喜地拿神性

---

① 王世德主编：《美学词典》，知识出版社1986年版，第59页。

来度测自己。神莫测而不可知？

神湛若青天？我宁愿相信后者。

这是人的尺规。

人充满劳绩，但还

诗意地栖居在这块大地之上。我真想证明，

就连璀璨的星空也不比人纯洁，

人被称做神明的形象。①

　　"人，诗意地栖居"一语，由于以优美的诗意语言表达了千百年来人类对最佳生存状态的渴望，因而引起了后来文人学者的无穷遐想。大哲人海德格尔在《人和思想家》《存在和人》以及《诗，语言，思》等著作中曾对其进行过哲学的玄思。那么，人怎样才能做到"诗意地栖居"呢？赫尔德林提出了两条重要的原则，即"良善"与"纯真"。只有良善与纯真，人与人之间才能摈弃财富、地位、职业等方面的差异，达到和睦为邻。也只有当人类达到和睦为邻，人类之间才不再有战争、隔膜和歧视等丑恶现象，这时人类就会诗意地栖居在大地上。这种"诗意栖居"是古往今来善良的人们追求的目标，我国东晋时期大诗人陶渊明的归园田居、美国19世纪散文家梭罗的隐居华尔敦湖以及德国哲学家海德格尔的乡下安居等都是人们追求"诗意栖居"的表现。尤其是海德格尔，他在《人和思想家》中生动地描绘了他怎样放弃繁华的都市生活，在南黑森林一个陡峭山坡上建造一座小屋居住、进行哲学思考并与农民为邻的故事。在乡下，他将自己的哲学思考看做类似于农家少年将沉重的雪橇拖上山坡、牧人恍无所思地漫步赶着牛群上山以及农夫在自己的棚屋里将数不清

---

　　①　转引自海德格尔《人，诗意地安居》，郝元宝译，广西师范大学出版社2000年版，第75页。

的盖屋顶用的木板整理就绪的自然过程，这其实就是现代人淡化职业差异、寻求诗意栖居的表现。在夜间工作之余，他和农民们一起烤火，大家在寂静中吸着烟斗，偶尔有人说起昨夜有只貂进了鸡棚或者有头母牛可能要产下牛犊。海德格尔尤其和一个农妇相处得很好。她平日很爱与海德格尔聊天，告诉哲学家村里许多古老的传说。在海德格尔看来，她的质朴充满了丰富的想像。在哲学家独自在山坡小屋居住的岁月里，那位农妇经常不顾 83 岁的高龄，爬上山坡来看望他。照她自己的话说，她一次次来，不过是想看看"教授"是否还在那儿。就在她生命最后一刻前半个钟头，她还嘱咐人向那个"教授"致意。这是一幅多么美丽的"诗意栖居"图啊！哲学家的良善和农妇的质朴纯真使得他们能够和睦为邻，而这种至善至美的境界就是人类追求的"诗意栖居"的象征。

"人，诗意地栖居"这个主题也贯穿在斯坦贝克的三部喜剧性小说《煎饼坪》《罐头厂街》和《甜蜜的星期四》之中。《煎饼坪》是一部比较成功的喜剧性小说，虽然其结局略微带有一丝悲剧性，称其为悲喜剧（tragic-comedy）似乎更合适些。故事发生的地点是加利福尼亚州山区的蒙特雷镇，故事中的人物是一些含有西班牙、葡萄牙、印第安甚至高加索血统的派萨诺人（Paisanos）。从表面上看，这部小说表现的是这帮人的结伙、冒险、偷窃和恋爱等"劣迹"，属于亚里士多德所说的"比较坏的人"的行为，因此也曾受到一些评论家尤其是以马克思主义阶级斗争说为指导的评论家的误解和批判。但是，这部小说的深层意义却远非如此。要了解《煎饼坪》的真正意义，必须首先弄清它和亚瑟王传奇之间的联系。这种联系从小说的序言中可以看出来：

　　　　丹尼的朋友们跟"圆桌骑士"不无相似，丹尼的房子就好比是"圆桌"。这个故事就是讲这伙人怎样聚集在一起，怎样兴旺发达，逐渐变成了一个聪明人和好人的团体。这个故事讲的是丹尼的朋友们的冒险经历，他们干了哪些好事，他们想些什么，怎样努力工作。①

斯坦贝克的这个声明，吸引了许多评论家来研究《煎饼坪》和亚瑟王传奇之间的对应之处，结果令他们大失所望。其实，这种联系的重要性不在于《煎饼坪》与亚瑟王传奇在情节和结构上有多少相似的地方，而在于丹尼和他的朋友们之间的关系与亚瑟王和他的骑士之间的关系的一致性方面。丹尼和他的朋友们——以甜姐为代表的蒙特雷妓女和村民们的和平为邻，实际上是对亚瑟王和圆桌骑士的民主、自由、和谐和忠诚精神的摹仿。而一个社会如果具备了这种精神的氛围，即使物质生活是贫乏的，人们照样可以诗意地栖居。从这个意义上讲，《煎饼坪》与亚瑟王传奇有相似之处，而在表现人类诗意栖居的主题方面又较亚瑟王传奇有所发展。在亚瑟王传奇中，还有骑士与魔鬼的征战和王后桂内维尔的背叛，从而使人类诗意栖居的努力受到来自外界和内部邪恶势力的威胁；在《煎饼坪》中，除去物质生活的相对贫乏外，丹尼和他的朋友们及周围世界的相处基本上是和谐和具有诗意的，可以称做是一种诗意的栖居，虽然比起《罐头厂街》和《甜蜜的星期四》中科学家多克和村民的和平为邻来说是一种较低层次的诗意栖居。

故事的主人公丹尼是第一次世界大战后退伍的士兵，他在毫无思想准备的情况下，获得了祖父留给他的位于煎饼坪的两所房子，从而变成了一个"有产者"。他遇到从俄勒冈州服役回来的朋友派伦，答应将其中的一座房子租给他住。他们讲定派伦每月

———————————
① 《斯坦贝克中短篇小说选》（一），人民文学出版社 1983 年版，第 1 页。

付租金 15 元，可事实上丹尼从来没有从他这位穷朋友手里拿过一分钱的租金。这实际上是对美国金钱社会的揶揄，对建立在有福同享、有难同当基础上的友谊的颂扬。正如丹尼对派伦所讲的那样："派伦，我发誓，我的就是你的。我有房子，你也有房子。"① 不久，其他一些朋友如帕布罗、柯尔柯兰、乔·波塔吉等先后入住丹尼的房子，他们组成一个号称"丹尼的朋友们"的俱乐部。这些朋友们生活得无忧无虑，只是在面临饥饿的威胁时才会用劳动挣口饭吃。他们的吃喝、快乐全凭运气，小偷小摸、撒谎骗人在他们是常有的事。需要注意的是，他们的小偷小摸和撒谎骗人，与美国商业社会出于利益动机的偷盗和欺骗不同，他们是出于简单的生存目的，有时候也是为了帮助别人。例如，当他们得知台莱西娜·科特慈太太和她的八个孩子面临饥饿的威胁时，丹尼的朋友们马上伸出了救援之手：

> "孩子们不会饿死的，"他们叫道，"把他们托付给我们吧。"
>
> "我们过着奢侈的生活。"派伦说。
>
> "我们要献出我们的财物，"丹尼表示同意，"如果他们需要房子住，他们可以住在这里。"
>
> ......
>
> 他们不说空话。他们弄来了几条鱼。德尔·蒙特旅馆的菜地遭到他们的偷袭。把别人偷来的东西再偷了来，为了别人的利益而犯罪。还有什么事情更令人高兴呢?②

---

① 《斯坦贝克中短篇小说选》(一)，人民文学出版社 1983 年版，第 11 页。
② 同上书，第 132 页。

不几天的工夫，台莱西娜和她的孩子就不再为饥饿发愁了，因为她们家里各种各样的食物堆积如山。而作为报答，她也让这帮快乐的流浪汉享受性的欢愉。镇民们和教堂的牧师对丹尼和他的朋友们的偷窃、打骂、撒谎和与妓女的相处是宽容的，他们善意地看待这帮朋友的生活方式，在丹尼死后，全镇的人还为他举行了隆重的追悼会。这就表明，在蒙特雷镇，人与人之间和谐为邻，他们的生活是一种诗意的栖居。某些读者可能会问，丹尼和他的朋友们没有任何生活来源，他们居住的房子甚至没有自来水和电灯，而且他们连换洗的衣服都没有，这种生活能称得上诗意吗？答案是肯定的，丹尼和他的朋友们认为他们的生活是美好的。只要有饭吃，有酒喝，有个舒适的地方坐着闲聊，偶尔玩玩女人，打打架，那就万事大吉。正像派伦所说的那样："爱情、打架，再加上酒，你就能永远年轻，永远快乐。"[1]

可惜，这种诗意的栖居并没有永远存在下去。不是因为物质的匮乏，不是因为周围敌对势力的侵袭，而是因为这群派萨诺人的首领丹尼自身的精神困厄。这群整天乐哈哈的派萨诺人唾弃物质财富，认为财产会破坏人与人之间的和谐为邻，既然如此，干脆就不要拥有财产。[2] 在没有象征地位和财产的房子以前，丹尼觉得他的生活过得自由自在。由于他接受了一份遗产，他的地位就提高了，他就不能自由地跟人们打架了。房子这个重担老是压在他的心头，他要对朋友们负责，他要执行阔人的生活准则。他实在忍受不了这种精神的重厄，只得离开朋友，逃进森林。而森林在西方文学中具有独特的内涵，总是以神秘莫测的姿态出现在作家的作品中。森林既是自然的体现和躁动不安的西方人灵魂遁

①　《斯坦贝克中短篇小说选》（一），人民文学出版社 1983 年版，第 137 页。

②　Lisca, Peter. "Escape and Commitment: Two Poles of the Steinbeck Hero". In *Steinbeck: The Man and His Work*. Oregon State University Press, 1971, p. 78.

世的场所，又是邪恶的体现，因为魔鬼总是在森林中出现。① 逃进森林使丹尼发了疯，并最终坠海而死。丹尼死后，朋友们放火烧掉了他的房子。因为，他们不愿再让它作为财产的象征压在他们的心头，更不愿让那曾给他们带来温暖和快乐的房子落入它不该落入的人的手中。透过小说对蒙特雷镇生活在社会底层的派萨诺人的和谐为邻、诗意栖居以及这种美好生活不可避免的逝去的描绘，读者可以领悟到斯坦贝克对美国商业文明的隐晦的批评，从而将它解读为"一个表现人在面临困境时的崇高精神的故事"②。小说出版时，美国人民还在经济危机的困境下苦苦挣扎，小说中描绘的和谐为邻和诗意栖居的生活方式对于他们无疑是一剂精神的良方。这大概是小说受到读者热烈欢迎乃至引起轰动的一个重要原因吧。

《罐头厂街》是"蒙特雷小说三部曲"中最为成功的一部，小说一开始就为人们描绘了一个富有诗意的环境：

> 加利福尼亚州蒙特雷市的罐头厂街是一首诗，它意味着扑鼻的臭气，刺耳的噪音，光怪陆离的色彩，一种特别的情调、风习和怀旧的心情，它是一个梦境。罐头厂街到处散布着铁皮、破铜烂铁和碎木片，残缺不全的路面、长满杂草的空地和堆破烂的场地，波纹铁皮建成的沙丁鱼罐头厂，低级酒吧间，饭馆和妓院，又小又挤的商品杂货铺，实验室和小客栈。罐头厂街的居民，正如某公曾经说过的，全是些"婊子，拉皮条的，赌徒和狗娘养的"。他这话说的是大家。设若此公是通过另一个窥孔往里瞧，他恐怕就会说全是

---

① 见拙作《略论美国遁世文学的构建》，载《国外文学》1999 年第 3 期，第 59 页。

② Kiernan, Thomas. *The Intricate Music: A Biography of John Steinbeck*. Boston & Toronto: Little, Brown & Company, 1979, p. 200.

"圣徒，天使，殉教者和圣人了，而且说的还是同一件事"。①

　　这段描写给大多数读者和评论家的印象，只不过是一个多样性和无序性的世界而已，并不是如笔者所说的诗意的世界，但是，就是在这样一个并不完美的世界，科学家多克、商人李中、以麦克为首的一群流浪汉和多拉领导的妓女们，演绎了一场和谐为邻、诗意栖居的人间喜剧。除西部生物实验室的科学家多克和华人杂货店主李中以外，住在一个叫做"宫殿客栈"旧房子里的以麦克为首的流浪汉，"熊旗餐馆"的老鸨多拉和她的姑娘们，按我国社会的道德标准来衡量都是社会的下流人物或渣滓人物。但是，斯坦贝克的近乎惠特曼式的普世情感和人文关怀，使他并不歧视这些人物，而是充满了对他们的同情，并从他们身上发掘美好的品质。斯坦贝克尤其对妓女深表同情。除了在《伊甸之东》中把妓女卡西塑造成一个具有蛇蝎般狠毒心肠的人物以外，其他作品中的妓女形象尤其是"蒙特雷三部曲"中的妓女形象是美好的，令人喜爱的，这一点已引起了评论家的关注。造成这种现象的原因，一方面是斯坦贝克的普世情感所致，另一方面也与作家个人的性经历有关。在 15 岁时，斯坦贝克和其他三个同样年龄的男孩，曾与一个叫做玛丽亚的女孩发生过性关系，这个女孩只象征性地收了他们四个人 10 美元，以后继续给他们提供性服务，但没有继续收费。少年时期美好的性经历，使斯坦贝克对妓女善良的一面深有好感。在成为作家的岁月里，每当斯坦贝克夫人不在家或者他为创作而烦恼的时候，他都能在和妓女的欢愉中释放内心的张力和烦恼。这两方面的原因使得斯坦贝克把妓女塑造成纯真、善良和美好的形象，尤其是在《罐头

------

① 《斯坦贝克中短篇小说选》（二），人民文学出版社 1983 年版，第 115 页。

厂街》和《甜蜜的星期四》中。例如，老鸨多拉是个"受到聪明、博学和善良之辈尊敬"的女人，她开设的妓院是一个"地地道道、崇尚德行的俱乐部"。她童叟无欺，不卖烈性酒，奉公守法，在罐头厂街的人们面临生活的困苦时还经常救济他们。她手下的12名姑娘都训练有素，很讨人喜欢，而且有半数的人还信仰基督教和科学。她们和以麦克为代表的流浪汉、赌徒和盗贼，在斯坦贝克眼里都属于"圣徒，天使，殉教者和圣人"。

在蒙特雷，科学家多克、杂货铺店主李中、以麦克为首的流浪汉和以多拉为首的妓女们像宇宙中的行星，平时在各自的轨道上运行，吸引他们在各自轨道上运行的引力，就是非目的论和老子的《道德经》。正如笔者在第一章中所论述的那样，非目的论是一种随遇而安的哲学思维方式，它关注生活"是"什么，而不是"应该是"什么。用这种哲学观指导人类的行动，就能创造出一个理性、和谐的世界。老子的《道德经》曰："道可道，非常道；名可名，非常名。"[1] 老子的"道"指万物化生的规律，它化生万物而有名，有名则有万物之实。道家提倡摒弃对物质、名利和权力的追逐，认为无名无物乃是大智。这两种思想有惊人的相似之处，它们共同构成"道"的"逻格斯"（logos），成为维系蒙特雷和谐、诗意世界的纽带。正如小说中所写的那样，李中"是'恶'，靠'善'抵消了'恶'，靠'善'摆脱了'恶'——他是一颗亚细亚式的行星，由于老子的引力才没有脱离轨道"[2]。作为华裔，他对老子的"道"深有领会；作为美国人，他又深谙商业社会的精神，努力在两者之间获取平衡。当他违背商业原则把房子"租"给麦克等人并向罐头厂街的人大施善行时，他实际上就是在遵从这个世界的逻格斯。"麦克和他的小伙子们也在自己的轨道上运

---

① 高明撰：《帛书老子校注》，中华书局 1996 年版，第 211—230 页。
② 《斯坦贝克中短篇小说选》（二），人民文学出版社 1983 年版，第 124 页。

转。他们是蒙特雷这个狂冲乱轧世界里的德星、仁星、美星，是蒙特雷这个宇宙里的德星、仁星、美星"。[①] 他们像《煎饼坪》中丹尼和他的朋友们那样，虽然没有固定的生活保障，但却视财产如粪土，疾恶如仇，乐于助人。多克是这个世界的灵魂，他的脸半像基督半像萨特[②]，是一个集牧师、山羊神和科学家为一身的人物。他的非目的论的哲学观，使其能够诗意地看待他周围的世界，并与之和谐为邻。"他驾车路过狗的时候，向狗脱帽致意，狗也抬起眼来向他微笑"；多拉的姑娘们在他的实验室里可以听无伴奏齐唱乐和格里高利圣乐，李中听人用英语给他朗读李白的诗；多克还能用孩子们能懂的语言，给蒙特雷镇人讲述非常深奥的东西。正是这样，蒙特雷镇的人都愿意为多克做些好事，整个故事也就围绕着为多克举行的两次聚会而展开。

第一次聚会是由麦克和他的小伙子们发起的。他们多方准备，又抓了一些青蛙，送给多克做试验用。但宴会那天，多克外出未归，小伙子们便在他的实验室尽兴狂饮，斗殴，致使青蛙逃光，实验室也遭到严重破坏。多克回来后，被小伙子善良的意图和恶果搞得哭笑不得。为了表示歉意，麦克等人决心举行第二次宴会。全镇的人知道他们的计划后，都积极准备礼物参与。例如，多拉的姑娘们在接客的空闲时间为多克缝制了一床用绸子拼缀起来的漂亮被子；李中献上一挂 25 英尺长的鞭炮和一包中国百合；画家昂里放弃自己的画展，为多克制作一只巨型针插子……多克本人也觉察了人们的动向，悄悄地准备了丰盛的食物。于是，在 12 月 27 日被认为是多克生日的那一天，全镇的代表性人物都来祝贺，其乐融融，济济一堂，好一派诗意栖居的氛

---

① 《斯坦贝克中短篇小说选》（二），人民文学出版社 1983 年版，第 124 页。
② 萨特（satyr），希腊神话中的森林之神，半像人半像山羊，性好欢娱，耽于淫欲，常被用来比喻性欲无度的男人。

围。小说也在多克的诗朗诵中结束：

> 即使现在
> 我也知道我尝过了人生的苦辣酸甜，
> 在盛宴上举起绿酒金杯。
> 在这短暂、已被遗忘的一瞬之间，
> 我的姑娘的永恒光辉
> 化作最纯洁的泪水，注满我的双眼。

　　《甜蜜的星期四》是《罐头厂街》的姊妹篇。故事一开始，读者就被带回到已经熟悉的《罐头厂街》的氛围中。多克参加第二次世界大战后又回到罐头厂街，重新开办西部生物实验室。麦克及其朋友们依然住在宫殿客栈。镇上的人，不论是警察、店老板、鸨母妓女还是无业贫民，依然保持着黄金般的心。他们没有忧心的事情，他们团结互助，并"进行忠诚宣誓，表示决不推翻美国政府"，而且"日子过得像国王一样快活"。当然，随着时代的变迁，也出现了些微的变化：李中的杂货店转手给了墨西哥人瑞瓦斯；熊旗餐馆的主人换成了多拉的姐姐芳娜；多克本人也许是因为目睹了二战惨状的缘故，回到蒙特雷后忧心忡忡，一度失去了科学研究的方向。蒙特雷镇居民，尤其是麦克和他的小伙子们，认为是孤独和成家的需要在困扰着多克。于是，他们就和芳娜商定，准备将多克和熊旗餐馆新来的姑娘苏珊撮合起来。他们首先在熊旗餐馆举办了一场化装舞会，一为多克募捐买显微镜的钱，二为促成多克与苏珊的结合。但是，这次善意的努力却以失败而告终。苏珊觉得麦克不够热情，弃他而去。后来，一个神秘的海边预言家启示多克，要想成为一个完人，要想找到人生的方向，必须进行爱的仪式。多克本人也陷入深思："没有她我就不是一个完人，没有她我就不是一个具有生命力的人。当她和我在一起时，我比过去任何时候都更有生命力，即使在我们彼此打架的时候我也是个完人。"① 为了使多克和苏珊结合在一起，神秘预言人还指示麦克的朋友黑兹尔将多克的胳膊致残。多克的伤痛引起了纯真、善良的苏珊的同情，她在照料他的过程中产生了爱的火花，小说最终以多克与苏珊的幸福结合并找到新的奋斗目标而结束。因此，在表现"诗意栖居"这个主题方面，又较《罐头厂街》有所发展。在《罐头厂街》里，科学家多克与"熊旗餐馆"的妓女们的关系只是和谐为邻；而在《甜蜜的星期四》中，多克与其中的一个妓女苏珊结为夫妻，实现了真正的安居。斯坦贝克认为，《甜蜜的星期四》中表现的是一个崇高的主题，是"社区群体善心与高尚的一个范例"②。

为了表现"诗意栖居"这个崇高与宏大的主题，斯坦贝克在"蒙特雷三部曲"中采用了田园诗（Pastoral）的结构和形式，这也是笔者将它们称之为田园诗小说的一个重要原因。田园诗作为一种文学体裁，是从古希腊描写田园生活的短诗（idylls）和古罗马的牧歌（eclogues）中产生的。最初写作田园诗的作家是古希腊诗人台奥克瑞特斯，他的诗歌主要描写西西里岛牧羊人的生活（拉丁文 pastor 的意思是"牧羊人"）。后来，古罗马诗人维吉尔（Vergil）在用拉丁文写的《牧歌》（*Ecloguse*）里摹仿台奥克瑞特斯，并奠定了正统牧歌（pastoral）的持久模式。③ 田园诗的魅力来自于人类意识深层对现实生活逃避的欲望，它企图通过幻想性地描写一个理想的世界，把人类一切复杂的问题和苦恼减少到最低的限度。牧童和牧羊女的生活没有任何忧郁的痕迹，

---

① Steinbeck, John. *Sweet Thursday*, London, William Heineman Ltd., 1954, p. 236.

② Ibid., p. 131.

③ M. H. 艾布拉姆斯：《欧美文学术语词典》，朱金鹏等译，北京大学出版社1990年版，第232页。

他们生活在温和、恬淡的氛围之中，爱情、歌唱和饮酒是他们所关注的事情。[①] 他们的生存方式其实就是一种诗意的栖居，田园诗也就是表现人类诗意栖居主题的文学体裁的滥觞。

威廉·燕卜荪（William Empson）是研究田园诗的专家，他在《田园诗的几种模式》一书中提出了田园诗的一些特征。他认为田园诗的基本特征有下列三条：其一，表达美好的人际关系，如穷人与富人、受过教育的与没有受过教育的、智者与愚人。其二，通过和解（resolution）解决人物与人物或人物与环境之间的冲突。其三，作品中占支配地位的人物是豪爽、慷慨的仙女（nymphs）、森林之神（satyrs）、酒神（Bacchic）以及田园诗中的男女主人公。[②] 通过描写牧羊人和牧羊女与仙女、森林之神或酒神的和谐为邻以及在后者的帮助下终成眷属的故事，田园诗人表达出他们所渴望的诗意栖居的崇高主题。这些田园诗的特征典型地体现在斯坦贝克的"蒙特雷三部曲"中，笔者仅以《甜蜜的星期四》为例加以说明。在这部小说中，田园诗中的仙女或精灵被转化成熊旗餐馆的鸨母芳娜和妓女们。这种转化并未给读者引发坏的联想，因为在美国文学中，妓女经常作为理想化的、神秘的、具有异国情调的人物出现。森林之神被转化成熊旗餐馆的庇护者，包括水手、响尾蛇俱乐部的成员和百万富翁老杰伊。酒神人物主要是宫殿客栈的酒鬼们，即麦克和他的小伙子们。田园诗中的男主人公牧羊人变成了科学家多克，而且这种转化也符合美国人的想像，他不可能是其他科学家，如火箭科学家或像爱因斯坦那样的理论科学家，他必须是一个在野外和生物打

① 佘江涛等编译：《西方文学术语辞典》，黄河文艺出版社 1989 年版，第 268 页。

② Benson, Jackson J. ed. *The Short Novels of John Steinbeck: Critical Essays with a Checklist to Steinbeck Criticism*. Durham and London: Duke University Press, 1990, pp. 189—191.

交道的科学家。多克与海洋微生物打交道，正如牧羊人放牧羊群一样。田园诗的女主人公牧羊女变成了妓女苏珊。苏珊虽是妓女，但内心贞节；虽没有文化，但富有智慧。在这众多的人物中，以多克为代表的富人、受过教育的和智者与麦克和他的小伙子为代表的穷人、没有受过教育的和愚人总是处于一种诗意的、和谐的关系之中。其主要表现是，麦克和他的小伙子们以及熊旗餐馆的妓女们，可以自由地出入多克的西部生物实验室，在那里做客，为多克举行化装舞会，或者为多克找对象。当然，作为生活在社会中的人，他们也有自己的困惑，并为此与周围的人或环境发生冲突。例如，麦克和他的小伙子们担心庇护人会占有宫殿客栈；芳娜担心苏珊不适宜做妓女这个职业（苏珊不想做妓女）；多克本人也有困惑，他想写一篇科学论文，但由于孤独和缺乏一个显微镜而无法进行。最终，所有的问题都通过和解的方式解决了：多克娶了苏珊，不仅解决了自己的问题，也解决了芳娜和苏珊的问题；麦克和庇护人的房产的冲突，也通过他们共同为多克举行化装舞会而得到妥善的处理。因此，以《甜蜜的星期四》为代表的"蒙特雷三部曲"，是典型的田园诗结构。

第 四 章
现实、寓言、神话与象征的融合肌质

一 基本创作方法与作家身份的归属

一个作家的基本创作方法或称艺术方法，构成其全部诗学的基石，也是其作品赖以成形的首要条件。所谓创作方法，是指"艺术家创作时所遵循的认识生活、表现生活的美学原则和方法，是艺术家审美理想在创作中的体现。艺术家在通过艺术形象反映生活时，往往因审美理想和艺术趣味的差异，而采用不同的创作方法。有的按照生活本来的实际的样式反映生活；有的按照自己的理想和愿望的样式反映生活。由于方法不同，作品显示出的风格和美学特征就有明显差别。在中外艺术史上，最基本的创作方法有现实主义和浪漫主义两种，此外还有古典主义、自然主义，以及近代西方艺术中的未来主义、超现实主义、象征主义和结构主义等"①。由于斯坦贝克具有非目的论和超验主义等多元的哲学纬度，处在现实主义和现代主义交汇的文学语境中，广泛吸纳《圣经》《亚瑟王之死》和众多流派作家的文学精华以及他终生持之以恒的试验精神，因此，他的基本创作方法不可避免地呈现多元的特征。由于这种多元的特征，斯坦贝克常被批评家贴

① 王世德主编：《美学辞典》，北京知识出版社1986年版，第471页。

上各种各样的标签，如伊恩·奥斯比认为他是"现实主义"作家[①]，查尔斯·柴尔德·沃尔卡特将其划归为"自然主义"作家[②]，而我国及前苏联的批评家则将他作为无产阶级文学作家或左翼作家而推崇。当然还有别的指称，不一而足。不幸的是，用这些单一的标签去规定斯坦贝克的作品，都不可避免地遇到了阐释上的困难，不管是现实主义还是自然主义（其实这两者之间并没有本质的区别）都不能涵盖斯坦贝克作品中蕴藏的丰富的象征、神话和寓言因素。用严格的无产阶级文学的标准去衡量作家的作品，也曾使中苏马列主义文艺家大失所望。倒是理奥·布劳迪的话对揭示斯坦贝克的基本创作方法大有启发，他指出："对自然的依恋使斯坦贝克有可能根据他所观察到的丰富多彩的细节创造作品，但也使他的故事显得更像神话或寓言，而不像现实主义的小说。细节几乎带有象征性的意义，人物之间的关系则近于寓言。"[③] 布劳迪指出斯坦贝克小说中的神话、寓言和象征特征是难能可贵的，但是他否认作家基本的现实主义创作方法又不免有些偏颇。确切地讲，斯坦贝克的基本创作手法是现实主义的，但又融入了浓厚的象征、神话和寓言因素，是一个将现实、象征、神话和寓言融为一体的作家。他的现实主义小说中含有浓厚的象征、神话和讽喻的意蕴，他的被评论家指称为神话或寓言的小说也具有现实主义细节的真实性。这种多元创作因素的融合与渗透，实际上也是现代主义文学的一个基本特征。因此，我们可以说斯坦贝克是一个具有现代主义因素的作家，而不是评论家

---

① Ousby, Ian. *An Introduction to 50 American Novels*. London：Pan Books, 1974, p. 304.

② Wakcutt, Charles Child. ed, *Seven Novelists in the American Naturalist Tradition*. Minneapolis：University of Minnesota Press, 1963.

③ 利奥·布劳迪：《现实主义、自然主义和风俗小说家》，载丹尼尔·霍夫曼主编《美国当代文学》（上），中国文联出版公司 1985 年版，第 122 页。

惯常思维定式中单纯的现实主义作家或美国"三十年代"左翼作家。将作家的文学身份作了这样的界定后，我们发现，斯坦贝克的小说试验和创作是始终如一的。那些认为斯坦贝克后期创作能力的衰落是因为他失去了"三十年代"社会抗议的责任和勇气、"脱离了普通老百姓、流浪汉和帕萨诺人，去同百老汇、好莱坞和国际知名人士来往"的观点①是站不住脚的；同样，那些认为由于文学风气的转向斯坦贝克粗俗的现实主义作品理应受到知识分子读者的唾弃的观点②也是错误的，因为他们没有真正弄清作家的创作方法的多元性和作家文学身份的现代性。下面，笔者分现实、神话和寓言、象征等三部分论述斯坦贝克作品的融合肌质。

二 多样性的现实主义描写

作为文艺创作的基本方法之一，现实主义"提倡客观地、冷静地观察现实生活，按照生活的本来样式精确细腻地加以描写，力求真实地再现典型环境中的典型人物"③。其中，反对在作品中突出作者的"自我"，强调细节的真实性甚至"科学真理的精确性"，是这种基本方法的典型特征。例如，司汤达认为作家应该描写"关于某一情欲或某一种生活情景的大量的细小的真实"④，福楼拜更主张"伟大的艺术应该是科学的、客观的"，认为"艺术家不该在他的作品里露面，就像上帝不该在自然里

① Lisca, Peter. *The Wide World of John Steinbeck*. New Jersey: Rutgers University, 1958, p. 289.

② Faireley, Barker. "John Steinbeck and the Coming Literature", *Sewanee Review*, L (April-June 1942), pp. 145—161.

③ 《中国大百科全书·外国文学》Ⅱ，中国大百科全书出版社1982年版，第1120页。

④ 同上书，第1121页。

露面一样"。① 这和斯坦贝克受非目的论的影响所形成的基本创作方法是一致的。正如他在《科尔特兹海日志》中所指出的那样："我们讨论了获取知识的方法，我们认为通过审视思维的技巧，就能有意识地得到一种纯洁的方法——那就是非目的论或现实的思考，它可以部分地取代惯常的因果关系的思考……这种方法不考虑生活应该是什么或可能是什么，而只关注生活实际是什么。"② 这就是说，作家不应该像浪漫主义诗人那样去表现生活中不存在的想像，而要用近乎科学家的态度亦即完全的客观性和超然性来对待他要表现的题材。在 30 年代认识里基茨到 1948 年里基茨去世之前这段时期内，斯坦贝克在其主要小说尤其是中短篇小说中，基本上是按照非目的论的哲学思想进行创作的。因此，他的某些小说，例如《胜负未决》《人鼠之间》以及《任性的公共汽车》等，呈现一种近乎文献式的现实主义的特征。但是，斯坦贝克又是一个矢志进行试验的小说家，他不愿也不可能在所有的小说创作中，严格恪守非目的论思维以及由此导致的文献式的现实主义创作手法。他要有所改革和创新，尤其是在里基茨死后，斯坦贝克的创作态度变化较大。尽管如此，小说的基调仍然是现实主义的。例如，《小红马》《月落》《珍珠》和《烈焰》具有心理现实主义的特征，《煎饼坪》《罐头厂街》和《甜蜜的星期四》具有抒情现实主义的特征。中篇小说中的这三种现实主义手法，在斯坦贝克的主要长篇小说《愤怒的葡萄》《伊甸之东》和《烦恼的冬天》中都有体现，但主体是文献式的现实主义。

在成名之前，斯坦贝克曾用浪漫主义作为主基调，创作出两部长篇小说和两部短篇小说集，不过它们当时在文学界的影响不

① 《中国大百科全书·外国文学》（Ⅱ），中国大百科全书出版社 1982 年版，第 1121 页。

② Steinbeck, John. *The Log from the Sea of Cortez*. London: Mandarin, 1990, pp. 94—95.

大。自《煎饼坪》以后，斯坦贝克小说创作的基调逐渐转向现实主义。但是，在这部小说及其与之构成"蒙特雷三部曲"的《罐头厂街》和《甜蜜的星期四》中，为了表现"诗意栖居"这个主题，作家采用了田园诗小说的结构，小说的基调也相应地呈现抒情现实主义特征。说它是抒情现实主义，首先是因为它符合现实主义创作手法的一般特征，即它不像浪漫主义那样，专事描写历史题材、异国情调、伟人大事，而是注重描写现实环境中的普通人物和日常生活习俗。"蒙特雷三部曲"中的人物，是无忧无虑的流浪汉、妓女、小杂货店主、科学家和街头卖艺人等，他们很多都有生活的原型，都是斯坦贝克在其家乡加利福尼亚州蒙特雷县萨利纳斯镇中常见到的人物，甚至经常与之接触的人物。例如，《罐头厂街》和《甜蜜的星期四》中的科学家多克，就是以斯坦贝克的好友科学家爱德华·里基茨为原型的。现实中的里基茨是一个来自芝加哥的科学家，身材瘦削，满脸胡须。他在蒙特雷海边开了一个海洋生物实验室，目的是为其他科学机构提供生物标本。里基茨是一个非常不同寻常的人，尽管他在芝加哥大学学的是海洋微生物专业，却对人间的一切知识都感兴趣。他用一种随意的、近乎荒唐的方式经营他的实验室和生物标本公司，最喜欢到加利福尼亚海和一些河流进行探险，搜集标本。他的科学职业还只是他人生中的一个方面，除此之外，他还能言善辩，能够就任何想像到的话题进行写作和辩论，其权威性和独到性非他人能比。里基茨也是一个极具生活情调的人，他喜欢饮酒、泡女人和辛辣的幽默，这一切都深深地吸引了斯坦贝克。《罐头厂街》及其续集《甜蜜的星期四》，就是对里基茨及其生活方式的颂歌。[1] 小说的基本故事，就是根据里基茨和蒙特雷地

---

① Kiernan, Thomas. *The Intricate Music*: *A Biography of John Steinbeck*. Boston & Toronto, Little, Brown And Company, 1979, p. 273.

区的那些真实人物的和谐相处写成的。在写作这些小说时，斯坦贝克尽力按照非目的论的哲学观去审视和再现这些人物的生活。他要表现他们现实的"是"什么，亦即吃、喝、住、性等，而不是用"高、大、全"的标准去人为地拔高他们。例如，斯坦贝克是这样描写多克的：

> 他身材有点矮小。可是别小看了他。他长得结实、健壮，发起暴脾气来凶得很。多克留着胡子，他的脸，半像基督半像萨特；见其面，知其人，多克的表里总是一致的。据说，他曾帮助许多姑娘从一个火坑跳进另一个火坑。多克有一双脑外科医生的手和一副沉着的热心肠。他驾车路过狗的时候，向狗脱帽致意，狗也抬起眼来向他微笑。为了需要，他可以格杀勿论；但却不忍心以哪怕伤害别人的感情来取乐。他有一大怕——怕把头淋湿。因此，不管是夏天还是冬天，他通常戴着雨帽。他愿意在齐胸的潮潭里跋涉而不感到潮湿，但是一滴雨水落在他头上就会使他惊恐万状。①

作品中的多克这个形象，非常类似现实中的里基茨但又比后者更具典型性。即使像《煎饼坪》中的"派萨诺人"在斯坦贝克的家乡并不存在，但也有现实的根据。早在1932年，里基茨曾介绍斯坦贝克认识一位叫苏珊·格雷戈里的中学女教师。她具有墨西哥人的血统，对一个叫"煎饼坪"地方的派萨诺人非常了解。她也同时是一位诗人，对派萨诺人产生了近乎民俗学的兴趣。她在这些贫穷、半文盲的煎饼坪人身上发现了崇高、尊严和幽默，这些品质激励她用诗去表现他们。认识斯坦贝克后，她不

---

① 《斯坦贝克中短篇小说选》（二），人民文学出版社1984年版，第134—135页。

仅给这位未来的知名作家讲了数十个关于派萨诺人的丰富多彩的故事，而且还指引他参观了煎饼坪遗址本身。里基茨建议斯坦贝克研究这些派萨诺人，并用这位科学家研究海洋微生物的方式去再现他们。斯坦贝克同意了，表示要在自己今后的创作中表现这个题材。[①] 两年后的一天，一部反映派萨诺人生活的中篇小说终于出版了。在小说的扉页上，斯坦贝克写到：献给蒙特雷的苏珊·格雷戈里。这有两方面的含义，其一是表示对这位女诗人提供有关素材的感谢；其二是要让这位熟知派萨诺人生活的诗人评判一下他所描写的派萨诺人的形象是否真实。因为受非目的论思想的影响，他一直致力于用文献式现实主义手法表现真实的人物，让读者感到身临其境，仿佛能够触摸到这些人物似的。

但是，为了表现"诗意栖居"这个崇高和宏大的主题，斯坦贝克不但采用了快乐轻松的田园诗结构，而且还时不时地偏离非目的论的哲学观，放弃客观、超然和非人格化的叙述及展示，直接站出来进行评论或抒情，因而就形成了作品的抒情现实主义风格。作品的抒情性，主要在小说的插入章（interchapter）中体现出来。例如，在《罐头厂街》的第二章，斯坦贝克满怀激情地赞美麦克和他的小伙子们：

> 麦克和小伙子们也在自己的轨道上运转。他们是蒙特雷这个狂冲乱轧世界里的德星，仁星，美星，是蒙特雷这个宇宙里的德星，仁星，美星。这里，担心害怕、忍饥挨饿的人们在为争得某种食物的搏斗中毁了肚子；这里，忍受爱情饥饿的人们毁掉了周围一切可爱的东西。麦克和小伙子们是美星，仁星。这个世界是由暴饮暴食而得了溃疡病的老虎统治

---

① Kiernan, Thomas. *The Intricate Music: A Biography of John Steinbeck*. Boston & Toronto, Little, Brown And Company, 1979, p. 177.

的世界，是野心受到阻遏的公牛拉车留辙的世界，是贪得无厌、置一切于不顾的豺狼刮地皮的世界。在这样的一个世界上，麦克和小伙子们斯斯文文地与老虎同桌共餐，安抚不甘受到羁绊的小母牛，包起面包屑去喂罐头厂街的海鸥。如果一个人得到了全世界，而在接收这份产业的时候身患溃疡和前列腺肿大，并且戴着双光眼镜，这于此人又有何益？麦克和小伙子们避过圈套，绕过毒物，跳过绊索，而那些坠入陷阱、吞过毒物和被五花大绑之辈却对着他们大喊大叫，说他们没有出息、没有好下场，称他们是地方上的败类、盗贼、无赖、叫化子。我们的无所不在的上帝既然赋予郊狼、普通棕色老鼠、英格兰麻雀、家蝇和蛾子以生存的才能，也一定对没有出息者、地方上的叫化子，对麦克和小伙子们，怀有伟大的厚爱。德行呵，仁慈呵，懒惰呵，热情呵。我们无所不在的上帝呵。①

这种抒情的笔调加上田园诗的结构，使"蒙特雷三部曲"读起来像诗、像歌、像梦幻，很好地表现了"诗意地栖居"这一主题。但是，也正因为这种抒情、现实和田园诗结构的结合，使得有些批评家指责斯坦贝克是在美化现实，是个"伪现实主义者"或"浪漫的现实主义者"②。像"蒙特雷三部曲"一样，《小红马》《珍珠》《月落》和《烈焰》中描述的事件也是现实的，也有生活的现实原型。例如，《小红马》取材于作家少年时期的一段亲身经历，《烈焰》取材于美国司空见惯的不育、通奸、孩子的收养以及作家自己和第二个妻子葛文的某些经历。

---

① 《斯坦贝克中短篇小说选》（二），人民文学出版社 1984 年版，第 124—125 页。

② 丹尼尔·霍夫曼主编：《美国当代文学》（上），中国文联出版公司 1985 年版，第 123 页。

《珍珠》的故事，是作家和里基茨在科尔特兹海搜集海洋微生物标本时听到的，是发生在墨西哥的一件真实的事。在《科尔特兹海日志》里，作家对此作了详细的记述：

> 一个印第安男孩偶然发现了一颗巨大的珍珠，一颗令人难以置信的珍珠。他知道它是价值连城的，有了它再也不用工作了……他将珍珠带到一个珍珠商那里，珍珠商给他的价钱很低，于是他非常生气，因为他知道珍珠商人在骗他。他将珍珠带到另一个珍珠商人那里，结果给的价钱和第一个珍珠商人的一样。经过几次买卖后，他发现这些商人都受一个人控制，他不可能卖到好价钱。他将珍珠带到海边，埋在一块石头下。那天夜里，他被人用棍子打昏了，被搜了身。第二天夜里他睡在朋友家，他和朋友都被打伤、绑架，整个房子被搜了个遍。他到内地去以便摆脱这些跟踪者，半途遭到伏击和严刑拷打。他气坏了，但他意识到他该做什么。他忍着疼痛在夜里爬回拉帕茨，像一个被捕猎的狐狸一样偷偷摸摸地来到海边，从石头下取出珍珠，诅咒它并用力将它扔进大海……[①]

同样是现实中的事，同样是遵循非目的论的思维方法，斯坦贝克在用现实主义手法表现这个题材时又有所不同，那就是采用了心理现实主义的某些技巧。作为现实主义的一种，典型的心理现实主义小说旨在突破传统的现实主义小说那种描绘外景、编排故事的方法，深入表现人物内心的真实活动。亨利·詹姆斯是这种现实主义小说的创始人，同时也是现代意识流小说的鼻祖。斯坦贝克熟悉威廉·詹姆斯和荣格等人的心理学说，也谙知爱默生

① Steinbeck, John. *The Log from the Sea of Cortez.* New York：The Viking Press, 1951, pp. 102—103.

的超验主义理论。他尝试着将这些学说和非目的论的思维结合起来，表现主人公真实的内心世界。笔者在第三章论述的《小红马》《月落》和《烈焰》的出行主题，实际上就是讲的主人公的心路历程。需要指出的是，虽然斯坦贝克在这里采用了心理现实主义的技巧，但是这种技巧又与詹姆斯的心理现实主义和弗吉尼亚·沃尔弗等人的意识流技巧不尽相同。斯坦贝克不像詹姆斯那样去详细分析人物的心理活动，也不像沃尔弗那样让人物的意识似流水一样滔滔不绝。在《烈焰》里，斯坦贝克完全通过客观、非人格化的"展示"方法来揭示主人公乔·索尔的心理变化；而在《小红马》《月落》和《珍珠》里，斯坦贝克主要通过客观的"讲述"和"显示"的方法进行。例如在《小红马》中，乔迪和父亲、母亲及长工贝利关于神秘的西山的对话揭示了乔迪内心对于知识的渴求，它是通过三者之间的对话实现的。那么这些对话对少年乔迪的心灵产生了什么影响呢？斯坦贝克随之用客观讲述的方式描绘了乔迪的心理变化：

> 乔迪所能得到的就是这些情况，他听了之后感到大山又可亲又可怕。他经常思念那连绵几英里、一重又一重的山峦，尽头就是海洋。早晨山峰披上霞光，好像在召唤乔迪过去；傍晚太阳落山，山岭泛起死气沉沉的紫色，他感到害怕。那时的山峦如此漠然，如此孤傲，这种冷漠本身对乔迪来说就是一种威胁。
>
> 这时，他转过头来，看东边加毕仑山峦，这些山看了叫人愉快，山坡间一层层尽是场，山顶上长着松树。人们在那里居住，山坡上同墨西哥人打过仗。他回过头看了一眼大山，不禁微觉寒颤……①

---

① 《斯坦贝克中短篇小说选》（一），人民文学出版社 1983 年版，第 215 页。

不管是用客观的"展示"还是"讲述"，斯坦贝克在这里表现的少年乔迪的心理现实是真实的，它实际上也是作家本人少年时代对两座山的真实的心理反映。在这里，心理的真实与自然场景和事件的真实达到了水乳交融的地步，其真实的效果与文献式的现实主义别无二致。在《胜负未决》《人鼠之间》和《任性的公共汽车》等中篇小说中，除了《任性的公共汽车》是用"讲述"和"展示"相结合的方式表现现实以外，其余两部小说基本上是用"展示"的手法来表现现实的生活。在这些小说中，斯坦贝克完全遵循非目的论的创作方法，不像在"蒙特雷三部曲"和《珍珠》等小说中那样有时候站出来进行道义的评论。因此，这些小说在表现现实时取得了客观、超然和非人格化的结果，这种现实主义的写法也就是一种典型的文献式的现实主义。斯坦贝克本人在谈到《胜负未决》时曾指出："我想这是一部残忍的书，太残忍了，因为里面没有作家道义的视点。"① 这说明斯坦贝克的视点是非目的论的、超然的和科学的，作家人格化的声音完全消失了。他像契诃夫那样，精确地描绘了托加斯谷地的社会现实，例如不平等的土地分配、群体暴力、共产党人对工人的操纵以及人的个性的消失等（这是斯坦贝克的观点，按照马克思主义的观点，这显然是错误的）。《胜负未决》中的工人和罢工领导人，与我国作家作品中用马列主义目的论原则塑造出来的"高、大、全"式的工人和领导人迥然不同。他们粗暴、无知、肮脏、淫荡、冷漠和涣散，在许多方面和动物差不多，而且书中也有许多关于他们的动物性意象特写。在《人鼠之间》里，这种群体的无知、冷漠和缺乏阶级觉悟又得到了进一步的表现。

① Steinbeck, Elaine & Robert Wallsten. eds. *John Steinbeck: A Life in Letters*. New York: The Viking Press, 1975, p. 105.

那些农庄工人没家没业，也没有亲人，他们在农庄上干活挣点钱，然后就到城里的妓院挥霍干净。更有甚者，这些群氓缺乏起码的认识能力和阶级友爱。当作为他们中的一员的莱尼因智商低下不慎将农庄少东家柯莱的老婆捏死的时候，他们不约而同地拿起武器，跟随柯莱去追捕本应属于他们阶级弟兄的莱尼，扬言要将他处以极刑。这种赤裸裸的文献式的现实主义再现，使一些评论家尤其是以马列主义思想作为指导的评论家大为不安，他们将此归结为斯坦贝克的"动物主义"而加以评判。不管高雅的批评家怎样用"动物主义"的概念来贬低斯坦贝克，笔者认为，他对人尤其是美国农庄上的季节工人的文献式的现实主义描写是真实的。斯坦贝克16岁就到牧场做工，以后还曾在修路队、制糖厂和建筑工地从事过繁重的体力劳动，对劳动人民的生活习性非常了解。再加上他深受里基茨非目的论哲学思想的指导，他笔下的现实就非常真实，真实得让你能触摸到、感觉到。

斯坦贝克在中短篇小说中试验的抒情现实主义、心理现实主义和文献式现实主义的三种表现手法在其长篇小说《愤怒的葡萄》《伊甸之东》和《烦恼的冬天》中得到了综合性的运用。文献式的现实主义当然是这三部长篇的主体创作特征，尤其是在《愤怒的葡萄》中。为了表现赤裸裸的移民社会现实，斯坦贝克不但从掌管移民事务的政府官员汤姆·科林斯那里获得了大量的第一手资料①，而且还亲自跟随俄克拉荷马州的农场工人流浪到加利福尼亚，住在"胡佛村"流浪工人的宿营地，并和他们一起到大农场主的田地里摘水果和棉花。沿途看到和经历的情景使斯坦贝克非常震惊，他在给自己的文学经纪人伊丽莎白·欧迪斯的信中曾这样写道："有5000户人家快饿死了，不光是挨饿，是

---

① Benson, Jackson J. *Looking for Steinbeck's Ghost.* Norman and London: University of Oklahoma Press, pp. 79—94.

快饿死了……有一个帐篷里，隔离了20个出天花的人，而同一个帐篷里，这个星期有两个妇女要生孩子……州政府和县政府什么也不给他们提供，因为他们是外来人。但是，没有这些外来人，州里的庄稼怎么收获？"[1] 他如实地将自己的所见所闻记录下来，成为创作《愤怒的葡萄》的活生生的素材。下面选自《愤怒的葡萄》中的一段文字既是赤裸裸的文献式现实主义描写，又带有作者愤怒的直抒胸怀，堪称是文献式现实主义和抒情性现实主义的典范结合：

腐烂的气息弥漫了全国。

咖啡在船上当燃料烧。玉米被人烧来取暖，火倒是很旺。把土豆大量地抛到河里，岸上还派人看守着，不让饥饿的人来打捞。把猪宰杀了埋起来，让它烂掉，渗入地里。

这里有一种无处投诉的罪行。这里有一种眼泪不足以象征的悲哀。这里有一种绝大的失败，足以使我们一切的成就都垮台。肥沃的土地，笔直的一排一排的树，坚实的树干，成熟的果实，全都完蛋了。患糙皮病快死的孩子们非死不可，因为农场老板得不到橙子的利润（患糙皮病的人需要橙子的营养——原注）。验尸员在验尸证书上必须填上"营养不良致死"一项，因为事物只好任其腐烂，非强制着使它腐烂不可。

人们拿了网来，在河里打捞土豆，看守的人便把他们拦住；人们开了破汽车来拾取抛弃了的橙子，但是火油却已经浇上了。于是人们静静地站着，眼看着土豆顺水漂流，听着惨叫的猪被人在干水沟里杀掉，用生石灰掩埋起来，眼看着堆积成山的橙子坍下去，变成一片腐烂的泥浆；于是人们的

---

① Elaine, Steinbeck & Robert Walsten. eds. *John Steinbeck: A Life in Letters*. New York: The Viking Press, 1975, p. 158.

眼里看到了一场失败；饥饿的人眼里闪着一股越来越强烈的怒火。愤怒的葡萄充塞着人们的心灵，在那里成长起来，结得沉甸甸的，准备着收获期的来临。①

对于斯坦贝克来说，这种文献式和抒情式的结合有两大好处。作品中文献式的讲述或展示具有戏剧性和电影性，可以使作品较容易地搬上舞台和银幕。例如上述段落中用文献式现实主义手法所展示的情景，也是电影中绝好的蒙太奇场景。作品的抒情性使得作品的语言具有诗意性，这些都是斯坦贝克小说诗学追求的目标。在显在的文献式和抒情式的现实主义背后，心理现实主义也以隐在的形式存于这些长篇小说中。笔者在第三章论述的斯坦贝克的小说出行主题有两种，一种是主人公地域层面的出行，另一种是主人公心灵的出行。为了表现主人公心灵的出行，斯坦贝克熟练地运用了心理现实主义的手法，这在《烦恼的冬天中》尤为典型。为了表现主人公伊坦·郝雷心灵的失落、忏悔和救赎，斯坦贝克在用第三人称进行客观讲述和展示人物的行动和事件发展的同时，会突然转为第一人称的手法，让主人公直接向读者展示他内心真实的思绪，有些段落的手法和意识流技巧简直有异曲同工之妙。下面几段是从该书第三章选出的，它表现的是主人公伊坦听到亦巫亦娼的玛姬·扬—亨特关于发财的机会时内心的意识流动，从中可以看出斯坦贝克所运用的心理现实主义表现手法：

问题：我必须要顾念到我那亲爱的玛丽，她此刻正嘴角微露着神秘的笑意熟睡在床上。我但愿她不至醒来，到处寻

---

① 约翰·斯坦贝克：《愤怒的葡萄》，胡仲持等译，外国文学出版社 1982 年版，第 456 页。

找。但即使她果真这样，事后她会告诉我么？我很怀疑。我觉得玛丽尽管看起来仿佛什么事都直话直说，实际上却说得很少。我必须想一想财富的问题。玛丽究竟是自己渴望财富，还是为了我？尽管这不过是玛姬·扬—亨特出于某种我不知道的原因编造出来的虚假财富，那也还是一样。虚假的财富并不亚于任何其他的好东西，而且说不定一切财富其实都有几分虚假。随便哪一个有相当头脑的人都能挣到钱，如果他真的渴望的话。但实际他真正渴望的却多半是女人或者衣着或者名声，而正是这些东西把他引入歧途的。他们要的是钱，挣到的也是钱，仅仅只是钱。事后他们拿它来干什么，那是另一个问题了。我常常觉得他们被自己召来的魔鬼吓坏了，因而老是竭力想用钱来买通它们，使它们走开。

问题：钱，对玛丽来说是意味着新的窗帘，孩子求学的保障，以及自己能稍微抬得起头来一些，而且有了这些钱，她就会为我感到骄傲，而不致再为我感到几分丢脸。她在气恼头上曾把这一点讲了出来，而这的确是真话。

问题：我想要钱么？嗯，不想要。我心里有点憎恨当杂货店员。在部队里我曾当到上尉，不过我明白是什么使我能进军官训练团的。是家世和亲友关系。人家并不是因为我眼睛长得漂亮就挑中了我的，但我后来也的确是个好军官，一个很好的军官。不过要是我当时真喜欢发号施令，把我的意愿强加于人，眼看他们听我摆布，我本来是会留在军队里，而且如今已当到上校了。但是我没有这样做。我一心想早点离开。因为正像人家常说的，打仗要靠好的士兵，而打赢战争总是归功于文官……①

---

① 约翰·斯坦贝克：《烦恼的冬天》，吴均燮译，人民文学出版社1982年版，第60—61页。

上面的心理展示无须作家的主观评论就将主人公内心对于金钱财富的复杂感情揭示得淋漓尽致、活灵活现。这样的章节和段落在全书中有很多①，它们与文献式和抒情式现实主义有机地结合在一起，大大地丰富了作品的肌质。单是这三种现实主义手法在作品中的试验性融合就足以表明，斯坦贝克已不是传统意义上的现实主义作家了，他已步入了现代主义的门槛。

三 神话和寓言的氛围

神话（myth）是一个不太容易界定的术语。在古希腊语里，"神话"（mythos）表示任何真实的或不真实的故事或情节。在其主要的现代意义上，一篇神话是一个神话体系（mythology）里的一则故事。神话体系是曾经被特定的文化群落认为是真实的并流传下来的故事体系，它为社会的习俗惯例和被认可的约束人们行为的准则提供依据，也用来解释（从超自然的神的意向和行为的观点）世界为什么会是这个样子，万物何以会产生。大多数神话与固有的祭祀仪典形式有关。② 根据这两种广义和狭义的界定，古希腊罗马神话、《圣经》中关于希伯来民族的神话以及亚瑟王传奇都可以归为这个范畴。古希腊罗马神话是神话批评派（myth critics）和文学家所公认的神话中的典范，是古希腊罗马人"用想像和借助想像以征服自然力、支配自然力、把自然力加以形象化"的结果。在古希腊罗马神话形成和系统化的过程中，古希腊的荷马、赫西俄德、以埃斯库勒斯为代表的三大悲

---

① 约翰·斯坦贝克：《烦恼的冬天》，吴均燮译，人民文学出版社 1982 年版，第 3、6、8、13 章以及其他章节的局部。
② M. H. 艾布拉姆斯：《欧美文学术语词典》，朱金鹏等译，北京大学出版社 1990 年版，第 199—202 页。

剧家以及古罗马诗人维吉尔和奥维德等起了重要的作用。荷马的《伊利亚特》和《奥德赛》首次将情节凌乱、内容矛盾的古希腊神话整理出一个头绪，被称为"希腊圣经"；赫西俄德的《神统记》（Theogony）和《历书》（Works and Days）描述了希腊诸神祇的历史渊源和世界的发端，被誉为"有关希腊神祇和英雄体系的标准著作"；奥维德的《变形记》（Matamorphoses）把200多个神话故事贯穿起来，为后世留下了一部神话故事的权威性著作。《圣经》是基督教的经典，里面也包含许多关于人类历史的宗教神话，如《创世记》中关于上帝创造世界、失乐园、诺亚方舟的神话，《出埃及记》中摩西率领古以色列人出埃及的神话，《民数记》中耶稣在旷野受考验的神话，《启示录》中关于耶稣使徒约翰等的神话。英国古代史上名震一时的亚瑟王和他的气概豪迈的骑士们，为后世留下了一些蕴含深刻的传奇故事。随着时间的流逝，这些传奇也浸染了神话的色彩，也可以作为神话来看待。古希腊罗马神话、《圣经》和亚瑟王传奇构成了世界文学尤其是英美文学的三支伏流，以许多不同的方式影响着英美作家的创作。①

除了神话以外，《圣经》中还包含大量的寓言故事，例如"乐善好施者"和"浪子回头"的故事。所谓寓言（Allegory）是一种记叙文体，通过人物、情节有时还包括场景的描写，构成完整的"字面"，也就是第一层意义，同时借此喻彼表现另一层相关的人物、意念和事物。② 德莱顿的《押沙龙与阿奇托菲尔》里的大卫王象征着查理二世，押沙龙代表他的私生子蒙默思公爵，所引用的《圣经》故事则用来讽刺当时英国社会的政治危

---

① 常耀信：《漫话英美文学》，南开大学出版社1987年版，第1—2页。

② M. H. 艾布拉姆斯：《欧美文学术语词典》，朱金鹏等译，北京大学出版社1990年版，第7页。

机。寓言早在中世纪就是人们喜闻乐见的一种文学形式，斯坦贝克所熟知的道德剧《每个人》（*Everyman*）和但丁的《神曲》就是著名的例子。根据主题和表达方式的不同，寓言可以划分为不同的类型，最常见的有寓言故事（fable）和醒世寓言（parable）两种。寓言故事是反映道德主题或行为准则的短篇故事，结尾往往由叙述者或某一角色以警句形式道出至理名言。17 世纪法国诗人拉封丹的寓言诗堪称这类文学的典范。醒世寓言通过含蓄而细微的比喻，使人从故事情节中领悟出寓言所要阐明的主题或训诫，《圣经》中的大量故事如"乐善好施者"属于此类。

德国浪漫主义诗人谢林（F. W. J. Schelling）和弗雷德里希·施莱格尔（Friedrich Schlegel）指出：现代诗人要写出伟大的诗篇就必须创造一个全新的、囊括一切的神话体系。这一体系要能够把古老的西方神话的精粹和人类在哲学、物理学方面的新发现综合在一起。相当一部分现代作家也声称：一个完整的神话体系，不管它是因袭而来的或是创造出来的，对文学来说都必不可少。① 笔者认为这一论述也同样适应于寓言，即神话和寓言体系对于伟大作品的形成是必不可少的。乔伊斯（Joyce）的《尤利西斯》和《芬尼根们的苏醒》，艾略特的《荒原》，奥尼尔（O'Neill）的《厄勒克特拉的哀怨》（*Mourning Becomes Electra*）等，都有意识地将现代题材编织进古代神话的格式。詹姆斯·瑟伯的《当代寓言》（*Fables of Our Time*，1940），乔治·奥威尔的《动物农场》（*Animal Farm*，1945）以及弗朗兹·卡夫卡的《变形记》等小说，则有意识地将现代题材编织进寓言的氛围，它们都成为伟大作品的范例。斯坦贝克自幼熟读《圣经》《亚瑟王之死》和中世纪的寓言故事，在成为作家的过程中又不断阅读

---

① 艾布拉姆斯：《欧美文学术语词典》，朱金鹏等译，北京大学出版社 1990 年版，第 200—201 页。

荣格和弗雷泽等关于神话批评的著作，这就使他在创作时，一方面保持现实主义叙事方法的主导地位，另一方面又努力将现实的故事编织进寓言和神话的氛围，以便能创作出肌质丰富、寓意深远的伟大作品。

那么，斯坦贝克的中、长篇小说具有哪些寓言和神话特征呢？这是一个很复杂的问题，不同的读者或批评家可能会有不同的结论。笔者的看法有四点：（1）《月落》《珍珠》《任性的公共汽车》和《烈焰》的原型寓言模式是中世纪的道德剧《每个人》（Everyman），当然里面也有《圣经》等神话的因素。（2）《胜负未决》《人鼠之间》《愤怒的葡萄》《伊甸之东》和《烦恼的冬天》的原型神话模式是《圣经》，不过里面也有寓言《每个人》的影子。（3）《煎饼坪》的神话模式是《亚瑟王传奇》，这一点斯坦贝克早已指明，而且也为批评家所熟知。（4）《小红马》《罐头厂街》和《甜蜜的星期四》虽然没有明显的寓言和神话原型，但也具有一些神秘主义的因素或者神话素，从而也使它们具有某种寓言或神话色彩。出于行文的需要和篇幅的限制，笔者将把论述的重点集中在前两部分。

对斯坦贝克一生创作影响深远的道德剧《每个人》，大约成书于 1470 年。这出戏反映的是"每个人"行将死去时身边所发生的事情。上帝派"死亡"召唤"每个人"出行到地狱接受审判，"每个人"便想在同伴中找一位陪他前去，替他在上帝面前求情。可是，"友谊""亲情""知识""美丽""力量"和"五觉"等人纷纷抛弃他，只有"善行"愿意陪他去见上帝，并最终将"每个人"从坟墓边上救了出来。这部道德剧中的"每个人"就是指的人类自己，他在死亡之际到上帝那里接受审判并最终获得新生的历程，则代表人类面临困境通过出行获得精神的救赎。"每个人"在进行死亡之旅时，"亲情""知识""五觉"等抛弃他，只有"善行"陪他前去，并将他从死神那里救出来，剧本旨在阐释这样一个主题，即只有"善"才能战胜"恶"并使人类获得救赎。《每个人》作为一则寓言对斯坦贝克的影响，主要在其形式和精神方面，而不在情节的严格对应。当作家以寓言的形式或精神来构建自己的小说时，他就要求读者和批评家不能以传统的小说模式来进行解读。遗憾的是，读者和批评家常常以传统的方式解读斯坦贝克的具有明显寓言模式的小说，结果不可避免地造成误读和对作家不适当的指责。由于斯坦贝克在《珍珠》和《任性的公共汽车》这两部小说的扉页上点明了它们的寓言模式，评论界对它们的分歧不大。《珍珠》被誉为世界最佳中篇小说之一，《任性的公共汽车》也像斯坦贝克的其他著名小说一样被"美国一月一书"俱乐部选中。在评论界引起分歧最大的是批评家对"剧本小说"《月落》和《烈焰》的误读和指责。他们将《月落》的主题单纯解读为反法西斯战争主题，并指责斯坦贝克对法西斯官兵的人性刻画有失生活的真实①。他们将《烈焰》的主题解读为单纯的通奸和丈夫对自己的妻子与奸夫生的孩子的正确态度，认为这样的主题对于联合国国际儿童教育基金会的宣传倒无可厚非，对于酒足饭饱后到剧场看戏的观众就显得单调乏味了。②

其实，如果我们将这两部"剧本小说"当做建构在《每个人》框架里的寓言来解读，我们就会发现作品的主旨远非评论家所理解的那么简单。作为《每个人》寓言，它们具有"善与恶冲突"的永恒主题，也具有主人公通过出行获得精神救赎的美国意义上的史诗性主题。作为一部战争小说，《月落》没有像海明威的《永别了，武器》等小说那样给出故事发生的具体地

① Kiernan, Thomas. *The Intricate Music: A Biography of John Steinbeck*. Boston & Toronto: Little Brown And Company, 1979, p. 267.

② French, *Warren.*. *John Steinbeck's Fiction Revisited*. New York: Twayne Publishers, 1994, p. 112.

点和人物的具体背景，这就表明这个故事具有《每个人》寓言的氛围，它可以在任何地方、任何人身上发生。同时，作品的题目也给读者提供了寓言的启示，因为"月亮下去了"（The Moon Is Down）取自莎士比亚《麦克白》第二幕第一场的台词，暗喻黑暗和死亡的来临。整个故事就是在这种暗淡的氛围中进行的。奥登市长领导的小城陷落了，以兰塞上校为首的侵略军进驻小城，并对任何敢于抵抗者进行公开审判。这就像《每个人》中的情景，世界的末日到来了，每个人要去接受上帝的审判。《月落》里的奥登市长、温特大夫和兰塞上校和《每个人》中的人物具有某种程度的对应。奥登市长具有"每个人"的特征，正如兰塞上校所指出的那样："奥登市长不仅是一个市长……他就是他的人民。"① 换句话说，他就是一个"每个人"。他像他的人民一样，面对黑暗和死亡的降临而感到手足无措。他胆小怕事，连梳理眉毛也怕疼，在死亡威胁面前，心里也曾闪过逃跑的念头，甚至还想乞求敌人饶命。温特大夫（Doctor Winter）是这个小城的历史学家和医生，也是奥登市长的朋友、知己者和忠告者。他一人兼具了《每个人》中的"善行""友谊""知识""力量"和"五觉"等角色，而且他的名字本身就具有寓言和暗喻的意义。Winter 可以使人想起雪莱《西风颂》中的季节暗喻："预言的号角吹响了！啊，西风，如果冬天来了，春天还远么？"用 Winter 作为奥登市长的知己者的名字，斯坦贝克要赋予作品这样一种寓意：在黑暗中有光明的希望，在绝望中还有救赎。兰塞上校是个具有上帝般洞察力的人物，或者说一个邪恶的上帝。斯坦贝克在这部篇幅不大的"剧本小说"中花费相当的笔墨来刻画这个人物，其用意是不言自明的。面对以战争和审判为代表的来自死神的一次次考验，奥登市长在温特大夫的支持、鼓励和

---

① 《斯坦贝克中短篇小说选》（二），人民文学出版社 1984 年版，第 35 页。

教育下，心理一步步走向成熟，不仅在职位上是小城的市长，而且在实际上成为人民的领袖。在故事的结尾，奥登市长大义凛然地去接受兰塞上校的审判，陪伴他前去接受审判的自然是温特大夫。他微笑着对温特大夫说：

> 你记得在学校时读的《自辩篇》中的话么？你可记得苏格拉底说："有人要是说，'苏格拉底，你的生命的旅程看来要将你提前引向死亡，难道你不感到羞愧么？'我可以坦率地回答他：'你错了：一个有作为的人不应算计生死的机会，他只应该考虑自己的行为是错还是对。'"[①]

在温特大夫的鼓励下，奥登市长还像苏格拉底一样，向以兰塞上校为代表的邪恶势力预言了未来："我向你们这些谋杀我的人预言，在我——离去后，立刻会有远比你们加给我的惩罚更重的惩罚在等着你们。"[②] 带着这些预言，奥登市长接受了兰塞上校的审判，从容就义。正像"每个人"经过上帝的审判获得再生一样，《月落》中的奥登市长虽然作为一个肉体的"普通人"消失了，但他作为一个"人民的精神领袖"在经历了一系列心理旅程后获得了再生。

《烈焰》的最初题目是《在夜晚的森林》（*In the Forests of the Night*），作品的主题观点取自中世纪道德剧《每个人》。斯坦贝克的创作动机是要解决一个永恒的超验主义悖论：个人主义者怎样能成为利他主义者。在《每个人》里面，他找到了解决这种超验主义困境的出路，那就是：人只有在实现个人的完善的时

---

① 《斯坦贝克中短篇小说选》（二），人民文学出版社 1984 年版，第 107—108 页。

② 同上书，第 109 页。

候，才能既造福个人也造福人类。① 用《每个人》的寓言模式构建故事，斯坦贝克意在表明：发生在主人公乔·索尔身上的事情也可以在现实的每个人身上发生。为了使《烈焰》具有某种寓言的特征，斯坦贝克一方面有意识地将作品中的人物和《每个人》中的人物呈某种程度的对应，另一方面又在故事场景的设置上大胆地借用了表现主义的手法。《烈焰》中的人物威尔（Will）、维克多（Victor）、朋友爱德（Friend Ed）和佐恩医生与《每个人》中的"亲情"（Cousin）、"力量"（Strength）、"知识和友谊"（Knowledge and Fellowship）及医生的确呈某种隐在的对应，虽然不是完全的对应。例如在维克多身上，不仅有生育的能力和力量，而且还具有无知、自私和破坏的特征；在朋友爱德身上，不仅有知识、友谊和忠诚，也有因善意而造成的恶。而作为现代的"每个人"，乔·索尔也具有上述人物的某些特征。他的名字是 Saul（索尔），这和英语中的单词 soul（心灵）是谐音。正如中世纪道德剧中的主人公出行到上帝那里接受审判那样，现代的"每个人"乔·索尔也要进行灵魂的出行以获得心灵的救赎。不过，在这里审判他的不是中世纪道德剧中的上帝，而是人类自身的良心和正义。最能显示故事的"每个人"寓言特征的因素，是作品的场景、人物身份的改变和语言特征。第一幕的场景是马戏团，四个主要人物的身份是马戏团演员。第二幕的场景是农场，四个主要人物的身份变成了农场工人。第三幕的场景是大海，四个主要人物的身份又变成了海员。斯坦贝克为赋予作品寓言性而进行的这些实验和创新，曾被许多批评家指责为因打破了人物塑造的连续性而有违生活的真实。笔者认为，这些表现主义的场景尽管看起来荒诞，但是仍有现实主义的真实作基

① Kiernan, Thomas. *The Intricate Music：A Biography of John Steinbeck*. Boston & Toronto, 1979, p. 292.

础。因为，美国社会本身就是一个流动性很强的社会，人们的职业和身份的改变是常有的事。尽管社会语境和人物身份改变了，四个主要人物的话语方式和关注的主题始终未变。乔·索尔和妻子莫娣总是称呼自己的朋友为"Friend Ed"，而不是"Ed"；莫娣总是称呼自己的丈夫为"Joe Saul"，甚至当着他的面也是如此。他们关注的话题始终是乔·索尔的不育症和生子传承。乔·索尔想拥有自己的孩子，这是美国梦的正常表现，同时也是他自我中心主义（egocentricity）的象征。当他在佐恩医生那里得知自己患有不育症、莫娣怀的孩子不是自己的骨肉时，他的美国梦破灭了，他的自我中心主义受到了重创。在寓言的层面上，也就是他作为"每个人"的失落。但在象征"友谊、知识和善行"的朋友爱德的启发、教育和帮助下，乔·索尔摆脱了自我中心主义，心灵得到了升华和救赎。他对莫娣说："每个人都是所有孩子的父亲，每个孩子都要有所有的人作为他的父亲。这不是一件私有财产，可以随便登记、据为己有或转卖。莫娣，这是一个孩子啊。"① 这个故事的结局和《愤怒的葡萄》中的结局有异曲同工之妙。在《愤怒的葡萄》中，自私的罗撒香经过暴风雨的洗礼后心灵得到了净化，她虽然失去了自己的孩子，却主动将自己的乳汁喂给一个行将饿死的男人，因而成了全人类伟大之母的化身。在《烈焰》中，乔·索尔在海边的一个医院里认领了妻子和奸夫的孩子，成为人类的伟大之父。

　　尽管《烈焰》《月落》《珍珠》和《任性的公共汽车》等小说建构在《每个人》的寓言模式里，具有寓言的深度和永恒性，但它们也具有《圣经》的影子，这更丰富了小说的内涵和肌质。首先拿《烈焰》来说。乔·索尔患有不育症（sterility），这是《圣经》中渔王神话的现代翻版。乔·索尔对待莫娣通奸怀孕的

　　① Steinbeck, John. *Burning Bright*. Penguin Books, 1979, p. 106.

故事和《圣经》中耶稣的父亲约瑟夫（Joseph，注意故事主人公的名字 Joe Saul 和 Joseph 的谐音）对待其年轻的妻子亦即耶稣的母亲圣母玛丽亚也不无相似之处。① 当乔·索尔得知莫娣怀的不是自己的骨肉时，他曾像约瑟夫威胁玛丽亚那样要将莫娣杀死。只是在朋友爱德的教育下，乔·索尔才接受了这个孩子，而朋友爱德就是上帝派来的使者。他指示乔·索尔认领了孩子，就像约瑟夫接受圣子一样。可是具有反讽意味的是，莫娣不是圣母，孩子亦不是耶稣。他将来可能在行为上更像他的生父维克多，而不像灵魂已经超脱的人类之父乔·索尔。他可能不会像耶稣那样为拯救人类而甘愿被钉死在十字架上，倒可能为追求自我而陷入新的通奸和暴力的轮回。这样，和"每个人"的寓言模式一起，对《圣经》的反讽性应用使得《烈焰》的主题获得宏大和永恒的意义。像《圣经》神话在《烈焰》中的应用一样，《圣经》神话在《珍珠》和《任性的公共汽车》中的应用也是反讽性的。"珍珠"这个名字在《圣经》里的意思是"非常珍贵的东西"。《马修福音》里记载着这样一个故事：耶稣让一个商人卖掉所有的财产去买一个珠宝，并说这个珠宝就是天国。商人买了珍珠就意味着他从此进入了天国。② 在斯坦贝克的小说里，"珍珠"成了一个腐蚀人的灵魂并给人带来灾难的东西，从某种意义上说它也是人类灵魂的地狱。奇诺下海捞到一颗稀世珍珠，幻想珍珠给他的家人带来美好的生活。对珍珠的拥有占据了他的灵魂，他也从此进入了灵魂的地狱。伴随他灵魂进入地狱的是他的家庭陷入梦魇般的灾难。他的房子被烧毁，他的孩子被打死，他和妻子被追捕。只有在他和妻子逃亡亦即出行的过程中认识到

① 《新旧约全书》（新约部分），南京：中国基督教协会印发，1994 年，第 1 页。

② 同上书，第 16 页。

174

了珍珠的邪恶本质并将珍珠扔进大海时，他才从灵魂的地狱中超度出来，从而获得心灵的救赎。《月落》里一个隐含的《圣经》神话，就是犹大出卖了耶稣和耶稣被钉死在十字架的故事。在《月落》里，小城的一个叫考莱尔的市民向敌人出卖了小城的情报，致使小城沦陷，奥登市长也落到敌人的手里。奥登市长为了救赎自己的市民，不甘向敌人屈服，最后像耶稣一样为人民就义。

如果说《圣经》的神话在《月落》《任性的公共汽车》《珍珠》和《烈焰》等寓言性很强的小说中作为非常隐匿的形式呈现的话，那么在《胜负未决》《人鼠之间》《愤怒的葡萄》《伊甸之东》和《烦恼的冬天》等小说中，《圣经》的神话，尤其是"撒旦和上帝决斗""失乐园""该隐和亚伯""出埃及记"和"耶稣的死亡与复活"等故事，则成了结构这些作品的显在的模式。当然，在斯坦贝克不同的小说中，这些神话模式有不同的体现。但是，"失乐园""出埃及记"和"耶稣的死亡与复活"始终作为三个突出的模式，贯穿在这些中、长篇小说中，它们和斯坦贝克小说的"出行"主题在结构上正好相对应。《胜负未决》的题目取自密尔顿的史诗《失乐园》，而《失乐园》本身也是取材于《圣经》的神话。据《旧约全书》讲，堕落的天使领袖撒旦率领众天使反抗上帝，但是惨遭失败。他们被逐出天堂，赶进地狱。在地狱里，他们不甘失败，积蓄力量，以求重新夺回失去的天堂。为了实现自己的目的，撒旦不择手段。他化成蛇潜入伊甸园，诱使纯洁无知的夏娃和亚当偷食禁果，使他们成为自己反抗上帝的筹码。《胜负未决》一开始，故事的主人公吉姆·诺兰就被置入一种阴暗的、地狱般的境地，就像被打入地狱的撒旦一样。他从芝加哥到加利福尼亚的托加斯谷地的果园，寻求一种救赎和再生。正如他对果园的一个罢工领导人尼尔逊所说的那样："我想得到些什么？我感觉过去的我死了。我想我或许可以再生。"吉姆从芝加哥到托加斯谷地，实际上也暗含着《出埃及记》的神话，只不过斯坦贝克没有将它展开而已。托加斯谷地也不是一个迦南圣地，它像吉姆所居住的芝加哥一样，也是一个堕落的世界（fallen world）。那里同样有堕落的天使（粗野、无知、盲从的季节工人），他们在撒旦（罢工组织者麦克、伦顿等）的领导下，和上帝（农场主联合会和警察）进行斗争。在麦克的指导下，吉姆迅速熟悉了罢工的组织程序，并有取代麦克成为新的首领的趋势。然而，他心中的自我之恨也像撒旦对上帝的积怨一样极度膨胀。正是这种自我之恨的极度膨胀，使得吉姆像《圣经》中的撒旦和麦尔维尔笔下的亚哈船长那样，在反对邪恶的同时自身也变成了邪恶。由于斯坦贝克所关注的是人类之爱和人类之恨的永恒的斗争，所以，他在用撒旦的神话再现吉姆灵魂中恶的一面的同时，又运用了耶稣为人类受难的神话，表现了吉姆为党派事业献祭的正义性。小说中有许多地方显示了斯坦贝克是在有意识地运用耶稣的神话模式。吉姆从芝加哥出行到托加斯谷地的行为，也暗喻着他作为耶稣的再生，这种再生意象在罢工领导人伦顿的妹妹丽莎生孩子时表现得尤为突出。在一个昏暗的帐篷里，丽莎坐在帆布床上抱着新生的婴儿，吉姆就坐在她身边。医生多克走进来，说道："这看起来像一个神圣的家庭。"这个新生的婴儿就暗喻着吉姆的再生。在吉姆死亡的前一夜，伦顿坐在熟睡的吉姆身边，两次听到公鸡的鸣叫。这是耶稣死亡前的征兆。后来，当一颗子弹击中吉姆的头部时，麦克发现吉姆跪倒在地，好像是耶稣在祷告，于是麦克喊道："啊，耶稣！"

《人鼠之间》的神话模式是"失乐园""出埃及记"和"该隐和亚伯"的故事。莱尼在维德农场摸了一个穿红衣裳的女人，犯了一种所谓"强奸"的罪行。他和乔治被从农场驱逐出去，就像亚当和夏娃被上帝从伊甸园中驱逐出去一样。在他们出行到撒利纳斯谷地的一个农庄找工作的途中，莱尼的朋友和保护人乔治给他制定了一系列规则：不准玩老鼠，不准多说话，闯了祸后要藏在萨利纳斯河边树林里。为了鼓舞莱尼生活的勇气，乔治还不厌其烦地给他讲述他们梦中的伊甸园：

> "有一天——咱俩一块攒够了钱就买一所小房子，几亩地，一头牛，几头猪，就……"
> "就靠种地过日子！"莱尼高喊道，"还要养兔子。说下去，乔治，说说咱们在园子里种什么，笼子里的兔子怎么样，冬天下雨怎么样，火炉怎么样，牛奶上头那层奶油有多厚，刀都切不动。说这些，乔治。"①

这与《出埃及记》中摩西一方面给逃难的古以色列人制定法典规范他们的行为，另一方面又给他们描述迦南圣地的美好生活具有惊人的相似之处。因此也就表明，《人鼠之间》暗含着"失乐园"和"出埃及记"的神话模式，虽然它们主要是在前两章呈现。乔治和莱尼出行的迦南圣地撒利纳斯谷地农庄，仍然是一个失落的世界（fallen world）。这里的农工孤苦伶仃，农场主科莱是一个患性无能的现代渔王，他的老婆则是一个引诱人犯罪的蛇。而且，这些人对乔治和莱尼的兄弟之谊都表现出本能的怀疑，正像迦南圣地的人对摩西率领的古以色列人进行抵制一样。全书的主要部分演绎的就是在一个现代的失落的世界里，人类怎样重演"该隐和亚伯"的故事。正如威廉·哥尔德赫斯特所指出的那样，如果从神话的纬度看，《人鼠之间》讲的是人在失落的世界里命运的本质的故事。它特别强调的是这样一个问题：人注定要孤独地生活，成为地球上一个孤独的流浪者呢，还是人注

---

① 《斯坦贝克中短篇小说选》（一），人民文学出版社1983年版，第276页。

定要照顾人、和另一个人结伴而行？[①] 斯坦贝克在这里提出的问题也是《创世记》中该隐向上帝提出的同一个问题："我岂是看守我兄弟的吗？"[②] 在他们出行的途中，乔治和莱尼对他们的兄弟之谊是自信的：

> 乔治说下去："咱们可不这样，咱们有奔头，咱们有说心里话的人，咱们不会因为没有地方去就到酒馆去把钱花光。要是他们那些人关进监狱，死了烂了，也没有人心疼。咱们可不这样。"
>
> 莱尼插话道："咱们可不这样！为什么？因为……因为我照应你，你照应我，就因为这个。"[③]

在这里，乔治和莱尼不但正面回答了该隐向上帝提出的"我岂是看守我兄弟的吗"这一问题，而且提出了重建伊甸园的计划。但是到了农庄这个失落的世界后，面对老板对他们这种兄弟之谊的质疑，乔治犹豫了："他是我的……表弟，我答应他妈照看他。"[④] 随后，农庄主的儿子柯莱继续对这种兄弟之谊进行破坏，即使像上帝般精明的车把式斯利姆也对这种兄弟之谊感到惊奇。面对人们的种种猜疑，乔治尽管继续竭力维护这种兄弟之谊和重建伊甸园的计划，但是同时也意识到它们的不可实现性。因为在这个失落的世界里弥漫着上帝对该隐的咒语，孤独、隔膜和互不信任是该隐的子孙们命定的本质，任何像乔治和莱尼这样

① Benson, Jackson J. ed. *The Short Novels of John Steinbeck: Critical Essays with a Checklist to Steinbeck Criticism.* Durham & London: Duke University Press, 1990, p. 51.

② 《新旧约全书》（旧约部分），南京：中国基督教协会印发，1994 年，第 4 页。

③ 《斯坦贝克中短篇小说选》（一），人民文学出版社 1983 年版，第 276 页。

④ 同上书，第 283 页。

的兄弟之谊和建造伊甸园的计划都是不可能实现的。为了强化现代人孤独、隔膜的本质，斯坦贝克还进一步表现了黑人克鲁克斯和柯莱老婆的孤独。斯坦贝克虽然对柯莱的老婆着墨不多，但却刻画出了一个既让人同情又让人憎恶的角色。作为失落的世界里现代人的一个代表，她同样具有自己失落的梦幻（到好莱坞当电影演员，嫁一个富裕的男人），也同样遭受孤独和隔膜（和丈夫柯莱及农庄工人之间的隔膜）。然而她又是失落世界的一条蛇，是她引诱莱尼并被后者无意中掐死。面对莱尼闯下的大祸，乔治悲哀地说了一段令人回味的话：

> ……我想，从一开始我就明白，我想我早就明白这事永远办不成。可是因为他太爱听这事了，我只好说也许能办得到……我把一个月的活干完，就拿着五十块钱整夜住在又脏又臭的窑子里，或是在赌场里一直坐到人人都走散了，我就回来再干一个月，再拿五十块钱。①

这段话表明，从一开始乔治就意识到他们重建伊甸园和维护兄弟之谊的梦想是不可能实现的，只不过因为弱智的莱尼需要保护和温暖他才编织了这些美丽的幻影。莱尼的再一次惹祸使他们美好的计划终成泡影。面对柯莱和农庄里那些无知的、毫无阶级同情心的暴民对莱尼的缉捕和声称要进行私刑，乔治意识到他再也无力看守莱尼了，现实的邪恶环境逼迫他不得不亲手弑杀自己的同伴，因而演绎出现代的"该隐和亚伯"的悲剧。而一旦杀了莱尼，乔治不仅要承受道德和良心的谴责，而且注定要成为孤独、无家可归的流浪者，正像他的始祖该隐弑杀兄弟亚伯遭到上帝的惩罚那样。因为孤独、隔膜和无家可归是失落的世界或后该

---

① 《斯坦贝克中短篇小说选》（一），人民文学出版社 1983 年版，第 346 页。

隐时代人类的本质特征，即使没有莱尼闯下的弥天大祸，人类仍然要以这种或那种形式重演该隐的悲剧。乔治通过这次出行，从内心深处领悟了后该隐时代人类的这种本质特征。

《圣经》神话模式在斯坦贝克的两部史诗性小说《愤怒的葡萄》和《伊甸之东》中表现得最为明显，无论是小说的题目还是其中的人物名字和情节、细节都显示出它们的《圣经》神话模式。《愤怒的葡萄》的书名取自于《共和国战歌》里这样一句歌词："他将愤怒的葡萄堆踏在脚下。"而"愤怒的葡萄"又是援引《新约全书·启示录》的典故。《启示录》第十四章第十九节中说："那天使就把镰刀扔在地上，收取了地上的葡萄，丢在神愤怒的大酒榨中。"①《旧约全书·申命记》中第三十二章第三十二节也有同样的提法："他们的葡萄树是所多玛的葡萄树，蛾摩拉田园所生的。他们的葡萄是毒葡萄，全都是苦的。"② 《圣经》中类似这样的关于"葡萄"的典故还很多。斯坦贝克坚持用"愤怒的葡萄"做小说的题目，坚持要在小说里附上"共和国战歌"的歌词和曲调，其意图无非是要向读者表明：这部小说讲的是美国，讲的是一个建立在《圣经》话语亦即伊甸园和启示录观念之上的民族集体的自我形象。"葡萄"的意象，是斯坦贝克用《圣经》神话模式结构小说的显在的特征之一。《旧约全书·申命记》说到约书亚和奥谢第一次迈进富饶的迦南时带回一大串葡萄，这给出逃的古犹太人带来了甜蜜生活的希望。在小说的第一部分，"葡萄"是作为加利福尼亚圣地甜蜜生活的意象而吸引约德一家西行的，这在约德爷爷的话中可以体现出来。例如，在小说的第九章，爷爷说："让我到加利福尼亚去吧……

---

① 《新旧约全书》（旧约部分），南京：中国基督教协会印发，1994 年，第 293 页。

② 同上书，第 200 页。

我要从葡萄架上摘一大串葡萄来，按在脸上使劲挤，让汁水顺着下巴往下流。"① 到了全书的第二十五章，富饶的"葡萄"意象发生了变化。约德一家历尽艰辛到了加利福尼亚，他们找不到工作，忍饥挨饿，而大农场主却将丰收的果实扔到河里、烂在地里。在这种情景下，"愤怒的葡萄充塞着人们的心灵，在那里成长起来，结得沉甸甸的，准备着收获期的来临"②。在小说的结尾，"葡萄"虽然没有作为字面的意象出现，但在罗撒香给一个濒临死亡的男人喂奶这个情节上作为一个暗含的"救赎"意象体现了出来。《旧约全书·雅歌》中说："你的身量好像棕树，你的两乳……好像葡萄累累下垂。"③《雅歌》中又说："我（指基督）是沙仑的玫瑰花（Rose of Sharon），是谷中的百合花。"④"沙仑的玫瑰"正是小说中约德妈的女儿罗撒香的名字。濒临死亡的老者吮吸其奶而得以活命，这又似乎照应了《新约全书·福音书》中耶稣的话："你们拿着吃，这是我的身体。"⑤这样，几个圣经隐喻结合在一起就体现出了"葡萄"的"救赎"意象。

与"葡萄"这个贯穿全书的圣经意象一样，另一个贯穿全书并作为小说主要结构特征的《圣经》模式是《出埃及记》。这一点已为斯坦贝克评论专家所熟知，而且笔者也在第三章作过简要论述，这里只提供一个细节及其深层含义再加以佐证。小说的情节和《出埃及记》的相似之处在小说的结尾部分表现得尤为

---

① 约翰·斯坦贝克：《愤怒的葡萄》，胡仲持等译，外国文学出版社 1982 年版，第 101 页。

② 同上书，第 456 页。

③《新旧约全书》（旧约部分），南京：中国基督教协会印发，1994 年，第 631 页。

④ 同上书，第 628 页。

⑤《新旧约全书》（新约部分），南京：中国基督教协会印发，1994 年，第 32 页。

明显。约德一家和其他众多的家庭经过第一次"出埃及记"似的艰难历程后到了"望乡"加利福尼亚，结果却被困厄在那里，犹如古犹太人到埃及觅食被困在那里一样。由于极度的困饿，约德妈的女儿罗撒香在暴风雨中产下一个死婴。约翰伯伯把死婴放在一只破篮子里，望着它顺着河水漂流而去，嘴里念念有词地说："去吧，告诉他们去。"仔细品味这段故事，我们会想起《圣经》中摩西幼年的遭遇以及成年后所肩负的使命。古犹太人在埃及受奴役，埃及法老对他们实施种族灭绝政策。他命令接生婆在给犹太孕妇接生时凡是男婴一律弄死。摩西出生后，母亲就把他放在一个筐里，送到尼罗河边的芦苇中。小筐在水面上荡漾，后来被法老的女儿救起，取名"摩西"，意思是"从水中拉出来的"。摩西长大成人后，被上帝委以重任，去唤醒和率领古犹太人逃离埃及，到望乡迦南定居。临行前上帝对他说："去吧，摩西，告诉他们你是我派来的。"由此看来，小说中约翰伯伯的话语和举动是和《出埃及记》的神话对应的。斯坦贝克将这个细节放在小说的结尾部分，而不是开头，则更有其深意所在。它暗喻着人类的"出埃及记"般的"出行"和"救赎"是一个永恒的过程。只要人类肉体和灵魂中的困厄不能从根本上得到解决，人类就不得不再次进行出行。而在这个失落的世界里，人类能够通过出行进入望乡或天国吗？这是斯坦贝克在《愤怒的葡萄》中隐约地给世人提出的一个令人深思的问题。

除了这两个贯穿小说内容和结构的大的《圣经》神话模式之外，《圣经》的隐喻和意象在《愤怒的葡萄》中随处可见。小说中的牧师吉姆·凯绥（Jim Casy），令人联想起耶稣（Jesus Christ）的形象。他在旷野和监狱里体悟的普世之道，也对应《圣经》中耶稣的旷野悟道。正如他本人所说的那样："我这个人本来是像耶稣一样，到荒野去寻求真理的。有时候我倒是差不多体会了一些道理。可是我进了监狱，才真正懂得了真理。"①
他向加利福尼亚的季节工人传播罢工的道理时不幸被农场主派来
的打手杀害，这又对应了《圣经》中耶稣受难的神话。凯绥的
死唤醒了汤姆·约德的觉悟，使他从一个只关心个人利益的个人
主义者转变成一个为人民谋利益的新的先知式的人物。这是凯绥
精神在汤姆身上的延续和复活，又对应了《圣经》神话中耶稣
的死而复生。即使约德妈在小说里经常说的一句口头禅"我们
是选民"，也有其对应的出处，它源于《旧约全书》的诗篇：
"因为他是我们的神，我们是他草场的羊，是他手下的民。"② 在
她看来，他们一家人和其他的逃难人员，是把生命从俄克拉荷马
州（埃及）移植到加利福尼亚州（迦南）去的上帝的选民。

　　与《愤怒的葡萄》及斯坦贝克的其他小说相比，《伊甸之
东》的《圣经》模式更为明显，首先是因为小说的书名就直接
取自《圣经》中《创世记》的神话：

　　　　……又生了该隐的兄弟亚伯。亚伯是牧羊的，该隐是种
　　地的。有一日，该隐拿地里的出产为贡物献给耶和华；亚伯
　　也将他羊群中头生的和羊的脂油献上。耶和华看中了亚伯和
　　他的贡物，只是看不中该隐和他的贡物。该隐就大大地发
　　怒，变了脸色……
　　　　该隐与他兄弟亚伯说话，二人正在田间，该隐起来打他
　　兄弟亚伯，把他杀了。
　　　　耶和华对该隐说："你兄弟亚伯在哪里？"他说："不知
　　道！我岂是看守我兄弟的吗？"耶和华说："你做了什么事

---

① 约翰·斯坦贝克：《愤怒的葡萄》，胡仲持等译，外国文学出版社 1982 年
版，第 502 页。
② 《新旧约全书》（旧约部分），南京：中国基督教协会印发，1994 年，第 566
页。

呢？你兄弟的血有声音从地里向我哀告。地开了口，从你手里接受你兄弟的血。现在你必从这地受咒诅。你种地，地不再给你效力，你必流离飘荡在地上。"该隐对耶和华说："我的刑罚太重，过于我所能当的。你如今赶逐我离开这地，以致不见你面。我必流离飘荡在地上，凡遇见我的必杀我。"……耶和华给该隐立一个记号，免得人遇见他就杀他。

于是该隐离开耶和华的面，去住在伊甸东边挪得之地……①

其次，正如小说的题目所暗示的那样，《伊甸之东》所阐释的是一个现代的或后该隐时代的伊甸神话。为了阐释这个神话，斯坦贝克运用了两个家族的故事，他们正如小说开始时背景中的两座大山，代表了人性和人生的光明的一面和阴暗的一面。他们在重返或重建伊甸园方面具有共同的特征。但是，斯坦贝克在这部史诗性小说中关注的重心，似乎是要探求人性善与恶冲突的根源和通过出行获得自由意志选择性等宏大的主题，所以，小说的重心，也就由最初的阐释作家祖父汉密尔顿家族的家史演变，转移到了另一个家族亦即特拉斯克家族方面。在特拉斯克家族身上，我们看到了该隐弑杀亚伯、作为美国立国神话之本的伊甸园故事以及通过"出埃及记"似的出行获得幸福和 timshel（thou mayest）亦即自由意志选择等《圣经》神话。特拉斯克家族成员身上体现了一种鲜明的二元对立性：亚当·特拉斯克（Adam Trask）的"善"与卡西/凯特（Cathy/Kate）的"恶"。围绕着这二元的中心，是两组以"C"和"A"开头的名字。名字以

---

① 《新旧约全书》（旧约部分），南京：中国基督教协会印发，1994 年，第 3—4 页。

"C"开头的人物有塞拉斯、卡西、查尔斯和迦尔，他们使人联想起该隐的邪恶和堕落；名字以"A"开头的人物有亚当、亚仑和阿布拉，他们使人联想起亚当和亚伯的善良。塞拉斯·特拉斯克是亚当和查尔斯的父亲，在现实生活中也有其原型。斯坦贝克曾在小说日志中写道："我记得我父亲曾有一个朋友……是一个叫特拉斯克的捕鲸船长。我总是很喜欢这个名字，它很富有浪漫色彩。"① 很显然，斯坦贝克在塑造这个人物时，是将生活的原型、麦尔维尔《白鲸》中的亚哈船长形象与《圣经》神话因素糅合在一起的。亚哈船长是一个失去了理智、向上帝挑战、为达到目的而不择手段的现代撒旦，塞拉斯也是一个为达到目的而不择手段的人。他居然靠欺骗从一个列兵混进了美国国防部，大发横财，挤进了他所向往的现代伊甸园。但是，对于自己的儿子亚当和查尔斯，他却像一个邪恶的耶和华。他过生日时接受了亚当的礼物（一个小牧羊狗），而拒绝了查尔斯的礼物（查尔斯通过砍柴卖钱买的一把小折刀）。正如《创世记》中耶和华喜欢牧人亚伯的礼物胜过农夫该隐的礼物因而导致该隐的嫉妒和弑杀兄弟一样，塞拉斯的这一举动也引起了兄弟俩的多年不和。有一次，查尔斯在盛怒之下，差一点将亚当打死。作为"弑杀"兄弟的报应，查尔斯被父亲追得四处躲藏和流浪，前额留下一个伤疤（上帝在该隐脸上打下的记号），后来又寂寞地在农庄死去，没有家室的欢愉。这是该隐和亚伯的神话在小说中的第一次显现。这一故事又预示了后来新一轮的"该隐—亚伯"神话。亚当成年后也生有两个儿子（其实是查尔斯和亚当的老婆卡西通奸生的），迦尔喜欢经营农场，亚仑考上了斯坦福大学，毕业后立志当牧师。这是一个典型的该隐和亚伯故事，因为在《圣经》神

---

① Steinbeck, John. *Journal of a Novel: The East of Eden Letters.* New York: Viking Press, 1969, p. 7.

话中，该隐是种地的，亚伯是牧羊人，而基督教中的牧师也多以牧羊人自居。在亚仑从斯坦福大学回来探亲的那一天，亚当拒绝了迦尔的礼物（用卖农产品大豆得来的 15000 元钱），并将它不适当地和亚仑一年前考上斯坦福大学的成功进行比较。他说："假如你能——嗯，像你弟弟那样——使我为他所干的事感到自豪，为他的进步感到欣慰，我就更高兴了。金钱，即使是干净的金钱，也无法相比。"① 盛怒的迦尔出于报复心理，将纯洁的亚仑引到一家妓女院，告诉他他们在天堂的妈妈竟然还活着，是一家妓女院的老鸨。亚仑美好的幻想在邪恶的现实面前被击得粉碎。于是，他放弃大学生活，没有告诉父亲亚当就投笔从戎，战死疆场。在亚仑走后的一段日子，亚当问迦尔："你知道你弟弟在哪里吗？"迦尔回答："我怎么知道？难道要我照看他吗？"② 由此看出，这里蕴藏着一个典型的"该隐—亚伯"神话。斯坦贝克为什么要用这么长的篇幅不遗余力地讲述"该隐—亚伯"的故事呢？这自然与作品的宏大的主题有关，亦即它有助于作家表现善与恶冲突背景下的人类出行主题。正如亚当家的仆人老李所指出的那样：

> 我认为这个故事是世界上最出名的，因为它同每个人有关。照我看，这个故事对人类灵魂有象征意义……小孩最害怕的是得不到宠爱，遭受抛弃是他惧怕的地狱。我认为世界上每个人或多或少都有遭受抛弃的感觉。被抛弃感引起愤怒，愤怒引起某种出于报复而犯下的罪恶，罪恶引起内疚——这就是人类的故事。我认为如果能够根除抛弃，人就

---

① 约翰·斯坦贝克：《伊甸之东》，王仲年译，人民文学出版社 1986 年版，第688 页。

② 同上书，第 715 页。

186

不至于落到目前这种地步。失去理智的人也许会少一些。我还敢肯定监狱也不必要这么多。根子都在那上面。孩子得不到他渴望的宠爱，就踢猫，在它身上出气，掩盖他秘密的内疚；另一个孩子就偷盗，靠金钱得到爱；第三个孩子就干出轰轰烈烈的事业来征服世界——内疚、报复、更多的内疚，老是这么周而复始。……因此我认为这个古老而又可怕的故事的重要性在于他揭示了灵魂——隐秘的、遭受抛弃的、内疚的灵魂。①

那么，人类能否摆脱这种"该隐—亚伯"轮回呢？斯坦贝克通过描写智者汉密尔顿和老李对《圣经》几个版本的解读，提出了人类自由意志的选择性这个重大命题，并指出这是解决人类困惑的根本出路。老李虽然是亚当家的仆人，但是他却是一个学贯中西的智者。他不但在物质生活上照料着亚当一家，而且和汉密尔顿一起，从精神上规定亚当一家的走向。他对《圣经》的研究是精深的。他指出：在詹姆斯国王钦定版本上，上帝问该隐为什么发怒时用的是"你却要"（thou shalt）几个字眼，表明该隐能够制伏罪恶。在美国标准版《圣经》里，上帝用的字是"你务必"（Do thou），命令该隐必须制伏罪恶。而在希伯来原文版《圣经》中，上帝用的字眼是"提姆谢尔"（timshel），意思是"你可以"（thou mayest）。这些字眼有什么区别呢？老李指出：

> 有好几百万不同教派和教会的人感到了"你务必"的命令的含义，把重点放在服从上。还有好几百万的人感到了"你却要"的宿命论的含义。他们无论干什么都不能改变将

---

① 约翰·斯坦贝克：《伊甸之东》，王仲年译，人民文学出版社 1986 年版，第342—343 页。

来发生的事情。但是"你可以",这就给了人们地位,可以同神平起平坐,即使他软弱、卑鄙、杀害了自己的弟弟,他仍旧有充分的选择余地。他可以选择自己的道路,奋斗到底,赢得胜利。[1]

塞缪尔认为,老李对希伯来文《圣经》中"提姆谢尔"的阐释揭示了人类灵魂发展的规律。他说:

> 那就是你重新翻译的那几个字的道理,老李——"你可以"。它们掐住我的脖子使劲摇晃。一阵昏眩之后,一条新的、光明的道路展现在前面。我的即将结束的生命似乎继续向一个美妙的结局延伸。我的音乐有一个新的最终的旋律,像是夜间的鸟鸣……"你可以制伏罪恶,"老李,一点不错。我不信所有的人都是灰飞烟灭的。我可以举出十来个不朽的例子,世界就靠这些人生存下来的。精深和战役都是如此——胜者才留在人们的记忆之中。当然,大多数人都是过眼烟云,但有另一些人像火柱一样,指引着受惊的人通过黑暗。"你可以,你可以!"那是何等美妙!我们固然软弱、不健全、争吵不已,但是假如我们从来就是这副模样的话,几千年前我们就从地面上消失了。人类在世界上生存的痕迹就只会是石灰石地层中间的几片牙床骨化石和几颗破碎的牙齿。但是选择的权利,老李,选择取胜的权利![2]

早在上帝驱逐该隐的时候,就同时赋予了他选择的权利。人

---

① 约翰·斯坦贝克:《伊甸之东》,王仲年译,人民文学出版社 1986 年版,第386—387 页。

② 同上书,第393—394 页。

类的堕落和救赎，就在人类自身，在于他反映外在世界的灵魂之中。金钱和物质利益、感官的欢愉、报复性的胜利和欺骗之道等，都不能给人类带来和平和幸福。它们产生于人类灵魂深处欲望的子宫之中，使人类的理性瘫痪，使人类的视觉模糊，并最终使追求它们的人类成为受害者。查尔斯在不自觉中选择了恨和孤独，孑然一身死在他的农场。亚当的妻子卡西选择了邪恶和对虚幻的财富的占有，最后也死于孤独和某种对生命的忏悔中。迦尔在善与恶的冲突中摇摆，最终选择了"弑杀"兄弟的举动，陷入永恒的忏悔之中。塞缪尔是一个智者，他和他的家族有意识地选择了善。虽然没有建成自己的伊甸园，但他和他的家族总的来说是和睦和兴旺的。亚当经过灵魂的出行，最终意识到了"选择"的真理。他在临死的时候，面对儿子迦尔犯下的弥天大错和忏悔，说了句"提姆谢尔"，然后平静地合上了双眼。因此，"该隐—亚伯"故事及其所体现的"选择"和"自由意志"精神，是人类解放和救赎的根本。用这样一个神话模式构建小说，就使小说获得一种史诗性的永恒的魅力。

在这两代人"该隐—亚伯"故事的演进过程中，我们还看到亚当和汉密尔顿家族重建伊甸园的故事，这也是斯坦贝克将两个家族的故事结合在一起的一个重要主题和结构性纽带之一。小说的题目和主人公亚当的名字，无疑会使我们思考小说的伊甸园神话模式。这种模式也是美国文学中一个滞定性神话。欧洲移民初来美洲，看到一望无际的原始森林和草地，伊甸乐园的故事便自然萦绕脑际。他们以重建伊甸的精神鼓舞自己在荒野上建立新世界，创造新生活。就文学而言，最早将美国人称做"新人"、把美洲描绘成一座美妙的新伊甸园的作家是法籍游记作家克里夫古尔。到了19世纪，这一神话已经发展为"美国神话"。许多优秀的美国文学作品，从19世纪惠特曼的《草叶集》，亨利·詹姆斯的《美国人》和《金碗》，到20世纪的菲茨杰拉德的

《了不起的盖茨比》等作品，都建立在这个神话模式上。伊甸园的主题，在亚当向塞缪尔·汉密尔顿表明他要在撒利纳斯谷地寻找一个地方重建家园时，体现得清楚无疑：

> 他说："听着，塞缪尔，我要把这块土地改造成花园一样。你要知道，我的名字是亚当。到目前为止，我还没有伊甸园，更不用说被逐出伊甸园了。"
>
> "我第一次听到建花园还有这么妙的理由，"塞缪尔格格地笑了，"果园在哪里呢？"
>
> 亚当说："我不种苹果树。那会惹麻烦。"
>
> "夏娃会怎么说呢？你知道，她有发言权。再说，夏娃喜欢苹果。"①

塞缪尔和亚当具有共同的梦幻，那就是在撒利纳斯山谷建成美国的地上乐园。为了这个梦幻，塞缪尔和妻子莉莎离开北爱尔兰，不远万里出行到美国的撒利纳斯河谷。他"神采飞扬，精力充沛，满脑袋都是新鲜主意"，俨然是一个站在伊甸园门槛上的亚当。然而他所看到的伊甸园是虚幻的或者说是失落的，这里"土地贫瘠干燥，没有水源，表土层又薄得像皮包骨头。耐旱的艾灌丛勉强活了下来，橡树由于缺水，长得又瘦又矮。即使遇到好年成，牛群也没有什么可吃，饿得瘦骨嶙峋，到处找青草"②。在这块失落的土地上，尽管塞缪尔具有哲学家的智慧、工匠的手艺和惊人的勤奋，尽管他的妻子莉莎是一个虔诚的基督徒并勤俭持家，他们的生活依然过得很贫困。也就是说，他们没有建成自

---

① 约翰·斯坦贝克：《伊甸之东》，王仲年译，人民文学出版社1986年版，第210—211页。

② 同上书，第12页。

己的伊甸园。像塞缪尔一家那样，亚当从康涅狄格州出行到加利福尼亚的撒利纳斯河谷也是出于同样的目的。然而，亚当非但没有建成自己的伊甸园，又像他和弟弟查尔斯那样，使自己的下一代迦尔和亚仑演绎出一出新的后该隐时代的悲剧，他本人也成了这个永恒的悲剧的牺牲品。为什么会是这样的结局呢？塞缪尔在亚当向他征求在河谷落户的意见时，曾隐约地感觉到这个虚幻的伊甸园中隐藏着某种邪恶。他说："这个河谷上有一种黑色的暴力……仿佛地底干枯海洋里冒出一个古老的幽灵，用不幸搅乱了河谷的气氛。它像埋在心里的悲哀那样隐蔽。"[①] 后来，他在给亚当打井时挖出一颗埋在地下的陨石，他认为这颗陨石就是 Lucifer，失落的天使。这颗陨石和亚当的妻子卡西一样，是潜伏在伊甸园的邪恶。卡西是小说中的一个重要的角色，在这个角色身上融合了夏娃、伊甸园的蛇和该隐的妻子的特征。像亚当的弟弟查尔斯一样，在她的前额上也有一块作为该隐记号的疤痕。不过，斯坦贝克重点刻画的是她的蛇性特征。卡西的脸蛋呈鸡心型，嘴出奇的小，舌头尖尖的，两排小牙像锋利的犬牙。卡西的确是现代虚幻的伊甸园里堕落的夏娃和撒旦。刚刚 10 岁时，她就在牲口棚里诱惑两个 14 岁的男孩犯了通奸的原罪。14 岁那年，她弄得中学教师詹姆斯·格鲁为她神魂颠倒并自尽。16 岁那年，她将阻碍她外出当妓女的父母活活烧死。在当妓院老板爱德华兹的情妇期间，她为贪求他的金钱险些被打死。她带着额上的伤疤爬进亚当和查尔斯的家，受到善良的亚当的精心照顾和治疗。然而，当她的伤势刚刚好转后，她用安眠药使真心爱他的亚当睡熟，自己和同有该隐标记的查尔斯通奸，怀上了查尔斯的孩子——亚当重建伊甸园失败和新一轮"该隐—亚伯"悲剧，从

---

① 约翰·斯坦贝克：《伊甸之东》，王仲年译，人民文学出版社 1986 年版，第 182 页。

此开始了。卡西的到来，使对寂寞的生活感到失望的亚当重新燃起了生命的渴望。他跟卡西结了婚，带领她从康涅狄格州出行到加利福尼亚的撒利纳斯河谷，雄心勃勃地要为他心爱的夏娃建立一个伊甸园。然而，卡西这个堕落的夏娃对亚当重建伊甸园的计划一点儿也不感兴趣。在亚当为建伊甸园四处奔波时，卡西独自待在家里，千方百计要堕掉怀上的孩子并想法逃跑。在塞缪尔为她接生时，她尖利的牙齿狠狠地咬了他一口。这使智慧的塞缪尔真切地认识到她是一个魔鬼。他对亚当说："我觉得这幢房子上面有魔鬼拍打翅膀的声音。我觉得有什么可怕的事情正在来临。"① 果然，产后一个星期，卡西打伤了阻拦她的亚当，扔下一对双胞胎，逃出正在建设的伊甸园，到金城重操旧业。卡西凶残的出走，使亚当身心受到重创，从此萎靡不振，重建伊甸园的计划也随之搁浅。他对前来看望他的塞缪尔说："我觉得那种劲头已经消失了。我感觉不到它的吸引力……我自己本来就不想要什么花园。现在修了也没有人看。"② 卡西出逃伊甸园，使得亚当备感被抛弃的孤独，这也影响了他对孩子的正常关爱。当然，受影响最大的是两个孩子迦尔和亚仑。他们遭受母亲的遗弃，又得不到父亲的正常关心，在他们的灵魂深处难免会产生被抛弃的感觉、因抛弃而引起的愤怒、因愤怒而引起的报复。而卡西在金城当妓女老鸨这一客观事实，也为迦尔的报复提供了必要的条件。于是，新的一轮"该隐—亚伯"悲剧就产生了。亚仑之死使亚当气绝身亡，随着亚当的死亡，那个伊甸园虚幻的泡影也最终破灭。

《烦恼的冬天》是斯坦贝克最后一部史诗性长篇小说。除了显在的莎士比亚戏剧的隐喻之外，它同样具有《圣经》的神话

---

① 约翰·斯坦贝克：《伊甸之东》，王仲年译，人民文学出版社 1986 年版，第246 页。

② 同上书，第345 页。

模式，虽然这种神话模式是多元因素的有机甚至悖论式的融合，一时并不为读者看出。与善与恶冲突背景下的出行主题相适应，小说的《圣经》神话模式主要表现在"诱惑"（Temptation）、"背叛"（Betrayal）、"受难"（Crucifixion）和"复活"（Resurrection）。这个模式的悖论之处在于小说的主人公伊坦·亚仑·郝雷（Ethan Allen Hawley）承担了两种角色，既是耶稣又是犹大。伊坦的姓 Hawley 与 holy（神圣的）是谐音，这就使我们联想起神圣的耶稣。像耶稣在旷野接受魔鬼的考验一样，在小说一开始，亦即在 Good Friday（耶稣受难日，这一日期本身就使我们联想起小说的《圣经》意蕴），伊坦就不得不面对现代美国之神给他提供的三次考验：对金钱、女色和地位的崇拜。早晨，他在马鲁洛的杂货店前首先与第一国民银行的老板贝克先生相遇。贝克先生建议伊坦，将他妻子从遗产中继承来的钱拿出来进行投资。经历过破产且深知其痛楚的伊坦顶住了诱惑，不愿再拿妻子的钱进行任何冒险。中午时分，小城的妓女玛姬·扬一亨特穿着一件曲线毕露的肉色紧身衣，走进杂货店对伊坦进行色的诱惑。她曾不费吹灰之力，使小城的许多男人拜倒在她的石榴裙下。纯洁的伊坦对她来说是一个挑战，她要千方百计地将这个圣人从神坛上诱惑下来。面对她色情的话语和动作，伊坦背诵起《圣经》福音书中的经文：

> 戏弄完了，就给他脱了袍子，仍穿上他自己的衣服，带他出去，要钉十字架。他们出来的时候，遇见一个古利奈人，名叫西门，就勉强他同去，好背着耶稣的十字架。到了一个地方，名叫各各地，意思就是骷髅地。……①

---

① 约翰·斯坦贝克：《烦恼的冬天》，吴均燮译，人民文学出版社 1982 年版，第 25 页。

伊坦认为，靠背诵上帝的话他就能抵挡住撒旦的诱惑。他倒是抵御住了玛姬的性的诱惑，但这个女人的算命，亦即伊坦将成为一个大人物和救世主的预言，却在伊坦的灵魂中打下了烙印。傍晚，B. B. D. 联合公司的推销商比格先生对伊坦进行了第三次也是最后一次诱惑。他建议伊坦背着他的雇主马鲁洛，定购B. B. D. 联合公司的货物，他可以由此得到百分之五的回扣。诚实的伊坦陷入道义的困惑之中，他将自己的困惑倾诉给他的好友贝克先生手下的银行职员佐伊·莫菲（Joey Morphy）。（Morphy这个名字又使我们联想起《圣经》中的 Mephistopheles，他是魔王 Lucifer 的门徒。在英国文艺复兴时期剧作家马洛的《浮士德博士的悲剧》中，Mephistopheles 曾诱使浮士德将灵魂出卖给魔王 Lucifer。Morphy 这个名字也使我们联想起古希腊神话中的梦幻之神 Morpheus，他诱使人们做美好的梦幻。）莫菲向伊坦表明，金钱和财富是美国之神，道德情操如果不能换来金钱是愚蠢之举。作为魔鬼的门徒和美国金元梦幻的诱使者，莫菲最终诱使伊坦将灵魂出卖给魔鬼。他开始放弃他灵魂中"圣洁的"（Hawley）一面和对世俗功利的反感，由耶稣的角色向犹大的角色逆转。

伊坦受到的各种诱惑，他的妻子儿女对贫穷生活的抱怨，使他像耶稣一样背上了沉重的十字架。为了排遣内心深处的灵魂煎熬，他在 Holy Saturday（耶稣死亡日）深夜出行到新港城码头附近一个神秘的洞窟，在洞穴里，他的思绪在历史和现实中驰骋。这又照应《圣经》中耶稣钻进坟墓的神话情节。然而成悖论的是，《圣经》中的耶稣钻进坟墓是为了征服邪恶、死亡和撒旦，伊坦神秘的洞穴之旅是由耶稣向犹大、由善向恶的逆转。在描写新港城的历史时，斯坦贝克自然又运用了伊甸园的神话。欧洲移民初到美国时，新港俨然是一个美丽的伊甸园。然而，金钱是诱使新港城伊坦的祖先犯罪的蛇。为了得到保险金（金钱），他们出卖了从欧洲大陆带来的道义和宗教信仰，放火烧掉了他们的捕鲸船"美人阿黛号"。由此伊坦得出结论：出卖和背叛早在人类在伊甸园时代就已经开始了。现实的问题是，玛姬的预言像莎士比亚的《麦克白》中的女巫的预言那样，困扰着伊坦的灵魂。从洞穴出来后，伊坦完全变了。他一方面在外表上继续伪装成纯洁、诚实的小店员形象，另一方面像犹大一样，为了得到 30 个银币，开始了出卖主人、朋友和兄弟的罪恶活动。他的三个罪恶活动几乎是同时进行的，即出卖他的店主马鲁洛、抢劫他父亲的朋友贝克先生的银行和用计杀害他的伙伴丹尼。虽然马鲁洛对伊坦并不坏，但当伊坦得知马鲁洛是一个非法意大利移民时，他还是向美国移民局写了告密信。与此同时，他开始周密计划抢劫贝克先生的银行。正当他在一天早晨按计划行动时，司法部的一个警官理查·瓦尔德的到来，使他的抢劫银行发财的计划化为泡影。警官告诉伊坦：马鲁洛将被押解回意大利，临行前他把自己苦心经营的店铺转给伊坦，还感激地称伊坦是全美国惟一一个诚实的人。虽然抢劫银行的计划没有实现，但出卖马鲁洛的计划总算巧妙地完成了。有了这个店铺，伊坦一家步入了新港市的上流社会。伊坦采取的最恶毒的计划，就是用计杀害他的伙伴丹尼，这又使我们联想起《圣经》中该隐弑杀兄弟亚伯的神话。透过伊坦的意识流活动，斯坦贝克揭示了伊坦和丹尼之间的类似"该隐—亚伯"的关系：

在我心上丹尼仿佛是个未愈的伤疤，甚至成了一块使我感到负疚的心病。我应该是能够帮助他的。我也确实试过，但他拒绝了我。他差不多就像是我同胞的兄弟，同样的年龄，同样的教养，身量和体力也都相仿。或许我所以有那种

负疚感，是因为我身为我兄弟的保护者，却并没有挽救他……①

这种兄弟之谊在伊坦和贝克先生的谈话中再次表现出来："我们俩一度比同胞兄弟还要亲密。我没有兄弟。我想从某种意义上说我们确实是兄弟。自然我还没有能实现，但是我觉得我一定得做我的兄弟丹尼的保护人。"② 在这里，伊坦还是正面回答了该隐在《创世记》中提出的问题："我岂是看守我兄弟的吗？"可是，就是这个信誓旦旦的伊坦，为了谋得自己的私利，在现代失落的伊甸园里，亲自扮演了犹大和该隐的角色。丹尼的祖父曾和伊坦的祖父一样是新港城的豪门望族，后来他们都在这个失落的伊甸园里衰落了。作为这种衰落的直接结果，丹尼沦落为一个酒鬼，由于过度饮酒，他的身体已经彻底垮了。但是，丹尼还拥有一大块草地，那是新港城建造飞机场的理想地段，非常具有投资价值。得到这块草地，就可以抓住新港城未来的经济命脉，并成为新港城未来的主人。精明的银行家贝克先生意识到了这一商机，他企图以一瓶昂贵的"老林官"威士忌酒的代价换取这块土地，结果没有成功。伊坦也意识到，要想得到这块土地，他必须在丹尼身上下一个很重的赌注。他深知丹尼嗜酒如命，只要有钱就拿来买酒。于是，他拿出 1000 块钱假惺惺地让丹尼去看病，内心却知道这 1000 块钱是会要了丹尼的命的。不过，伊坦也不是一个十恶不赦的坏人，在他内心的深处还有兄弟的良知在困惑着他。他曾不止一次地在心中呼唤："丹尼！丹尼！把钱还给我。求求你，丹尼，把它还给我吧。别要它。它是有毒的。我下

---

① 约翰·斯坦贝克：《烦恼的冬天》，吴均燮译，人民文学出版社 1982 年版，第 55 页。
② 同上书，第 140 页。

了毒的！"① 然而，软弱的理智毕竟阻挡不住强大的金钱利益的诱惑。伊坦用甜蜜的毒酒出卖并弑杀了自己的兄弟，变成了现代的犹大和该隐。

《圣经》中犹大的出卖原型，是《烦恼的冬天》中一个主要的结构性情节：贝克先生的祖父曾出卖过伊坦的祖父；贝克先生出卖了和他合伙交易的市政人员；玛姬出卖了自己的好友玛丽，像一条美女蛇一样诱使玛丽的丈夫伊坦通奸。通过出卖，伊坦获得了马鲁洛的店铺和丹尼的地产，一跃成为新港城的显贵。正当他春风得意的时候，自己家庭意外的变故使他意识到出卖后果的严重性。他的儿子亚仑，靠出卖自己的良知和抄袭美国历史上名人的演说词，而赢得了"我爱美国"电视征文奖。而他女儿爱仑的一封"出卖"信，亦即揭发亚仑抄袭的匿名明信片，使亚仑将要到手的奖项化为泡影，也使伊坦在观众面前蒙羞。然而，使伊坦更为惊恐的是，他的儿子亚仑对此等丑闻竟不以为然，大言不惭地说："我敢打赌你从前也准抢到过点好处，因为大家全是这么干的。"《珍珠》中的奇诺出卖稀世珍珠，其终极目的是想让自己的儿子小狗子接受教育，长大后成为"人民的领袖"。伊坦出卖上司和朋友获得财富的终极目的，也很可能是让自己的儿子接受良好的教育，虽然不是在将来成为"人民的领袖"，但起码也要担当起重振郝雷家雄风的重任。然而儿子亚仑灵魂的堕落，使伊坦内心仅存的希望之光破灭了：

> 我的光是已经熄灭了。世上再没有比燃尽的灯心更黑的东西……光一旦熄灭，就会显得比原来根本没有点燃时更要黑暗得多。世上到处充满了黑暗的残骸碎片。最好的办

---

① 约翰·斯坦贝克：《烦恼的冬天》，吴均燮译，人民文学出版社1982年版，第199页。

法……那就是会出现一个大家都可以光荣、体面地退隐的时刻，毫无戏剧性的场面，也并非对自己或者对家族的惩罚，只是单纯的一声再见，然后是一个热水浴和一条割开的静脉管，也就是一个温暖的海和一枚刀片。①

短短的几个月来发生的外在的和内心的巨变，使伊坦最终完成了他灵魂的出行。他意识到了背叛的罪恶及其对社会和下一代的毒害，也深深地感悟了因弑杀兄弟而带来的情感上的自责和人生的孤独，更体悟到了犹大的背叛和该隐的弑杀兄弟是导致人类灵魂之光破灭的罪恶根源这一人生真谛。带着希望之光破灭的痛楚，伊坦在漆黑之夜走进大海，企图以此了却罪恶的生命。然而根据《圣经》的神话模式，水也是洗礼和新生的象征。一个思想堕落或罪愆深重的人经过落水或自溺后，其灵魂得到洗涤并获得精神上的新生。伊坦也是这样。他在大海中的自溺标志着他灵魂的新生，尤其是当他在口袋里无意中摸到他女儿的护身宝（talisman）时，更坚定了他新生的决心。他不能就此死亡，他必须回到女儿身边，将这个护身宝交给她，并防止她重蹈新一轮的犹大背叛耶稣和该隐弑杀兄弟的悲剧。这就隐约地照应了《圣经》中耶稣的死亡和复活的神话模式。

四　叙事符码的象征意蕴

以《每个人》为代表的寓言模式和以《圣经》为代表的神话模式的有机结合，使得斯坦贝克的小说具有浓厚的神话象征主义意蕴；而非目的论的哲学思维和爱默生的超验主义哲学的结

---

① 约翰·斯坦贝克：《烦恼的冬天》，吴均燮译，人民文学出版社1982年版，第359页。

合，也使得斯坦贝克的作品在表层现实主义之下蕴藏着原始象征主义或神秘象征主义特征。两种象征主义因素纵横交错，互为补充，从而形成斯坦贝克小说深层的象征主义氛围。在这种氛围中，作为叙事符码的人物、动物、物体和自然景物等尽管从表面上看都具有现实主义或自然主义细节的真实性和单纯性，它们的背后却蕴藏着深刻的象征寓意。这种象征寓意丰富了斯坦贝克小说的文本肌质，使它们（即使像《人鼠之间》这样篇幅不大的中篇小说）也具有史诗般的崇高和宏大的主题。本节仅从善与恶冲突背景下的人类出行主题角度，论述斯坦贝克作品中常见的人物和自然景物的象征意蕴。

斯坦贝克小说的主题是表现善与恶冲突背景下人类的出行以及人类的诗意栖居，因此人物自然是他的小说中最重要的叙事符码。为了使这些宏大的主题表现得深刻而又不显得抽象，斯坦贝克选用真实的男人和女人作为他小说中的人物，在真实的背景下研究他们的生活和动机。在斯坦贝克小说的人物画廊里，我们看到大量的小偷、酒鬼、激进主义分子、弱智者、道义丧失者、精神孤独者以及具有哲学洞察力的智者等，他们既具有现实主义细节的真实，又处在斯坦贝克寓言和神话氛围的作用之下。因此，他们不是呈现出原始象征主义的意蕴，就是表现出寓言中"每个人"、"亚瑟王传奇"或《圣经》中人物的象征特征，或者是以上诸种象征因素的有机结合。《煎饼坪》中的主人公丹尼是一个现代的亚瑟王，他和朋友派伦、帕布洛、耶稣玛丽亚等人的和平栖居和偷富济贫的举动使人想起亚瑟王和他的圆桌骑士的诗意生活和寻求圣杯的冒险。《罐头厂街》及其续集《甜蜜的星期四》中的科学家多克的脸半像基督半像萨特，这表明他这个象征符码的复杂性。作为基督，他具有智慧和为人类受难的精神；作为具有性的欲望的山羊神，他是一个牧羊人，可以和森林中的众神与仙女和谐为居，也可以追求美丽的牧羊女。杂货店主李中是现代的东方"老子"，他以"道"的"逻格斯"来指导蒙特雷的生活，使之成为维系蒙特雷诗意、和谐世界的纽带。住在宫廷客栈的麦克和他的小伙子们是森林之神和酒神的象征，住在熊旗餐馆的以多拉及其后来芳娜为首的妓女们是森林中仙女的象征。他们在象征基督的多克和象征"老子"的李中指导下，在蒙特雷这个失乐的世界努力创造一种和谐的、诗意的氛围。他们爱多克，就像基督徒热爱他们的主耶稣一样。多克和苏姗的结合则表明诗意栖居的终极境界是灵魂与肉体、智慧和爱融为一体。《胜负未决》的题目取自密尔顿的《失乐园》，表现的是人类自我之爱和自我之恨的永恒斗争。因此，小说中的主要人物在象征层面上与《失乐园》中的人物不无对应之处。《失乐园》中的撒旦与《胜负未决》中的"党派"（Party）照应，它既可以由麦克也可以由吉姆来代表。罢工运动的挂名首脑大个子伦顿，对应《失乐园》中的 Beelzebub（地位仅次于撒旦的魔鬼）。过分追求个人物质利益的罢工工人大肯，是 Mammon（贪欲之神），而床头激进主义者迪克是 Belial（小魔鬼）。小说的主要人物吉姆是耶稣和撒旦的双重象征。作为耶稣，为了党派的利益，他将自己的身体献祭出来，用于唤醒罢工工人的斗志；作为撒旦，他为了党派的利益可以不择手段，包括献祭自己的身体。在《小红马》中，乔迪是天真的象征，小红马使他了解了人的生老病死。父亲卡尔·提夫林则是成人世界世俗和冷酷的象征，他拒绝让乔迪到西山去探险，拒绝收留老派撒诺人吉达诺，对自己的父亲讲述过去的历史也不屑一顾。乔迪的爷爷老卡尔总是生活在对过去西行历史的回忆中，因此他是过去和历史的象征。吉达诺这个人物的象征意蕴最为复杂。青年时期他带着自己的剑闯荡世界，象征着人生的冒险；暮年时代他千里迢迢回归自己的诞生地并乞求在这里死亡的举动，象征着人类与生俱来的生命根基意识；他给乔迪讲解西山的见闻，象征着他是神秘和童稚之间的桥梁；最后，他偷走乔迪家的一匹老马到西山死亡的举动，既象征死亡的尊严，又象征人性中的邪恶。

为了表现某种象征意蕴，斯坦贝克有时还有意识地在人物的命名上做文章。《人鼠之间》表现的是在失落的世界里，人类重建伊甸园的失败和因重蹈"该隐—亚伯"的轮回而陷入永恒的漂泊和孤独。与此相适应，主要人物乔治、莱尼、柯莱、柯莱的老婆、坎迪和马房黑人农工克鲁克斯等都具有象征意义。由于乔治弑杀了自己的同伴和被保护人莱尼，他自然成了该隐的象征，而莱尼成了亚伯。同时，乔治的名字（George Milton）也使读者联想起失乐园，因为英国 17 世纪有一个伟大的诗人密尔顿曾以《圣经》为题材写下了不朽的史诗《失乐园》。他们从威德农场逃出、前往撒利拿斯谷地农场的过程就象征他们被驱逐出伊甸园和企图重返或重建伊甸园的行为。莱尼的名字（Lennie Small）也暗示了这个人物的弱势身份，需要乔治的保护。他们建立伊甸园的美好计划吸引了老农场工人坎迪（Candy），而这个名字象征甜蜜的希望。乔治、莱尼和坎迪合伙建立伊甸园的计划，引起了马房黑人工人克鲁克斯的怀疑。他说："没有人能够进入天堂，没有人能够得到土地。这只是他们头脑中的一个梦幻，他们经常谈论它，但它只是一个梦。"克鲁克斯（Crooks）这个名字与英语中的 croak（乌鸦叫）是谐音，它象征着黑色的预言和绝望。果然，乔治、莱尼和坎迪重返伊甸园的计划失败了，破坏他们计划的是农场主少东家柯莱及其老婆。柯莱（Curley）和英语中的 colly（把……涂黑）在读音上有相似之处，而柯莱的老婆又是伊甸园的蛇的象征。正是他们两个的诱惑和破坏，使得乔治和莱尼的伙伴关系以及他们建立伊甸园的美好计划化为泡影。在《愤怒的葡萄》中，约德（Joad）这个家族的名字也富有寓意。Joad 使人联想起《圣经》中的 Judah，亦即犹太人十二列祖之一。他们到埃及觅食，结果被困厄在那里，后来在摩西的率领下开始了出埃及的历程。干旱和暴雨严重地困厄着约德一家在俄克拉荷马州的生存，他们不得不和众多的家庭一样，往加利福尼亚迁徙，就像古犹太人出埃及一样。在他们出逃的过程中，产生了一个先知般的人物，那就是牧师吉姆·卡西（Jim Casy）。Jim Casy 的缩写是 JC，正是耶稣（Jesus Christ）的缩写。像耶稣一样，吉姆曾在旷野寻求救赎的真理，从旷野出来后向约德一家进行"爱"和"超灵"思想的布道。在胡弗村，他为了领导工人的罢工而殉难。在他就义前，他对杀害他的农场主雇用的打手说："你们这些人不知道自己是在做什么。"这好像耶稣在十字架上所说的话的翻版："原谅他们，上帝，因为他们不知道自己在做什么。"吉姆的死教育了汤姆·约德，使他在思想和行为上成为耶稣的门徒、新的先知和福音传道者。而汤姆是托马斯（Thomas）的昵称，托马斯这个名字也暗喻了这种角色的转变，因为在《圣经》中，托马斯是耶稣的十二门徒之一。汤姆的转变也带动了罗撒香的转变，使她从一个极端自私的女孩变成一个具有普世情感的人类之母和先知。罗撒香（Rosasharn）源于《旧约全书·雅歌》中的 Rose of Sharon，亦即"沙仑的玫瑰"。它是耶稣的形象。罗撒香将自己的奶水喂给一个行将饿死的老者，暗喻着基督的普世之爱。《伊甸之东》是斯坦贝克后期创作的一部重要的长篇小说，人物的命名同样是重要的象征符码。主要人物的命名都以 A 和 C 开头。以 A 开头的是 Abel 式的人物，包括主人公 Adam、他的儿子 Aron 以及 Aron 的女朋友 Abra Bacon 等；以 C 开头的人物是 Cain 式的人物，包括亚当的父亲 Cyrus、亚当的弟弟 Charles、亚当的妻子 Cathy 及第二个儿子 Cal。在亚当和他父亲这一代，亚当充当 Abel 的角色，他的弟弟 Charles 是 Cain。在他和妻子及儿子的一代，亚当是重建伊甸园的亚当，他的妻子 Cathy 充当 Cain 和毒蛇的形象。他的儿子 Aron 和 Cal 充当新一轮 Abel 和 Cain 的形象。这部小说中另外两

202

个主要人物塞缪尔·汉密尔顿和老李的名字也具有深刻的寓意。塞缪尔本人曾同亚当谈起自己名字的寓意："我的名字是跟撒母耳（《圣经》故事人物，以色列最后一名士师和早期先知）取的，撒母耳清晰地听到上帝的呼唤，我一辈子都在倾听。有一两次，我觉得我的名字也被呼唤……我一直不敢承担责任。当上帝呼唤伟大名字时，我应当呼唤他的名字——但是我没有这么做。伟大和平庸的差别就在于此。这并不是少见的毛病。但是让平庸的人知道伟大是世上最孤独的状态则是有益的。"① 他说这话是谦虚，他充当小说中先知和救赎的角色却是名副其实的。他是一个先知，精通天文地理，并且具有预言的能力。当亚当向他征求在萨里纳斯河谷安家的计划时，他向亚当详细地讲述了河谷的状况并预言了这里暗藏的邪恶。他也是一个普罗米修斯式的人物。普罗米修斯从天堂盗取火种来普救众生，从地下济水来使萨里纳斯河谷的生命得以生存。塞缪尔一生潜心研究《圣经》，和上帝进行交流，并且按上帝的指示对人类行使责任。他将自己的家庭管理得兴旺发达，给亚当的妻子接生。当亚当因卡西的枪击和出走而陷入身心昏迷时，是塞缪尔和另一个精神先知老李将他从情感的昏迷中唤醒，给他的孩子命名，并指导亚当在善与恶的背景下完成精神人生历程的出行，获得自由意志这一人生的精髓。老李像《罐头厂街》中的杂货店主李中一样，是东方智者的化身。斯坦贝克对东方哲学尤其是以老子为代表的道家哲学非常着迷，因此，道教的创始人李耳（老子）也就成了一个滞定型的象征符码出现在作家的小说中。

人物符码的象征寓意在斯坦贝克的小说中比比皆是，这里不再一一枚举。除了他们各自的象征含义外，他们都具有"每个

---

① 约翰·斯坦贝克：《伊甸之东》，吴均燮译，人民文学出版社 1986 年版，第334 页。

人"的象征寓意。《胜负未决》中的吉姆·诺兰是"每个人"，他内心"自我之爱"和"自我之恨"的斗争，是"每个人"亦即人类自身的永恒战争。《人鼠之间》中的乔治和莱尼是"每个人"，他们伙伴关系的瓦解、他们重建伊甸园的失败以及乔治最后陷入孤独状态，是"每个人"在后该隐时代的必然命运。《愤怒的葡萄》中的约德一家是"每个人"或者"每个家庭"，他们西行的艰难和他们灵魂升华的过程，暗喻着失落的世界里"每个人"或"每个家庭"在物质世界的失落和精神世界的救赎。《小红马》中的乔迪是"每个人"或者"每个少年"，他对生命轮回的认知、对未知世界的探求以及立志成为新的西行运动的领袖这种精神的教育和成长过程，是"每个人"尤其是"每个少年"都必然经历的心理过程。《月落》中的奥登市长是"每个人"，他在反对占领军头领兰塞上校的过程中始而软弱、终而坚强并成为名副其实的"人民领袖"的心理发展过程，是"每个人"或者"每个领袖"在面临邪恶的威胁时都必然要经历的过程。《珍珠》中的奇诺是"每个人"，他得到珍珠、携珍珠逃亡并最终将珍珠扔进大海的经历，阐释的是"每个人"得到物质利益、心灵受到物质利益的毒害、最终摆脱物质利益的羁绊以达到精神升华和救赎的历程。《任性的公共汽车》上的一群乘客和司机朱安·季璜是"每个人"，他们的乘车出行暗喻失落的世界里"每个人"的精神朝圣。正像凯萨林·安·波特的《愚人船》中的游客最终未能达到大洋的彼岸获得幸福的家一样，这群出行者也最终未能到达他们的目的地以获得精神的救赎，一是因为他们自身罪愆深重，二是因为他们的司机亦即象征耶稣或摩西的季璜不喜欢自己的子民以及自身的堕落。《烈焰》中的乔·索尔是"每个人"，正如《愤怒的葡萄》中罗撒香生下一个死婴而最后因精神的升华而成为"全人类之母"一样，他作为一个没有生育能力的父亲在朋友爱德的教育下精神得到升华也最终成为

"全人类之父"。《伊甸之东》中的亚当一家上下三代人是"每个人"或者"每个家庭",他们在后该隐时代上演的两出该隐弑杀亚伯的故事,正如老李所说的那样是"每个人"灵魂中的故事。他们最终获得"自由选择意志"这一人生真谛的历程,也代表了"每个人"通过地域和精神的出行获得精神自由和救赎的历程。

斯坦贝克作品中第二个重要的象征符码是自然景物,一个很鲜明的例子就是《愤怒的葡萄》中第一章关于"尘土"的描写。在描写这场旷世难遇的"尘土"时,斯坦贝克有意将它与正在死去或已经死去的东西联系在一起:"细土像流水似的直往下泻";"各种活动的东西都把尘土扬到空中";"天空弥漫着尘土,越来越暗;风掠过大地,卷起尘土,把它们带到别处"。风成为恶魔般尘土的代理人,甚至被拟人化了。作者说它"掠过"大地,帮助尘土来主宰其他自然景象,如空气、天空、太阳和星星。妇女们不得不同窗户和门缝里的灰尘作斗争,而孩子们也只能在尘土中玩耍——"他们小心地用脚趾头在尘土里画着线条"。男人的耐力受到了考验,他们面对的是"受灾的玉米正迅速地枯下去,只有少许绿意从尘土的屏障下透出来"。在这一章中,"尘土"一词共出现了 27 次,这样的重复就不仅仅是自然主义或现实主义的意义层面了。肆虐的尘土从大的方面说象征着经济的衰退给社会带来的灾难,从小的方面说象征着约德一家及其周围的人日趋下滑的运气,他们正在受到命运无情的侵袭。不过,贯穿在斯坦贝克主要作品中的两个最重要的自然景物象征符码是谷地和山脉,它们和作品的善与恶冲突、灵魂的出行和救赎、重建伊甸园等主题紧密地结合在一起。

斯坦贝克出生于加利福尼亚州的萨里纳斯山谷。这是一个狭长而肥沃的农业地带,东面是加比仑山脉,西面不远就是太平洋沿岸的蒙特雷湾。斯坦贝克一生中有三分之二的时间是在萨里纳斯山谷度过的，因此，山谷在他的心灵深处打上了深深的烙印，并且成为后来他的许多小说中具有重要象征寓意的背景。斯坦贝克笔下的山谷，不管是大是小，实际上是一个虚幻的伊甸园和堕落的世界的象征，是善与恶冲突的主要战场和人类出行的归宿。在这里，斯坦贝克检验、探索并且测试现代伊甸园的神话，揭示人类出行的境遇和救赎的真谛。《胜负未决》中主人公吉姆从芝加哥出行到托加斯谷地，这个地方具有双重的象征寓意。首先，它是个苹果园基地，这就使人联想起伊甸园。《创世记》讲到伊甸园有"树上之果"，在密尔顿的《失乐园》里，他把《创世记》中的"树上之果"进一步明确为苹果。像伊甸园一样，托加斯谷地到处是诱人的果子。然而这是一个虚幻的伊甸园或者说堕落的世界，这里居住的是堕落的天使，亦即肮脏、无知、粗野和盲从的摘果工人和罢工煽动者麦克、伦顿等人。其次，据评论家海仑·罗杰克讲，Torgas 具有"困厄"（yoke）的意思。[①] 吉姆出行到这个失落的世界，在麦克等人的指导和束缚下，灵魂中的自我之恨日趋膨胀，最终成为自我之恨这一灵魂困厄的牺牲品。《人鼠之间》的故事场景是"梭罗丹"（Soledad）小镇附近的萨里纳斯河谷，斯坦贝克在小说的开头是这样描写这个地方的：

> 在梭罗丹以南数英里的地方，萨里纳斯河注入紧贴山脚的一渊水潭，潭水深而绿但并不凉，因为河水在流进这狭长的小水潭之前曾流过一片在阳光下闪烁的黄色浅滩。河的一侧，金色的山麓斜坡曲线上升到险峻多石的加毕仑山脉的顶峰；靠近山谷的另一侧有一片葱茏的树林。柳树的枝杈尽管

---

① Hayashi, Tetsumaro, ed. *A New Study Guide To Steinbeck's Major Works, With Critical Explications*. N. J., & London：The Scarecrow Press, Inc. 1993, p. 123.

悬挂着冬天河水泛滥时留下的枯枝烂叶，一到春天立时变得清新碧绿……①

从表面上看，这个场景很美，像是一个伊甸园。然而这是一个虚幻的伊甸园，里面生活着该隐的后代，亦即注定要重犯弑杀兄弟的罪过并在孤独中漂泊的人。人类在后该隐时代的"孤独"和"隔膜"境遇，在 Soledad 这个地名上也可以暗喻式地体现出来，因为这个词在西班牙语中的意思就是"孤独"或"隔膜"。正是由于人类的"孤独"和"隔膜"，乔治和莱尼才需要责任和伙伴关系，并且通过责任和结伴来重建一个幸福的和没有孤独的伊甸园。然而，他们重建伊甸园的计划受到柯莱及其老婆的干扰而破灭了。事实上，即使没有他们的破坏，乔治和莱尼重返伊甸园的计划也不可能实现，因为他们心中的乐园只是一个虚幻的美景，在后该隐时代根本就没有实现的可能性。最后，在萨里纳斯河附近一片美丽的树林里，乔治让莱尼带着对虚幻的伊甸园的憧憬走向了死亡，而他自己却因重犯该隐的弑杀罪过而陷入永恒的孤独和漂泊之中。谷地作为虚幻或失落的伊甸园这一形象，在斯坦贝克的两部史诗性小说《愤怒的葡萄》和《伊甸之东》中表现得尤为典型。在《愤怒的葡萄》中，加利福尼亚中央谷地自始至终是一个新美国伊甸园的幻影，它像迦南圣地一样吸引着俄克拉荷马州的约德一家及其他佃农举家西行。例如，在加利福尼亚种植园主到俄克拉荷马州招募工人的传单上这样写道："为什么不到西部的加利福尼亚去呢？那里有工作，天也不冷。你可以到那里任何一个地方去，可以摘橘子。"② 这种对加利福尼亚作

① 《约翰·斯坦贝克中短篇小说选》，人民文学出版社 1983 年版，第 265 页。
② 约翰·斯坦贝克：《愤怒的葡萄》，胡仲持译，外国文学出版社 1982 年版，第 185 页。

为上帝"应许之地"（Promised Land）的赞美，一直鼓励着约德一家及其他佃农西行，直至他们到达这个"黄金州"。只有汤姆从一开始就意识到加利福尼亚并不是他们所追求的伊甸园，如果是的话，也只不过是一个虚幻的伊甸园。他与约德妈谈起一个告诉他真相的加利福尼亚人时说："在那里有许多人在找工作。他说那些摘果子的人住在肮脏的帐篷里，几乎没有什么东西可吃。他说那里的工资很低，几乎买不到什么东西。"① 然而，汤姆的话并没有引起急于到加利福尼亚去的约德家其他成员的在意。当他们历尽艰险来到特哈查匹关口眺望加利福尼亚谷地时，他们的确看到了一个美丽的伊甸园景象：

> 他们在晨曦中穿过特哈查匹关口，太阳从他们身后升起，这时，他们突然看到他们身下的大谷地。奥尔踩了一下制动闸，将车停在路中间，喊到："我的天！快看！"那里有葡萄园和果园，平坦的谷地葱茏美丽，树木成行，农场的房屋错落有致。约德爸也惊呼："天哪！看那远方的城市，果园中的小镇，还有早晨的太阳，谷地是金色的。"②

当约德一家真正到了加利福尼亚以后，他们才体悟到他们所渴盼的伊甸园只是一个幻影，是一个堕落的世界。在那里，知善树上的果子烂掉在田野和果园里，土地在大公司和百万富翁的手里废弃不耕，人们也像迦南圣地的居民一样对外来者持有敌意。幻影破灭后的失落和失业带来的饥饿，使困厄在加利福尼亚谷地的俄克拉荷马州佃农开始了从个体的、自私的"小我"到群体

---

① 约翰·斯坦贝克：《愤怒的葡萄》，胡仲持译，外国文学出版社1982年版，第112页。

② 同上书，第293页。

的、责任的"大我"亦即"我们"的灵魂转变。最先完成这种灵魂出行的是牧师吉姆·凯绥，他为领导佃农罢工而英勇牺牲。凯绥耶稣般的殉难又促使约德一家尤其是汤姆和罗撒香灵魂的转变。汤姆立志要率领人民建造一个真正的伊甸园，罗撒香从一个只关心自己腹中孩子的极端自私的女孩转变成人类的伟大之母。如果说约德一家和吉姆·凯绥的故事是为了阐述美国人西行获得精神升华的话，那么《伊甸之东》中特拉斯克和汉密尔顿两个家族的故事展开得更为广泛，它涵盖了美国和整个人类的历史。在这部史诗性小说中，斯坦贝克审视了美国意识的深层根基，并且将一个美国亚当置于一个虚幻的应许之地，以便论证一个新人在新世界这一美国滞定性神话的破灭以及人在孤独和隔膜中寻求责任和自由选择意志的精神历程。

《伊甸之东》中的萨里纳斯谷地，是一个具有决定性影响的象征符码。在小说的开始，斯坦贝克用相当的篇幅来描绘萨利纳斯谷地的自然风光和人文历史，其用意就在于确立它作为美国虚幻伊甸园、深层意识和历史的意义。在追踪主人公亚当·特拉斯克从康涅狄格州到萨利纳斯谷地出行时，斯坦贝克实际上是在追踪美国亚当向引诱他穿越整个民族的历史时空的伊甸园西行的象征性历程。在谷地的东部是加毕仑山脉（关于其象征意义将在随后的"山脉"的象征意义部分论述），那里居住着汉密尔顿家族，它的族长是塞缪尔·汉密尔顿，正如他的圣经名字所暗示的那样，代表哲学般的先知、生命的张力以及对土地和人的责任。他的非目的论的哲学思维，使他认识到这个世界堕落的事实以及生命中善与恶冲突的本质。与此同时，他生命的张力和对土地及人的责任，又促使他在这贫瘠的山脉上顽强地生存下来，并且用自己的打井汲水技术给周边地方的居民带来生命的源泉。萨里纳斯谷地就在加毕仑山脉的西部，西部在斯坦贝克的所有小说中是未知和死亡的象征，它和美国民族心理中虚幻的伊甸园是同义词。在谷地居住着从康涅狄格州出行过来的亚当·特拉斯克家族，它的族长亚当仍然死抱着伊甸园的神话，执意在一个失落的世界里寻求一个没有失落的伊甸园。在戏剧化地展示这个家族重建伊甸园的过程中，斯坦贝克塑造了美国文学上一个无与伦比的亚当形象，一个因自己的盲目善良和拒绝承认邪恶的存在而毁坏了自己及他人生命的亚当形象。亚当和他的弟弟查尔斯及妻子卡西之间的对立体现了克利夫德·劳伦斯·刘易斯所说的"美国意识的分离"（split in American consciousness）①。亚当代表了美国深层意识中那种滞定性的神话，即将美国看做一个新的、未堕落世界的"美国亚当"的意识。与此相反，查尔斯和卡西代表了美国意识中阴暗的一面，即美国清教中作为"原罪"的"恶"。对于他的哥哥亚当，查尔斯是一个撒旦或该隐，随意进行伤害而没有丝毫的悔过。卡西作为一个蛇的形象也体现了霍桑所揭示的美国加尔文教中人性绝对的"恶"的一面，即弑杀、通奸和敛财。卡西和查尔斯的共同之处，不仅在于他们脸上都有象征该隐记号的疤痕，更在于他们都曾致力于破坏亚当重建伊甸园的计划。查尔斯是在亚当向他提出在萨利纳斯谷地建立伊甸园这个计划时进行反对的，而卡西则是在亚当兴致勃勃地建设伊甸园的过程中，从精神和肉体上将亚当置于瘫痪的境地。美国深层意识中的这种"恶"，在萨利纳斯谷地这个自然景物中象征性地体现了出来。亚当和卡西千里迢迢从康涅狄格州出行到萨利纳斯谷地时，他们见到的是一个"人间罕见、连天堂都相形见绌的地方"②。亚当在萨利纳斯谷地购置的 900 亩土地，"横跨河流，

---

① Owens, Louis. *John Steinbeck's Re-vision of America*. Athens: The University of Georgia Press, 1985, p. 145.

② 约翰·斯坦贝克：《伊甸之东》，吴均燮译，人民文学出版社 1986 年版，第 165 页。

伸向两边的山麓"①。亚当选择的这片土地的位置反映了这个谷地的暧昧性，因为它在东山和西山的中间，这是生与死的象征性地带。这个谷地的暧昧性，在它的河流亦即萨利纳斯河上进一步体现出来。它在冬天暴涨，既可以给河两岸的谷地带来巨大的破坏，又给两岸的生命提供必不可少的水源。当亚当向塞缪尔叙说在这一地带建立伊甸园的计划时，作为先知的塞缪尔马上意识到，在亚当虚幻的伊甸园里潜藏着危险。出于对在失落的世界里人的生存的关照这一责任，塞缪尔向亚当点明了这个虚幻的伊甸园里潜在的邪恶和危险。但是，亚当盲目的善良和拒绝承认人和自然的邪恶使他对塞缪尔的忠告充耳不闻。果然，灾难和悲剧接连发生，亚当重建伊甸园的计划彻底陷入失败。面对亚当一家的人生悲剧，塞缪尔和亚当的中国仆人老李共同承担了精神救赎的责任。他们通过对西方古老的"该隐—亚伯"故事的阐释，使亚当和他的儿子迦尔体悟了人性中善恶的对立和人类通过出行获得自由选择意志等人生真谛。在故事的结尾中，那些体现人性中或善或恶单一层面的人物——不管是善的亚当和亚伦还是恶的查尔斯和卡西都死了，惟有迦尔通过人生的一系列悲剧，获得了善与恶冲突的平衡和自由选择的意志，亦即获得了人生的完整的知识。最后，迦尔决定从萨利纳斯城重返谷地，经营父辈留下的农场，心中完全摆脱了曾经毁掉父亲和父亲梦中花园——伊甸园的幻影。

萨利纳斯谷地的东部是加毕仑山脉，西部是圣卢西亚斯山脉。这两座山脉在斯坦贝克的主要小说中也是重要的象征符码。在《伊甸之东》的第一章，斯坦贝克曾描述过他少年时代对这两座山脉的感情，他的这种感情对他后来的小说创作产生了深刻的影响：

---

① 约翰·斯坦贝克：《伊甸之东》，王仲年译，人民文学出版社 1986 年版，第169 页。

我记得河谷东边的加毕仑山脉总是阳光璀璨、明媚可爱，仿佛向你殷勤邀请，你不禁想爬上暖洋洋的山麓小丘，正像爬到亲爱的母亲的怀里那样。棕色的草坡给你爱抚，向你召唤。西面的圣卢西亚斯山脉高耸入云，黑压压地挡在河谷和大海之间，显得不友好和危险。我发现自己一直对西方怀有畏惧，而对东方怀有喜爱。我说不出这种想法的根子在什么地方，也许是因为黎明从加毕仑山顶升起，夜晚从圣卢西亚斯山脊压下来。每一天的诞生和消亡也许使我对两座山脉产生了不同的感情。①

斯坦贝克的话对于我们认识他作品中山脉的象征意义起了画龙点睛的作用。很显然，斯坦贝克作品中的东山代表着已知的、安全的世界，进入或跨越加毕仑山脉就意味着进入一个光明和富有生命张力的世界。在《小红马》中，少年乔迪每逢看到加毕仑山脉就心情愉快。为了使父亲送给他的小红马具有生命活力，他将小红马命名为加毕仑。在《愤怒的葡萄》中，到加利福尼亚出行的俄克拉荷马人必须首先翻过加毕仑山脉才能进入"希望之乡"。在《伊甸之东》中，汉密尔顿家族就居住在加毕仑山脊上。这里虽然土地贫瘠，没有水源，但汉密尔顿靠着惊人的勤奋和智慧，硬是在这块连耐寒的灌木都难以生存的山脊上打出水井，种出庄稼，并生育出一群儿女。在这部小说中，加毕仑山脉是一个光明和富有生命张力世界的典型象征。而西山则代表着未知、神秘和死亡之地，进入圣卢西亚斯山脉就是面对某种形式的神秘和死亡。但是，西山中的死亡并非生命的简单终结，它是一种超验的经历，是一种对世界和生命的再认识。在这里，主人公

---

① 约翰·斯坦贝克：《伊甸之东》，王仲年译，人民文学出版社 1986 年版，第 5 页。

通过"旧我"的"死亡"达到"新我"的"再生",亦即精神的救赎。《小红马》中的西山就是一个未知和死亡的象征。在《礼物》篇里,父亲送给乔迪的小红马得病后独自跑到西山死亡,这一举动使乔迪第一次意识到了死亡的存在。在《大山》篇里,大山对于乔迪是一个神秘而又敌意的存在。他渴望到大山里去探求它的奥秘,但是神秘的大山又使他望而生畏。老派萨诺人吉达诺的行为,更强化了乔迪对于大山这个神秘和未知世界的好奇:

> 吉达诺像大山一样神秘。极目远望,净是山岭,但是高入云霄的最后一道山岭后面是一个巨大的、无人知晓的世界。吉达诺是一个老人,可也只是就他那双迟钝、乌黑的眼睛而言。在那双眼睛背后藏有某种无人知晓的东西。[1]

这种神秘是什么?那是对于故土的责任和勇敢面对死亡的勇气。正是这种责任和勇气,使吉达诺千里迢迢返回故土,并且执意要安眠在故土的怀抱。吉达诺作为肉体的人在西山死亡了,但是他的精神却对少年乔迪的成长产生了深远的影响。在《珍珠》中,奇诺的逃亡或者说精神出行,主要是在大山里展开的。奇诺得到一颗稀世珍珠,对于他来说这颗珍珠是光明、快乐和世俗幸福的象征。同时,珍珠也是邪恶和贪婪的象征,它不但给奇诺一家带来了巨大的灾难,而且也像毒瘤一样毒害了奇诺纯洁的灵魂。为了摆脱邪恶势力的追捕,奇诺和妻儿在夜间开始了向大山的逃亡历程,亦即离开了他所居住的拉巴斯小城这个已知的、安全的世界。"我们到山里去。也许在山里我们可以摆脱他们。"奇诺对妻子胡安娜说。在这样做的时候,奇诺就加入了斯坦贝克

---

[1] 《斯坦贝克中短篇小说选》(一),人民文学出版社1983年版,第224页。

作品中的出行者队伍，即那些出行到西山探求未知世界并且获得精神救赎的人物形象。与他们的出行相一致，他们沿途看到的大山景致就很富有象征寓意：

> 这片土地是没有水的，上面毛茸茸地布满了能蓄水的仙人掌和根部硕大的灌木，这种灌木可以深深地伸进地下去吸收一点点水分，并且靠极少的水分维持生命。脚底下不是土壤而是碎石块，它们裂成了一小块一小块，一大片一大片，但没有一块是被水磨圆的。小小的一簇簇枯草长在石块中间，只要下一次雨，这种草就冒出来，然后就结籽、落籽、死亡。[①]

很显然，黑暗的大山首先象征未知世界的神秘和非确定性。奇诺到黑暗大山的逃亡，象征着奇诺的灵魂在未知和非确定的精神世界的出行。其次，大山也是死亡和新生的象征。山上没有水源，这是一个具有死亡意识的现代荒野。正是在这个具有死亡意识的荒野，奇诺的儿子（奇诺的精神寄托）被邪恶势力打死，他的珍珠（第二个精神寄托）呈现溃烂的形象——这暗喻着奇诺精神的死亡。同时，山上的灌木和野草也是生命的象征。正是在大山里，奇诺认识了珍珠的邪恶和精神自由及家庭生活的重要性。这样，奇诺就完成了精神的出行，获得了灵魂的再生和救赎。

在小说《任性的公共汽车》一开始，斯坦贝克就指出：那些出行的旅客必须"经过这条道路，它从反抗角开始，蜿蜒穿过山地和一小片沙漠，穿过农庄和山脉"。[②] 在这部小说里，"西山"

---

① 《斯坦贝克中短篇小说选》（二），人民文学出版社 1984 年版，第 333 页。
② Steinbeck, John. *The Wayward Bus*. New York: the Viking Press, 1947, p. 1.

又一次成为一个重要的象征符码。不过，这部小说里的"西山"与斯坦贝克其他作品中的"西山"形象不尽相同，它似乎兼具东山和西山的特征。一方面，它具有东山的光明和生命张力：

> 道路直接延伸到第一道山脊脚下。这些山呈圆形，像女人的肉体一样柔软和富有性感。绿草像旺盛的年轻人。这些山植被繁茂，由于有水的滋润更显得可爱。①

这表明"生命、繁茂和生殖力"是这座山所体现的人生的光明和生命的张力。另一方面，它也具有西山的未知、邪恶和死亡意识。两个突出的意象就是山中的沙漠和河流。沙漠是现代荒原的象征；河流一方面给山脉带来生命的源泉，另一方面也给山脉和山下的农庄带来巨大的破坏：

> 在暮春到来的时候，雨水从山上流下，山洪使伊西多河在几小时内暴涨。冒着黄沫的河水冲垮堤岸，大片农田被卷进水中。牛羊的尸体在黄色的洪水中打着旋儿漂过。这是一条不稳定的、早熟的河流。一年中有一半时间是干涸的，在另一半时间却是致命的。②

朱安·季璜驾驶着他的名叫"甜蜜之心"的公共汽车，就行驶在西山的途中。这个公共汽车象征着人生的运动和出行，车上的乘客来自美国社会的各个行业，他们是人类社会的象征。他们在充满生机的春天出行，希望到达他们的精神圣地"San Juan

---

① Steinbeck, John. *The Wayward Bus.* New York: the Viking Press, 1947, p. 141.

② Ibid. , p. 162.

de la Cruz"。然而他们只能远远地望见，却永远不能到达。一是因为他们的出行必须经过西山。行驶的路途上到处是砾石、被河水冲垮的桥梁、泥泞的山路和泥潭，它们象征着肉欲的欢乐、精神的割裂、物质财富的诱惑和未完成的欲望的困惑等。他们穿行的沙漠，也象征着这些乘客的精神荒漠。在他们出行的途中，他们也曾看到一些启示性的路标如"惭愧"（Repent）、"到基督那里来"（Come to Jesus）和"罪人，到上帝那里来"（Sinner, Come to God）等，这些路标向他们提示了通向救赎和圆满的正确道路。然而，这些人性中具有各种缺陷的出行者已经失去了惭愧的意识和能力，这就使他们错过了救赎的机会。二是因为司机朱安·季璜不喜欢自己的乘客。他故意把车开到泥潭里，自己躲到附近一个草屋里睡觉。这就暗喻着耶稣不喜欢自己的子民，不愿承担救赎自己子民的责任。后来，季璜带着近乎报复的意识，和尾随他到草屋去的白人乘客的女儿发生了性关系。这一举动似乎又暗喻着耶稣的堕落。如果耶稣本人都堕落了，人类的救赎还有希望吗？在这部小说里，斯坦贝克通过对西山的描写给人类的出行提供了两种可能的前途：通过出行获得光明的前途和生命的张力；因人性的缺陷、惭愧意识的缺失和耶稣本人对责任的放弃使人类的出行陷于失败。故事的结局是后一种，这就不能不使读者对人类的前途和命运进行深思。

第 五 章

斯坦贝克小说的叙事视角

一　叙事视角理论概观

　　视角（Point of View）"是叙述故事的方法——作者所采用的表现方式或观点，读者由此得知构成一部虚构小说的叙述里的人物、行动、情景和事件"①。"视点"问题向来受到小说家及文学理论家的关注，早在18世纪，西方文学批评著作里就有关于小说视点的零散论述。但是，西方对小说视角的研究高潮是在亨利·詹姆斯的《小说的艺术》（*The Art of the Novel*，1934）和珀西·卢伯克（Percy Lubbock）的《小说的技巧》（*The Craft of Fiction*，1926）发表以后开始的。美国著名文学评论家艾布拉姆斯总结前人的研究成果，将小说的视点归结为以下两类：第三人称视点和第一人称视点。

　　第三人称视点又分为全知视点（omniscient point of view）和局限的视点（limited point of view）两个子类。在全知视点的叙述方式内，叙述者可以是介入的叙述者（intrusive narrator）或非介入的（unintrusive）、非人格的（impersonal）或客观的

---

　　①　M. H. 艾布拉姆斯：《欧美文学术语词典》，朱金鹏等译，北京大学出版社1990年版，第261页。

（objective）叙述者。介入的叙述者不但描述而且任意评论人物，评价他们的行为和动机，并且表达他对自己和人生的一般看法。菲尔丁、简·奥斯丁、狄更斯、萨克雷和哈代等多采用这种方法。这种方法曾被某些评论家称为反艺术的"讲述"手法（telling）[1]。非介入的、无人称的或客观的叙述者主要是描述、传达或"展示"戏剧性情景里的人物的动作和行为，而不添加自己的评论或判断。非介入的叙述者甚至放弃进入人物内心情绪和动机的特权。这就是现、当代西方小说家和文艺理论家所推崇的"展示"（showing）手法[2]。福楼拜的《包法利夫人》和海明威的许多短篇小说如《杀人者》，就采用这样的叙事视角。例如，《杀人者》展示了这样的故事情节：两个杀手受人雇用来到芝加哥郊区的一家小餐馆，等待一个名叫安德瑞森的拳击手的到来并且准备在他就餐时将他击毙。两个杀手把餐馆的两个伙计和一个黑人厨师捆绑起来，边调侃边等待。结果，安德瑞森没有来，两个杀手走了。年龄较小的伙计尼克赶去通风报信，谁知那个拳击手无动于衷，不想逃跑，束手等待杀手来杀他。尼克觉得这事太可怕了，他要离开这个梦魇一样的地方。小说的主题，是表现一个天真的少年在面临世界的罪恶时所感到的内心恐惧。但是，这些情节和它们所体现的主题都不是作者直接讲述出来的，而是主要通过戏剧性的展示这种客观叙述视角表现出来的。局限视点的叙述者用第三人称叙述故事，但是把自己局限于故事里某个人物的经历、思想和情绪之中，或把自己的视点局限于数量极为有限的人物身上。这一叙述方式的大师亨利·詹姆斯把这种选择出来的人物说成是

---

① Booth, Wayne C. *The Rhetoric of Fiction*. （second edition）. Chicago, the University of Chicago Press, 1983, pp. 7—8.

② Ibid.

他的"焦点"（focus）、"镜子"（mirror）或"意识的中心"（center of consciousness）。例如在写《专使》时，詹姆斯选择故事中的一个人物斯特雷瑟作为"意识的中心"，把读者的视野和知识面限制在这个人物的视野和知识面内。作者只写这一个中心人物的思想变化过程，至于书中其他人物和景象，都是通过他的眼睛和思想呈现在读者面前的。例如，在小说的前三章介绍斯特雷瑟、玛利亚和魏玛什的出场和相识时，作家不是用全知的第三人称视点，也没有让主要人物以第一人称自报家门的方式，而是使用了戏剧性的"展示"方法。从第四章起，小说逐渐转入斯特雷瑟的内心，通过他的意识而展现巴黎的风貌和诱惑力，披露他的使命的荒诞和滑稽。詹姆斯的这种叙事视角技巧，被稍后的现代派作家乔伊斯、弗吉尼亚·沃尔夫和福克纳等人发展为"意识流"（Stream of Consciousness）叙述法。"意识的中心"叙述法和"意识流"叙述法的局限视角，往往被认为是比"非介入的"、但"全知"的叙述法更为有效。

　　第一人称的叙述视角，是把小说的叙述角度限制在第一人称所能观察到、经验到或推断到的限度内。叙述故事中的"我"可以是故事的中心人物，例如笛福的《摩尔·弗兰德斯》、马克·吐温的《哈克贝利·费恩历险记》和塞林格的《麦田里的守望者》等；"我"也可以是所叙述事件的偶然目击者，例如康拉德《黑暗的中心》里的马娄；"我"也可以是故事里的一个次要的参与者，例如麦尔维尔《白鲸》中的以实玛利和司各特·菲兹杰拉德的《了不起的盖茨比》中的尼克等。这种叙述视角的明显优点在于，它能使叙述直接进入叙述人内心世界的隐秘之处，亦即它可以通过自我意识（往往是内心独白和内心分析）把叙述人的思想和感情直接表达出来。但是，这种叙述也有一定的缺陷，即它无法直接表现叙述人观察、经验限度之外的他人的活动和思想。①

在小说视角理论的发展史上，诺曼·弗里德曼（Norman Friedman）对小说视角的分类也值得一提。他曾将故事素材的传送方式分为八种类型：编辑型全知视角（Editorial Omniscience）、中立型全知视角（Neutral Omniscience）、"我"作为目击者型视角（"I" as Witness）、"我"作为主人公型视角（"I" as Protagonist）、多重选择全知视角（Multiple Selective Omniscience）、单重选择全知视角（Selective Omniscience）、戏剧化型视角（The Dramatic Mode）和摄影机型视角（The Camera）。② 编辑型全知视角类似于第三人称的全知视角。故事可以从任意一个角度进行讲述：不受时空限制的上帝角度、从中心的角度、从边缘的角度或从前后的角度等。没有什么因素能阻挡作者进行选择或任意进行转换。读者可以相应地进入各种信息视野，不管是作者本人的情感或者故事中人物的思想。作者不仅可以自由地告诉读者作品中人物的思想和情感，而且也可以抒发自己的内心世界。作者本人的思想，可以与也可以不与他正在讲述的故事具有显在的联系。菲尔丁在《汤姆·琼斯》、托尔斯泰在《战争与和平》中，都曾以插入章的形式发表他们对文学、政治和时事等方面的看法。中立型全知视角是叙述视角转向客观化的第一个产物。它与编辑型全知视角的区别在于，它没有作者直接的介入，作者以非人格化的第三人称讲话。作者没有公开地介入，但不意味着作者的声音就不存在。赫胥黎《旋律与对位》中的主人公菲利普·夸尔斯是一个小说家，他仔细地观察周围的人物，为他将要创作的小说收集素材。一个名叫马克·拉比姆的画家告诉他，小说应

---

① 关于这几段的论述，参见 M. H. 艾布拉姆斯著、朱金鹏等译《欧美文学术语词典》，北京大学出版社 1990 年版。

② Friedman, Norman. *Form and Meaning in Fiction*. Athens：The University of Georgia Press，1975，pp. 132—166.

该将现代社会描绘成一座"充满道德堕落、性欲变态的人的疯人院"。尽管赫胥黎没有以自己的声音进行编辑，夸尔斯和拉比姆的观点实际上也是作家本人观点的投射。"我"作为目击者型和"我"作为主人公型，是叙述视角走向客观化的第二个结果，这两种叙事视角也是与传统意义上的第一人称叙述视角相一致的。在"我"作为目击者型叙述视角中，作者将他的叙述责任彻底交给作为目击者的"我"，作者的声音在整个故事中隐退了。作为目击者的叙述者，是作品中的一个人物，他或多或少地参与了故事中的事件，或多或少地与故事中的主要人物有联系，并且以第一人称的形式向读者述说。目击者向读者合法传递的信息，并不像它最初给人的印象那样是受到限制的。目击者可以同故事中的各种各样的人物说话，可以就他关心的事情得到他们的观点。他尤其可以和故事的主人公进行会晤，甚至可以得到故事中其他人物的书信、日记和其他书面资料，以便了解和揭示人物的内心世界。麦尔维尔的《白鲸》、康拉德的《黑暗的中心》和菲茨杰拉德的《了不起的盖茨比》等作品，就是采用"我"作为目击者型叙述视角写成的。当叙述的责任由目击者转给故事的主人公，并且由主人公以第一人称的形式讲述自己的故事时，一些信息渠道和叙述视角就被放弃了。"我"作为主人公型叙述者被完全局限在自己的故事和情感之中，叙述的视角也只能是主人公这一固定的中心。狄更斯的《远大前程》、马克·吐温的《哈克贝利·费恩历险记》、海明威的《永别了，武器》等小说，都是以"我"作为主人公型叙述视角写成的。

尽管"我"作为目击者型和"我"作为主人公型视角在实现叙述视角客观化方面已经迈了一大步，但是仍有"人"在讲述。叙述视角客观化的第三步，就是"多重选择全知视角"和"单重选择全知视角"。这实际上就是现代作家常用的"意识流"视角。在"多重选择全知视角"中，不仅作者和"我"作为目击者消失了，而且任何叙述者都不见了。在这里，读者不再听任何人讲述故事，故事自然而然地从人物的脑子里流出来。其结果是故事的倾向主要体现在场景之中，既在人物的头脑之中，又通过人物的话语和行动外在地体现出来。人物的意识可以直接展示出来，又可以间接展示出来，但都要通过一种媒体。人物的出场，他们所说的话和所做的事以及故事的场景，可以通过在场的人物的意识传递给读者。例如在弗吉尼亚·沃尔夫的《到灯塔去》中，拉姆西夫人的年龄和外表是这样展示的："他们一定会找到办法的。可能会有某种更简单的办法，某种不太费劲的办法，她叹息到。当她看着镜子并看见自己的灰白头发时，她的脸颊沉了下来。在五十岁的年纪，她想，她本可以把事情料理好的——她的丈夫、金钱和他的书。"虽然这段文字用的是第三人称和过去时态，它仍然是直接的展示，因为它再现的是拉姆西夫人所见所想的方式，而不是隐含的叙述者的。"多重选择全知视角"与通常的全知视角的区别，在于后者是通过权威的叙述者的感知来对故事进行讲述。当叙述者揭示人物的内心世界时，他用自己的术语和意识来对他的所见所闻进行报道。而前者是通过故事中的人物的感知，用他们自己的术语和意识来展示他们自己的故事。作为同属"意识流"视角的"单重选择全知视角"，它与"多重选择全知视角"的区别，仅在于它将"意识流"的视角局限在故事中的一个人物身上。例如，在乔伊斯的《尤利西斯》、沃尔夫夫人的《黛洛威夫人》和福克纳的《喧嚣与骚动》等小说中，"意识"的视角在每部作品中几个主要人物的身上交替转换，这是"多重选择全知视角"；而在乔伊斯的《青年艺术家的画像》中，"意识"的视角只限定在主人公斯蒂芬身上，这是"单重选择全知视角"。

　　当故事素材的传送方式不是以作者和叙述者的视角来进行讲述或展示时，小说的视角就是"戏剧化型"和"摄影机型"的。

在这两种视角方式中，读者只能从小说人物的话语和行动中获得信息，人物的外表和故事的场景只能由作者以舞台说明的方式提供。作者一般不能直接揭示人物的所见、所闻和所感。例如，作者可以展示一个人物向窗外眺望这一客观的行为，至于人物看见了什么则是他自己的事。当读者主要从人物的话语中获得信息时，这种小说的视角主要是"戏剧化型"的；当读者主要从人物的视觉行动和一定的话语中获得信息时，这种小说的视角主要是"摄影机型"的。美国著名文学和电影评论家爱德华·茂莱认为，一旦作家进入弗里德曼的最后两个类型，他便最大限度地达到了斯蒂芬·德达勒斯在《青年艺术家的画像》中所描述的审美理想：

> 艺术家的个性，起初是一声呼叫或一种调子或一种心情，然后化为一种流动无常和摇曳不定的叙述，最后净化为虚无缥缈，所谓非个性化也。戏剧化形式中的审美形象是生活在人的想像中的纯化和再现。审美之谜，与物质创造之谜一样，得到了完美的解答。艺术家犹如创造万物之神，始终置身于他的手工制品之内或之后或之外或之上，不可得见，净化入虚无，漠然无言，修磨着他的指甲。①

斯坦贝克终生的创作实践，似乎就是要达到这种审美的境界。他的非目的论哲学思维，他对文学前辈的创作习得，他的百老汇和好莱坞经历，以及矢志不渝的文学试验精神，促使他在自己一生的文学创作实践中，对小说的这种文体和视角进行尝试。因此，他的某些中篇小说呈明显的戏剧性特征，被他本人及评论

---

① 爱德华·茂莱：《电影化的想像——作家和电影》，邵牧君译，中国电影出版社 1989 年版，第 274 页。

家称为"剧本小说";某些中篇小说具有明显的电影特征,可以称之为"电影小说";他的长篇小说则将戏剧化视角、电影化视角和小说传统的视角及某些意识流视角结合在一起,形成一种跨文体或者说跨视角写作的范式。

二 戏剧性视角和"剧本小说"

在小说发展史上,福楼拜、麦尔维尔、詹姆斯和海明威等作品中所运用的客观"展示"方法,实质上就是戏剧化的视角。詹姆斯曾不遗余力地提倡用 scenic method(戏剧手法)[1] 亦即戏剧化视角进行小说创作。他主张小说家不应叙述情节,而应按它们在想像中发生的那样去再现它们。一生都梦想当剧作家的詹姆斯,也曾按照自己的理论写了一些具有戏剧性因素的小说,例如《黛西·米勒》和《美国人》等。但是,这些小说搬上舞台却并不成功,主要原因是他的小说心理分析过多,主题表达上具有相当的模糊性,语言也极端晦涩难懂。海明威在用戏剧化的视角进行小说创作方面,较之前人大大前进了一步。这主要得益于作家的"冰山理论"和高度形象、简约的对话。例如,海明威的《弗朗西斯·麦康伯短促的幸福生活》表现的是麦康纳夫妇和他们雇用的职业猎师威尔逊之间的微妙关系。麦康纳夫人嫌弃丈夫的软弱,她成为威尔逊的情妇,并且最终在看似救丈夫的举动下枪杀了丈夫。小说的主要部分是采用人物的典型化的对话进行的,里面没有作者出来发议论,没有深入的心理剖析。如果去掉为数不多的叙述部分,并且将对话按剧本的方式重新排列,它就是一部惊心动魄的戏剧。在《胜负未决》《人鼠之间》《月落》

---

① Hugh Holman & William Harmon. *A Handbook to Literature*(fifth edition),New York:Macmillan Publishing Company,1986,pp. 452—453.

和《烈焰》等中篇小说中，斯坦贝克也用高度戏剧化的视角来进行写作，因而创作出一种被称之为"剧本小说"（play-novel-la）的文学范式。什么是"剧本小说"？斯坦贝克本人并未给出严格的定义。但是在《烈焰》序言中，他曾申明创作"剧本小说"的理由：

> 《烈焰》是我在"剧本小说"这一形式上所作的第三次尝试。我不知道以前是否有人尝试过。我的前两部作品——《人鼠之间》和《月落》，已经对此进行了尝试。从某种意义上说，称它是一种新的形式是一种错误。确切地说，它是多种原有形式的综合体。它是一种容易阅读的剧本，或者说，是一种只须抽出其中的对话就能上演的中篇小说。
>
> 我想，用这种形式写作的理由有几个。我发现，戏剧剧本很难读，在这方面不仅仅是我自己有这种感受。印刷成文字的剧本，读者有限，几乎只有这几种人：与舞台演出密切相关的人，戏剧的研究者和为数甚少的戏剧爱好者。而把剧本写成大家熟悉的一般的小说，读者的面就广了，这是我采用这种形式的第一个理由。
>
> 创作"剧本小说"的第二个理由是，这种小说不论是对演员、导演、演出者还是对读者，都扩大了剧本的容量……多介绍一些与戏剧动作有关的细节，不但不会限制导演、演员和舞台设计者，而且还会有所裨益。至于那些没有看过这出戏、今后也不会去看的人，有权利读到充分的介绍文字。①

这说明，作者试图用小说的叙事特征来弥补剧本叙事不足的

---

① Steinbeck, John. *Burning Bright*. Penguin Books, p. 11.

缺陷，以便为剧本争取到更多的读者。另一方面，斯坦贝克宣称，运用戏剧的结构写小说可以使小说具有戏剧的长处：

> 作者不能直接进入人物的思想，除非这些思想是用对话清楚地体现出来。人物不能在地理的层面上随意游动，除非作者给他们提供一些令人信服的空间。人物的行动必须紧凑，幕落之前必须有行动发生……还有一点限制，那就是作品必须写得短……事情好的一面，正在于舞台所要求的集中与规范，在于不可能含混，不管是心理上的还是形体上的含混。你必须清楚和简明。不能有多余的笔墨和长篇大论，不能游离你的主题，不能自己站出来解说。正像在任何一出优秀的剧作中那样，人物的行动必须直接有力，戏剧的变化必须贯穿人物本身的始终。①

透过斯坦贝克的这些论述，我们可以看到其"剧本小说"的端倪。所谓"剧本小说"，实质上就是将小说的叙事性和剧本的戏剧性有机结合在一起的一种"中间体艺术形式"，或如道逊所说的"一个叙述框架内的戏剧形式"②。在"剧本小说"中，戏剧性的视角和传统小说的形式结合在一起，形成一种特有的张力。一方面，传统小说的叙事框架会将"剧本小说"推向小说，借以消除戏剧性视角的极端化或普遍化，即在戏剧创作中，剧作家不能运用叙事体语言来表现剧中人物的内心活动，刻画他们的性格特征。剧中人物的外表、剧情的发展、人物性格的刻画以及剧中社会环境的变迁等，都绝对依赖于高度个性化且富有表现力

---

① Steinbeck, John. *Burning Bright*. Penguin Books, pp. 12—13.

② Dawson, S. W. *Drama & the Dramatic*. London: Methuen & Co Ltd, 1979, p. 80.

的对话、独白和旁白等。有时为了使场景集中，剧作家还不得不牺牲剧情的连续性，而把某些剧情的发展放在幕后进行，这就势必导致戏剧叙事容量的不足和情节的单调。同时，剧本中充斥了大量的舞台提示、对话和独白又会挫伤人们阅读剧本和观赏演出的积极性。另一方面，戏剧性视角又要将传统小说的叙事性框架推入戏剧的同化之中，同化小说叙事性的极端，即冗长的背景描写、沉闷的心理刻画以及错综复杂的情节线索等。但是，既然是在小说的体裁或形式之中，不论是戏剧性视角还是叙述性框架，其根本还在于小说的本质特征。其所特有的张力，毕竟是在"剧本小说"这一概念之内发生或出现的。所以，我们可以把这种张力看做"剧本小说"的内在矛盾，或决定它之所以成为"剧本小说"的那种本质。

在以《胜负未决》《人鼠之间》《月落》和《烈焰》等为代表的"剧本小说"中，作为张力一方的戏剧性视角突出地表现在作品的内存即戏剧性主题、类戏剧性语言和戏剧性结构上。所谓"戏剧性"，就是"包含在人们日常生活之中的某些本质矛盾，这种同人和他者的潜在对立关系，是一个随同时间的流逝在现实人生中逐渐表面化，在强烈的紧张感中偏向一方，从而达到解决矛盾的一连串过程"①。"戏剧性"主题按美国剧作家约翰·范·德鲁坦的界定，就是"作品要表达的思想"。它可以是费迪南·布伦迪尔的"对立着的两种意志的冲突"，可以是威廉·阿契尔所谓的"命运或境遇上的危机"，② 也可以是一般人性因素或宗教理念中善与恶的对抗。笔者在第三章论述的斯坦贝克作品的善恶冲突和人类灵魂出行的主题，典型地体现了布伦迪尔的

---

① ［日］河竹登志夫：《戏剧学概论》，陈秋峰、杨国华译，中国戏剧出版社1983年版，第55页。

② 佘江涛、张瑞德编译：《西方文学术语词典》，黄河文艺出版社1989年版，第309页。

"对立的两种意志的冲突"、阿契尔的"命运和境遇上的危机"以及一般人性因素中的善恶对抗，这是最适宜于戏剧表演的。戏剧性结构要求剧本在篇幅上一般不超过三个小时，分幕、分场；人物不宜过多，情节不宜太复杂，场景变化不宜过繁，也就是人物、事件和场景要高度集中。从四部"剧本小说"来看，他们基本符合人物高度集中并且是"戏剧性人物"的原则。何谓戏剧性人物？黑格尔说："就发出动作的个别人物性格来看，戏剧也比史诗较单纯，较集中。"① 季莫菲耶夫也认为，戏剧性人物"为一种特别的情欲所主宰，以致我们一眼就能清晰地看到个性的主要特征"②。《胜负未决》里的人物尽管很多，但主要人物只有吉姆、麦克、伦顿和医生多克·伯尔顿等四人。《人鼠之间》着重刻画了四个人物：乔治、莱尼、柯莱及其老婆。《月落》里的主导性人物是被占领的小城市长奥登先生、温特大夫和纳粹占领军头目兰塞上校。《烈焰》里的主要人物是乔·索尔、他的妻子莫蒂、朋友爱德和维克多。他们的性格特征以及彼此之间的社会关系，足以引起撞击，构成戏剧冲突，并且产生戏剧悬念。例如，莱尼体力超人，但是智力迟钝，喜爱抚弄小动物。乔治身材矮小，但是为人机灵。这两个性格迥异的人物何以能够结伴出行？他们的伙伴关系最终能否持续下去？莱尼无意中总是捏死小动物，这与他的悲惨结局有什么必然联系？奥登市长是个连梳理眉毛都怕疼的人，在死亡威胁面前，心里也曾像普通人那样闪过逃跑的念头，甚至还曾想乞求敌人饶命。那么，面对兰塞上校这个久经沙场的纳粹头目，他该如何对付？是投降成为傀儡还是率领人民反抗？有趣的是，在这四部小说中，还存在四个知己者的

---

① ［德］黑格尔：《美学》（第三卷下），朱光潜译，商务印书馆1996年版。

② 转引自冉欲达、李承烈编著《文艺学概论》，辽宁人民出版社1984年版，第442页。

角色，他们是《胜负未决》中的多克·伯尔顿、《人鼠之间》中的斯利姆、《月落》中的温特大夫和《烈焰》中的朋友爱德。知己者是戏剧文学或采用戏剧型视角的小说作品中特有的人物。这种知己者的出现，"给作者提供了一种更便利的揭示主人公的手段。如在戏剧中，作者不必采用独白或旁白之类的舞台手法，就可以向观众传达有关主人公的学识、心境、意图等方面的情况"①。在采用戏剧化型视角的小说中，通过主人公和知己者的对话，作者可以传达他们在编辑者无所不知型视角中自由表达的信息。例如，《胜负未决》中吉姆和多克·伯尔顿探讨人性中"自我之爱"和"自我之恨"的斗争，《人鼠之间》中乔治和斯利姆畅谈人性的孤独，《月落》中奥登市长和温特大夫谈论生死观，《烈焰》中乔·索尔和朋友爱德谈论普世之爱等，都是作家借助戏剧化型视角来抒发作家对人生的感悟，他们之间的对话也是作品中比较精彩的部分。

高度集中的人物，决定着高度集中的情节。除了《胜负未决》的情节略显芜杂以外，后三部小说的情节简约，线索单纯，序幕、发展和高潮井然有序，界限分明。《人鼠之间》分六章，酷似戏剧中的六幕。第一章，序幕。介绍两个剧中人乔治和莱尼结伴而行，到萨利纳斯农场打工谋生。第二、三、四章，故事的发展。莱尼高大健壮的体魄引起柯莱的妒忌，柯莱的老婆由于孤独而对单纯的莱尼产生好感。第五章，悲剧。柯莱的老婆勾引莱尼，莱尼在恐惧中将她捏死。第六章，高潮。为了避免莱尼遭受柯莱以及农场里那些群氓的私刑，乔治含泪枪杀了自己的同伴。《月落》分八章，也如戏剧的八幕。第一章，开端。小城征服后，作为一城之首的奥登市长与占领军头目兰塞上校第一次会

<hr>

① 佘江涛、张瑞德编译：《西方文学术语词典》，黄河文艺出版社 1989 年版，第 414 页。

面。第二、三章，故事的发展。第四章，次高潮。奥登市长拒绝按兰塞上校的旨意去审判打死纳粹士兵的市民亚历克斯，从而粉碎了敌人借自己之口瓦解人民斗志的企图。第五、六、七章，情节继续发展。第八章，全剧的高潮。奥登市长经历一系列的危机和心灵的出行，最终成为一个坚强的"人民领袖"。他在死亡面前视死如归，背诵着苏格拉底对杀害他的敌人的预言而英勇就义。根据德国戏剧评论家古斯塔夫·弗里泰格的戏剧结构金字塔理论，一出典型的戏剧结构可以分解为"展示""上升情节""高潮""下落情节"和"结局"部分。① 这一典型结构在斯坦贝克的"剧本小说"中得到了充分体现。

"剧本小说"最典型的外在特征是其类戏剧性语言，亦即介于剧本和小说两种文本之间的一种语言。它主要由大量的对话和少量的叙述性情景描写构成。当然，我们不能因为斯坦贝克的作品中有大量的对话，就贸然地说他的小说是戏剧式的，因为小说中也有相当数量的对话。所以，还有必要弄清小说对话和戏剧对话的细微区别。以传统小说而论，人物对话是作为叙述的手法隶属于小说总体的叙述特征。由于小说本质上是叙述的艺术，所以，作者在创作时可以借助描写、叙述、抒情和人物的对话等多种手法来表现主题的意义、情节的曲折和人物的特征。因此，就传统小说而言，人物对话的目的是为了"事"与"叙"，即着力表现话中之事和话中之叙。对于小说家而言，他们并不是将主人公的对话作为主要的小说创作手段，而是将对话看做故事发展过程中人物表露思想和信息的必不可少的行为，是人物性格或情节展开的一种叙述方式。老舍在谈到小说与戏剧的写作体验时说："在小说中，应在适当的时机利用对话，揭示人物性格。这是作

<hr>

① Hugh Holman & William Harmon, *A Handbook to Literature* (fifth edition). New York: Macmillan Publishing Company, 1986, p. 216.

者一边叙述，一边加上人物的对话，双管齐下，容易叫好。剧本通体是对话，没有作者插嘴的地方。"① 由此可见，小说中的人物对话与戏剧对话不可相提并论。戏剧对话是剧作家进行叙事和刻画人物性格的主要手段，它往往涉及三个方面的特点。首先，它涉及戏剧人物的种种关系。对于戏剧作品来说，每一句对话都必须体现剧中种种人物的关系，必须是对剧中人物的命运所作的暗示和交代，是对人物即将面临的种种事变和灾难所作的必要的铺垫和伏笔，必须让读者或观众立即感受到说话者与对谈者命运之间的联系等。莎士比亚、老舍和易卜生等戏剧大师的剧本在对话关系上典型地体现了这些特征。其次，对话还涉及戏剧的各种情景和情势的制造。一出成功的戏剧必须有情节的跌宕和高潮的壮烈，由此，戏剧对话必须体现情节的发展和向高潮的挺进过程。再次，戏剧对话必须典型地体现人物的性格。在戏剧作品中，剧作家不可能像传统小说家那样，以叙述的视角直接刻画人物的性格特征。他所能做的就是将剧中人物置于一系列冲突和考验之中，通过他们之间的对话和人物自己的语言来展示人物的性格特征。老舍认为，戏剧中的人物必须"在人物头一次开口，便显示出他的性格来"②，这的确是经验之谈。在斯坦贝克以戏剧化视角写成的"剧本小说"中，大量的对话典型地体现了戏剧性对话的特征。以下是笔者从《烈焰》中随机抽出的一部分文字，从中可以看出它与戏剧文本的相似性。

> 维克多摇了摇椅子的后腿，呷了一口杯子里的纯威士忌酒。"乔·索尔在城里，他让我来照顾你。他让我来的，命令我来的。"

---

① 老舍：《论剧作》，人民文学出版社 1979 年版，第 103 页。
② 同上。

"你想要什么，维克多？"她惊恐地问道，"你现在不应该喝酒。"

他喝完了杯子里的酒，又悠闲地倒了另一杯。他的目光停留在她的身体上。"过来，"他说，"进来，坐下，跟我说说话。"

她犹豫了一下，掩饰住面部表情，小心翼翼地等待。她从桌子后边穿过去，坐在窗下的帆布床上。窗外，一头牛悲哀地呼唤它的牛犊。

莫蒂冷淡地、小声地说："你想要什么，维克多？"

他转了一下椅子，正对着她。他的胳膊肘放在桌子上，一条腿放在另一条腿上。"只是想跟你一起消磨时间，"他说，"我似乎从没有机会跟你说话。那不是很滑稽吗？我想，你会跟我谈谈的。"

她瞪着他，眼睛毫无表情。

维克多品尝着酒，使他自己显得更自在一些。他的身体懒散地靠在椅子里，身上戴的一块小金质像章映照着他的喉咙。"现在我听到了这个有趣的消息，但不是从你那里听来的。我是从老乔·索尔那里听来的。我似乎认为，你本人该告诉我这件事。"

她终于开口了，语调平淡："你的把戏耍完后，也许你会告诉我，你究竟想要干什么。"

维克多笑了起来。"你不是在假装你不知道我在说什么，是吗？"

"我知道你在谈论什么，"她说，"但是我不知道你的企图。"

他叉开腿，身向她靠过去。"你认为，我对我的孩子没有兴趣吗？"他问道。

她声调平淡地说："那不是你的孩子，维克多。那是乔·索尔的孩子。"

他大笑起来。"莫蒂,"他说,"你认为,你多说那么几遍它就会是真实的吗?"

"那是真的,"她说道。

他愤怒地跳了起来,喊道:"你撒谎。这事儿你知我知。你知道乔·索尔性无能,你很清楚这一点。我可不喜欢被人利用。我不喜欢让人夺走属于我的东西。不要给我耍花招,我可不吃那一套。这是我的孩子。我曾经跟许多女孩搞过,我敢肯定这一点。这个是第一个将要出生的孩子。你认为,我会为了乔·索尔的幸福而甘做一个配种的动物吗?那公平吗?他什么都得到了,而我却被关进畜栏里。"

"你得到了你说你想要的东西,"她冷冷地说,"你得到了什么你心里明白。"

"不要那样说,"他生气地说道,"我明白什么?我什么都不明白。我想,我得把事儿挑明,即使以后你不再想答理我。"

她说:"维克多,不要烦我好不好?"

"不要烦你?!首先,我不明白你的意思。况且我也没有要烦你的意思。我清楚地知道,那是我的孩子,你怀着我的孩子,我当然要找你啦。懂吗?"他怒气冲冲地逼近她,一拳砸在桌子上,以显示他的愤怒。

他的怒火也惹恼了她。她站起来,声音失去了控制,吼道:"我告诉你,维克多。我要你相信,我恳求你相信,为了乔·索尔的幸福,我什么事情都干得出来,因为我爱他。"

"什么?"他咆哮起来。

"我再告诉你。我警告你,要相信这一点。"

"当他知道那是我的孩子时,他会说什么?当他知道他喝醉酒的时候你跟我在粮仓里偷欢的事,他该怎么说?"

她歇斯底里地叫道:"那是乔·索尔的孩子。那是我们爱情的结晶。我看见的是他的脸，我感觉到是他的手在抚摸我，而不是你的手。维克多，你根本不存在。这个种子可能是你的，我记不清了。但是，我们之间没有爱情。没有！那是乔·索尔的孩子，乔·索尔和我的孩子。"

她像一只母猫一样瞪着他，两爪伸了出来。然后她回到帆布床上，露出尖利的牙齿，鼻孔张开，呼吸急促。"没有人，没有任何东西能将孩子带走。我不得不做一种怪异的事情，不得不将我受伤的心灵藏在爱的山洞。你或者任何人都不能将这个孩子从乔·索尔那里带走。维克多，你要相信这一点。如果我以前可以做出那种事情的话，你可以想像，我现在还可以做出来。"

她的力量震撼了维克多。他站起来，朝外走去。突然，他趴在她的面前，抱着她的脚踝，脸贴在她的脚上。

"天啊！我太孤独了。"他的失望像一块灰石一样沉重。"我做了什么，莫蒂？我犯了什么罪过？在夜里，我想过你说的事。莫蒂，我曾经嘲笑过这些事情，也曾经跑出去找过一些女人，证实你怀孕的事不可能是真的，而结果却是真的！"他抬起脸，看着她。"但愿我从没有见过乔·索尔。但愿我从没有见过你的眼火辣辣地看着他，幸福，闪着金光。如果我不知道这些，我本可以到城里找妓女玩的，抚摸她们的裙子，不让她们咯咯笑，然后跟她们干。但是现在，我能听到你的声音压过了她们那些尖声的愉快的抗议。在她们那些冰冷的有丘疹的乳房后，我能感受你的坚强、自信和温暖。"他痛苦地说，"我爱你。这种爱和我以前所知道的不同。它和你以前所说的——牛奶①，是不同的。"

---

① 本句的原文为"It is as different as—as—you said it once—as milk"，怎样翻译才能更忠实原文，有待商榷。

她向下看着他的时候，脸上产生一股激情。"可怜的维克多，你会明白的。如果你能将这件事看得开，如果你能从中退出来，你会有自己的爱的。"

"我自己也这样斗争过，跟我自己争论过，莫蒂。但是，我已经发现这就是爱，它在我的头脑中大声告诉我，说这不能第二次还会产生。"他跪起来。"这种爱向我大喊，如果我不抓住它——我这次确定不疑的爱，我就会失去机会的，莫蒂。"他哭泣起来，"我要发狂了。我不知道能否活下去。我以前是不会说这种话的。我不知道能否再活下去。我觉得心中有一个疯狂的动物，在用爪子撕扯我。"确实，他的脸色非常痛苦。

"现在你要知道，"她温和地说，"现在你知道我过去做的事。我过去认为，你没有能力知道这件事。"出于怜悯，她将手放在他的额头上，将他的头发向后抚平。屋外，一个雷暴遮住了太阳，厨房里的光线暗淡了下来。收音机的声音变小了，像念祈祷文一样在广播小麦、大麦、玉米、燕麦、干草、猪、小公牛、母牛和绵羊的价钱。

莫蒂说："我猜想要下雨了。你不赶快离开吗，维克多？如果你有此感觉，离开这里不是很好吗，因为这个格局是不会改变的。什么也改变不了这个格局。你想过要杀掉乔·索尔，是吗，维克多？"

"是的。"他说，声音低得几乎听不见。

"那也改变不了这个格局。我仍然会是乔·索尔的妻子，这里的小家伙仍然是他的孩子。而你，维克多，将比一个孤独的冷血动物还要冷酷。你将会死于冷酷的憎恨之中。还是仔细考虑退却吧……"①

---

① Steinbeck, John. *Burning Bight*. Penguin Books, pp. 66—72.

从以上选段可以看出，这部"剧本小说"是完全用戏剧化的视角写成的。作家没有以传统小说的视角来进行叙述、议论和分析人物的心理动机。除了为数不多的一些描绘人物行为举止的句子以外，几乎所有的篇幅都是对话。即使我们没有读过整篇作品，单从这些对话也可以大体上知道其中的人物关系，他们各自的情欲和相互之间的冲突，以及他们彼此的性格特征。乔·索尔是个失去生殖能力的中年男人，他想要一个孩子来继承家族血统。他贤惠的妻子莫蒂秘密地与乔·索尔的助手维克多偷情，以便为丈夫生个孩子。当孩子将要出生时，维克多这个无赖来索要孩子，于是他们之间展开了一场善与恶、爱与恨的尖锐冲突。这些对话把故事情节交代得一清二楚，就像剧本中现成的台词。笔者说它们是类戏剧化语言的原因是，这些对话只是没有以戏剧对话的文体方式排列而已。如果把其中描述性的句子放在括号中作为舞台提示，我们几乎可以逐字逐句地将"剧本小说"改编成戏剧剧本上演。以下是笔者对这部分的改编。

维克多：（摇了摇椅子的后腿，呷了一口杯子里的纯威士忌酒）乔·索尔在城里，他让我来照顾你。他让我来的，他命令我来的。

莫蒂：（惊恐地）你想要干什么，维克多？你现在不该喝酒。

维克多：（喝完杯子里的酒，悠闲地再倒一杯。眼睛盯在莫蒂身上）过来，进来，坐下，跟我说说话。

（莫蒂犹豫了一下，掩饰住面部表情，小心翼翼地等待。她从桌子后边穿过去，坐在窗户下的帆布床上。窗外，一头牛在悲哀地呼唤它的牛犊。）

莫蒂：（冷淡地并且小声地）你想要什么，维克多？

维克多:（将椅子转了一圈, 正对着她。他将胳膊肘放在桌子上, 叉着双腿）只是想和你一起消磨时间。我似乎从没有机会跟你说话。那不很滑稽吗? 我想, 你会跟我谈谈的。

莫蒂:（瞪着维克多, 面无表情）

维克多:（品尝着酒, 使自己显得更自在些。他的身体懒散地靠在椅子里, 身上戴的一块小金质像章映照着他的喉咙）我现在听到了这个有趣的消息, 但不是从你这里。我是从老乔·索尔那里听到的。我似乎认为, 你自己应该告诉我这件事。

莫蒂:（终于开了口, 语调平淡）你的把戏耍完后, 也许你会告诉我, 你究竟想要干什么。

维克多:（笑了起来）你不想假装你不知道我在说什么, 对吗?

莫蒂: 我知道你在谈论什么, 但是我不知道你的企图。

维克多:（叉开腿, 身向莫蒂靠过去）你认为我对我的孩子没有兴趣吗?

莫蒂:（声调平淡地）那不是你的孩子, 维克多。那是乔·索尔的孩子。

维克多:（大笑起来）莫蒂, 你认为你多说那么几遍它就是真的吗?

莫蒂: 那是真的。

维克多:（愤怒地跳起来）你撒谎。这事儿你知我知。你知道乔·索尔是性无能。你很清楚这一点。我可不喜欢被人利用。我不喜欢让人夺走属于我的东西。不要给我耍花招, 我可不吃那一套。这是我的孩子。我曾经跟许多女孩搞过, 我敢肯定这一点。这个是第一个将要出生的孩子。你认为我会为了乔·索尔的幸福而甘做一个配种的动物吗? 那公平吗? 他什么都得到了, 而我却被关进畜栏里。

莫蒂：（冷冷地）你得到了你说你想要的东西，你得到了什么你心里明白。

　　维克多：（生气地）不要那样说。我明白什么？我什么都不明白。我想我得把事儿挑明，即使以后你不再想答理我。

　　莫蒂：维克多，不要烦我好不好？

　　维克多：不要烦你？！首先，我不明白你的意思。况且我也没有要烦你的意思。我清楚地知道那是我的孩子，你怀着我的孩子，我当然要找你啦。懂吗？（他怒气冲冲地逼近她，一拳砸在桌子上，以显示他的愤怒）

　　莫蒂：（他的怒火也惹恼了她。她站起来，声音失去了控制）我告诉你，维克多。我要你相信，我恳求你相信，为了乔·索尔的幸福，我什么事情都干得出来，因为我爱他。

　　维克多：（咆哮地）什么？

　　莫蒂：我再告诉你。我警告你相信这一点。

　　维克多：当他知道那是我的孩子时，他会说什么？当他得知他喝醉酒的时候你跟我在粮仓里偷欢的事，他该怎么说？

　　莫蒂：（歇斯底里地）那是乔·索尔的孩子。那是我们爱情的结晶。我看见的是他的脸，我感觉到是他的手在抚摸我，而不是你的手。维克多，你根本不存在。这个种子可能是你的，我记不清了。但是，我们之间没有爱情。没有！那是乔·索尔的孩子，乔·索尔和我的孩子。（她像一只母猫一样瞪着他，伸出两个爪子。然后回到帆布床上，露出尖利的牙齿，鼻孔张开，呼吸急促）没有人，没有任何东西能将孩子带走。我不得不做一件怪异的事情，不得不将我受伤的心灵藏在爱的洞穴。你或任何东西，都休想将孩子从乔·索尔那里带走。维克多，你要相信这一点。如果我以前能够做出那样的事的话，你可以想象我现在还可以做出来。

维克多：（被莫蒂的脸色震撼住了。他站起来，朝门外走去。突然，他趴在她的面前，抱着她的脚踝，将脸贴在她的脚上）天啊！我太孤独了。我做了什么，莫蒂？我犯了什么罪过？在夜里，我曾经想过你说的事。莫蒂，我曾经嘲笑过这些事情，也曾经跑出去找过一些女人，证实你怀孕的事不是真的，而结果却是真的。（抬起脸，看着她）但愿我从未见过乔·索尔。但愿我从没有见过你的眼睛火辣辣地看他，幸福，闪着金光。如果我不知道这些，我本可以到城里找妓女玩儿的，抚摸她们的裙子，不让她们咯咯发笑，然后跟她们干。但是现在，我能听到你的声音压过了她们尖声的愉快的抗议，在她们的冰冷的、有丘疹的乳房后，我能感觉到你的坚强、自信和温暖。（然后痛苦地）我爱你。这种爱和我以前知道的是不一样的。它和你曾经说过的——牛奶，是不同的。

莫蒂：（向下看着他，脸上产生了一股柔情）可怜的维克多，你将会明白的。如果你将这件事看开，如果你能够从中退出来，你将会有自己的爱的。

维克多：我自己也这样斗争过，也跟我自己争论过，莫蒂。但是我已经发现这就是爱，它在我的心里大声告诉我，说它不可能还会有第二次。（跪起来）这种爱向我大喊，说如果我不抓住它——我这次确定不疑的爱，我将会失去机会的，莫蒂。（哭泣）我要发疯了。我想，我是活不下去了。我以前是不会说这种话的。我想，我是活不下去了。我觉得心中有一个疯狂的动物在用爪子撕扯我。

莫蒂：（温柔地）你现在知道了我为什么要干这事。我过去认为，你是不可能知道的。（出于怜悯，她将手放在他的额头上，将他的头发向后抚平。屋外，一个雷暴遮住了太阳，厨房里的光线暗淡了下来。收音机的声音变小了，像念祈祷文一样播报小麦、大麦、玉米、燕麦、干草、猪、小公牛、母牛和绵羊的价钱）我猜想快要下雨了。你不赶快离开吗，维克多？如果你有此感觉，离开这里不是更好吗？因为这个格局是不会改变的。没有什么东西能改变这个格局。你曾经想到过要杀掉乔·索尔，是吗？

维克多：（声音几乎低得听不见）是的。

莫蒂：那也改变不了。我仍然是乔·索尔的妻子，这个仍然是他的孩子。而你，维克多，要比一个孤独的冷血动物还要冷酷。你将会死于冷酷的仇恨之中。还是仔细考虑退却吧……

笔者的上述改编尽管不很专业，但大体上可以证明斯坦贝克"剧本小说"中作为张力一方的戏剧性视角及其舞台仪式性特征。作为张力另一方的叙事性，主要表现在"剧本小说"的外在形式上，即从形式上决定斯坦贝克"剧本小说"不是剧本而是中篇小说的主要因素。事实上，正是这种表层的叙事性，使大多数读者甚至一些文学评论家产生了误解。他们没有意识到这样的作品是"剧本小说"，而是误将它们当做是正常意义上的中篇小说。就表层形式而论，斯坦贝克似乎仍用第三人称的叙事视角来描写场景和刻画人物。这种叙事性文体，主要表现在作品每章开头的情景描绘和中间段落的人物性格刻画。例如，在《月落》第二章的中间部分，斯坦贝克曾对纳粹军官唐德中尉的人性、浪漫和感伤的性格特征有过一段传神的刻画：

唐德中尉是个诗人，一个痛苦的诗人，他向往高尚的年轻人和穷苦姑娘之间那种完美、理想的爱情。唐德是一个神秘的浪漫主义者，他的想像力犹如他的经历。有时，他给想像中的神秘女人低声吟上几句无韵诗，他渴望战死在疆场，背景上是眼泪汪汪的双亲，还有元首本人。元首坚定勇敢，但面对这个即将死去的年轻人，神情显得很忧郁。他常常想像自己的死：美丽的落日余晖照亮他的身体，破碎的武器上闪烁着阳光，同伴们低着头默默地站在他周围，这时背景上响起瓦格纳雷鸣般的乐曲声，在一块厚厚的云层上集母亲与情人于一身的、大乳房的沃吉里骑着骏马飞驰而过。他甚至连自己的临终遗言都准备好了。[①]

这一段抒情性和叙述性的性格刻画，一方面将"剧本小说"的戏剧性视角拉向小说，使读者不至于将它看做戏剧；另一方面，它也为"剧本小说"情节的进一步展示，亦即唐德中尉与他下令枪杀的工人亚历克斯的妻子之间的悲剧性关系埋下了伏笔。但是，即使是这种叙事性描写，由于受"剧本小说"另一方张力即戏剧性的影响，也产生了某种程度的叙事变异。它的叙事不再是一般小说中的情景摹写，不再是某种故事中暗含着的人物刻画，而是一种活泼、有力、简洁明快的对话和独白的结合体。通过这些对话和独白，作品中人物的行动、冲突和人物性格特征都得到了自显性的表现。除此之外，必要的"小说性叙事"亦即"编辑型全知"[②] 叙事，可能起着真正戏剧中的"提示语"、潜台词以及布景设置的安排说明作用。例如在《月落》第五章开头，有这样两段叙事性及抒情性描写：

时间一天天、一周周、一月月地慢慢过去了。雪下了，融化了，又下了，又融化了，最后终于留在地面上。小城里暗黑色的建筑物顶端戴上了一个个白铃铛、白帽子和白眉

---

① 《斯坦贝克中短篇小说选》（二），人民文学出版社 1984 年版，第 23 页。

② 笔者在论述斯坦贝克小说叙事视角时，主要参照诺曼·弗里德曼的小说视角理论。

毛，人们从雪堆中开出了一条通向家门口的壕沟。在港口，来时是空荡荡的运煤驳船，离开时装满了煤。但是将煤从地下采掘出来并不容易。优秀的矿工也出了差错。他们行动迟缓，笨手笨脚。机器坏了，要修理很长时间。这个被征服国家的人民正在不慌不忙、一声不响地伺机进行报复。那些帮助过侵略者的人——他们中不少人以为这样可以获得较高的社会地位和理想的生活方式——发现，他们的控制是不牢靠的，他们认识的人个个一言不发地冷眼盯着他们。

死亡在四处盘旋和等候着。一条将小城与国内其他地方连接起来的紧贴着山脚的铁路线，不时发生事故。大块大块的积雪从山上崩塌下来，落在轨道上，铁路被覆盖了。轨道不事先进行检查，列车是开不出去的。为了报复，枪毙了一些人，但情况仍然照旧。不时有成群的年轻人逃往英国。而英国飞机则对煤矿进行轰炸，造成了一些破坏，炸死了一些人，其中既有他们的朋友，也有他们的敌人。这没有什么用处。冷冷的敌意随着冬天的到来在日益增加，这是一种无声的、阴沉的敌意，一种伺机而动的敌意。食物的供应受到了管制——只供给顺从者，不供给反抗者——所以全体居民都成了冷漠的顺从者。只有一个地方不能不供给食物，因为饿着肚子的人无法采煤，也无法将煤运出来。因此，敌意深深地埋在人们的眼底，埋藏在表层的下面。[①]

这两段以"编辑型全知"（editorial omniscience）叙事视角写成的叙事和抒情话语，描绘了纳粹侵略军占领下的一个挪威小

---

① 《斯坦贝克中短篇小说选》（二），人民文学出版社 1984 年版，第 57—58 页。

城的社会背景。从日月的更替到寒冷冬天的降临，从荒凉的煤矿到死气沉沉的军营，从复仇的小城居民到极度惶恐的敌军士兵，一幅完整的画卷像电影中的蒙太奇镜头一样尽收眼底。最能深刻揭示小城的敌对氛围的是这两句——"死亡在四处盘旋着和等候着"，"冷冷的敌意随着冬天的到来在日益增加，这是一种无声的、阴沉的敌意，一种伺机而动的敌意"。这种描述社会背景兼抒情的叙事话语是非常必要的，因为它不仅为奥登市长和兰塞上校的对抗、公开审判亚利克斯·莫尔登、唐德中尉的情杀和奥登市长的就义提供了广阔的社会背景，而且决定着主要人物和事件的发展。但是在"剧本小说"文本内，由于受戏剧性视角张力的作用，这些叙事性描写也就成了戏剧中的"提示语"或"场景描写"。这样，所谓"背景"也就成了"舞台"上的布景，而"突出前台"的是人及其社会活动。在侵略者和被侵略的人民对抗的特定环境中，这一"背景"就成为"戏剧"中（而不单纯是小说中的"叙事"）的辅助性描写，而人物的对话就成为文本的主导部分。

这样，张力的双方互相牵制，互为矛盾，同时又互相促成。而只有这种张力的存在，"剧本小说"才有了它的完整性和整体性。那么，我们有理由认为，这种张力又是"叙事性"视角和"戏剧性"视角之间互动的表现，即它们的相互作用最终在根本上成就了"剧本小说"这一由斯坦贝克尝试的文学范式。要说明的是，"小说"在这里成了普遍意义上的"形式"，而内容或内涵则是它的"戏剧性"。也就是说，小说为剧本的"上演"提供了一种"文本舞台"，而"戏剧性"就是这种"舞台"所包含的任何特性。在"文本"成为"舞台"的情况下，"剧本小说"这一概念将它自己改造为虽具"小说"形式，但"内存"已被置换，已成为更新换代的新的文本，而不再是传统意义上的讲述故事、塑造人物、描述社会场景的小说。这意味着

"剧本小说"是以小说为名在进行戏剧创造或舞台演出,它是一种跨文本写作的尝试,不失为一种现代意义上的小说创新实验。

三 摄影机视角和"电影小说"

摄影机型视角(Camera Eye),是诺曼·弗里德曼所说的故事传送方式的第八种类型。当作家以摄影机型视角进行小说创作时,小说中所展示的人物相貌、行动和场景呈视觉化表达的特征。众所周知,电影剧作中的叙述语言常常被称为剧作中的"散文成分"。它把一切无话语场面或与话语同时出现在银幕上的画面形象,作为自己的描写对象,其中包括人物肖像、景物以及行动描写等。电影本身的视觉造型特征,决定了电影剧作者所写的东西必须是看得见的,是能够被表现在银幕上的。写小说可以进行夹叙夹议,可以对人物形象进行"血盆似的大口、杨柳般的细腰"之类的夸张性描写,这些在电影剧本中基本上是不允许存在的,因为它们不具备电影的造型性。小说中的"摄影机型视角"可以分为两类,一类是摄影机的视角和作品中主人公的视角相一致,它是随着作品中主人公行动和视点的变化而变化的。另一类是摄影机的视角是一种全景视角,即摄影师好像站在上帝的位置俯瞰人间发生的事情,并用摄影机精确地拍摄下来。不管是哪种视角,当作家用摄影机型视角进行叙事的时候,他都要努力使小说中的场景和行动像戏剧一样,通过客观的"示"而不是主观的"述"的形式得到再现,使它们类似于电影中的远景、中景和特写。

摄影机视角也可以使作家摆脱传统小说叙事节奏缓慢的束缚,灵活自由地进行多个场景的快速变换、切割和闪回,这便是电影学上的蒙太奇。蒙太奇(montage)来自法语,原意为建筑学上的构成、装配，借用到电影艺术中有组接、构成之意。苏联电影艺术家普多夫金曾说过："蒙太奇是电影艺术家所掌握的最重要的造成效果的方法之一，因而也是编剧所掌握的最重要的造成效果的方法之一。"① 作为一种表现手法，蒙太奇要求影片制作人员在电影创作的过程中，根据主题的需要、情节的发展、观众的注意力和关心的程度，将全片所要表现的内容分解为不同的段落、场面和镜头，分别进行处理和拍摄。然后，根据原定的创作构思，运用艺术技巧，将这些镜头、场面和段落合乎逻辑地、富于节奏地重新组合，使之通过形象间相辅相成和相反相成的关系，相互作用，产生连贯、对比、呼应、理想和悬念等效果，构成一个连绵不断的有机的艺术整体，即一部完整地反映生活、表达思想、条理贯通、生动感人的影片。② 蒙太奇手法可以有多种表现形式，例如心理蒙太奇、隐喻蒙太奇、对比蒙太奇、平行蒙太奇和交叉蒙太奇等。心理蒙太奇通过镜头组接或音画有机结合等形式，直接而生动地展示出人物的心理活动、精神状态，例如表现人物的闪念、回忆、梦境、幻觉、想像、遐想、思索甚至潜意识的活动。它是人物心理的造型表现和电影中心理描写的重要手段，特点是形象（画面或声音）的片断性、叙述的非连续性、节奏的跳跃性等。我国电影《小花》《沙鸥》和《生死恋》等大量运用了这种手法。有人认为，心理蒙太奇是电影学习文学中心理描写尤其是意识流技巧的结果。③ 但是，更多的评论家则将小说中的意识流技巧看做是电影对小说作用的产物。④ 他们提出

① 普多夫金：《论电影的编剧、导演和演员》，中国电影出版社 1980 年版，第441 页。

② 《电影艺术词典》，中国电影出版社 1986 年版，第 199 页。

③ 邓烛非：《电影蒙太奇概论》，中国广播电视出版社 1998 年版，第 84 页。

④ 爱德华·茂莱：《电影化的想像——作家和电影》，邵牧君译，中国电影出版社 1989 年版，第 129—174 页。

的一个鲜明例证，是现代意识流小说大师乔伊斯《尤利西斯》等作品中的意识流技巧归因于作家经常看电影的经历。乔伊斯在1902—1909年期间，经常在巴黎或欧洲大陆的其他地方看电影，颇为入迷，并且一度在爱尔兰经营影院。虽然在商业上乔伊斯获利殊微，但是电影却对他的写作技巧产生了不小的影响。在20年代，乔伊斯也是电影院的常客。毛莱·卡拉干回忆起他有一次去拜访乔伊斯时听到他热烈地谈起了电影："他说话时，我仿佛看到他坐在漆黑一片的剧场里，这位散文大师被摄影机技术所深深吸引，它酷似梦幻技术，画面一幅接一幅地在脑海里闪过。它是否增长了他对梦幻世界的逻辑的知识呢？"[①] 由此可见，小说中的意识流技巧是受电影的影响而形成的。隐喻蒙太奇通过镜头（或场面）的对列或交替表现，进行类比，含蓄而形象地表达创作者的某种寓意或事件的某种情绪色彩。它往往是将类比的不同事物之间具有某种相类似的特征凸显出来，以引起观众的联想，领会导演的寓意和领略事件的情绪色彩，从而深化并丰富事件的形象。例如，苏联导演普多夫金在影片《母亲》中将工人示威游行的镜头与春天河水解冻的镜头有机地组接在一起，用春水比喻革命运动势不可挡。对比蒙太奇通过镜头（或场面）在内容上（如贫与富、苦与乐、生与死、高尚与卑贱等）或形式上（如景别的大小、角度的俯仰、光线的明暗、声音的强弱等）的强烈对比，产生相互强调、相互冲突的作用，以表达创作者的某种寓意或强化所表现的内容、情绪和思想。例如在《呵，野麦岭》片首，洋楼里达官贵人的舞步同风雪中艰难跋涉的妇女的脚步交叉出现，就是一种鲜明的对比。平行蒙太奇将两条或两条以上情节线索（不同时空、同时异地）进行并列表现、

---

① 爱德华·茂莱：《电影化的想像——作家和电影》，邵牧君译，中国电影出版社1989年版，第130页。

分头叙述并统一在一个完整的情节结构之中，或将几个表面毫无联系的情节（或事件）互相穿插、交错表现并统一在共同的主题中。例如在影片《党同伐异》中，美国导演格里菲斯将四个不同时代不同地域的毫无剧情联系的故事并列表现，交错叙述，以便表现一个共同的主题：任何时代都有排斥异己的事情。

蒙太奇视角的这种神奇功能，给作家（小说家或剧作家）的创作带来了一种生机。俄国大文豪托尔斯泰曾形象地说明了电影对他的创作的影响：

> 当我写《活尸》时，我又扯头发，又咬指头，因为我写不出足够的场景，足够的画面，因为我不能迅速地从一个事件过渡到另一个事件。该死的舞台像副笼头，扼住了戏剧作家的喉咙；我不得不按照舞台的容积和要求来剪裁生活和作品的幅度。我想起有人告诉过我，有个聪明人设计了一个旋转舞台，可以在上面预先布置好若干个场景，我高兴得像个孩子似的，便在剧本里写了 10 个场景。即使如此，我还是担心这个戏会被否决……但是那些影片！它们太了不起了！滴溜溜！一场戏就上来了！滴溜溜！又换了另一场！①

可以毫不夸张地说，自电影正式问世并且在 20 世纪 20 年代兴盛以来，它对文学家的创作产生了深远的影响，利用摄影机视角进行叙事也是他们进行现代小说创作实验的一个重要部分。利昂·伊德尔指出，在"图画"和"场景"的伪装之下，亨利·詹姆斯本人也是一个摄影机视角或者说电影眼（a cam-

---

① 杰·莱达:《电影：俄国和苏联电影史》，纽约，1960 年，第 410 页。

era eye)①，除此之外，"视点"（point of view）还是什么呢？在《专使》中，马莉亚·高斯特雷看了一眼斯特雷彻的脸，斯特雷彻也看了一眼马莉亚的脸。读者一会儿成了马莉亚，一会儿又成为斯特雷彻，一会儿又离他们俩远一点儿，以便能同时看到他们俩。乔伊斯的《尤利西斯》是电影化的，尤其是其中夜景的描写。它的幻影似的溶暗、重复不停的蒙太奇和对都柏林的忠实再现都要比人们所能想像到的都柏林真实。在欧美文学史上，用摄影机视角进行小说创作最著名的例子，是美国作家约翰·多斯·帕索斯及其创作的《曼哈顿中转站》和《美国》，这恐怕是众所周知的事实。帕索斯在他的两部主要小说中使用的两个主要手法是"摄影机眼睛"和"新闻片"，它们都是电影技巧对小说创作的越界。"摄影机眼睛"是苏联电影导演维尔托夫于 20 世纪 20 年代初提出并在创作中付诸实践的理论。他把电影摄影机比做人的眼睛，主张电影工作者手持摄影机"出其不意地捕捉生活"②。而"新闻片"则部分源于好莱坞的"蒙太奇"创作实践。当一个小说家在其小说创作中较多地借鉴与融合电影艺术手法时，他的小说就具备了"电影小说"的特征。斯坦贝克的非目的论的思维，他的文献式的现实主义细节形象性，以及他的好莱坞经历等因素，使得他的中篇小说《小红马》《珍珠》和《任性的公共汽车》等都具备"电影小说"的特征，这也是其试验性小说的一个体现吧。

斯坦贝克"电影小说"的特征之一是其戏剧化结构。"在将小说与戏剧作一比较时，我们发现一篇小说的故事可以是极为复

---

① Edel, Leon. *Novel and Camera*. in *The Theory of The Novel*. edited by John Halperin. Oxford University Press, 1974, p. 177.

② 《电影艺术词典》，中国电影出版社 1986 年版，第 60 页。

杂的，但一出戏的故事却比较简单"①。原因很明显，戏剧通过对话表现它的故事时，竭力要使观众感到似乎一切都是发生在他们面前的，而戏中涉及的事件也必须是上一次剧场就能看懂的。而小说则不同。长篇小说，固然因其篇幅的巨大，事件、线索的众多，需要读者长时间地阅读才能吃透；短篇小说，例如鲁迅的那些采用隐晦、曲折的"春秋笔法"所写就的小说，尽管篇幅短小也非一朝一夕所能看懂。电影观众到电影院看电影和戏剧观众到剧场看戏具有相同的性质，虽然电影的效果比戏剧更视觉化、更真实。因此，这就决定电影的表现条件"几乎和戏剧的完全相同"②。电影在表现行动时，也竭力要使观众感到一切似乎都是发生在他们面前，使观众看一次就懂。"因此，最成功的电影故事，也跟最杰出的戏剧故事一样，只含有单一的行动。从电影的主要轮廓来说，它是具有和戏剧同等程度的单纯性"。这种"行动主题"的单纯性，必须能够用简短的几句话来概括。例如，1945 年出品的英国电影《相见恨晚》的剧情可以这样概括为：一位中年的有着幸福的家庭生活的母亲，爱上了一位同样已经结了婚的医生。他俩觉察到，假如继续迷恋下去，将欺骗与损害他们所爱的其他人，因此决定分手，永远不再相见。像"剧本小说"一样，以《小红马》《珍珠》和《任性的公共汽车》等为代表的"电影小说"也具有明显的戏剧化结构，这是斯坦贝克的小说能够很容易地搬上舞台和银幕的重要原因。首先，它们具有单纯的戏剧性"行动主题"，能够像林格论所说的那样用简短的几句话来概括。例如《小红马》虽由四个相对独立的短篇小说组成，但在主题上却是统一的，是一个典型的

---

① 欧纳斯特·林格伦：《论电影艺术》，何力等译，中国电影出版社 1979 年版，第 35 页。

② 同上。

"小说链"。它通过小主人公乔迪目击心爱的小马之死、渴望到西山探险、目击小马的出生与老马的死亡以及与成人世界的交往等生活片断，表现了一个正在成长的少年的心灵出行历程。其次，这几部小说都具有集中的舞台性特征，它们与"剧本小说"的不同之处在于前者主要是由对话来展示故事，而后者则由视觉化的场景来展示故事。《珍珠》主要刻画了奇诺和妻子胡安娜两个人物，他们与之抗争的邪恶势力则是以群体的形式出现的。《小红马》里的主要人物是小男孩乔迪、他的父亲卡尔·蒂弗林、长工贝利·勃克、老盖达诺人吉达诺和爷爷。他们的性格特征以及彼此之间的社会关系，足以引起撞击，构成戏剧冲突，产生戏剧悬念。这些高度集中的人物，也决定了小说情节的简约性和小说场景的集中性。例如，《珍珠》情节的简约性体现在以下几个场景：奇诺下海采珍珠；医生和神甫觊觎珍珠；奇诺上市卖珍珠并遭遇珍珠商人的合伙敲诈；为保卫珍珠，奇诺逃往大山，以及将珍珠投入大海等。与这些简约的情节相适应，故事的场景也就限定在大海、奇诺的家和大山等。《小红马》的情节也主要由以下场景构成：父亲送给乔迪一匹小红马，小红马得病死去；乔迪向父亲探求西山的知识；乔迪目击神秘老人吉达诺的西山之死；乔迪目击小马驹的出生和老马之死；乔迪听爷爷讲述西行的故事并立志成为新的西行领导者等。所有这些事件发生的地点主要集中在乔迪的家、马房、农场和西山。它们非常适宜于舞台演员的表演和电影摄影师的拍摄。

"电影小说"的特征之二自然是摄影机视角，即叙事语言的视觉化和叙事场景的蒙太奇组合。首先，不管斯坦贝克是用"全能视点"或作品中"主人公视点"或混合的视点来展示故事，他的"电影小说"都具有鲜明的视觉造型性，类似于电影中的全景、中景和特写。需要注意的是，笔者在这里所说的"主人公视点"并不是平常意义上所说的"第一人称"叙事视角。而是在电影拍摄的过程中，摄影师有时根据作品中主人公目光的方向来进行拍摄。在《任性的公共汽车》里，斯坦贝克主要采用全能视点来进行展示。例如，斯坦贝克是这样描写主人公朱安·季璜的出场的：

> 提灯上有一个扁平的朝下的闪光灯，只能照着地面附近的人的腿、脚、车的轮胎和树干。提灯不停地摆动，里面的小白炽灯泡发出幽蓝的光。朱安·季璜提着提灯来到车库，从工装裤的口袋里拿出一串钥匙，找到门上的钥匙，打开了宽宽的大门。他拉开电灯，熄灭了提灯。
>
> 季璜从工作台上拿起一顶斜纹工作帽，穿上有头灯的工装，在工装的围裙上有一些大黄铜扣。在工装的外边，他又罩上一件马匹夹克，上面织着黑色的腕带和领圈。他穿着一双坚硬的无尖鞋，鞋底厚厚的，显得很臃肿。他的大鼻子旁边有一块老伤疤，在头灯的照耀下，像是一个阴影。他用手梳理一下他那浓密乌黑的头发，将它们放进工作帽里。他的两手……①

除了少量的以"编辑型全知"叙事视角进行叙述借以将小说和电影剧本从形式上区分开来以外，全能的、客观的"摄影机视角"贯穿在整部小说的始终，以至于彼特·李斯卡指出，阅读斯坦贝克的《任性的公共汽车》，就好像在观看一部没有背景音乐的现实主义影片。② 在《珍珠》和《小红马》中，斯坦贝克则交叉使用了"全能视点"和"主人公"视点，即用"全能视点"来展示主人公所处的外部环境，用"主人公视点"来

---

① Steinbeck, John. *The Wayward Bus*. New York: The Viking Press, 1947, p. 14.

② Lisca, Peter. *The Wide World of John Steinbeck*. New Brunswick, New Jersey: Rutgers University Press, 1958, p. 247.

展示主人公的所见所闻和内心活动，这与作品的心理现实主义手法是一致的。例如在《珍珠》中，小说的大部分行动是通过主人公奇诺的眼睛再现的，作品的情感撞击也主要是通过奇诺单纯和有限的意识活动体现的。在作品一开始，斯坦贝克就描绘了奇诺早晨醒来时所见到的情景。奇诺的眼睛也就成了摄影机的透镜，透过它读者看到了奇诺所看到的东西，这与导演让电影观众看到的东西具有异曲同工之妙：

> 奇诺睁开了眼睛，他先看看那个渐渐亮起来的四方形——那是门，然后看看那吊在空中的箱子，那里面睡着小狗子。最后他转过头去看他的妻子胡安娜；她挨着他躺在席子上，她的蓝披巾盖着她的鼻子和乳房，围着她的腰。胡安娜的眼睛也睁开了。奇诺一点也想不起，他在醒来时曾经看到它们闭着过。她的黑眼睛好像一双亮晶晶的小星星。正像她平素醒来的时候那样，她这会儿也在看着他。①

不管是全能的、客观的视角，还是主人公主观的视角，"电影小说"展示的故事场景和人物都具有电影的造型艺术特征，这从上面的引文中是不难看出来的。小说中也有许多场景和人物描写，它们极像电影剧本中的远景、中景、近景和特写。例如在《小红马》中，斯坦贝克是这样展示乔迪由远及近认识老盖达诺人吉达诺的：

> 这时，乔迪看到一个人影在移动。有一个人从萨利纳斯那边路上走着，慢慢地翻过陡坡，朝牧场房子的方向走来。

---

① 《斯坦贝克中短篇小说选》（二），人民文学出版社 1984 年版，第 272—273 页。

乔迪站起来，也朝房舍那边走去，因为，如果有人来了，他要去看一看是谁。乔迪到达牧场房子的时候，那个人才走到半路上，是一个瘦子，肩膀挺得笔直。乔迪看他脚跟着地的时候一颠一簸、很费劲的样子，就知道这个人上了年纪。他走近了，乔迪见他穿着蓝斜纹裤子，外套也是斜纹的。他脚上穿着一双笨重的鞋子，头戴一顶旧的宽平边帽。他肩上扛着一个鼓鼓囊囊的麻袋。不一会儿，他一步一拖走到近处，乔迪看清了他的脸。这张脸黑得像牛肉干。脸上的皮肤是黑色的，一蓬灰白色的胡子盖在他嘴巴上，头发一直白到脖子那个地方。他脸上的皮肤已经瘦了，紧贴在脑壳上，皮包骨头不见肉，因此鼻子和下巴显得突出而又单薄。眼睛大大的，深邃、乌黑，眼皮紧紧地牵拉在上面，虹膜和瞳孔合二为一，乌黑乌黑的，可是眼球是棕色的……①

以上这段展示性文字很像电影剧本中的远景、中景和特写。远景是乔迪看见一个人影从萨利纳斯那边路上向乔迪的方向移动；中景是乔迪看到那个人是个瘦子，肩膀笔直，走路一颠一簸，是个老人；近景是看到他穿的衣服和所背的东西；特写是他的面部特征。这是一种典型的摄影机视角性展示，可以不用改动就可以进行电影拍摄。然而，最能体现"电影小说"的电影性特征的是小说中大量的蒙太奇手法的运用。阅读斯坦贝克的"电影小说"，读者有这样一个印象，好像斯坦贝克不是拿着笔写作，而是扛着摄影机在拍摄，然后拿着剪刀对胶片进行剪辑。例如在《小红马》中，为了展示乔迪渴盼母马纳莉生育小马驹的心理活动，斯坦贝克使用了心理蒙太奇的手法：

① 《斯坦贝克中短篇小说选》（一），人民文学出版社 1983 年版，第215—216页。

他坐在绿草地上，淙淙的流水在他耳际颤动。他下面是牧场的房子，他望着对面圆圆的山丘，山上长着谷子，一片黄色，很是富饶。他看得见纳莉在山坡上吃草。水桶这个地方像通常一样，消除了时间和空间的距离。乔迪见到一只长腿的黑马驹挨在纳莉的两侧要奶吃。接着，他看见自己在训练一只大马驹套笼头。才过了一会儿，驹子长成一匹骏马，深深的胸膛，拱着高高的颈子，像海马的头颈似的，尾巴跟黑色火焰一样，卷卷的，发出嗖嗖的声音。人人都怕这匹马，独有乔迪不怕。校园里，男孩子们要求骑一骑，乔迪笑笑表示同意。但是他们刚上去，这个黑色的恶魔一拱背，把他们摔了下来。啊，就给取这个名字："黑恶魔！"有一阵子，叮叮咚咚的流水、草地和阳光回到乔迪头脑里来了，接着……

有天晚上，牧场里的人们安安稳稳地躺在床上，只听得一阵马蹄声。他们说："这是乔迪，骑着'魔鬼'呢。他又在帮着警长干事了。"接着……

萨利纳斯牧人的比赛场上，金黄的尘土飞扬。播音员宣布套索比赛开始。乔迪骑着黑马一来到起跑点，其他运动员缩了回去，打一开头就放弃比赛，因为谁都明白乔迪和"魔鬼"套、摔、勒紧一头小牛，比两个人两匹马合着干还要快得多。乔迪不再是一个男孩子了，"魔鬼"不是一匹马。他们两个合起来是一个威风凛凛的英雄。接着……

总统写信来，请他们帮忙去抓华盛顿的一名强盗。乔迪调整姿势，舒舒服服地躺在草地上。涓细的泉水轻轻地流进长苔的桶里。①

---

① 《斯坦贝克中短篇小说选》（一），人民文学出版社1983年版，第238—239页。

心理蒙太奇的运用，将现实、未来、幻觉等有机地结合起来，形象地展示了乔迪渴盼小马驹出生的心情以及和小马驹在一起生活的美好前景。斯坦贝克另一个常用的蒙太奇手法是平行蒙太奇。[①] 例如在《珍珠》中，当奇诺和妻子拿着"稀世珠宝"回家的时候，斯坦贝克将画面切到城市，用平行蒙太奇的手法展示了小城中不同地方的形形色色的人对珍珠的不同反应：

　　　　在奇诺、胡安娜和别的渔民还没有来到奇诺的茅屋以前，这个城的神经系统已经随着这消息在跳动和震颤了——奇诺找到了"稀世宝珠"。在气喘吁吁的小男孩还来不及讲完之前，他们的母亲已经知道了。这消息越过那些茅屋继续向前冲去，在一阵浪花飞溅的波涛中冲进那石头与灰泥的城市。它传到正在花园里散步的神父那里，使他的眼中出现一种若有所思的神情，使他想起教堂里必须进行的一些修葺。他不晓得那颗珍珠会值多少钱，他也不晓得他有没有给奇诺的孩子施过洗礼，或者有没有给奇诺司过婚。这消息传到开铺子的人那里，他们便看看那些销路不大好的男人衣服。
　　　　这消息传到大夫那里，他正在和一个太太坐着，这女人的病就是年老，虽然她本人和大夫都不肯承认这个事实。等他弄明白奇诺是谁以后，大夫就变得既严肃又懂事了。"他是我的顾客，"大夫说，"我正在给他的孩子治蝎子蜇的伤。"大夫的眼睛在它们肥胖的窝里向上翻着，他想起了巴黎。在他回忆中，他在那里住过的屋子成了一个宏大奢望的地方，跟他同居过的面貌难看的女人成了一个又美丽又体贴的少女，尽管她完全不是那么回事。大夫的眼光越过他那年老的

---

① 除了平行蒙太奇外，《珍珠》中用的更多的是心理蒙太奇手法。

病人，看到自己坐在巴黎的一家餐馆里，一个侍者正在打开一瓶酒。

这消息一早就传到教堂前面的乞丐们那里，使他们高兴得吃吃地笑了一阵，因为他们知道世界上没有比一个突然走运的穷人更大方的施舍者了。

奇诺找到了"稀世宝珠"。在城里，在一些小铺子里，坐着那些向渔夫收买珍珠的人。他们在椅子上坐着等待珍珠送进来，然后他们就唠叨、争吵、叫嚷、威胁，直到他们达到那渔夫肯接受的最低的价钱。可是他们杀价也不敢超过一个限度，因为曾经有一个渔夫由于绝望，把他的珍珠送给了教会。买完珍珠之后，这些收买人独自坐着，他们的手指不停地玩弄着珍珠。他们希望这些珍珠归他们所有。因为实际上并没有许多买主——只有一个买主，而他把这些代理人安置在分开的铺子里，造成一种互相竞争的假象。消息传到这些人那里，于是他们的眼睛眯了起来，他们的指尖也有一点发痒，同时每人都想到那大老板不能永远活着，一定得有人接替他。每人也都想到他只要有点本钱就可以有一个新的开端。①

斯坦贝克"电影小说"的第三个特征是叙事语言的具听性。电影是一门以视觉为主的艺术，但也不能忽略听觉的存在，尤其是在有声片时代。贝拉·巴拉兹曾说过："一个完全无声的空间……在我们的感觉上永远不会是很具体的，很真实的；我们觉得他是没有重量的，非物质的，因为我们看到的仅仅是一个视象。只有当声音存在时，我们才能把这种看得见的空间作为一个

---

① 《斯坦贝克中短篇小说选》（二），人民文学出版社 1984 年版，第 288—289 页。

真实的空间。因为声音给它以深度范围。"① 这说明视觉空间在实际上总是和声音联系在一起的，也只有当两者结合在一起时，才能给人以真实感。电影中的声音包括三个方面：人声、音响和音乐。人声主要是指人物语言，也就是人物之间的对话。使用对话在舞台剧中是一种高度程式化的方法，剧中的一切都主要是用对话来表达。但是在电影中，对人物语言的处理要根据视觉行动的发展作出适当的安排。银幕上充斥着舞台剧的连篇累牍的对话是不可想像的。因此，在电影中，有些部分（尤其是那些单凭视觉行动不足以交代剧情、更好地塑造人物性格的部分）用上一定的对话将很恰当，其他部分对话可以很少，甚至完全不用对话。不像"剧本小说"那样主要由对话构成，斯坦贝克的"电影小说"中的人物对话非常少而且简练，基本上是配合摄影机的视角来安排的，类似于电影演员必不可少的台词。例如在《珍珠》中，当奇诺和胡安娜抱着儿子到医生家看病时，斯坦贝克用寥寥几笔便刻画出了医生嫌贫爱富、唯钱是图的丑恶嘴脸：

> "什么事儿？"大夫问。
>
> "有个小印第安人带着个娃娃。他说孩子给蝎子蜇了。"
>
> 大夫轻轻地放下杯子，然后才让怒火上升。
>
> "难道我没有别的事儿可做，只好给'小印第安人'治治虫伤吗？我是个大夫，不是兽医啊！"
>
> "是，老爷，"仆人说。
>
> "他们有钱吗？"大夫追问，"没有，他们从来没有钱的。我，世界上只有我一个人好像应当白干活。我可腻味透了。看看他们有钱没有！"②

---

① 转引自《声音和电影》，北京电影学院编译，《国外电影参考资料》。

② 《斯坦贝克中短篇小说选》（二），人民文学出版社 1984 年版，第 273 页。

音乐也是电影声音中的重要组成部分，它担负着推动剧情和烘托气氛的作用。例如在我国电影《五朵金花》中，男主人公阿鹏循着歌声去找金花，最后终于如愿以偿，那首歌曲就起着推进剧情的作用。作为斯坦贝克"电影小说"的典型代表，《珍珠》大量运用了主题音乐的形式。这些主题音乐由《家庭之歌》《邪恶之歌》《敌人之歌》以及《珍珠之歌》等组成，它们衬托故事发生的背景，表现主人公奇诺的心绪变换，推动故事情节的发展。小说的第一章由两支主题歌——《家庭之歌》和《邪恶之歌》交替组成。故事一开始，读者听到的是《家庭之歌》。在《家庭之歌》柔和的音乐中，读者看到黎明霞光四射，奇诺的妻子胡安娜在做早饭、照看儿子小狗子，还有别的邻居家里冒出的炊烟，总之，这是一幅宁静祥和的家庭生活图景。不一会儿，宁静祥和的《家庭之歌》消失了，取而代之的是《邪恶之歌》。在《邪恶之歌》野蛮、诡秘和危险的旋律中，读者看到一只蝎子蜇了小狗子的脸，小狗子疼得哇哇直哭，奇诺和妻子胡安娜抱着儿子看医生被拒之门外。第二章由《海底之歌》和《珍珠之歌》组成。在神秘的《海底之歌》奏响的时候，读者看到奇诺潜到海底，看到灰绿的海水、来去如飞的小动物和一些一闪即逝的鱼群。接着，"明朗、美丽、嘹亮、热烈、可爱、幸福、欢快而又得意"的《珍珠之歌》奏响了。在这神奇、明快的音乐声中，奇诺捞到了一颗稀世珍珠。第三章由《珍珠之歌》和《家庭之歌》混合组成的交响乐以及"敌人之歌"构成。在明快的交响乐伴奏下，斯坦贝克用"心理蒙太奇"的手法展示了奇诺希望通过卖掉珍珠而取得家庭幸福的幻觉。当他说"我们要举行婚礼——在教堂里"时，珍珠里映现出他和妻子在教堂举行隆重的婚礼的情景；当他说"我们要买新衣服"时，珍珠里出现的是他和妻儿穿着美丽衣服的画面；当他说"一枝来福枪"时，珠里马上出现奇诺拿着一枝温彻斯特式卡宾枪的图景；当他说"我儿子要上学"时，在珍珠里面奇诺看到他自己和胡安娜蹲在茅屋的小火旁，儿子在念一本大书。当神父听说奇诺得到一颗稀世珍珠而屈尊到奇诺家来的时候，天黑了，由《珍珠之歌》和《家庭之歌》组成的交响乐消失了，取而代之的是邪恶的《敌人之歌》。这个一向对像奇诺这样的穷人不屑一顾的家伙，居然提出要给奇诺和胡安娜主持婚礼。神父走后，医生接踵而至，这个先前拒绝为小狗子治病的家伙，也居然关心起孩子的病情。他和神父一样，都是在打奇诺珍珠的主意。是夜，在邪恶的音乐声中，敌人偷袭奇诺的家，打伤了奇诺。但是当黎明再次到来的时候，邪恶消失，取而代之的仍然是《珍珠之歌》：

> 珍珠在小蜡烛的亮光中闪烁着，以它的美丽哄骗着他的脑子。它是那么可爱，那么柔和，并且发出了自己的音乐——希望和欢乐的音乐，对未来、对舒适、对安全都作了保证。温暖的珠光许给了一剂抵抗疾病的糊药和一堵抵御侮辱的墙。它向饥饿关上了大门。当奇诺盯着它的时候，他的眼睛变柔和了，他的脸也轻松了，他可以看到贡献用的蜡烛的小影子反映在珍珠的柔和的表面上，同时他耳朵里又听到那可爱的海底的音乐，海底绿色的四散的光芒的调子。[①]

作为主题和背景音乐，《珍珠之歌》《邪恶之歌》和《家庭之歌》在小说的后三章仍然交替出现，推动故事向高潮发展。小说的高潮是《家庭之歌》变成了最强音，压过了《珍珠之歌》的虚无缥缈和《邪恶之歌》的丑恶暴力。在《家庭之歌》的强

---

① 《斯坦贝克中短篇小说选》（二），人民文学出版社1984年版，第303页。

音中，奇诺将珍珠扔进了大海，摆脱了欲望的控制和邪恶的困厄，最终完成了灵魂的出行历程。用音乐来进行叙事是斯坦贝克的一个重要尝试，他后来在《罐头厂街》和《甜蜜的星期四》中又适当运用了这种手法。例如在《罐头厂街》第18章，当多克在海边捞到一个溺水的姑娘并为她的美所震惊时，斯坦贝克突然运用音乐来衬托多克的心情：

> 突然，多克的耳朵里响起了音乐，是高扬、尖细、悦耳的笛音，带着一种他怎么也想不起来的旋律。衬托笛音的是像拍岸浪花敲击似的木管乐。笛音飞扬，进入耳力所不及的境界。但是，即使在那远远的高处，它仍然带着那种奇妙的旋律……①

四　长篇小说中的叙事性、戏剧性和电影性视角

斯坦贝克哲学思维中目的论和非目的论的矛盾，以及他在中篇小说中尝试的戏剧化和电影化的写作手法，也反映在他的长篇小说创作中。斯坦贝克的三部主要长篇小说《愤怒的葡萄》《伊甸之东》和《烦恼的冬天》，是他运用三种视角创作的作品，其中《愤怒的葡萄》是最成功的一部。小说出版后，美国著名电影导演福特将其成功地搬上银幕，成为让众多文学家和电影评论家叹为观止的小说和影片。爱德蒙·威尔逊断言："《愤怒的葡萄》轻而易举地上了银幕，就像原作是专门为制片厂写的那样。有史以来大概只有这个严肃的故事拍成电影和写成小说都显得同样动人。"②《伊甸之东》是作家创作的最长的一部小说，也是

---

①　《斯坦贝克中短篇小说选》（二），人民文学出版社1984年版，第200页。

②　Wilson，Edmund. *The Boys in the Back of the Room*. San Fransico，1941，p. 61.

美国文学上的一部畅销书。《烦恼的冬天》是瑞典皇家科学院提名授予斯坦贝克 1962 年度诺贝尔文学奖的重要依据，被认为与《愤怒的葡萄》具有同等的重要性。而且，这三部长篇小说都先后被搬上舞台和银幕，这无不得益于作品中所运用的三种视角。

作为小说尤其是长篇小说，《愤怒的葡萄》《伊甸之东》和《烦恼的冬天》首先要采用的自然是叙事性视角，这是它们作为长篇小说的必备条件。戏剧化视角和摄影机视角只能在这个叙事框架之内存在，而不能是相反。叙事性视角和三部长篇中的叙述性章节是作家创作思想中目的论思维的体现，即作家要通过小说必不可少的"叙"来揭示事件发生的社会和历史背景，也就是生活为什么"是"这样。同样是叙事性视角，三部长篇又各有不同。《愤怒的葡萄》采用的是"编辑型全知"叙事视角。小说共有 30 章，其中约有 16 章亦即整个作品的三分之一是"插入章"。这些插入章的主要部分是采用"编辑型全知视角"写成的，它们有两个功能。其一，通过提供社会环境来强化约德一家西行和在加利福尼亚受到困厄的必然性，在 16 个插入章中有 13 章具有这种功能。例如第一章"以编辑型全知视角"描绘了将约德一家从自己的土地上驱赶出去的干旱。这一章的干旱不仅具有自然主义或现实主义层面上的真实，而且也具有象征主义的寓意。其二，提供加利福尼亚的历史信息，例如它的土地所有制的演变、劳动力迁移的必然结果和社会落后的经济特征等，它们为以约德一家为代表的人类出行和灵魂的救赎提供了广阔的社会和历史背景。同时，斯坦贝克这位全知的作者，也以编辑者的声音对美国 30 年代大萧条的景象进行了精辟的评论，从中可以看出他对邪恶的评判和对下层民众惠特曼式的同情。例如在第 19 章，斯坦贝克叙述了加利福尼亚过去的历史、农业的发展以及移民与当地人的矛盾：

从前加利福尼亚是属于墨西哥的，土地属于墨西哥人。有一大群褴褛的、疯狂的美国人蜂拥而来。他们对土地的欲望非常强烈，于是他们就抢占了这带地方——霸占了索特的土地，奎瑞罗的土地，把他们的领地抢占了，分割成许多块，大家吵吵闹闹，争夺了一番，这些疯狂的、饥饿的人呀，他们用枪守住了他们所霸占的地方。他们盖起了住宅和谷仓，犁开土地，种上了庄稼。这些东西都是财产，财产就是主权所有的东西。

……

于是失去土地的农民都被吸引到西部来了——有从堪萨斯来的，有从俄克拉荷马来的，有从得克萨斯来的，有从新墨西哥来的，还有从内华达和阿肯色来的许多人家和一伙一伙的人，他们都是被风沙和拖拉机撵出来的。一车一车的人，一个一个的车队，大家都是无家可归，饿着肚子；两万人，五万人，十万人，二十万人。他们饿着肚子，焦虑不安，川流不息地越过高山——他们都像蚂蚁似的东奔西窜，急于想找工作——无论是扛、是推、是拉、是摘、是割——什么都干，无论多重的东西都背，只为了混饭吃……他们原来希望找到一个安身之所，结果却只遭到仇恨。俄克佬——业主们恨他们，因为业主们知道自己是软弱的，而俄克佬却很刚强，他们自己吃饱了，而俄克佬却饿着肚子；业主们也许听他们的祖先说过，只要你是凶暴、饥饿而又有了武装，就很容易从一个软弱的人手里把土地夺过来。总之，业主们是恨他们的。在城市里，店主们也恨他们，因为他们花不起钱……劳动人民也恨俄克佬，因为饥饿的人必须找工作，既然他必须找工作，非工作不可，老板就自然会把他的工资压低，结果就使别人也

无法多得工资了……①

　　相对于《愤怒的葡萄》，《伊甸之东》中"叙"的成分更多，这与斯坦贝克的好友里基茨死后作家从非目的论的哲学思维更多地转向目的论思维有关。② 斯坦贝克想写一部更加"宏大"的小说，以期从历史和现实的纬度探讨善与恶冲突的根源、它与人类重建伊甸园的关系以及人类怎样通过出行获得自由意志。这样一个重大的主题，单纯的戏剧性和电影性展示似乎不能取得作家所希望达到的效果。但是，同样是采用"编辑型全知视角"的"叙"，同样具有叙述背景和人物家世活动的插入章和正文的叙述章节，《伊甸之东》与《愤怒的葡萄》在叙事方面还是有所不同的。其不同之处在于，斯坦贝克在其整个小说创作生涯中首次尝试叙述者"我"或"我们"的介入。例如在第一章，斯坦贝克通过叙述者"我"的记忆描绘了萨利纳斯谷地的风土人情。在这章必不可少的介绍性描绘中，叙述者"我"的声音给小说发生的背景萨利纳斯谷地赋予一种象征的意义，即在叙述者"我"的记忆中，东部的加毕伦山脉总是与日出及生命联系在一起，西部的圣卢西亚斯山与死亡及日落联系在一起。在第二章，作家仍然通过叙述者"我"的记忆，叙述了斯坦贝克母亲的家族汉密尔顿一家不远万里从北爱尔兰出行到美国重建伊甸园的故事。而在该章的结尾，作家用寥寥数笔引进了小说的另一家族亚当·特拉斯克一家的生活。这样，在小说的前两章，利用叙述者"我"的声音，斯坦贝克自然而然地给现实的故事赋予了一层象征的含义。一明一暗的两座大山既暗喻光明的汉密尔顿

---

　　① 约翰·斯坦贝克：《愤怒的葡萄》，胡仲持译，外国文学出版社1982年版，第298—301页。

　　② 从《伊甸之东》中大量的对于历史的叙述和对善与恶冲突根源的探究，读者可以感知斯坦贝克哲学中目的论和非目的论思维的矛盾。

家族和阴暗的特拉斯克家族，又暗喻人性中的善与恶的冲突；富饶的萨利纳斯谷地以及里面潜在的邪恶，暗喻这是一个失落的伊甸园或者说是一个伊甸园的幻影，它为日后亚当·特拉斯克家族重建伊甸园的失败和他们的人生悲剧埋下了伏笔。到了第八章，在引进亚当的妻子卡西·艾姆斯这个邪恶的人物时，斯坦贝克似乎认为，单纯用"编辑型全知"的叙述和刻画不能让读者更深刻地认识卡西这个邪恶形象的本质。于是，他又让叙述者"我"的声音又一次强烈地介入，不但根据"我"的记忆来刻画卡西，而且还让叙述者"我"就现象和本质的关系发表议论：

> 我相信世人有时会生怪胎。有些怪胎显而易见，大脑袋，小身体，长得畸形可怕；有的生来缺胳膊少腿，也有多一条胳膊的，长尾巴的，嘴巴长得不是地方的。这些是偶尔现象，不是人们想像的那样属于父母的过错……我认为卡西·艾姆斯生来就有那种一辈子都在驱使或者逼迫她的倾向，或者说生来就缺少那种倾向。有某个平衡轮重量不对头，某个齿轮比例失调了。她跟别人不一样，从小就不一样。残废人能学会利用自己的缺点，在某个有限的领域里比健全的人更能干。卡西也是这样，她利用自己的差异，在她的世界里引起了使人痛苦和困惑的骚动……卡西爱说假话，但是方式跟大多数孩子不同。她撒的谎不是不着边际的，她说起假话来活龙活现，像是真有其事。其实这只是一般的和表面真实有出入而已。我认为假话和故事之间的差别在于故事利用真实的幌子和外表，供听故事以及讲故事的人消遣。故事本身并没有得失。但是假话是获得好处或者逃避坏处的一种手段。我想如果按照这个定义来看问题，那么故事作家就是骗子——如果他经济收益不

错的话……①

　　事实上，在整个小说中，斯坦贝克会不时地中断他的叙述，使读者时时意识到他作为作者的存在。叙述者"我"的功能大体上有以下几个方面。② 其一，直接向读者发话。例如在第二部书开始的时候（第 12 章），斯坦贝克写道："读者可以看到本书叙述的事件已经到达一条名为一九〇〇年的大分界线。"其二，对作家自己的家世进行叙述。例如在第二部书第 14 章，斯坦贝克叙述了他和他的母亲奥利芙亦即汉密尔顿的女儿度过的时光；在第三部第 23 章，叙述作家和姨妈尤娜以及汤姆舅舅在一起的时光。其三，向读者阐述自己的信仰或观点。例如在第四部第 34 章，叙述者"我"向读者揭示自己的观点。这也是斯坦贝克在全书要表达的中心思想，即善与恶冲突贯穿人类历史进程的始终。其四，引入一个新的人物并对这个人物的性格进行分析。例如，斯坦贝克对卡西这个人物的引入和分析。值得注意的是，作品中虽然有叙述者"我"的出现，这个"我"既不是《哈克贝利·费恩历险记》中"我"作为主人公型叙事视角，也不是《了不起的盖茨比》中"我"作为目击者型叙事视角。斯坦贝克最初创作这部长篇小说时，是要忠实地再现他母亲的家族汉密尔顿一家（包括他本人在内）的生活，所以他采用的视角是自传型"我"的视角，而且全书只包含两部分。但是在写作的过程中，他的目的论的思维使他发现，单纯文献式地再现母亲一家的生活似乎不足以表现善与恶冲突背景下人类出行并获得自由选择意志这一宏大主题。所以，他就虚构了另一个

-----

　　① 约翰·斯坦贝克：《伊甸之东》，王仲年译，人民文学出版社 1986 年版，第 88—91 页。

　　② 限于篇幅和行文，笔者不可能一一引用小说原文进行例证。读者可参阅有关章节。

家族特拉斯克一家的故事。他很快就被特拉斯克家族的故事所吸引，并将作品的重心集中在特拉斯克家族身上，而将自己的家族置于次要的地位。小说的题目，也由《萨利纳斯谷地》改成《伊甸之东》。但是他在《萨利纳斯谷地》确立的自传型"我"的视角，并未作重大改动。所以，作品的叙述视角和叙述者"我"的声音的介入，在全书就出现了一些问题。在小说开始和中间的某些部分，当涉及斯坦贝克家族的叙事时，自传型"我"的视角和叙述者"我"的声音基本上是自然的。但是，仍然有一些生活片断是作者无法亲身经历甚至听说的。为了解决这一问题，他只得采用"编辑型全知"的叙述视角，这在即使叙述斯坦贝克母亲家族故事时也显得不太和谐。当他叙述特拉斯克家族故事时，只能采用"编辑型全知"视角。那么，在评述特拉斯克家族成员的性格特征或生活时，叙述者"我"的声音的出现就显得更加唐突。这是作家在小说实验过程中一个未能很好处理的问题。

《烦恼的冬天》是作家的最后一部长篇小说，也是一部更具有实验色彩的作品。它在叙事学方面的独特之处，在于作家在叙述时尝试采用两种叙事视角，即"中立型全知视角"（neutral omniscience）和"我"作为主人公型视角。全书分两部共计22章。在每部的前两章，亦即第一部的第1、2章和第二部的第11、12章，作家采用"中立型全知"叙事视角，其余章节采用"我"作为主人公型叙事视角。采用"中立型全知"视角的这四章在叙事方式上的优势在于，它在故事开始前预先安排好故事发生的场景，并且就故事中可能涉及的主要人物的性格和内心世界进行必不可少的描绘和分析。否则，一旦故事转入"我"作为主人公型的视角进行叙述，那么由于受叙述视角的限制，五光十色的故事背景和故事中的其他主要人物的性格及内心世界，就不能得到很好的刻画和揭示。在整个故事的发展中，诱使主人公伊坦·郝雷灵魂堕落的主要人物有银行职员佐伊·莫菲、银行家贝克先生和亦巫亦娼的玛姬·扬—亨特、伊坦的老婆玛丽，也有伊坦将要出卖的人物亦即店铺老板马鲁洛。在第1—2章，这些人物都通过"中立型全知视角"的叙事方式展示了出来。在这四章里，由于斯坦贝克基本上采用"中立型全知"视角，叙述的部分不像《伊甸之东》那样很多，大部分是通过戏剧化的、非介入的展示。只有在极个别情况下，作家才站出来对人物的性格和内心世界进行剖析和判断。例如在小说的第二部第12章，斯坦贝克用五六页的篇幅描绘玛姬的相貌、与周围男人的关系、她对伊坦的态度以及她的孤独等，这些段落是这部长篇小说叙事性的典型表现。例如，下面一段就是以叙述的方式揭示玛姬和伊坦的关系的。

　　她开始在伊坦·郝雷身上打主意完全是事出偶然，而且是出于无事可干。从某一方面来说，她认为这事纯属恶作剧，是想试试她的手段，这是猜得不错的。不少为了寻求安慰和恢复自信而来找她的伤心人，都是为自己的虚弱无能而感到压抑，在两性问题上受到了创伤而束手无策，以致影响了他们的其他一切生活领域的。所以她只要稍稍安慰和奉承他们几句，就可以很容易地使他们重新鼓起勇气去反抗家里的泼妇。她真心喜欢玛丽·郝雷，并且因为她才逐渐注意到伊坦。他是受到另一种性质的压抑，一种社会经济方面的压抑，以致使他丧失了勇气和自信。由于自己既无职业，又无爱情，也无儿女，她很想试试她能不能解救并且引导这个受伤的男人重新去追求某种新的目标。这是一种游戏，就仿佛是解一道难题，做一次试验似的，并非出于好心，而只不过是出于好奇和闲得无聊。这是个高超的男人。能引导他就能证明她的高超，而这正是她愈来愈需要的。①

这一段通过叙述者的介入式的分析和评论，将玛姬这个亦巫亦娼的女人内心对伊坦的想法揭示了出来。有评论家认为，斯坦贝克只会从外部世界表现小人物而不会从内心去刻画人物的性格②，这种看法恐怕是片面的。斯坦贝克在《伊甸之东》以前的小说，主要是受里基茨非目的论哲学的影响较大，主要是用文献式的现实主义、戏剧化的展示和摄影机的视角去再现现实的"是"什么，而不想通过揭示人物内心的活动来揭示为什么"是"这样。一旦当作家摆脱非目的论的思维，或者在保持非目的论思维的基础上采用一些目的论的思维方法时，斯坦贝克完全有能力去揭示人物的内心世界，典型体现就是《烦恼的冬天》中以第一人称即"我"作为主人公型视角，以及将这种视角与"意识流"的内心独白的有机结合。为了揭示作为"每个人"象征的伊坦·郝雷在现代精神荒原中的灵魂出行和救赎，斯坦贝克采取让主人公以第一人称的形式即"我"作为主人公型叙事视角，向读者讲述并展示自己参与的主要事件，以及在每一事件中"我"的思绪。这就使得主人公的行为更具真实性和戏剧性。同时，"我"作为主人公型的叙事视角，也能使作者十分自然地进入主人公的内心深处，并且用意识流方式将主人公最隐秘的思想公之于众。马克·吐温的《哈克贝利·费恩历险记》、海明威的《永别了，武器》和塞林杰的《麦田里的守望者》是美国文学史上三部以"我"作为主人公型视角写成的典范作品，但是在"我"作为主人公型视角与"意识流"手法的结合方面并没有取

---

① 约翰·斯坦贝克：《烦恼的冬天》，吴均燮译，人民文学出版社 1982 年版，第 224—225 页。

② 吴富恒、王誉公主编：《美国作家论》，山东教育出版社 1999 年版，第 708 页。

得进展。斯坦贝克《烦恼的冬天》中的这18章，可以看做是"我"作为主人公型与"意识流"的完美结合。在这里，"我"即伊坦·郝雷，不仅向读者讲述了自己怎样在4月耶稣受难日受到亦巫亦娼的美女玛姬、银行职员佐伊·莫菲和银行家贝克先生等人关于发财的诱惑，怎样在随后的日子里灵魂发生了堕变，怎样一步步设计"弑杀"自己的兄弟、出卖自己的老板并且准备抢劫银行等，而且还通过"意识流"的内心思绪，向读者展示了他内心的斗争，以及新港城历史和现实中的"出卖"现象。这就从更深的层面上向读者揭示，伊坦的悲剧不仅是其个人的悲剧，而且是美国时代乃至整个人类"每个人"的悲剧。例如第一部第3章由40多个段落组成，以"我"作为主人公型视角和"意识流"的形式，展示了"我"在耶稣受难日那天夜里的情景。第1—4段，叙述"我"躺在床上看着妻子玛丽熟睡的甜蜜而自己辗转反侧不能入眠。第五段写"我"在耶稣受难日的苦恼。第六段回忆"我"在耶稣受难日这一天上午受到的教训、玛姬的诱惑和 B.B.D 联合公司推销员的贿赂。第7—10段仍转到"我"目前的窘境，写"我"睡不着觉，只好在半夜披衣出去。第11段以"意识流"的形式，叙述新港城的开发历史和自己海盗祖先的兴衰。第12、13、14段，叙述"我"在夜间行走在新港城的大街上，和巡逻的警察打招呼，并且欣赏城中的古式建筑物。第15、16、17段，"我"由古式的建筑物又联想到和自己家族曾一样兴衰的亚伦家族。第18、19段写自己仍然行走在新港城的大街上，并且又联想起自己孩子时代走在大街上的感觉。第20、21和22段，叙述"我"走到波洛克街与陶奎街会合处，看到一串拖沓绵延的脚印，联想起和自己一样出身名门、如今沦落为酒鬼的昔日好友丹尼，由此引出小说中的一个主要人物丹尼·泰勒，亦即伊坦行将"弑杀"的兄弟。第23段叙述"我"当夜要去的一个地方——新港城原来的旧港。第24、25

和 26 段，由第 23 段旧港的船舶，联想起"我"和祖父度过的美好的海上生活。这时的"意识流"和电影的蒙太奇"闪回"是有机地结合在一起的。[①] 第 27、28、29、30 段，叙述"我"来到"那个地方"，那里的景致和它对于"我"的特殊的象征意义：

> 此刻，当我坐在"那地方"，风吹不到，在守夜的灯光下望着夜潮涌来，映着漆黑的天空，水也显得黝黑，这时候我好奇地想到是不是所有的人也都有这样一个地方，或者也需要这样一个地方，或者虽然需要却并没有找到。有时候我曾在别人眼里看见过一种特别的神色，发狂的野兽的神色，仿佛渴望有个安静、隐秘的地方，到那儿能使得惊魂稍定，那儿能让人只身独处，反省自己。当然，我也知道所谓"返回母胎"、"死的渴望"之类的理论，这在有些人也许是真的，但我觉得对我来说却显得并不真实，只可算是对于并不轻松的事说说风凉话罢了。我把在"那地方"发生的事称作"反省自己"。别的人也许会称作祈祷，也许这实际是一回事。我不相信这是思考。如果我想在心目中把它描绘出来的话，那就像是一块打湿了的布在风中反复翻动，使得那块白布渐渐变得干燥清洁。这儿发生的事反正对我有好处，不管它是否真好。[②]

"我"亦即伊坦·郝雷进入的"那地方"，在整部小说中具有重要的象征意义，它和耶稣进入的墓穴不无相似之处。具有反

---

① 这也是电影蒙太奇手法在斯坦贝克长篇小说中的典型体现。

② 约翰·斯坦贝克：《烦恼的冬天》，吴均燮译，人民文学出版社 1982 年版，第 60—61 页。

讽意味的是，耶稣在受难日进入墓穴象征着对罪恶、死亡和撒旦的征服；伊坦进入那个洞穴，则象征着他道义的堕落乃至预示他后来的精神"死亡"和"救赎"。仍是在这个"洞穴"，斯坦贝克紧接着用若干段"意识流"思绪，揭示了妻子玛丽对金钱的渴望，玛姬、佐伊、贝克先生等人对"我"的诱惑，以及"我"的灵魂的堕变。因此，"我"作为主人公型叙事视角与"意识流"手法的结合使用，将主人公伊坦在耶稣受难日那天夜里的活动和思绪栩栩如生地揭示了出来，这表明斯坦贝克在叙事视角方面的试验是成功的。

斯坦贝克长篇小说中第二个视角是戏剧化视角，是"非目的论"思维、百老汇经历和"剧本小说"的戏剧特征在长篇小说中的重要体现。戏剧性展示虽然被置于叙事的总体框架之内，但它在三部长篇小说中还是占主体的地位。在《愤怒的葡萄》和《伊甸之东》中，以"编辑型全知"视角写成的叙述章和"插入章"，尽管给故事的发生提供了翔实的历史和现实的背景，尽管能以较快的节奏叙述非主要的事件或人物经历并从形式上框定文本的小说特性，但它们毕竟占很小的篇幅。而在《烦恼的冬天》中，"编辑型全知"叙事视角，让位于只有四章篇幅的"中立型全知"视角叙述。就是在这短短的四章中，"中立型全知"视角的"叙述"，也被大量压缩和淡化。所以，三部长篇小说的主体内容是以对话为显在特征的戏剧性展示。斯坦贝克的三部长篇小说尤其是前两部给读者的整体印象是，叙事章和插入章给故事提供一个广阔的舞台大背景，然后叙述者的声音隐退，故事的主要人物走向前台，通过彼此之间的对话展示人物的思想、冲突和情节的发展。后一部似乎连这种背景式的介绍也不要了，一开始主人公就被置于前台，通过大量的对话和少量的动作性描写来戏剧性地展示故事情节的发展。虽然由于作品的篇幅浩繁，它们不能像以前的"剧本小说"那样逐字逐句改编成舞台剧本，但经过编辑整合，它们还是较那些戏剧性不强或者以叙述为主的长篇小说更容易改编为舞台剧。三部长篇小说先后被搬上舞台就是明证。《愤怒的葡萄》的第28章，是全书中一个很重要的章节。因为在这个章节中，象征耶稣的牧师吉姆·凯绥的死教育了故事中主要人物之一汤姆·约德，使他最终完成了灵魂由"小我"到"大我"的出行。吉姆的转变主要是通过什么方式体现的，"编辑型全知"的叙事视角在这里起一种什么作用，相信读者看了这部分的引文后会有自己的判断：

> "你在哪儿，妈？"
>
> "在这儿。就在这儿。说话小声点，汤姆。"
>
> "别担心。这一向我过的是兔子似的日子。"
>
> 她听见他揭开了包洋铁盘的纸。
>
> "有排骨，"她说，"还有煎土豆。"
>
> "好家伙，还是热的呢。"
>
> 妈在黑暗中一点也看不见他，但是她却听得出他嚼东西和撕肉的声音，也听得出他咽食物的声音。
>
> "藏在这地方倒是很好。"说。
>
> 妈不自在地说："汤姆——露西把你的事说出去了。"
>
> 她听见他使劲咽了一口。
>
> "露西？为什么？"
>
> "噢，这不怪她。她跟人家打架，就说她哥哥要把另外那个女孩的哥哥打一顿。你知道她们那一套。后来她就说，她哥哥杀过一个人，正在藏着呢。"
>
> 汤姆格格地笑了。"出了我这桩事情，我老是叫约翰伯伯随时管住他们，可是他总不肯管。不过那种话究竟只是孩子话，妈，没关系。"
>
> "不，并不那么简单，"妈说，"那些孩子们会把这话到

处说，这么一来，大人听到了又到处说，过不多久，他们就可能找一批人来追查这个案子，很可能。汤姆，你现在非走开不可了。"

……

"我想你也许可以到一个大都市去。洛杉矶也好。到了那里，人家就不会再找你了。"

"唔。"他说，"你听我说，妈。我日日夜夜一个人藏着。你猜我心里想着谁？凯绥！他谈过许多道理。常常使我讨厌。可是现在我却想到了他所说的话，我还记得——句句都记得。他说有一次，他跑到荒野上去寻找他自己的灵魂，他发现并没有什么灵魂是属于他自己的。他说他觉得自己的灵魂不过是一个大灵魂的一小部分。他说荒野不好，因为他那一小部分灵魂要不跟其余的在一起，变成一个整体，那就没有好处。真奇怪，我怎么还记得这么清楚。当初我还以为根本没有用心听呢。可是现在我明白了，一个人离开了大伙儿，那是不中用的。"

"他是个好人。"妈说。

汤姆继续说下去："有一回他背过一段《圣经》上的话，听起来并不像那该死的《圣经》。他把那段话讲了两遍，我就记住了。他说那是《传道书》上的。"

"那是怎么说的，汤姆？"

"这么说的，'两个人总比一个人好，因为二人劳碌同得美好的效果。若是跌倒，这人可以扶起他的同伴。若是孤身跌倒，没有别人扶起他来，这人就有祸了。'这是那段话的前半截。"

"说下去吧，"妈说，"说下去吧，汤姆。"

"只有一两句了。'再者二人同睡，就都暖和；一人独睡，怎能暖和呢？有人攻胜孤身一人，若有二人便能抵挡他。三股合成的绳子，不容易折断'。"

……

"汤姆，"妈又说了一遍，"你打算怎么办？"

"照凯绥那么干。"他说。

"可是人家把他打死了呀。"

"是的，"汤姆说，"他躲慢了一点。他并没犯法，妈。
我心里琢磨了许多事情，想到了我们老百姓过着猪一样的日
子，好好的肥沃的土地却让它荒着，一个人管着一百万亩
地，却有上十万能干的庄稼人挨饿。我老在瞎想，要是我们
全体老百姓聚拢来大嚷大叫，像胡伯农场上那些少数人那么
叫嚷一下……"

妈说："汤姆，他们会把你赶走，把你干掉，就像他们
对付小弗洛伊德一样。"

"他们反正是要赶我的。他们到处都在赶我们老百
姓呢。"

"你不打算杀人了吧，汤姆？"

"那可难说。我在想，人家既然把我当成坏人，我说不
定还会杀人——唉，这事情我还没想清楚呢，妈。别再叫我
着急了吧。别叫我再难受了。"

他们在那漆黑的藤蔓挡住的洞里，悄悄地坐着。妈说：
"往后我怎么打听到你的消息呢？他们也许会把你杀了，我
却不知道。他们也许会伤害你。我怎么知道呢？"

汤姆不自在地笑着说："嗨，也许凯绥说得对，一个人
并没有他自己的灵魂，只是一个大灵魂的一部分——
那么……"

"那么怎样，汤姆？"

"那也就不要紧了。那么，我就在暗中到处藏着。到处
都有我——不管你往哪一边望，都能看见我。凡是有饥饿的

274

人为了吃饭而斗争的地方，都有我在场。凡是有警察打人的地方，都有我在场。嗨，我希望凯绥知道才好，人生气的时候，就大嚷大叫，我也会陪着他们嚷；饿着肚子的孩子们知道晚饭做好的时候，就哈哈大笑，我也会陪着他们笑。我们老百姓吃到了他们自己种出的粮食，住着他们自己造的房子的时候——我都会在场……"①

从以上段落可以看出，汤姆灵魂的升华完全是通过他和妈妈的戏剧性对话展示出来的。作为小说叙事中心特征的叙述和描绘在这里已经大大地淡化，淡化到与戏剧的"舞台提示"相提并论了。或者说编辑型全知的视角，在给故事提供广阔的社会和历史背景后淡出小说，取而代之的是戏剧化的展示视角。那么这个典型的戏剧化场景改变成舞台剧该是怎样的呢？以下是选自《愤怒的葡萄》戏剧剧本中汤姆和他母亲的对话：

第十六场

妈：汤姆？汤姆！你在这里吗？我看不见你呀！

汤姆：嘘！在这里，妈。在这里，在下面的树林里。

妈：汤姆，出了什么事？

汤姆：嘘！别大声说话（哭泣声）。我用棍子打了一个人，是个帮办。

妈：啊，孩子！你没有把他打死吧？

汤姆：我不知道。

妈：啊……

汤姆：我见他那样对付凯绥就想把他打死的。妈，凯绥

---

① 约翰·斯坦贝克：《愤怒的葡萄》，胡仲持译，外国文学出版社1982年版，第549—553页。

已经死了。他们简直是把他砸碎，而我想——我那时发狂了。

妈：啊……

汤姆：妈，我那时不知道自己在干什么，正如当你惊得目瞪口呆一样。我甚至不知道我竟然那样干的。

妈：算了，不要紧。我本来希望你不那样做，希望你不在场。不过，孩子，你既然做了不得已的事，我看你没有过错的。

汤姆：妈，不管怎样说，他们在搜捕我，今晚我得逃走。我不能让此事连累大家。

妈：汤姆，有许多事情我不懂，但是你一走并不会令我们感到轻松而只会令我们感到更沉重。过去我们在土地里，大家在一起，那时我们有个范围。老的死了，小的又生下来，我们总是一个整体。我们是一家，多少是完整无缺的一家。现在我们不再完整了。我们失去了爷爷和奶奶，后来又失去康尼，现在又失去你。（哭泣声）这个家已散了。你一走那更不成家了，再没有什么来把我们维系在一起了。

汤姆：你还有温菲尔德和罗撒香的小娃娃。那应该有所帮助的。

妈：小娃娃已生下来了，汤姆。是今晚出生的。

汤姆：（哭泣声）你是说他未生出来便饿死在肚子里了。凯绥说得对，妈。那就是我们要抗争的原因。

妈：啊，不，汤姆。他们打死了他。他们要把你赶出去，像对凯绥一样把你打死。

汤姆：他们反正要把我们赶走的，他们正在要把我们全部老百姓赶走。

妈：他们可能伤害你，可能杀死你！可是我不会知道，汤姆。我怎样才能知道你的情况呢？

汤姆：也许这是无关紧要的。也许那像——像凯绥所说的一样，妈。一个人并非只有个属于自己的小灵魂，而是有个属于与其他人一起的大灵魂。

妈：汤姆，我们的一家也有个灵魂，而你是它的一部分。

汤姆：不，不是的。妈，不是的，我是属于更大的东西的一部分。我是属于全体像我们一样的人民的一部分。妈，我要同他们在一起！不论你向哪里看——哪里有挨饿的人为饱肚而抗争的地方，哪里有警察打人的地方——那里就有我。妈，你向哪里看都一样，直到情况有所改变为止。

妈：好吧，汤姆，那么我不阻止你。我知道你不得不走。不过，汤姆，你必须要有耐心。我们人民——我们所有的人民一定会生存下去的，而他们那些人总要完蛋的。哼，汤姆，我们是能够生存下去的人民！他们不能把我们消灭掉！永远不会的！他们即使在此时也不能把我们的一家干掉。你是会回来的，你会找到我们的。汤姆，风沙将被制伏，孩子们不会再为饥饿而啼哭，我们又回到田地里去种庄稼，像体面的人一样过日子。那时候我们又是一个完整的家了。汤姆，我感到自豪，自豪！①

由于小说篇幅巨大，戏剧性场景众多，在改编为戏剧时不可能一一照搬。原作中这个戏剧性场面发生在第 28 章，是小说的高潮之一。在汤姆离开后的第 30 章（第 29 章为插入章），第二个高潮发生，即罗撒香通过将自己的乳汁喂给一个行将饿死的男

---

① 约翰·斯坦贝克：《愤怒的葡萄》，康伯译，载《世界文学名著剧本》，台湾：大光出版有限公司出版，第 111—117 页。

人而由一个极端自私的女孩变成人类的伟大之母。改编后的剧本①将汤姆和妈妈的觉醒和转变作为故事的高潮，在保留这个典型场景和它的对话的前提下，将第 26 章（第 27 章为插入章）中的场景和典型对话整合到这个场景中来。这样，改编后的剧本场面更加集中，人物对话更能展示故事情节的激变和人物内心的思想斗争，汤姆和约德妈由"小我"到"我们"的灵魂出行更显得光彩夺目。

　　斯坦贝克长篇小说的第三个视角是摄影机视角。它是作家的"非目的论"思维、好莱坞经历和"电影小说"特征在长篇小说中的重要体现。在斯坦贝克的长篇小说中，摄影机视角首先体现在占主体的戏剧性展示部分，这也是林格伦所说的电影和戏剧在本质上相同的一面。读者看戏剧文学剧本和电影文学剧本，感觉它们在文体格式上并没有本质的区别，都是由场景动作提示和对话构成，惟一不同的是电影中的视觉性动作和画外音多一些。三部长篇中的戏剧化展示部分可以很容易地被搬上银幕，这是它们电影化视觉的共性部分。其次，摄影机视角也体现在作品的叙事语言的"具象性"方面。不管是叙述故事的场景、进程还是刻画人物的肖像，斯坦贝克总是有意无意间受电影文法的影响，使叙述的事件和人物在造型方面极具电影的"具象性"，在叙事方式上极像电影文法中的"远景""中景"和"特写"等。这种展示方式在《愤怒的葡萄》中尤为典型，从插入章到表现约德一家命运的正文，它的电影"具象性"是如此突出，简直可以称为是用小说的框架写成的电影剧本。这种视觉造型性在其他两部长篇小说中也比较常见。例如，《伊甸之东》中迦尔跟踪他当

---

① 以上依据的戏剧版本为英汉对照本，总的来说内容比较单薄，似乎不足以反映斯坦贝克同名小说的全貌，但有些章节的改编还是可以的。

老鸹的母亲凯特①那一幕，就极具电影的文法：

　　晚上，他不由自主地过了铁路，在那幢房子附近徘徊。下午他常常躲在对街很高的野草丛里监视那地方。他看那些打扮得很规矩、甚至可以说很古板的姑娘出来。她们外出时总是二人同行，迦尔目送她们到卡斯特罗维尔街的拐角上，看她们朝左转弯，向大街走去。他发现如果你不知道她们是从哪里来的，光凭打扮根本想不到她们干什么行当。但是他不是等那些姑娘出来。他想在大白天看看他母亲的模样。他摸到一个规律：凯特每星期一下午一点半出门。

　　……

　　迦尔跟踪凯特几次之后，摸清了她的路线。她总是去几个老地方——先到蒙特里郡银行，走进保险仓库的闪闪发亮的栅门。她在里面待十五到二十分钟。然后，她悠闲地在大街上溜达，看商店橱窗。她走进波特—欧文商店，看看服装，有时候买些东西——松紧带、别针、面纱或者手套。两点十五分左右，她走进明尼·弗兰肯美容厅，待一小时，出来时头发给卷成许多紧密的小圈，包了一块丝头巾，下巴底下打个结。

　　三点三十分，她上农民商业大楼，走进罗森医师的诊所。她从医生诊所出来，在贝尔糖果店停一下，买一盒两磅装的什锦巧克力。这条路线从不改变。从贝尔糖果店出来，她直接回卡斯特罗维尔街，然后回家。

　　她的衣着毫无奇特之处。跟萨利纳斯任何一个富裕的妇女星期一下午上街采购时的打扮完全一样，惟一的差别是她总戴着手套，这在萨里纳斯是不常见的。

---

① 卡西到金城当老鸹后改名叫凯特。

她戴着手套，一双手显得臃肿粗短。她走路时好像套着一个玻璃罩。她不跟任何人打招呼，仿佛也没看见任何人。偶尔有一个迎面走过的男人扭过头，朝她的背影看一眼，又胆怯地继续走自己的路。但是在多数情况下，她都像一个无形的女人，飘然而过。

……

跟到第八个星期时，她兜完了圈子，像往常一样走进草木丛生的前院。

迦尔等了片刻，然后漫不经心地走过那扇东倒西歪的大门。

凯特站在一株粗壮的大水蜡树后。她冷冷地对他说："你想干什么？"

迦尔愣住了。他的心一下子悬起来，呼吸几乎都停止了。接着，他拿出很小时候就学会的那套办法。他打量主要对象以外的东西。他注意到水蜡树的嫩页被南风吹得弯下来，泥泞的小径由于人来人往被踩成黑乎乎的，凯特站的地方离泥泞远远的。他听到南太平洋铁路调车场火车头间歇的刺耳的放汽声。他感到自己开始长茸毛的面颊被风吹得凉飕飕的。与此同时，他盯着凯特，凯特也盯着他。他发现她眼睛和头发的形状和颜色，甚至肩膀老是半耸起的姿势，在这些地方阿伦同她非常相似……①

这是一出很典型的叙述跟踪的场景，与电影中紧张的跟踪镜头别无二致。迦尔躲在对街的野草丛中监视凯特的妓院中的场面，是由近景和远景的方式表现出来的。斯坦贝克用一系列远景

① 约翰·斯坦贝克：《伊甸之东》，吴均燮译，人民文学出版社 1986 年版，第 581—583 页。

镜头展示了凯特去银行存款和逛商店的场景，用近景突出凯特购买的东西和衣着，用特写刻画凯特头部和手部特征。最后，斯坦贝克用近景和特写表现了母子相遇的情景。著名电影导演卡赞在拍摄《伊甸之东》时，几乎未加改动就将这个场景拍成了电影。

再次，摄影机视觉也体现在蒙太奇手法的应用方面，这在《愤怒的葡萄》和《烦恼的冬天》中最为常见。《烦恼的冬天》主要应用的是心理蒙太奇的形式，通过镜头组接或音画有机结合，展示出主人公伊坦·郝雷在耶稣受难日及其以后的日子里的心理活动和精神状态。整部作品中充满了主人公的闪念、回忆、梦境、幻觉、想像、遐想甚至潜意识活动，深刻地揭示了美国背叛的历史渊源、伊坦本人背叛亲朋好友的痛苦和他精神出行和救赎的艰难历程。这种心理蒙太奇手法的运用，也是和作品的心理现实主义创作手法相一致的。《愤怒的葡萄》中，斯坦贝克大量使用的主要是蒙太奇的常规形式，尤其是连续蒙太奇、隐喻蒙太奇和音画蒙太奇等。展示约德一家的西行历程，主要是用连续蒙太奇的形式进行的。所谓连续蒙太奇，就是沿着一条单一的情节线索，按照事件的逻辑顺序，有节奏地连续叙述，表现出其中的戏剧跌宕。① 这也是这部名著极具电影化想像并被容易改编成电影的显在特征之一。展示广阔的社会活动背景和富有寓意的场景，则是用隐喻蒙太奇和声画蒙太奇的方式进行的。它们一方面极具电影的造型性，另一方面又如托尔斯泰所说的那样，加快了小说的叙事节奏，扩大了小说的叙事容量和寓意。例如，作为插入章的第 5 章、第 7 章、第 9 章、第 12 章、第 15 章、第 17 章、第 19 章、第 21 章、第 23 章、第 27 章等，虽然里面某些部分也有隐喻等其他蒙太奇的成分，但主要采用音画蒙太奇的形式展示，这里的声画蒙太奇，就是根据电影的造型性特征将以人为主

---

① 《电影艺术词典》，中国电影出版社 1986 年版，第 205 页。

体的画面和人物的声音有机地结合起来，形成一系列生动的画面，来戏剧化地表现故事发生的背景，衬托主要人物的活动或者加快故事的叙事节奏。[①] 例如第 5 章，通过田地业主和银行代理人与佃农的对话、拖拉机开进田野驱赶佃农的场面以及拖拉机驾驶员和佃农的对话等声画蒙太奇场面，戏剧性地展示了佃农耕种的田地是怎样被土地所有者或者说被拖拉机和银行这两个无生命的怪物收回的。这里，蒙太奇的电影文法，使斯坦贝克可以在有限的篇幅里表现一群人物的形象，亦即卷入冲突的不同阶层的人物群体，而不仅仅表现了像约德一家这样的具体人物。读者在这里看到了类似电影假定性中的俄克拉荷马人的全景，就像在第 1 章看到的尘土全景一样。当然，斯坦贝克在这里还运用了对比蒙太奇的手法。即一方面是佃农的仁慈以及他们对土地的眷恋；另一方面是银行家的冷漠以及拖拉机（包括驾驶它们的那些戴着手套、护目镜和防沙面具的司机们）的冷酷无情。它和第 1 章关于"干旱"的隐喻蒙太奇场面起着一种异曲同工的作用，就是从自然和社会的大背景下揭示约德一家和整个俄克拉荷马州的佃农西行的必然性。在第 7 章和第 9 章，作者用声画蒙太奇的形式戏剧性地展示了旧车市场和旧货市场上买主盘剥准备逃离家园的佃农的情景，并且表现了整个俄克拉荷马州人逐渐积聚起来的痛苦和群体意识。正如作为插入章的第 5 章展示的人物全景可以看做是普遍的社会背景一样，第 7 章和第 9 章中的那些佃农，就如戴面具的演员在用视觉和声音的造型特征表现所有的约德家庭、所有的威尔逊家庭以及所有的戴维斯家庭的命运。在这里，一个面孔不清、象征"每个人"的俄克佬这样说：

但是你不能从头做起，只有小娃娃才可以从头做起。你

---

① 邓烛非：《电影蒙太奇概论》，中国广播电视出版社 1998 年版，第 73 页。

和我呢——唉，都是完蛋了。一时的愤怒，无数的回忆，我们就是这么回事。这片土地，这片红色的土地，就是我们；闹水灾、闹风沙、闹旱灾的年成，就是我们。我们不能从头干起了。我们把伤心史卖给了那个收破烂的人——他买了去也活该，可是我们的伤心事还是没有完。东家撵我们走的时候，那就是我们的份儿，拖拉机撞破我们房子的时候，那就是我们的份儿，直到我们死了才完事。到加利福尼亚或是别的地方去——个个都是鼓手，领着伤心的游行队伍，满怀痛苦地向前走。总有一天——伤心的队伍都会往同一方向走。他们会在一起走，那就会成为一种非常可怕的情景。①

斯坦贝克用声画蒙太奇形式展示的破落穷人在愤怒中奋起的景象，强烈地暗示了《共和国战歌》中所表现的情景："我的眼睛已经看到了正在走向这里的上帝的光芒，／他正在践踏着葡萄园，那里储存着愤怒的葡萄；／他已经把他那生命攸关的可怕的利剑拔出了鞘，／他代表的真理还在大踏步前行。"② 这和《愤怒的葡萄》作为小说的题目所暗示的意象是一致的，因而也就形象地表现了小说的主题。类似的这种声画蒙太奇形式在第12、第15、第17章等还有许多，这里不再枚举。

作为插人章的第1章、第3章、第25章、第29章，主要采用的是隐喻蒙太奇的形式，它们和小说的象征意蕴是一致的。正如前苏联影片《晴朗的天空》中河流冰雪的解冻暗喻政治上的解冻一样，《愤怒的葡萄》第1章的沙尘暴以及俄克拉荷马州的植被和佃农在沙尘暴肆虐下的萎缩景象，就是一组典型的隐喻蒙

---

① 约翰·斯坦贝克：《愤怒的葡萄》，胡仲持译，外国文学出版社1982年版，第107页。

② 夏洛特·亚历山大：《约翰·斯坦贝克的〈愤怒的葡萄〉》，刘岩译，外语教学与研究出版社1996年版，第136页。

太奇。这些镜头不仅生动地再现了俄克拉荷马州的自然场景,而且也暗示了它的严峻的社会形势,从而为约德一家的出行提供了客观的必然性。在第3章,斯坦贝克将摄影机镜头对准了艰难爬行的乌龟,而且这个乌龟的形象在以后的章节中又不断地以隐喻蒙太奇的形式得到表现。第25章的隐喻蒙太奇,表现了加利福尼亚春天的美丽,果园工人的劳作,果子的成熟以及农场主宁可将果子烂掉、庄稼烧掉、将猪扔到河里也不愿将它们低价卖给贫困佃农的情景。通过将成熟的葡萄和饥饿的人眼睛中的愤怒并置在一起而组成的"愤怒的葡萄"这个鲜明的画面,作家揭示了小说深刻的主题。第29章的大雨和第1章的干旱相对应。如果说第1章的干旱预示了约德一家的西行的话,那么第29章的大雨也预示了以罗撒香为代表的约德一家其他成员灵魂的升华。现从中抽取一些段落来加以说明。

　　……雨开始下起来,一时是暴风骤雨,一时暂停,一时又像瓢泼一般;然后渐渐变成了单调的节拍,小小的雨点均匀地响着;一眼望去,只见灰蒙蒙的一片,使中午的天空变成朦胧的暮色了……于是到处出现了许多泥潭,田野的低洼地方形成了一个个的小湖。这些泥泞的小湖高涨起来,下个不停的雨瓢打着晃亮的水面……于是山边的洪水涌入溪流,使它们湍急起来,哗啦啦地顺着深深的峡谷向山下奔流……泥浆的水沿着两岸翻腾着,终于涨上了岸,泛滥到田野、果园和那些只剩下黑色梗子的棉花地里。平坦的田野变成了广阔的、灰色的湖泊,雨在那水面上瓢打着。随后雨水又倾泻在公路上,汽车慢慢地行驶着,划开前面的水,背后掀起一道翻腾的泥浆……
　　……
　　人们在那些仓棚里挤坐在一起;恐怖笼罩着他们,他们的脸色都吓得发白了。孩子们饿得哭叫起来，大家都没有吃的东西。

……

于是一些湿淋淋的男人从帐篷和那些拥挤的仓棚里成群地走出来，他们的衣服又湿又破，鞋子都像泥团一般。他们趟着水到市镇上去，到救济机关去，低声下气地讨食物，请求救济，或是设法偷盗和行骗。在这种乞求之下，在这种卑下的举动之下，渐渐有一股绝望的怒火开始在心头燃烧了。在小镇上，对这些湿淋淋的人的怜悯变成了愤怒；而对这些饿汉们的愤怒又变成了对他们的恐惧。于是镇长们便派出大批警察……

……

在漏水的仓棚的湿草堆上，患着肺炎、直喘气的妇女们生下了孩子。老年的人蜷缩在屋角里，就像那样死去，使验尸员无法把他们的身子弄直。到了夜里，饿疯了的人大胆地走向鸡埘去，抓起嘎嘎叫的小鸡就跑。如果有人对他们开枪，他们也不跑，只是满腔怒火地溅着水走开；如果被人打中了，他们就有气无力地跌倒在泥潭里。

雨停了。田野里积着水，映出灰白的天空，遍地流着水，沙沙地响。于是男人们走出了仓棚，走出了棚舍。他们蹲下来，望着淹没了的土地。他们都不声不响。有时候，他们很小声地谈几句话。

……

女人盯着男人，要看看他们是否终于泄气了。妇女们不声不响地站在那里看着。凡是有一些男人聚集在一起的地方，他们脸上的恐惧都消失了，变成了愤怒。于是妇女们便宽慰地叹叹气，因为她们可以放心了——男人们并没有泄气；只要恐惧能变成愤怒，那就永远不会泄气。

草的嫩芽从大地钻出来；几天工夫，山头便透出初春的
淡绿色了。①

　　在这一章，斯坦贝克用隐喻蒙太奇的形式，展示了在加利福
尼亚下的一场罕见的大雨、饥饿的"俄克佬"在雨中的困境、
男人的愤怒以及雨后大地和山头上冒出的新绿等画面。这一系列
蒙太奇镜头，与其他电影中表现广阔场面的蒙太奇镜头在电影文
法中并无大的差别。之所以说它是隐喻蒙太奇，是因为这里的雨
不仅具有自然的意义，而且具有社会和宗教层面上的意义。在自
然层面上，它是给人们带来痛苦的灾害；在社会层面上，它是加
利福尼亚邪恶势力对西行的俄克拉荷马人的打击；在宗教层面
上，它是对西行人的灵魂的洗礼。因为"雨"即"水"，而
"水"在西方文化中具有"洗礼"的含义。大雨使大地和山头冒
出新绿，这就暗喻着约德一家的成员经过大雨的洗礼后灵魂得到
升华。

---

　　① 约翰·斯坦贝克：《愤怒的葡萄》，胡仲持等译，外国文学出版社 1982 年
版，第 569—573 页。

第 六 章
斯坦贝克小说语言的诗性化

一 小说语言的诗性化及其成因

高尔基曾说过："语言是文学的第一要素。"我国著名诗人闻一多在论述庄子的语言时也指出："他的文字不仅仅是表现思想的工具，似乎也是一种目的。"[①] 这表明，语言在文学创作中起着至关重要的作用。所以，不少文学理论家都把语言比喻为文学文本的砖石或细胞。也就是说：若将文本视为一座大厦，语言是大厦的砖石；若将文本喻为一个人，则语言是人体的细胞。语言不仅是文学文本内容的有机组成部分，而且是文学家人格的体现，正如刘勰所说的："气以实志，志以定言，吐纳英华，莫非情性。"语言在小说创作中的作用亦然。小说叙述无论呈怎样的形态，不管是用第一人称的视角还是第三人称的视角，不管是戏剧化的视角还是摄影机型视角，也不管是现实主义手法还是象征主义乃至意识流的手法，最终都要通过语言来具体实现。而且成熟的小说家大都有自己独特的语言风格，例如马克·吐温幽默风趣的口语，海明威的以"冰山"原理为特征的简洁、明快的风格，以及亨利·詹姆斯复杂、晦涩的文体等。因此，当我们研究

---

① 闻一多：《庄子》，转引自《文艺研究》1986 年第 4 期。

斯坦贝克的小说诗学追求时，我们也不可忽略他在小说语言方面的追求。

斯坦贝克在追求小说主题的宏大性、文本肌质的丰富性和叙述视角的多元化的同时，矢志不渝地尝试小说语言的诗性化。什么是小说语言的诗性化呢？斯坦贝克本人只是在实践中追求，他在理论上并没有作出任何界定。文学理论家似乎对小说语言的诗性化这一语言现象论述不多，斯坦贝克小说批评家对这一现象也很少触及。我国文学批评理论家桂青山在研究现代小说语言时曾提出小说"诗化语言"[①] 这一概念，它对笔者研究斯坦贝克小说语言的诗性化有一定的启发。他认为，有意在小说创作中努力形成一种美的语言与情调，努力用一种诗的语言去进行小说的创作，由此形成的小说语言风格便是诗化语言。在这里，桂青山难能可贵地提出了小说诗性语言这一独特的文学现象。但是，他并未就小说诗性语言的特征及其在中外小说家作品中的表现作出深入的阐述。不过，有一点他是抓住了：既然小说家追求诗性语言或者语言的诗性化，那就必须考虑诗的特征以及追求这种特征的小说家和诗的直接或间接的关系。

那么，什么是诗的特征或者说什么是诗呢？古往今来许多诗人和诗论家曾对此下过不同的定义。概括起来讲，诗的特征有两点：其一，它给人一种特殊的听觉和视觉效果，而这种视觉和听觉的作用又是互为因果的；其二，诗具有独特的外部形式，这些外部特点造成诗在视觉和听觉上都具有独特的审美效果，这种效果人们往往称之为音乐感。也就是说，这种分行排列、浓缩的语法结构，富有节奏的语句，以及富有暗示性的修辞，都突出了诗的音乐美感，使人感到生命的节律与诗的节律

---

① 桂青山：《现代小说创作学》，香港：新世纪出版社1992年版，第410页。

288

产生某种内在的契合。① 斯坦贝克的小说语言，不管是叙述性语言还是人物语言，在很多情况下体现了上述诗歌的语言特征。斯坦贝克小说诗性语言的形成有两方面的原因：一方面，正如笔者在第二章所指出的那样，是受荷马、维吉尔、杰弗里·乔叟、莎士比亚、约翰·密尔顿、但丁、威廉·布莱克、罗伯特·彭斯、爱默生和惠特曼等诗歌大师的影响。斯坦贝克酷爱这些诗歌大师的作品，他在斯坦福大学求学期间，他的诗歌课程方面的成绩也是很优秀的。这不能不对他日后的创作产生影响。另一方面，他与写诗的女友凯瑟林·贝斯威克的那段情缘，以及他喜欢听音乐的嗜好，也对他小说语言的诗性化产生了不可否认的影响。

　　斯坦贝克和凯瑟林都曾是斯坦福大学英语俱乐部的成员，这个俱乐部是由对文学和创作感兴趣的大学生建立的一个组织，正是在这个俱乐部的聚会中，斯坦贝克结识了凯瑟林并形成了一种朋友加情人的关系。他们不仅是亲密的朋友和情人，而且彼此对对方的写作都很感兴趣。斯坦贝克将自己的短篇小说读给凯瑟林听，并且与之探讨小说的写作；凯瑟林是个诗歌爱好者，斯坦贝克发自内心地喜欢阅读她的诗歌。她的诗歌很有灵性，也有些诗作得到了发表。不过，像当时许多文学青年那样，虽经艰难的奋斗，她最终并未获得社会的承认。她的一些诗作具有美国 19 世纪著名诗人艾米莉·狄金森的风格，*The Same Old Song* 就是其中一例：

> The Same Old Song
> Curly-locks, darling,
> If you will be mine,

　　① 佘江涛、张瑞德等编译：《西方文学术语词典》，黄河文艺出版社 1989 年版，第 246 页。

You shall write pretty words
On a lace valentine.

You shall write little sonnets
And sign them in pink,
To keep your white fingers
From masculine ink.

I shall cherish your talents,
But let me make clear
That the writing of book is
A man's work, my dear. ①

凯瑟林的一些诗作还具有著名诗人 A. E. Housman 的风格。例如，她的 *Beggars' Horses*，以忧郁的笔触描绘了自己从斯坦福大学毕业后作为一个陌生人在纽约谋生时所经历的孤独、贫穷和寂寞，反映了 20 世纪 20 年代中期生活在纽约的美国文学青年的辛酸生活：

Light is too full of wishing; I have lain
Long hours and heard the gallop, through the dark,
Of fleshless horses that escape the rein,
And running after them a ragged, stark
And cheerless throng of beggars crying loud
To halt the plantom horses in their flight.

---

① Benson, Jackson J. *Looking for Steinbeck's Ghost.* Norman & London: University of Oklahoma Press, 1988, p. 109.

Weary, but surging on, the beggar crowd
Pursues the fleeter horses through the night.

And near and very far, my restless heart
Hears the great clamour of the unfulfilled,
And far away and near I feel the smart
Of hard drawn breath in runners little skilled.
All through the night the cries go up outside
Of beggars for the horses they would ride. ①

从斯坦福大学肄业后，斯坦贝克没有听从凯瑟林的劝告，到纽约跟她结婚并在那里找工作。他回到了故乡加利福尼亚谷地，一方面艰难地谋生，另一方面也为他的创作收集素材。他和凯瑟林的关系，在维持了几年的通讯后最终中断了。在离开凯瑟林回到加利福尼亚的日子里，斯坦贝克发奋写作，最终成为一个著名作家。斯坦贝克的传记作家杰克逊·J. 本森，在追溯斯坦贝克和凯瑟林的这段情缘时指出，斯坦贝克的成名和凯瑟林的影响不无一定的联系。② 但是，凯瑟林对斯坦贝克的创作有什么具体的影响，本森并没有详细指明。但是，联系到斯坦贝克小说语言的诗性追求，笔者认为，凯瑟林对斯坦贝克的影响主要体现在小说的诗性语言上。凯瑟林的诗人气质影响了斯坦贝克，经常阅读情人的诗篇也潜移默化地影响了日后斯坦贝克的小说创作。

在美国文学史上，有两位作家的特殊嗜好影响了他们的小

---

① Benson, Jackson J. *Looking for Steinbeck's Ghost*. Norman & London, University of Oklahoma Press, 1988, p. 110.

② Ibid. , p. 115.

说诗学的追求。一个是海明威，一个是斯坦贝克。海明威有两大嗜好，一是欣赏绘画，二是狩猎。在20世纪20年代，海明威作为"迷茫的一代"的成员侨居巴黎的时候，经常欣赏巴黎的现代绘画，这在日后影响了他的小说的文体和形式。不管他的语言怎样的言简意赅，都能体现出一种独特的绘画美。终生的狩猎嗜好塑造了他的"硬汉"品格，这也成了他作品中"硬汉"形象的雏形。斯坦贝克具有听音乐的嗜好，他在写作时也总是喜欢听音乐。① 他最喜欢听的音乐是柴可夫斯基的芭蕾舞曲《天鹅湖》和伊格尔·特拉文斯基那"棒极了"的《诗篇交响曲》。② 音乐给他以灵感，赋予他写作的情调和节奏。更为重要的是，古典音乐给斯坦贝克的小说写作提供了规范、和谐和诗性抒情的类比。在写作《愤怒的葡萄》的时候，斯坦贝克曾对默尔·阿米塔奇说："我用音乐的技巧来工作……尝试使用音乐的形式和数学，而不是用散文的形式……在作曲、乐章、音调和音域方面，这都是交响乐式的。"③ 这表明，声音是他的主要的文体考虑，他总是根据音乐的节奏来安排自己作品的布局和语言的范式。他的小说语言的音乐特质，实质上也就是他的小说语言的诗性特质。因为，诗的本质特征之一就是它的音乐性。

斯坦贝克的这种独特经历，使得他在成为一个小说家的同时，也成为一位散文诗人或者说具有"诗性"特征的作家。威廉·亚坡曼·威廉姆斯在谈到斯坦贝克时，甚至更加夸张："斯坦贝克的作品具有一种整体的诗性——也许斯坦贝克在内在气质

---

① Benson, Jackson J. *Looking for Steinbeck's Ghost.* Norman & London：University of Oklahoma Press, 1988, p. 212.

② ［美］罗伯特·迪莫特编：《斯坦贝克日记选》，邹蓝译，百花文艺出版社1994年版，第47页。

③ 同上。

上是个诗人，却错误地选择以写散文为生。"① 尽管斯坦贝克成为一个小说家的选择是有意识的，他却总是一个"行吟诗人"（minstrel），对自己散文作品中的诗性和音乐性很感兴趣，并且在自己的作品中强调语言的"声音、视觉和感觉"的重要性。② 斯坦贝克在自己的小说语言中形成了一种交响乐的风格，创造了一种美妙的音乐曲调，亦即一种特别甜蜜的节奏和恰当的音调，来表现作品宏大和崇高的主题，以便教育和愉悦读者。在他1939 年 2 月给他的朋友和出版社主编帕斯卡尔·考文奇的信中，他曾告诉后者诗和音乐在小说中的重要性，将它们看做他的小说语言的情感特征：

> 帕特，我的意思是要把共和国战歌全文印在书里。这些歌词是适当的，也是激动人心的。如果可能的话，还要印上它的音乐曲调。③

这一切都表明，斯坦贝克是一个具有诗人气质的小说家。这种气质不仅使他的以"蒙特雷三部曲"为代表的中篇小说具有田园诗的特征，使他的以《愤怒的葡萄》为代表的长篇小说具有交响乐的特征，而且这种诗人气质更主要地反映在他的小说语言诗学的追求方面，形成他的小说语言的诗性化。他的小说语言的诗性化主要体现在三个方面，即小说题目的诗性化、人物口语的诗性化和叙述语言的诗性化。

---

① Williams, William Appleman. " Steinbeck and the Spirit of the Thirties ". in *Steinbeck and the Sea*, eds. Richard Astro and Joel W. Hedgpe.

② Steinbeck, Elaine & Robert Walsten. eds. *John Steinbeck: A Life in Letters*. New York: The Viking Press, 1975, p. 19.

③ Ibid. , p. 175.

二　斯坦贝克小说语言的诗性化

斯坦贝克小说语言诗性化的特征之一是小说题目的诗性化。怎样使小说的题目既忠实于作品的叙述性内容，又能暗示作品崇高和宏大的主题，同时又具有诗意的美感，这对于斯坦贝克的确是一个艰巨的任务。幸运的是，斯坦贝克的诗歌素养、诗人气质和丰厚的文学习得，使得他给自己定的艰巨任务最终都获得成功。早期的小说 *A Lady in Infra-Red* 变成 *Cup of Gold*（《金杯》）；*The Green Lady* 变成 *To a God Unknown*（《致一位无名的神》）；*Dissonant Symphony* 变成 *The Pastures of Heaven*（《天堂牧场》）。斯坦贝克确定小说诗性题目的源泉，主要是著名诗人的诗篇和《圣经》。

众所周知，"剧本小说"《人鼠之间》最初的题目是《人间发生的事》(*Something That Happened*)。单就非目的论的哲学思维来衡量这个题目，并没有什么不妥。但是，它毫无诗意性联想，不能预示作品的叙述性内容，也不能暗示作品宏大的主题，同时也不大容易获得出版社编辑们的青睐。因此在送交出版社时，斯坦贝克将小说的题目改成了《人鼠之间》。这个题目具有两方面的重要性。第一点，它预示作品肌质中的现实主义细节亦即作品的叙述性内容。莱尼喜欢抓老鼠并用手指抚弄它的毛，这个细节对乔治和莱尼在失落的世界中的出行及重建伊甸园的失败，具有重要的预示作用：它表明莱尼具有玩弄柔软东西的致命弱点。由于他总是无意识地弄死他玩弄的老鼠，这就预示了他和柯莱的老婆的那场致命的接触。第二点，这个题目当然是取自苏格兰诗人罗伯特·彭斯的《致老鼠》，它的中心思想是强调人类一切努力或虚荣的无益性：

The best laid schemes o' mice and men

Gang aft agley

An' leave us nought but grief an' pain

For promised joy. ①

　　具体到《人鼠之间》，斯坦贝克使用这个诗性题目，就是要表现作为后该隐时代人类代表的乔治和莱尼出行和重建伊甸园的失败。即无论他们怎样地精心打算，在这个失落的世界里，他们的出行和重建伊甸园的计划都会不可避免地失败。作为"剧本小说"雏形的中篇小说《胜负未决》（*In Dubious Battle*）的题目，取自 17 世纪英国著名诗人约翰·密尔顿的史诗《失乐园》；斯坦贝克最后一部"剧本小说"《烈焰》（*Burning Bright*）的题目，取自 19 世纪英国著名诗人威廉·布莱克的《老虎》（*The Tiger*）；长篇小说《愤怒的葡萄》这个题目取自美国共和国战歌和《圣经》；另一部长篇《伊甸之东》取自《圣经》。笔者在第三章论述斯坦贝克的宏大的主题追求和第四章论述斯坦贝克作品中的寓言和神话特征时曾提到它们，故不在这里赘述。"剧本小说"《月落》（*The Moon Is Down*）取自莎士比亚用无韵诗写的著名剧本《麦克白》的第二幕第一景："月亮落了；我还没有听见钟响。"② 借用莎士比亚的无韵诗句做题目，斯坦贝克预示了作品的叙述性内容，亦即善与恶的冲突。因为，恶总是在黑暗时（亦即月亮下去时）出现，正如麦克白在黑暗中暗杀器重他的善良的国王邓肯一样。同时，这个诗性题目也暗示了作品的宏大主

---

　　① Burns, Robert. *The Complete Works of Robert Burns.* London: Routlege/Thoemmes Press, 1993, p. 162.

　　② 梁实秋译：《莎士比亚全集》（下），内蒙古文化出版社 1995 年版，第 500 页。

题：在黑暗中总有光明的希望，在绝望中人们会获得救赎。正是在光明与黑暗的冲突中，奥登市长完成了他的精神出行和救赎历程，由一个胆小怕事的小城市长成长为一个"人民的领袖"和耶稣一样的先知。"电影小说"《珍珠》（*The Pearl*）的最初题目是 *The Pearl of La Paz*。如果斯坦贝克不加改动的话，读者就会认为发生在小说中的故事就是一个普普通通的故事，并不能表现作家所追求的崇高与宏大的主题。后来斯坦贝克将小说题目改为《珍珠》，其意义就大为不同了。首先，正如笔者在第四章所指出的那样，它隐含着一个著名的《圣经》典故 *The Pearl of Great Price*。其次，《珍珠》也使人联想起中世纪的寓言诗《珍珠》。在这首诗中，珍珠诗人以梦幻和寓言的形式，讲述了一位可爱的父亲失去女儿的悲哀。在诗歌开始的时候，叙述者回到一个地方，在那里，"一颗价值连城的珍珠"从他手里落到了地上。他在那个地方睡着了，这时，一个年轻的女士出现了，她穿的衣服上缀满了珍珠。这个叙述者开始跟那个姑娘说话，认出了他丢失的珍珠，并相信那个姑娘就是他在天国的女儿。于是，珍珠诗人咏叹道：

O Pearl, quoth I, in pearls bedight,

Art thou my pearl that I have plain'd?

女儿给他指明救赎的道路。他挣扎着穿过一条河流，这条河流将他和女儿以及天国之城亦即她所居住的新耶路撒冷隔开。梦中的紧张唤醒了他，他从地上爬起来，像获得了精神的新生一样。最后，这个中世纪诗人用以下几句诗作结：

Upon this hill this destiny I grasped,

Prostrate in sorrow for my pearl.

And afterward to God I gave it up

In the dear blessing and memory of Christ. ①

　　借用《圣经》典故和中世纪寓言诗《珍珠》来作为自己小说的题目，斯坦贝克不仅使自己的小说题目获得诗的美感，而且赋予小说神话和寓言的肌质，因而也就突出了作品崇高和宏大的主题。《圣经》和中世纪寓言诗中的无价之宝"珍珠"，在斯坦贝克的"电影小说"中成了一种反讽的象征，一种控制了奇诺灵魂的物欲的毒素。当奇诺拥有它时，它带给奇诺的不是幸福，而是一连串的灾祸。当奇诺经过艰难的出行，将珍珠投进大海时，他就获得了灵魂的救赎。

　　斯坦贝克小说语言诗性化的特征之二，是人物口语的形象性和哲理性。斯坦贝克虽然出生在一个中产阶级家庭，但是 16 岁时就离开双亲，到牧场做工，靠自己的双手谋生。在以后的岁月里，他曾在修路队、制糖场和建筑工地干过活，因此对下层人民的语言有深切的了解。再加上他具有诗人和音乐家的气质和天赋，他的作品中所再现的人民的语言，就显得既形象逼真又富有诗意和音乐的美感。他在《胜负未决》《人鼠之间》和《愤怒的葡萄》中所运用的口语，是"高度发达的口语形式"。这样的口语的确在他的大部分主要作品中，成了一种生动的交际形式。正如他在写给他的文学经纪人玛威丝·麦金托什的信中所说的那样：

　　　　工人的语言有一种奇怪的特征。我不是指的是地方习语，而是这个国家流浪工人中所普遍运用的语言。几乎每一个人在说这种语言时，都带有他们个人的特征，但是这种语

　　① *The Pearl*, trans. Sister Mary Vincent Hilman（Notre Dame, Ind.：University of Notre Dame Press, 1967），lines 1201—1208.

言也具有普遍的规则。它不是一种语法错误，而是一种高度发达的语言形式。在"ing"中运用最后一个"g"也是很微妙的。当用以强调或者要结束一句生硬短促的话时要带"g"音。有时候不用"g"是出于省略的目的，但并非总是如此。有些词，像"something"很少失去最后那个"g"音，如果它失去的话，这个词就变成了"somepin"或者"somepm"。一个说"thinkin"的人遇到"morning"在一句话的结尾时，就会说"morning"。我告诉你这些东西，以便你能明白，为什么在一个拥有两个现在分词的句子中，一个"g"要保留而另一个要略去……①

在这里，斯坦贝克很看重口语的传统，这和马克·吐温和沃尔特·惠特曼是一脉相承的。在这一封信中，斯坦贝克还进一步捍卫了季节工人语言的价值：

> 工人的语言对俱乐部的贵妇人可能会显得有点不堪入耳，但是，既然她们不愿相信这种语言的存在，也就无所谓了。我了解这种语言，而且对我来说，工人被写成失去了他们淳朴的表达方式，变得一口高雅的牛津腔，是令人作呕的。②

甚至早在1929年斯坦贝克还未成为一个著名小说家的时候，他就曾给他大学时代的同学 A. 格拉夫·戴伊写过一封信，阐述他小说中口语和音乐性语言的根源：

---

① Steinbeck, Elaine & Robert Walsten. eds. *John Steinbeck: A Life in Letters.* New York: Viking Press, 1975, p. 105.

② Ibid.

出于记忆的目的，我将我写出来的语言记录下来。它们是供人说的，而不是供人阅读的。我具有行吟诗人而不是文书的本能……我将我捕捉的声音记录下来，然后将它们送给一个速记员。他知道该怎么办，他只是检查一下标点，使它们恰到好处而已……有数以百万的人能成为好的速记员，但是却没有多少人能像我这样捕捉动听的声音……我没有失去对声音和画面的热爱。①

斯坦贝克的信件，向我们揭示了他对下层人民口语的热爱。这种热爱激励他在小说创作中用音乐的节奏和诗的特质去表现人民的口语。人物尤其是小人物的语言，对于斯坦贝克来说，就意味着用普通人的音乐形式表现的声音言说。例如在《人鼠之间》中，乔治向莱尼讲述他们想像中的伊甸园时，他的语言就极富有音乐的节奏感：

乔治的声音变低了，他照以前无数次那样，有节奏地重复道："像咱们这样在农庄上干活的，是世界上最孤苦伶仃的人。他们没家没业，没亲人。他们在农庄上干活刚有了点钱，就到城里去花光，接着就又垂头丧气地走到另一个农庄去干活。他们一辈子没什么指望。"

莱尼高兴起来，"对啦——对啦，现在再说说咱们。"

乔治说下去："咱们可不这样，咱们有奔头，咱们有说心里话的人，咱们不会因为没地方去就到酒馆去把钱花光。要是他们那些人关进监狱，死了烂了，也没有人心疼。咱们可不这样。"

① Steinbeck, Elaine & Robert Walsten. eds. *John Steinbeck: A Life in Letters.* New York: Viking Press, 1975, p. 19.

莱尼插话道："咱们可不这样。为什么？因为……因为我照应你，你照应我，就因为这个。"他高兴地笑起来。"说下去，乔治。"

……

"好吧，有一天——咱俩一块攒够了钱就买一所小房子，几亩地，一头牛，几口猪，就……"

"就靠种地过日子！"莱尼高喊道，"还要养兔子。说下去，乔治，说咱们在园子里种什么，笼里的兔子怎么样，冬天下雨怎么样，火炉怎么样，牛奶上头那层奶油有多厚，刀都切不动。说这些，乔治。"

……

"好吧，"乔治说，"咱们要有一大片菜园，一窝兔子，几只鸡。冬天下起雨来，咱们就说，去他妈的，甭干活了，就到屋里去升起火炉。咱们坐在炉子旁边，听着雨水哗哗地从房檐上流下来……"①

乔治和莱尼的这些对话非常朴素和口语化，符合美国季节工人话语的特征。同时，它们也具有视角的造型性。当乔治在述说美国季节工人的孤独窘境和他与莱尼想像中的伊甸园生活时，读者面前马上映现出一系列如电影蒙太奇般的画面：一边是孤苦无依的季节工人，他们在农庄劳作，在城镇酒馆里消愁，在监狱里死掉；一边是乔治和莱尼的结伴出行，他们致力于建造一个美丽的庄园，过着其乐融融的生活。这非常符合诗的"视角"效果，因而这些人物对话是诗性的。同时，这些对话是乔治以音乐般的节奏说出来的，因而它们又符合诗的特征之二，亦即音乐性。尤

---

① 《斯坦贝克中短篇小说选》（一），人民文学出版社1983年版，第276—277页。

其是在著名导演刘易斯·麦尔斯彤拍的同名电影里，当饰演乔治的著名演员伯吉斯·梅瑞迪斯以略带忧郁和音乐般的音调说出这些对话时，它们曾在成千上万的季节工人和下层民众中引起空前的共鸣。[①] 在表现受过教育的人物的话语时，斯坦贝克除了努力使话语符合人物的特征之外，还尽力在他们的话语中隐含一些文学的典故和哲理的意蕴，这同样会使人物的话语具有诗性化的特征。这在《胜负未决》中吉姆、麦克与多克·伯尔顿，《愤怒的葡萄》中牧师吉姆·凯绥和汤姆·约德，《月落》中奥登市长、温特大夫和兰塞上校等人的对话中体现得尤为明显。例如在《月落》的最后一章，奥登市长在就义前曾对他的知己者温特大夫和纳粹军官兰塞上校这样说：

> "大夫，你知道，我是个小人物，这儿又是个小地方，不过小人物身上谅必也有能够燃起熊熊烈火的火花。我怕，我非常怕，为了拯救自己的生命，我想过种种可以采取的办法。可后来我也不想了，现在，我有时候感到有些得意，似乎我自己比原先更高大、更美好了，大夫，你知道我在想些什么吗？"他微笑着回忆道，"你记得在学校时读的《自辩篇》中的话吗？你可记得苏格拉底说：'有人要是说，"苏格拉底，你的生命的旅程看来要将你提前引向死亡，难道你不感到羞愧吗？"我可以坦率地回答他："你错了，一个有作为的人不应该算计生死的机会；他只应该考虑自己的行为是错还是对。"'"
>
> ……
>
> 奥登望着天花板，为了回忆那些古老的词句，他想得出

---

① Millichap, Joseph R. *Steinbeck and Film*. New York：Frederick Ungar Publishing Co. 1983，p. 18.

了神。"如今，宣告我有罪的人啊，"他说，"我很愿意向你们预言——因为我就要死了——人在死的时候——上天是赋予他们预言的权利的。因此我——向你们这些谋杀我的人预言——在我——在我死后——"

……

这时奥登直盯着前方，他的眼睛沉湎在回忆中，外界的什么也看不见了。他继续说道："我向你们这些谋杀我的人预言，在我——离去后，立刻会有远比你们加给我的惩罚更重的惩罚在等待着你们。"

温特赞赏地点着头，兰塞上校也点了点头，他们似乎都在帮助他回忆。奥登继续说道："你们杀死我，是因为你们想摆脱控告人，而且不致记录下你们的生平——"

……

奥登继续以温和的声调说下去："但是事情的发展不会如你们所期望的那样，事情会大不一样的。"他的声音变得强劲有力了。"我是说将会出现比现在更多的控告人，"他做了一个小小的手势，一个讲演的姿势。"这些控告者迄今一直在我的约束下；由于他们年轻，他们对你们会更鲁莽，你们也更会为他们所触怒。"①

奥登市长就义前说的话，取自苏格拉底的《自辩篇》，记录了苏格拉底遇难前的话语和预言，因此没有看过《自辩篇》的读者是很难理解奥登市长的这段话的。但奥登市长、温特大夫和兰塞上校都是受过教育的欧洲人，都熟悉苏格拉底的《自辩篇》。所以斯坦贝克让奥登市长在就义前说苏格拉底临终前的预

① 《斯坦贝克中短篇小说选》（二），人民文学出版社 1982 年版，第 107—110 页。

言就远比让他怒斥纳粹侵略者的效果好得多，也更符合奥登市长温文尔雅的性格。同时，苏格拉底是一个哲学家和诗人，他临终怒斥背叛和审判他的人的话语具有哲理性、诗意性和预言性，这就一方面使得奥登市长的就义举动显得更加崇高，另一方面也使得小说人物的语言具有诗意性和寓意性。小说临结束时奥登市长和温特大夫的几句对话尤其具有诗意性，它们和浪漫主义诗人雪莱的《西风颂》中的"如果冬天来了，春天还远么"有异曲同工之妙：

> ……他在门旁回过头来，向着温特大夫说道："克莱托，我欠阿斯克莱庇俄斯一只公鸡。"他亲切地说道："你会记住这笔债吗？"
>
> 温特闭了一下眼睛，然后回答说："债是一定要还的。"①

斯坦贝克小说语言诗性化的特征之三，是叙事语言的诗性化，这也是作家小说诗性语言追求的核心部分。斯坦贝克曾经说过，他要在自己的作品中尝试海明威的秘密。那么，海明威的秘密是什么呢？海明威在谈论创作的文章中说过："没有人真正知道或者懂得或者没有人曾经说过这个秘密。这个秘密是用散文写成的诗，而这也是最难做的事情。"② 由于具有"行吟诗人"的气质，对音乐的特殊敏感，对《圣经》和诗歌大师的作品的娴熟了解，斯坦贝克轻易地解决了海明威所认为的最难做的事情。这些因素已经融化在斯坦贝克创作的血液中，并且在自己的小说创作中通过优美的叙述和抒情性语言体现出来。诗性的叙述和抒

---

① 《斯坦贝克中短篇小说选》（二），人民文学出版社 1982 年版，第 114 页。

② Pillips, Larry W. ed. *Ernest Hemingway on Writing*. New York：Scriber's, 1984，p. 4.

情语言，主要出现在长篇小说的插入章中，当然，在中、短篇小说的开端、中间和结尾也有不少精彩的部分。《愤怒的葡萄》中的插入章的叙述和抒情语言，是诗性语言的典型代表。例如在第25章一开始，斯坦贝克就用诗性的抒情语言，描绘了加利福尼亚春天的美丽：

> 加利福尼亚的春天是美丽的。漫山遍野开着果树的香花，像一片红白相间的浅水海面。多节的老葡萄藤上新生的卷须像瀑布似的披散下来，裹住了主干。碧绿的山头浑圆而又柔软，像女人的乳房一般。在种菜的平地上有长达一哩的成行的浅绿色莴苣和纺锤一般的小小的花椰菜，还有绿里带白的神奇的蓟菜。①

在这一段里，斯坦贝克用几个比喻赞颂了加利福尼亚美丽的春天景致。例如说漫山遍野盛开的果树香花像红白相间的浅水海面，多节的老葡萄藤上新生的卷须像瀑布，碧绿的山头像女人的乳房，这些比喻都具有惊人的画面美，因此它们是诗性的。说起斯坦贝克的诗性语言，最典型的莫过于这一章的最后两段，它们是每一个了解斯坦贝克的作品或是看过《愤怒的葡萄》的读者所津津乐道或者说耳熟能详的段落：

> 这里有一种无处投诉的罪行。这里有一种眼泪不足以象征的悲哀。这里有一种绝大的失败，足以使我们一切的成就都垮台。肥沃的土地，笔直的一排一排的树，坚实的树干，成熟的果实，全都完蛋了。患糙皮病快死的孩子们非死不

---

① 约翰·斯坦贝克：《愤怒的葡萄》，胡仲持等译，外国文学出版社1982年版，第452页。

可，因为农场老板得不到橙子的利润。验尸员在验尸证书上必须填上"营养不良致死"一项，因为食物只好任其腐烂，非强制着使它腐烂不可。

人们拿了网来，在河里打捞土豆，看守的人便把他们拦住；人们开了破汽车来拾取抛弃了的橙子，但是火油却已经浇上了。于是人们静静地站着，眼看着土豆顺手漂流，听着惨叫的猪被人在干水沟里杀掉，用生石灰掩埋起来，眼看着堆积成山的橙子坍下去，变成一片腐烂的泥浆；于是人们的眼里看到了一场失败；饥饿的人眼里闪着一股越来越强烈的怒火。愤怒的葡萄充塞着人们的心灵，在那里成长起来，结得沉甸甸的，准备着收获期的来临。①

斯坦贝克用排比和暗喻的修辞方法，控诉了在秋天收获的季节大种植园主的为富不仁和人民遭受的苦难，揭示了人民心头蕴藏的怒火，而"愤怒的葡萄"也就成了这两段诗性语言的"诗眼"和小说的题目。由于斯坦贝克深受《圣经》的影响，这两段诗语也像小说中的许多其他段落那样，具有《圣经》中赞美歌的特征，也就是说它们具有音乐节奏。如果我们把这两段文字按诗的分行特征进行重新排列的话，我们会得到一首绝美的诗篇：

> 这里有一种无处投诉的罪行。
> 这里有一种眼泪不足以象征的悲哀。
> 这里有一种绝大的失败，
> 足以使我们的一切成就都垮台。
> 肥沃的土地，

① 约翰·斯坦贝克：《愤怒的葡萄》，胡仲持等译，外国文学出版社 1982 年版，第 456 页。

笔直的一排一排的树，

坚实的树干，

成熟的果实，

全都完蛋了。

患糙皮病快死的孩子们非死不可，

因为农场老板得不到橙子的利润。

验尸员在验尸证书上必须填上"营养不良致死"一项，

因为食物只好任其腐烂，

非强制着使它腐烂不可。

人们拿了网来，

在河里打捞土豆，

看守的人便把他们拦住；

人们开了破汽车来拾取抛弃了的橙子，

但是火油却已经浇上了。

于是人们静静地站着，

眼看着土豆顺水漂流，

听着惨叫的猪被人在干水沟里杀掉，

用生石灰掩埋起来，

眼看着堆积成山的橙子坍下去，

变成一片腐烂的泥浆；

于是人们的眼里看到了一场失败；

饥饿的人眼里闪着一股越来越强烈的怒火。

愤怒的葡萄充塞着人们的心灵，

在那里成长起来，

结得沉甸甸的，

准备着收获期的来临。

这种诗性语言在《愤怒的葡萄》《伊甸之东》等长篇小说和以《罐头厂街》为代表的"蒙特雷小说三部曲"中俯拾即是。例如,《罐头厂街》是一部田园诗小说。斯坦贝克在创作这部小说时又深受音乐家巴赫《赋格曲的艺术》的影响①,因此这部小说的语言具有田园诗和赋格曲的特征。赋格曲的典型特征就是结构和音调的对位性,也就是通过将和谐的音符与不和谐的音符的对位性组合来表现音乐的主题。《罐头厂街》的主题,就是在不和谐的世界寻求一种和谐的、诗意的生活。因此,田园诗和赋格曲相结合的诗语特征,就非常适合表达作品的这种主题。例如在小说一开始,斯坦贝克就用散文诗的语言,刻画了蒙特雷镇环境的暧昧本质:

加利福尼亚州蒙特雷市的罐头厂街是一首诗,它意味着扑鼻的臭气,刺耳的噪音,光怪陆离的色彩,一种特别的情调、风习和怀旧的心情,它是一个梦境。罐头厂街到处散布着铁皮、破铜烂铁和碎木片,残缺不全的路面、长满杂草的空地和堆破烂的场子,波纹铁皮建成的沙丁鱼罐头厂,低价酒吧间,饭馆和妓院,又小又挤的食品杂货铺,实验室和小客栈。罐头厂街的居民,正如某公曾经说过的,全是些"婊子,拉批条的,赌徒和狗娘养的"。他这话说的是大家。设若此公是通过另一个窥孔往里瞧的,他恐怕就会说全是"圣徒,天使,殉教者和圣人"了,而且说的还是同一件事。

早晨,渔船队捕获到了沙丁鱼,大型拖网渔船鸣着汽笛,吃力地驶入海湾。满载的小船停靠在岸边,那里是罐

① Hayashi, Tetsumaro. ed. *A New Study Guide to Steinbeck's Major Works*, *with Critical Explications*. Metuchen, N. J. & London: The Scarecrow Press, Inc. p. 36.

头厂伸进海湾的尾巴……接着，罐头厂的汽笛发出尖细刺耳的声音，全城的男女匆忙穿起衣服，跑到罐头厂街来干活。雪亮的小汽车带来上等阶层的人物：主管人、会计、老板。这些人一露面就进入了办公室。与此同时，穿着长裤子和胶皮上衣、戴着油布工作裙的男男女女——意大利佬、中国佬、波兰佬——从城里蜂拥而至。他们一路跑着，来罐头厂洗鱼，切鱼，装鱼，烧鱼，把鱼制成罐头。整个大街一片慌乱，轰隆声、哼唧声、尖叫声、撞击声混杂在一起。其时，鱼从那些小船里涌出来，像流着一条条银色的河……接着，夜幕徐徐降临，多拉家门前的路灯亮了——这盏灯是罐头厂街永远不落的月亮。看望多克的客人来到西部生物实验室，多克就走到对街，在李中的铺子里买五夸脱啤酒。

怎样才能把这首诗，这臭味，这刺耳的噪音——这奇特的色彩，这情调，这风习和这梦境——活生生地记载下来呢？在采集海生动物时，有些扁平的蠕虫非常娇嫩，一触即碎，几乎不能完整地捉到手；必须让它们自己蠕蠕地爬到一片刀刃上，然后才能轻轻地把它们提起来，送进装着海水的瓶子里。也许，这本书就可以这么个写法——开篇以后，让故事自动爬进来。①

以上论述的是斯坦贝克小说题目、人物口语和插入章中的诗性语言，它们是作家小说诗性语言追求的核心部分。尤其是插入章中的抒情段落，它们往往就是一些没有分行的优美的散文诗。小说的主题部分是戏剧性的对话，这种对话也是诗性的。即使纯

---

① 《斯坦贝克中短篇小说选》（二），人民文学出版社 1984 年版，第 115—117 页。

粹的叙述部分不多，它们仅相当于戏剧或电影的动作提示，但是仍体现出作家语言的诗性特征。其表现有二。其一，作家偏爱连词 and，通常 and 轻读，而其左右相邻的词重读，这就自然产生一种诗歌的韵律感。这种诗歌的韵律感在翻译成汉语时不容易体现出来，所以，为了说明这种诗性美感，笔者有必要引用原文。例如在《珍珠》中，斯坦贝克在叙述和刻画医生这个邪恶人物时这样写道：

> This doctor was of a race which for nearly four hundred years had beaten and starved and robbed and despised Kino's race, and frightened it too... [1]

这些句子中的几个 and 与 beaten、starved、robbed、despised 和 frightened 等具有响亮元音的动词错落间置，富有音乐和诗歌的美感。试再看一例：

> And in the surface of the pearl he saw the frantic eyes of the men in the pool. And in the surface of the pearl he saw Coyotito lying in the little cave with the top of his head shot away. And the pearl was ugly; it was gray, like a malignant growth. And Kino heard the music of the pearl, distorted and insane. [2]

在这个叙述段里，斯坦贝克将 and 和几个排比句连用，使段落读起来抑扬顿挫，朗朗上口。如果我们将这段诗语和《圣经》中的语言进行比较的话，我们会发现斯坦贝克显然是受了《圣

---

[1] Steinbeck, John. *The Pearl.* Bantam Books, 1979, p. 12.

[2] Ibid., p. 117.

经》的影响：

> And God said, "Let there be lights in the firmament of the heavens to separate the day from the night, and let them be for signs and for seasons and for days and for years, and let them be lights in the firmament of the heavens to give light upon the earth." And it was so... And God saw it was good. And there was evening and there was morning, and fourth day. [1]

其二，斯坦贝克在微生物学家里基茨的影响下对生物学很感兴趣，因此，在刻画作品中的人物或自然景物时，他会有意无意地使用动物或植物的意象。这种手法既能形象地勾勒人物的姿态和动作，又使叙述的语言具有诗歌的形象性。例如在《人鼠之间》一开始，斯坦贝克这样描写熊一般笨拙的大个子莱尼的形象：

> ... and he walked heavily, dragging his feet a little, the way a bear drags his paws.

在《珍珠》的第三章开头，斯坦贝克以动物比喻城镇，使被描绘的对象非常具有诗意：

> A town is a thing like a colonial animal. A town has a nervous system and a head and shoulders and feet... And a town

---

① *The Holy Bible.* Revised Standard Version. Zondenvan Publishing House, 1976, p. 1.

has a whole emotion. ①

斯坦贝克喜欢用 and 作为一个重要的语音修辞手段，喜欢用
动物的意象来表现人物的形象和动作，这种现象在作家的作品中
随处可见，是作家追求语言诗性美的重要体现（这里限于篇幅，
不再赘述）。

三　诗性语言的极端化及其后果

斯坦贝克追求小说语言诗性化的努力总的来说是成功的。他
的诗性语言，尤其是《人鼠之间》《愤怒的葡萄》《小红马》
《月落》《珍珠》和《罐头厂街》等作品中的语言，对于表达作
品的崇高和宏大的主题、丰富小说文本的肌质是功不可没的。它
们既具有诗歌和音乐的美感，又在作品中安排得恰到好处，而且
人物的口语又非常符合人物的身份。但是，有时候，斯坦贝克过
于追求小说语言的诗性化，刻意用一种文雅、抽象、隐喻性的语
言来取得一种诗意的、永恒的效果，其结果就是灾难性的。一个
典型的例子，就是《烈焰》中的语言失败。

在《烈焰》中，四个主要人物在第一幕里是马戏团演员，
在第二幕里他们摇身一变成了中西部地区的农场工人，在第三幕
里又成了停靠在纽约港口一艘货轮的船长和船员。斯坦贝克这样
刻画人物的身份变化，其目的似乎是为了表现人类出行和救赎的
普遍性。但是，许多评论家认为，这种人物身份的改变打破了人
物塑造的连续性，有失人物塑造的真实性。笔者在第四章论述
《烈焰》的寓言氛围时曾指出，斯坦贝克在塑造人物时借用了某
些表现主义的技巧，而且这种技巧在某种程度上也符合现实主义

---

① Steinbeck, John. *The Pearl*. Bantam Books, 1979, p. 27.

的基础，因为美国社会本身就是一个流动性很强的社会，人们的职业和身份的改变是常有的事。但是，尽管是寓言，尽管借用了表现主义技巧，人物的口语也必须具有鲜明的个性色彩。我们看卡夫卡的小说《变形记》和奥尼尔的戏剧《毛猿》的时候，在惊叹他们使用表现主义技巧揭示现代人类异化主题的同时，也深为他们使用的符合人物身份和地位的个性化语言而叫绝。而当我们回过头来看斯坦贝克的《烈焰》的时候，我们会发现一种截然相反的结果。四个主要人物乔·索尔、莫蒂、维克多和朋友爱德，不管是作为马戏团演员还是农场工人或海员，都是用一种非常正式的、抽象的和普遍性的语体方式说话。这种语言，若出自故事中诗人、哲学家或其他伟人之口，倒是富有诗意的。但是，它们出自这些来自社会下层、本应该说丰富多彩的口语的人们，就显得非常呆板造作。由于这些话语在译成中文后其缺陷不容易发现，所以在分析这种语言文体时，仍有必要参照原文。例如在《烈焰》的第一幕，乔·索尔曾和朋友爱德这样交谈：

Joe Saul looked at his hands. "I didn't know I was doing it," he said. "But you are right, Friend Ed. I've got a rustle in me. It's a little itching rustle under my skin."

"I see it coming on you, Joe Saul. It's not a thing of surprise to me except it's late. It's very late—I wonder why so late. Three years it is since Cathy died. You were strong in your wifeloss. You were not nervy then. And it's eight months since Cousin Will missed the net. You were not nervy then. Victor's a good partner, isn't he? You said he was. And it's not the first time a Saul missed the net in all the generations. What's the matter with you, Joe Saul? You're putting an itch in the air around you like a cloud of gnats in a hot evening."

...

Friend Ed leaned over and touched Joe Saul on the shoulder. "Do I have the friend-right to ask a question, Joe Saul?"
...

Joe Saul cried, "A man can't scrap his blood line, can't snip the thread of his immortality. There's more than just my memory. More than my training and the remembered stories of glory and the forgotten shame of failure. There's a trust imposed to hand my line over to another, to place it tenderly like a thrush's egg in my child's hand. You've given your blood line to the twins, Friend Ed. And now—three years with Mordeen."
...

"I know!" Joe Saul said quietly. "I guess I'm getting that way—digging like a mole into my own darkness. of course, Friend Ed, I know it is a thing that can happen to anyone in any place and time—a farmer or a sailor, or a lineless, faceless Everyone! I know this—and maybe all of these have the secret looked up in loneliness."[①]

从以上的选段可以看出，像"I see it coming on you"和"More than my training and the remembered stories of glory and the forgotten shame of failure"等句子非常正规，类似于演说家在演讲。许多比喻性句子像"You're putting an itch in the air around you like a cloud of gnats in a hot evening"、"There's a trust imposed to hand my line over to another, to place it tenderly like a thrush's egg in my child's hand"和"I guess I'm getting that way—digging

---

① Steinbeck, John. *The Burning Bright*. Penguin Books. pp. 19—25.

like a mole into my own darkness" 也不是一个搞马戏团的小人物所能随便说出来的。更有甚者，斯坦贝克还刻意创造一些古怪的复合词来表达某种感情，这种感情显然在语言里找不出特定的对应词，例如"strong in your wife-loss"、"do I have the friend-right to ask you a question" 以及矛盾修饰词"screamingly silent" 等。所有这些斯坦贝克自认为非常富有诗意性和永恒性的词、词组和句子，作为剧中小人物的对话听起来都过于正式和晦涩，根本不像普通人说的话。为此，书评家 L. A. G. 斯特朗曾挖苦地质问斯坦贝克："Have I, I wonder, the admirer-right to tell Mr. Steinbeck that this trick has set me screamingly silent in my reader-loss?"[①]

斯特朗的挖苦虽然有些尖刻，但毕竟说明斯坦贝克在这部"剧本小说"中的诗性语言试验似乎是过了头。它非但没有达到作家刻意追求的永恒的诗意效果，反倒使作品变得呆板、抽象和做作，结果也就削弱了作品的主题。小说改编成剧本在百老汇上演时，也同样遭到惨败。虽然剧本由著名戏剧导演 Guthrie Mc-Clintic 执导，由百老汇著名戏剧演员 Kent Smith、Barbara Bel Geddes、Howard da Silver 和 Martin Brooks 饰演四个主要人物，观众听《烈焰》中的对话仍感到犹如"粉笔擦在黑板上发出的刺耳的响声"[②]。也许斯坦贝克应该明白什么叫过犹不及的道理。干什么事情都要有一个度，超过了这个度就会导致物极必反的效果。在小说语言的诗意性追求方面也是如此。一部优秀作品的语言的诗意性和永恒性，是通过生动再现典型环境中的人物典型语言而取得的，而不是通过对现实生活的概念化和抽象化所能奏效的。这一点应使后世作家引以为戒。

---

① Strong, L. A. G. "Fiction", Spectator, No. 187, London: August, 1951, p. 196.

② Carol H, Weiss. *Burning Bright.* Commonweal, No. 53, Nov. 24, 1950, p. 178.

结　语

现在来回答笔者在绪论中提出的那几个问题，即斯坦贝克是否如众多的评论家所说的那样属于 20 世纪 30 年代的社会抗议或无产阶级作家，他的艺术生命和影响随着那个年代的结束而终结；斯坦贝克的创作能力是否在《愤怒的葡萄》发表后就衰退了，授予他诺贝尔文学奖是否是一个错误；怎样看待这位文学大师的声誉的兴衰与他的小说诗学追求的关系。

的确，斯坦贝克是在 20 世纪 30 年代美国处于"大萧条"时期成名的。他的被某些评论家称之为"工人阶级三部曲"的《胜负未决》《人鼠之间》和《愤怒的葡萄》，的确揭露了那个时期劳资之间的尖锐对立，反映了下层人民的贫困生活，表达了对社会现实的强烈不满，它们因此赢得了那一时期美国具有激进主义思想的评论家的青睐，尤其在后来受到以马列主义为指导原则的社会主义国家文学评论家的极力推崇。他们对这三部作品中的成就尤其是其中蕴藏的"社会抗议性"如此看重，以至于他们将这三部作品看做 30 年代"社会抗议文学"或"无产阶级文学"的典范，将斯坦贝克看做是那一文学范畴的代言人。① 这种人为的给斯坦贝克贴的标签对作家的声誉是不

---

① Rubinstein, Annette T. *American Literature*, *Root and Flower*. Beijing: Foreign Language Teaching and Research Press, 1988, pp. 742—744.

幸的。尤其是当斯坦贝克在40年代末离开他生活多年的加利福尼亚迁移到纽约居住以后，这些评论家就认为作家"脱离了普通老百姓、流浪汉和派萨诺人，去同百老汇、好莱坞和国际知名人士来往"[①]。认为这种脱离本土和对权势的认同改变了作家的创作视野，导致创作能力的极大衰退，以至于自《愤怒的葡萄》以后再也写不出一部具有重大影响的社会抗议小说。评论家对后期的斯坦贝克非常失望，认为在作家出版《烦恼的冬天》和《携查理同游美国》时授予他诺贝尔文学奖简直是个错误，如果真要授予作家那个奖项的话，也应该在30年代末作家出版《愤怒的葡萄》时进行。因为斯坦贝克是一个属于30年代的"社会抗议作家"，他的声誉已经随着30年代大萧条的结束和40年代末他的创作能力的衰退而终结了。以上是具有马列主义意识的批评家对斯坦贝克小说主题及其后期创作能力衰退的解读。而这一派的批评家，尤其是社会主义中国的批评家，他们的批评方式在20世纪80年代文学批评"解冻"后也发生了变化。面对西方国家的万花筒似的现、当代创作和多元批评方式，他们中有许多人抛弃以往的"言必称阶级斗争"的批评模式，而将批评的重心转移到西方现代的或后现代的作品和对作品的批评方式中。作为这种文学批评转型的结果之一，就是将以往过分推崇的斯坦贝克及以他为代表的所谓美国30年代左翼文学一下子贬入到了地狱或将之尘封在历史的烟云中。[②] 还有一些批评家认为，斯坦贝克的作品主要描写下层社会人民的喜怒哀乐，很少触及上层社会尤其是知识分子阶层的生活。因此在英美国家，他的作品主要是受到普通读者尤

---

① Lisca, Peter. *The Wide World of John Steinbeck*. New Brunswick, New Jersey: Rutgers University Press, 1958, p. 289.

② 董衡巽：《论斯坦贝克的兴与衰》，载《外国文学评论》1996年第1期，第31—38页。

其是下层人民的喜爱，但是在知识分子阶层却受到冷落。① 这说的是一个事实，也是导致斯坦贝克小说声誉下降的一个主要原因。一个作家如果不能赢得广泛的读者尤其是知识分子阶层的高雅读者，其作品是不能得到持久的流传的（口头流传的民间文学作品除外），因为书写文学史的权利掌握在以评论家和大学教授为代表的知识分子手中。但是，这是斯坦贝克的过错吗？这是知识分子阶层受某些评论家的误导而对斯坦贝克作品形成的滞定型偏见造成的结果。虽然除了《胜负未决》中的医生多克·伯尔顿、《月落》中的温特大夫、《罐头厂街》和《甜蜜的星期四》中的科学家多克等人物形象外，斯坦贝克很少正面表现知识分子，但是，作家所追求的崇高与宏大的主题却是关涉全人类的，这其中自然也包含知识分子的命运。正如著名评论家詹姆斯·格雷所说的那样：

> 斯坦贝克是一个具有报负的作家。他罄尽毕生的精力，将"人类状况"（the human conditions）的当代迹象与人类过去的经历结合起来。他的作品再三启示我们，人类的故事是一个充满激情的恒在，我们现在的激情与两千年前的激情别无二致。正是这种古今贯通的思想，使得斯坦贝克的佳作具有普遍性的魅力。过去的疾苦仍然困扰着我们，远古的渴望依然存在……这些因素构成了他的小说戏剧性的本质，并由此使其与别的作家区别开来。②

幸运的是，在以詹姆斯·格雷、皮特·李斯卡、约瑟夫·冯

---

① 转引自王长荣《现代美国小说史》，上海外语教育出版社 1996 年版，第 122 页。

② Gray, James. *John Steinbeck*. Minneapolis：University Minnesota Press, 1971, p. 45.

腾洛斯、霍华德·莱温特、特祖马洛·哈亚西等为代表的著名评论家以及后者所领导的斯坦贝克研究会的辛勤努力下，尤其是在他们摈弃简单的"社会批评"、倡导并身体力行地进行对斯坦贝克小说多元批评的影响下，作家的声誉又得到了大大的回升。今天，斯坦贝克仍然是美国现、当代文学史上著名的小说家之一，他的独特的小说诗学追求仍然是众多的学者研究的源泉。

本书就是在国内外斯坦贝克研究的基础上，对作家一生的艺术追求的一次较为全面的研究。它力图解决四个问题：第一，以"善与恶冲突背景下的人类的出行与救赎"和"人的诗意栖居"为中心思想，揭示斯坦贝克在悲剧和喜剧意识小说中对崇高与宏大的主题追求；第二，从现实与寓言、神话和象征的融合角度，阐释斯坦贝克小说复杂的肌质；第三，通过对作家的文学习得和百老汇、好莱坞情结的追踪，系统论述以戏剧化和电影化为显在特征的斯坦贝克小说中的多元视角；第四，从作家的情感生活、文学习得和个人爱好等角度，探究斯坦贝克小说语言的诗性化成因及其表现。笔者认为，斯坦贝克的这四种诗学追求，是与作家的多元的甚至矛盾的哲学观、丰厚的文学习得和一生矢志不渝的试验精神分不开的。

斯坦贝克多元的哲学观，主要体现在目的论和非目的论的矛盾性、爱默生的超验主义和惠特曼的近乎宗教式的普世情感等方面。与海洋微生物学家爱德华·里基茨的友谊，使斯坦贝克迷恋上了这位科学家兼哲学家的非目的论思维。非目的论思维源于"现实"的思考，主要关注的是生活"是"什么，而不是"应该是"什么或"可能是"什么。通过对生活的介入，实现对生活的真实认知，而不是像目的论思维那样，用一种预先设定的理想标准来裁决现实并对现实作出拘谨的道德判断。作为一种人生观，非目的论是斯坦贝克"蒙特雷小说三部曲"中"人类诗意栖居"的哲学基础。作为一种创作指导原则，非目的论昭示作家用近乎文献式的现实主义手法去客观、如实地描写人间发生的故事，而很少作主观的评价。这是《胜负未决》《人鼠之间》《愤怒的葡萄》和《任性的公共汽车》等小说中近乎文献式的现实主义再现的哲学基础。这种文献式的现实主义手法的特征，是以电影化的视角描写人物的外貌、动作和周围环境，以大量的戏剧性对话来揭示人物的关系、心理活动和剧情的发展。但是斯坦贝克也不是始终如一地遵循非目的论的哲学思维，尤其是在里基茨死后更是如此。目的论的思维体现在斯坦贝克的创作动机上，就是追求一种崇高和宏大的主题和叙事结构，他后期的鸿篇巨制《伊甸之东》就是以史诗的形式探讨人生的奥秘。他在给友人科维希的信中说："小说包含了我近乎所有的一切。"美国著名文学史论家罗伯特·E. 斯皮勒看了这部小说后评论道："他（斯坦贝克）本来还可以加一句，小说也包含美国近乎所有的一切。"① 在每一部作品（甚至包括里基茨在世时创作的作品）的具体创作方法上，斯坦贝克有时也会中断非目的论思维指导下的客观、文献式的现实主义展示，代之以目的论思维指导下的、以叙述者的声音为形式的、对所叙述或展示的事件进行必要的抒情和道义的评判，《愤怒的葡萄》的插入章中所蕴含的"愤怒的"抒情就是典型的例子。里基茨昭示斯坦贝克严格按照非目的论的思维去再现现实的生活和现实的人，而现实的人的基本特性是什么呢？就是以"动物性"为显在特征的人类本性的"原始性"。这种哲学观与爱默生的超验主义中的"超灵说"和惠特曼近乎宗教式的普世情感结合在一起，使斯坦贝克在创作中关注自然界和人类社会，尤其是植物、动物和普通人的生长变化。他将自然的原始特征用一种直觉和神秘的方式与人联系起来，从而

① 罗伯特·E. 斯皮勒：《美国文学的周期》，王长荣译，上海外语教育出版社1996 年版，第 229 页。

形成一种对"原始性"进行"图腾"和"崇拜"的"神秘象征主义",这是构成斯坦贝克小说象征性的一个重要因素。《愤怒的葡萄》中乌龟、风暴和约德一家的出行历程,《人鼠之间》中老鼠、谷地和莱尼的命运,《珍珠》中的珍珠、大山和奇诺的精神顿悟,都隐含着某种神秘的联系。爱默生超验主义哲学对斯坦贝克的另一个重要影响,表现在作家对崇高和宏大主题的追求方面。爱默生超验主义强调灵魂亦即精神,认为灵魂中存在着最崇高的东西,认为个人的灵魂存在于超灵这个大灵魂中,个人的灵魂只有通过自然的或宗教的感悟才能达到和超灵的物我合一的崇高境界,这实质上就是通过某种形式的修行而取得的精神的"妙悟"。斯坦贝克小说"善与恶冲突背景下人类的出行和寻求精神救赎"主题的哲学基础,就是爱默生的超验主义思想,其典型体现就是《愤怒的葡萄》中牧师吉姆·凯绥宣扬的"大灵魂"说和汤姆·约德在神秘洞穴的精神顿悟。

斯坦贝克在正式从事文学创作前具有丰厚的文学积累,这对于他一生的小说诗学追求产生了不可估量的影响。就小说作品而言,斯坦贝克主要阅读了巴尔扎克、福楼拜、亨利·菲尔丁、哈代、托尔斯泰、陀思妥耶夫斯基和麦尔维尔等人的著作。除麦尔维尔外,他们基本上是现实主义或批判现实主义作家,在自己的小说中真实地再现了典型环境中的典型人物和事件。斯坦贝克认为,这些小说家在作品中描绘的生活细节甚至比人们经历的事情还要真实。阅读这些现实主义大师的作品,从宏观的方面讲影响了斯坦贝克这位未来小说家基本创作方法的选择,那就是现实主义的创作方法。当然,里基茨的非目的论哲学思维和美国世纪之交的文学风向,对小说家创作方法的影响也不可低估。从微观的方面讲,这些作家对斯坦贝克的小说诗学追求的影响有三:第一、菲尔丁、托尔斯泰和麦尔维尔等小说家喜欢在自己的作品中运用"插入章"的形式来提供故事发生的广阔的背景或者阐述

320

作家对一个重大的事件或者一个具有重要意义的观点的看法，《愤怒的葡萄》《罐头厂街》和《伊甸之东》等作品中的插入章节，可以看出明显是受了这些大师的小说技法的影响。第二，这些文学大师都以擅长写史诗性小说而著名，例如菲尔丁称自己的《约瑟夫·安德鲁斯传》为"滑稽散文史诗"，巴尔扎克的《人间喜剧》被称为法国社会的"百科全书"，托尔斯泰的《战争与和平》问世至今一直被誉为"世界上最伟大的小说"。斯特拉霍夫这样称赞《战争与和平》："近千个人物，无数的场景，国家和私人生活的一切可能的领域，历史，战争，人间一切惨剧，各种情欲，人生各个阶段，从婴儿降临人间的啼声到气息奄奄的老人的感情最后迸发，人所能感受到的一切欢乐和痛苦，各种可能的内心思绪，从窃取自己同伴的钱币的小偷的感觉，到英雄主义的最崇高的冲动和领悟透彻的沉思——在这幅画里都应有尽有。"① 许多史诗小说尤其是菲尔丁的《弃儿汤姆·琼斯》、托尔斯泰的《战争与和平》和麦尔维尔的《白鲸》，不管其具体故事情节如何，都涉及到主人公在地域上的出行和在精神方面的成长或毁灭，因而表现了"善与恶冲突背景下人类的出行和救赎"这一宏大的主题。斯坦贝克小说诗学中的史诗形式和对崇高与宏大主题的追求，相当程度上与作家研读这些作品有关。第三，巴尔扎克、麦尔维尔和陀思妥耶夫斯基等小说家的作品中都具有一种明显的戏剧化特征，这在陀思妥耶夫斯基的作品中尤为突出。他们改变了传统小说的叙事模式，使其由单一的"述"向以"示"为主、"述""示"和抒情为一体的开放性小说发展。这种特征也被斯坦贝克在自己的小说中继承和发展了。除了小说以外，斯坦贝克还大量研读了荷马、维吉尔、密尔顿等人的诗歌，埃斯库勒斯、莎士比亚、尤金·奥尼尔等人的戏剧以及作为西方

① 转引自《外国文学名著赏析词典》，浙江文艺出版社 1989 年版，第 155 页。

宗教和文学盛典的《圣经》和 15 世纪英国杰出的散文家托马斯·马洛利的《亚瑟王之死》等。荷马的《伊利亚特》、维吉尔的《伊尼德》和密尔顿的《失乐园》是三部用诗歌形式写的史诗巨著，它们像托尔斯泰和麦尔维尔等人的小说一样，主题崇高，结构宏大，尤其是维吉尔的《伊尼德》，它和《圣经》中的《出埃及记》一起构成斯坦贝克作品描写出行历程的两个史诗传统①，这两个描写"出行"的史诗传统又在菲尔丁和麦尔维尔等人的长篇小说中得到加强。《圣经》中的《出埃及记》不仅构成斯坦贝克小说"出行"历程的一个重要史诗传统，它其中的许多神话和寓言也构成这位作家作品中的寓言、神话和象征肌质。埃斯库勒斯和莎士比亚等人的悲剧作品都具有一种崇高的悲剧意识，这是他们的作品主题宏大的重要表现。研读这些戏剧大师的作品，像阅读那些具有戏剧化特征的小说一样，影响了作家日后的小说创作，特别是用戏剧化的视角进行的小说创作。而这种戏剧化的视角，又在作家与百老汇的联系中进一步得到加强。最后，斯坦贝克是一个处在传统和现代交汇时期的作家，既恪守传统的现实主义基本创作原则，又勇于借鉴现代派小说和以电影为代表的新兴艺术形式的某些技巧，终生矢志不渝地进行小说形式的革新和试验。他的小说试验的核心，就是各种艺术文类的越界和融合。其典型特征是：在维持小说整体叙事框架的基础上，将戏剧、电影和诗的技巧介入小说文本；在维持现实主义总体框架的基础上，将神话、寓言和象征等因素融入小说创作。这种试验精神和多元甚至矛盾的哲学观及丰厚的文学积累结合在一起，就使斯坦贝克的小说诗学具有多元的特征。无论是下层人民还是上层社会的知识分子，无论是 20 世纪 30 年代的人还是 21 世纪的

---

① Lutwack, Leonard. *Heroic Fiction: The Epic Tradition and the American Novels of the Twentieth Century*. Carbondale: Southern Illinois University Press, 1971, p. 48.

人，都可以从中找到自己的阐释。

笔者对斯坦贝克小说诗学的阐释，主要包括崇高和宏大的主题，现实、寓言、神话和象征的融合肌质，叙事框架总体之内的戏剧化和电影化视角以及诗性化的小说语言。崇高和宏大的主题，始终是斯坦贝克在创作中追求的最高境界，这并不以他40年代末迁居纽约而终结。德国文艺理论家施莱格尔兄弟认为，文学艺术上的崇高和宏大是自然现象和社会现象在文学家和艺术家头脑中的反映，表现崇高的最主要的文艺形式是悲剧（也包括后来的悲剧意识小说）。悲剧的主角大都是时代的或神话的英雄或杰出人物，他们在悲剧性冲突中的失败或毁灭，给观众或读者带来强烈的心灵痛感并继而产生审美的快感。斯坦贝克表现"崇高"和"宏大"主题的小说，主要是悲剧意识小说。当然，受里基茨非目的论哲学、爱默生超验主义和惠特曼普世情感的影响，神话或时代的英雄或杰出人物，被置换成现实生活中具有高尚品格的小人物。但是由于神话、寓言和象征手法的巧妙介入，斯坦贝克笔下的这些"现实的"小人物就是整个人类的代表；他们所生存的环境，就是广袤的宇宙的象征；他们的迁徙、寻觅、堕落和救赎，就代表了人类永恒的境遇。斯坦贝克的悲剧小说的显著模式是：善良的或者品格高尚的出行者从一个地域的或精神的荒原出发，希求达到物质的或精神的乐园。然而由于社会邪恶环境的阻遏或个人心理向度中"恶"的张力，出行者在经过一系列陌生的和富有挑战性的事件后，通常会获得一种悲剧性的结果。有的通过出行却误入精神的迷宫而不能自拔，从而导致肉体的毁灭，例如《胜负未决》中的吉姆·诺兰；有的虽然没有进入物质的伊甸园，但是在精神上却获得了升华和救赎，例如《愤怒的葡萄》中的约德一家和《珍珠》中的奇诺；有的通过一方的悲剧性死亡而使活着的另一方获得人生的感悟，例如《人鼠之间》中乔治通过莱尼之死深深地感悟了失落的时代或后该隐时代人类命运的本质。因此，这种小说模式的主题就可以概括为"人，悲剧地出行在善与恶对立的世界"。之所以说它是一个崇高和宏大的主题，是因为它反映了人类亘古以来永恒而普遍的境遇，亦即只要人类存在某种形式的困厄，人类就要通过某种形式的出行获得解决。笔者认为，用这个主题来概括斯坦贝克的悲剧意识小说的中心思想是很恰当的。首先，这个主题包含善与恶冲突这个亚主题，而且这个亚主题在小说中具有两个作用：其一，通过描写善的一方的毁灭或遭受的巨大痛苦，达到斯坦贝克所说的"惊吓"和"启发"目的，亦即美学家所说的"痛感"和"崇高"；其二，正如评论家利奥·格寇所指出的那样，善与恶的冲突最适宜于戏剧表演。斯坦贝克的小说具有较强的戏剧性，很容易被改编成戏剧上演，也在很大程度上与这个主题有关。其次，出行是一个宏大的物质和精神、历史和现实的过程。人类在出行的过程中尤其是出行在善与恶对立的世界的过程中，必然会经历群体与个体的对立、人生的孤独、美国梦的追求和破灭以及灵魂的失落和救赎等重大的问题，这些问题斯坦贝克作为次主题都在自己的作品中涉及到了。

有了好的主题，怎样用好的手法和语言进行表达，以便使作品达到作家预期的效果，则是一项艰难的任务。为此，斯坦贝克一生都在通过试验来寻求小说艺术的最佳表达形式。非目的论的思维和惠特曼近乎宗教式的普世情感，使作家更愿意选择现实主义作为基本的创作方法，来关注现实中的"人"的命运。多元的文学习得，戏剧、电影方面的经历以及始终不渝的试验精神，又促使斯坦贝克尝试将寓言、神话、诗、戏剧和电影的技巧介入小说创作，从而使小说的手法和肌质呈现出多元的特征。首先，同样是现实主义的方法，它们在斯坦贝克不同的作品中也具有不同的变体。《胜负未决》《人鼠之间》《愤怒的葡萄》和《任性的公共汽车》等作品，是描写主人公在地域层面上出行的典范作品，而且它们基本上是按照里基茨的非目的论的哲学思想创作的。因此，在表现主人公的出行历程时，作家使用的是近乎文献式的现实主义手法。这种文献式的现实主义的具体表现是，"编辑型全知"的叙述视角和叙述者的"声音"，被压缩到微乎其微的境地，作品的主体亦即故事的情节，主要是通过戏剧性的对话揭示的。必不可少的叙述又是通过摄影机的视角进行展示的，只起一种舞台和银幕的动作和场景提示作用，因此非常容易搬上舞台和拍成电影。《小红马》《月落》《烈焰》和《烦恼的冬天》等作品，主要描写主人公精神层面上的出行。因此，在保留文献式的现实主义特征以外，又更多地融入了心理现实主义的特征，即揭示主人公心理的升华和精神救赎。这些人物也同样具有戏剧和电影的表演仪式特征，典型体现是《月落》中奥登市长通过对话向温特大夫揭示自己的心理变化，《烦恼的冬天》中通过一系列的意识流活动或电影的闪回揭示主人公伊坦的心理活动。为了表现"人，诗意地栖居"这个主题，斯坦贝克在以《罐头厂街》为代表的喜剧小说"蒙特雷三部曲"中，采用了田园诗的结构和抒情现实主义的手法。即在描写现实中具有高尚品格的小人物轻松、幽默的生活方式的同时，作家还时不时地放弃客观、超然和非人格化的叙述，直接站出来进行评论和抒情。其次，斯坦贝克在自己的小说作品中，融入中世纪寓言剧《每个人》和《圣经》神话作为小说文本隐在的结构。中世纪寓言剧《每个人》具有"善"与"恶"冲突的永恒主题，同时它也具有主人公通过出行获得精神救赎的主题。当斯坦贝克将这个寓言作为一种隐在的模式融入自己的小说时，不但要表现"人，悲剧地出行在善与恶冲突的世界"这个崇高和宏大的主题，而且向读者表明，他作品中的人物经历实质上就是"每个人"的经历，是亘古以来人类永恒的经历。《圣经》中的"撒旦和上帝决斗""失乐园""该隐和亚伯""出埃及记"以及"耶稣的死亡和复活"等神话，是斯坦贝克小说中的主要神话模式。它们和中世纪的寓言剧《每个人》一样，与作家宏大的主题如"善与恶的冲突""出行"和"救赎"相对应，并且在小说结构上框定了《愤怒的葡萄》《伊甸之东》和《烦恼的冬天》等作为史诗的性质。由于寓言和神话因素的融入，也由于斯坦贝克继承了美国超验主义哲学思想中的原始象征主义传统，作家的小说也具有浓厚的象征主义意蕴。例如，作品中的人物不仅具有各自对应的《圣经》中人物的象征寓意，而且作为出行者他们都具有"每个人"的特征。斯坦贝克笔下的山谷，不管是《人鼠之间》中的萨利纳斯谷地还是《愤怒的葡萄》的加利福尼亚谷地，实际上是一个虚幻的伊甸园和堕落世界的象征，是善与恶冲突的主要战场，也是诱使人类出行并最终获得人生真理的地方。作品中经常出现的东山和西山也具有深刻的象征寓意。东山代表已知的、安全的世界，进入或跨越东山就意味着进入一个光明的和富有生命张力的地方；西山则代表着未知、神秘和死亡之地，进入西山就是面对某种形式的神秘和死亡。但是，西山中的死亡并非生命的简单终结，它是一种超验的经历，是一种对世界和生命的再认识。在这里，主人公通过"旧我"或与之相关的他者的"死亡"，达到"新我"的"再生"或对人生真谛的感悟。最后，斯坦贝克的诗人气质、对音乐的爱好和对诗歌作品的娴熟了解，也促使他用诗和音乐的曲调来写作小说，借以表达崇高和宏大的主题，进而使作品达到一种永恒的效果。斯坦贝克小说诗性语言的主要特征包括小说题目的诗意启示性、人物口语的形象和哲理性以及叙事语言的诗意美等方面，例如《胜负未决》《人鼠之间》《愤怒的葡萄》《月落》《烈焰》《伊甸之东》和《烦恼的冬天》等小说的题目都是借自《圣经》、莎士比亚的戏剧和其他诗人的作品，这些作品的许多叙事和抒情性章节都可以独立出来作为散文诗来阅读。

作家一生的小说诗学追求总体上是成功的，它始终充满了作家对人生终极奥秘的关怀，充满了对小说形式和语言的大胆试验。当然，要求作家的每一部作品都是黄钟大吕或完美无瑕，也是不现实的。斯坦贝克在其一生的小说试验中，自然也出现过某种程度的失误。例如，《烈焰》中对诗性语言的过分追求而导致的人物语言的极度失真，《伊甸之东》中尝试叙述者"我"的声音的介入而导致的结构中的某些混乱，《愤怒的葡萄》中对人物动物性特征的过分视觉性展示等，都是作家小说诗学中的瑕疵。对此，我们要理性地看待，既不能对作家小说诗学的各种追求过分褒扬，又不能因为作家作品中的某些试验性偏差，就将作家从一流作家贬入三流作家的行列。对其小说诗学追求中的成功部分，我们要继承和发扬；对其小说诗学追求过程中失败的地方，我们要引以为戒，这是我们对待前辈作家创作的正确态度。同时还要看到，作家小说试验的基本特征，与现代派和后现代派的文学家的试验有很大的不同。现代派和后现代派的试验特征是打破传统、标新立异，因此，他们的试验以革命性和反传统性而引起评论界的关注。斯坦贝克小说试验的基本特征是将现实主义作为基本的创作方法，并将寓言、神话、诗、戏剧和电影等其他文体形式的特征融入小说。相对于那些激进的现代主义或后现代主义试验派来说，斯坦贝克的试验是一种"改良"型的。因此，他的试验的光辉被罩在那些激进派的阴影中，他的声誉在文学转型时期出现下跌也就不足为奇了。值得庆幸的是，世界并未忘记这位一生进行人生奥秘和艺术形式探索的作家。在 2002 年作家诞辰 100 周年之际，第五次斯坦贝克国际大会（The International Steinbeck Congress）在作家的故乡萨利纳斯召开。来自世界各地的几代斯坦贝克评论家济济一堂，探讨作家小说的永恒魅力。斯坦贝克电影节和戏剧节也同时拉开序幕，所有这些都可以看做是对作家一生小说诗学追求的最佳奖赏吧。

参 考 文 献

英文资料

Alezander, Stanley Gerald. *Primitivism and Pastoral Form in John Steinbeck's Early Fiction*. DAL 26, 1956.

Archer, William. *Play-Making*. New York: DODD, MEAD & Company, 1928.

Astro, Richard. *John Steinbeck and Edward F. Ricketts: The Shaping of a Novelist*. Minneapolis: Minnesota University Press, 1973.

Axelrod, Mark. *The Poetics of Novels*. New York: St. Martin's Press, 1999.

Bailback, Brain E. *Parallel Expeditions: Charles Darwin and the Art of John Steinbeck*. Moscow, ID: Idaho University Press, 1995.

Benson, Johnson. *The True Adventures of John Steinbeck, Writer*. New York: Viking Press, 1984.

Benson, Jackson J. *Looking for Steinbeck's Ghost*. Norman: Oklahoma University Press, 1988.

——. *The Short Novels of John Steinbeck: Critical Essays with a Checklist to Steinbeck Criticism*. Durham and London: Duke University Press, 1990.

Bignell, Jonathan. ed. *Writing and Cinema*. New York: Pearson

Education, 1999.

Bloom, Harold. *John Steinbeck: Modern Critical Views*. New York: Chelsea House Publishers, 1987.

——. *John Steinbek's "The Grapes of Wrath."* ed. New York: Chelsea House, 1988.

Bluestone, George. *Novels into Film*. John Hopkins Press, 1957.

Booth, Wayne C. *The Rhetoric of Fiction* (second edition). Chicago: Chicago University Press, 1961.

Boulton, Marjorie. *The Anatomy of the Novel*. London: Routledge & Kegan Paul, 1975.

Bradbury, Malcom. *Contemporary American Fiction*. Edward Arnold Ltd, 1987.

Burrows, Michael. *John Steinbeck and His Films*. St. Austell, UK: Primestyle, 1971.

Chadha, Rajni. *Social Realism in the Novels of John Steinbeck*. New Delhi: Harman Publishing House, 1990.

Cohen, Keith. *Film and Fiction*. New Haven: Yale University Press, 1979.

——. *Writing in a Film Age*. University Press of Colorado, 1991.

Davis, Robert Con. ed. *Twentieth Century Interpretation of "The Grapes of Wrath"*. Englewood Cliffs, NJ: Prince-Hall, 1982.

Davis, Robert Murray. *Steinbeck: A Collection of Critical Essays*. Englewood Cliffs, N. J. : Prince-Hall, 1972.

Dawson, S. W. *Drama and the Dramatic*. London: Methuen & Co Ltd, 1979.

Demott, Robert. *Steinbeck's Reading: A Catalogue of Books Owned and Borrowed*. New York: Garland, 1984.

Demott, Robert. *Steinbeck's Typewriter: Essays on His Art*. Troy,

NY: Whitston Publishing, 1996.

Dick, Bernard F. *An Anatomy of Film*. New York: St. Martin's Press, 1988.

Disky, John. *Essays on "East of Eden"*. Munice, IN: Steinbeck Monograph Series No. 7, 1977.

——. *John Steinbeck: Life, Work, and Criticism*. Fredericton, N. B., Canada: York, 1985.

——. *Critical Essays on Steinbeck's "The Grapes of Wrath"*. ed. Boston: G. K. Hall, 1989.

Fensch, Thomas. *Conversations with John Steinbeck*. Jackson and London: University Press of Mississippi, 1988.

Fontenrose, Joseph. *John Steinbeck: An Introduction and Interpretation*. New York: Barnes & Nobel, 1963.

Fowler, Roger. *A Dictionary of Modern Critical Terms*. London & New York: Routlege, 1981.

French, Warren. ed. *A Companion to "The Grapes of Wrath"*. New York: Viking Press, 1963.

——. *Filmguide to "The Grapes of Wrath"*. Bloomington: Indiana University Press, 1973.

——. *John Steinbeck's Fiction Revisited*. New York: Twayne Publishers, 1994.

——. *John Steinbeck's Non-fiction Revisited*. New York: Twayne Publishers, 1996.

Frenz, Horst. *Nobel Lectures Literature*. New York: Elsevier Publishing Company, 1969.

Friedman, Norman. *Form and Meaning in Fiction*. Athens: The University of Georgia Press, 1975.

Gannet, Lewis. *JohnSteinbeck: Personal and Bibliographical Notes*.

New York: Viking Press, 1939.

——. " John Steinbeck's Ways of Writing" . In *Steinbeck and His Critics: A Record of Twenty-five Years*. Albuquerque: University of New Mexico Press, 1957.

Gaver, Jack. *Critics' Choice: New York Drama Critics' Circle Prize Plays* 1935—55. New York: Hawthorn Books, Inc. 1955.

Gladstein, Mini R. *The Indestructible Woman in Faulkner, Hemingway and Steinbeck*. Ann Arbor, MI: UMI Research Press, 1986.

Halperin, John. *The Theory of the Novel: New Essays*. New York: Oxford University Press, 1973.

Hayashi, Tetsumaro. *Steinbeck: The Man and His Works*. Corvallis: Oregon State University Press, 1971.

——. *John Steinbeck: A Guide to the Doctoral Dissertations*. ed. Munice, Ind: Steinbeck Monograph Series, No. 1, 1971.

——. *Steinbeck Criticism: A Review of Book-length Studies* (1937—1973) . ed. Munice, IN: Steinbeck Monograph Series No. 4, 1974.

——. *Steinbeck and the Arthurian Theme*. ed. Munice IN: Steinbeck Monograph Series No. 5, 1975.

——. *A Study Guide to Steinbeck's "The Long Valley"* . ed. Ann Arbor, MI: Pierian, 1976.

——. *John Steinbeck: East and West*. ed. Munice, IN: Steinbeck Monograph Series No. 8, 1978.

Hayashi, Tetsumaro. *Steinbeck's Women: Essays in Criticism*. ed. Munice, IN: Steinbeck Monograph Series No. 9, 1979.

——. *Steinbeck and Hemingway: Dissertation Abstracts and Research Opportunities*. ed. Metuchen, NJ: Scarecrow, 1980.

———. *Steinbeck's Travel Literature: Essays in Criticism.* ed. Munice, IN: Steinbeck Monograph Series No. 10, 1980.

———. *A Handbook for Steinbeck Collectors, Librarians and Scholars.* ed. Munice, IN: Steinbeck Monograph Series No. 11, 1981.

———. *A Student's Guide to Steinbeck's Literature: Primary and Secondary Sources.* ed. Munice, IN: Steinbeck Bibliography Series No. 1, 1986.

———. *John Steinbeck on Writing.* ed. Munice, IN: Steinbeck Essay Series No. 2, 1988.

———. *Steinbeck's "The Grapes of Wrath": Essays in Criticism.* ed. Munice, IN: Steinbeck Essay Series No. 3, 1990.

———. *Steinbeck's Literary Dimension: A Guide to Comparative Studies.* ed. Metuche, N. J. & London: Scarecrow, 1991.

———. *A New Study Guide to Steinbeck's Major Works, with Critical Explications.* ed. Metuchen, N. J. & London: Scarecrow Press, Inc, 1993.

———. *John Steinbeck: Dissertation Abstracts and Research Opportunities.* ed. Metuchen, N. J. & London: The Scarecrow Press, Inc. 1994.

Herman, Vimala. *Dramatic Discourse: Dialogue as Interaction in Plays.* London: Routledge, 1995.

Holfman, Danniel. *Harvard Guide to Contemporary American Writing.* Harvard University Press, 1979.

Holman, Hugh & William Harmon. *A Handbook to Literature* (fifth edition). New York: Macmilan Publishing Company, 1986.

Holquist, Michael. *Dostoevsky and the Novel.* Princeton, N. J. : Princeton University Press, 1977.

Hughes, R. S. *Beyond The Red Pony: A Reader's Companion to*

Steinbeck's Complete Short Stories. Metuchen, NJ: Scarecrow, 1987.

——. *John Steinbeck: A Study of the Short Fiction*. Boston: Twayne Publishers, 1989.

Kazin, Alfred. *On Native Grounds: An Interpretation of Modern American Prose Literature*. New York: Anchor Books, 1956.

Kiernan, Thomas. *The Intricate Music: A Biography of John Steinbeck*. Boston: Little Brown, 1979.

Langman, Larry. *Writers on the American Screen*. New York: Garland Publishers, 1986.

Levant, Howard. *The Novels of John Steinbeck: A Critical Study*. Columbia: University of Missouri Press, 1974.

Lewis, Cliff. ed. *Rediscovering Steinbeck: Revisionist Views of His Art, Politics and Intellect*. Lewiston, NY: Edwin Mellen Press, 1989.

Leyda, Jay. *Kino: A History of the Russian and Soviet Film*. New York: Collier Books, 1973.

Lisca, Peter. *The Art of John Steinbeck: An Analysis and Interpretation of Its Development*. DAL 16, No. 5, 1956.

——. *The Wide World of John Steinbeck*. New Brunswick, N. J: Rutgers University Press, 1958.

——. *John Steinbeck: "The Grapes of Wrath": Text and Criticism*. ed. New York: Viking Press, 1972.

——. *John Steinbeck: Nature and Myth*. New York: Cromwell, 1978.

——. *"The Grapes of Wrath": Text and Criticism*. ed. New York: Penguin, 1997.

Lutwack, Leonard. *Heroic Fiction. The Epic Tradition and the Ameri-

can Novels of the Twentieth Century. Carbondale: Southern Illinois University Press, 1971.

Marks, Lester Jay. *Thematic Design in the Novels of John Steinbeck.* The Hague: Mounton, 1969 Martin, Stoddard. *Californian Writers: Jack London, John Steinbeck, The Tough Guys.* New York: St. Martin's Press, 1983.

McElrath, Joseph R. & Jesse S. Crisler, eds. *John Steinbeck: The Contemporary Review.* Cambridge University Press, 1996.

Mertsger, Charles R. *Steinbeck's Version of the Pastoral.* Modern Fiction Studies 6, 1960.

Meyer, Michael. *The Hayashi Steinbeck Bibliography*, 1982—1996. Lanham, MD: Scarecrow, 1998.

Michael, Hoffman J. *The Essentials of the Theory of Fiction.* London: Leister University Press, 1996.

Millichap, Joseph R. *Steinbeck and Film.* New York: Frederick Unger, 1983.

Moore, Harry Thornton.. *The Novels of John Steinbeck: A First Study.* Chicago: Normandie House, 1939.

Muir, Edwin. *The Structure of the Novel.* London: L & V. Woolf, 1978.

Murray, Edward. *The Cinematic Imagination: Writers and the Motion Pictures.* New York: Frederick Ungar Publishing CO, 1972.

Nobel, Donald R. ed. *The Steinbeck Question: New Essays in Criticism.* Troy, NY: Whitson Publishing. 1993.

Ousby, Ian. *An Introduction to Fifty American Novels.* London: Pan Books, 1979.

Owen, Louis. *John Steinbeck's Re-vision of America.* Athens: The University of Georgia Press, 1985.

Peary, Gerald. ed. *The Modern American Novel and Movie*. New York: Ungar, 1978.

Pillips, Larry W. ed. *Enerst Hemingway on Writing*. New York: Scriber's, 1984.

Rubbinstein, Annette T. *American Literature Root and Flower*. Beijing: Foreign Languages Teaching and Research Press, 1988.

Simmonds, Roy S. *Steinbeck's Literary Achievement*. Munice, IN: Steinbeck Monograph Series No. 6, 1976.

Smith, Joel A. ed. *Steinbeck & Film*. Louisville, KY: Actors Theatre of Louisville, 1996.

Steinbeck, John. *Cup of Gold*. New York: Penguine Books, 1976.

———. *The Pastures of Heaven*. New York: Penguine Books, 1982.

———. *To a God Unknown*. New York: Penguine Books, 1976.

———. *The Long Valley*. New York: P. F. Collier & Son, 1938.

———. *Tortilla Flat*. New York: Covici-Friede, 1935.

———. *In Dubious Battle*. New York: Covici-Friede, 1936.

———. *Of Mice and Men* (novel). New York: Covici-Friede, 1937.

———. *Of Mice and Men* (play). New York: Covici-Friede, 1937.

———. *The Grapes of Wrath*. New York: The Viking Press, 1939.

———. *Sea of Cortez: A Leisurely Journal of Travel and Research*. New York: Viking, 1941.

———. *The Forgotten Village* (film script). New York: Viking Press, 1941.

———. *The Moon Is Down* (novel). New York: Viking Press, 1942.

———. *The Moon Is Down* (play). New York: Dramatists' Play Service, 1942.

———. *Cannery Row*. New York: Viking Press, 1945.

———. *The Red Pony*. New York: Viking Press, 1945 (first complete edition) .

——. *The Pearl.* New York: Viking Press, 1947.

——. *The Wayward Bus.* New York: The Viking Press, 1947.

——. *A Russian Journal.* New York: The Viking Press, 1948.

——. *Burning Bright* (novel) . New York: Viking Press, 1950.

——. *Burning Bright* (play) . New York: Dramatists' Play Service, 1951.

——. *The Log from the "Sea of Cortez"* . New York: Viking Press, 1951.

——. *East of Eden.* New York: The Viking Press, 1952.

——. *Sweet Thursday.* New York: Viking Press, 1954.

——. *The Winter of Our Discontent.* New York: Viking Press, 1961.

——. *Travel with Charley in Search of America.* New York: Viking Press, 1962.

——. *America and Americans.* New York: Bantam Books, 1968.

——. *Journal of a Novel: The East of Eden Letters.* New York: Viking Press, 1969.

——. *Speech Accepting the Nobel Prize for Literature.* New York: Viking Press, 1962.

Steinbeck, Elaine & Robert Wallsten, eds. *Steinbeck: A Life in Letters.* New York: Viking Press, 1975.

TeMaat, Agatha. *John Steinbeck: On the Nature of the Creative Process in the Early Years.* Lincoln: University of Nebraska, 1975.

Tibbetts, John C. ed. *Novels into Film.* New York: Checkmark Books, 1999.

Timmerman, John H. *John Steinbeck's Fiction: The Aesthetics of the Road Taken.* Norman and London: University of Oklahoma

Press, 1986.

——. *The Dramatic Landscape of John Steinbeck's Short Stories*. Norman: Oklahoma University Press, 1990.

The Holy Bible. Revised Standard Version. Zondenvan Publishing House, 1976.

Thorp, Wilard. *American Writing in 20th Century*. Cambridge: Harvard University Press, 1960. Wagner, Geoffrey. *The Novel and the Cinema*. Granbury, New Jersey: The Associated University Press, Inc. 1975.

Wakcutt, Charles Child. Ed. *Seven Novelists in the American Naturalist Tradition*. Minneapolis: University of Minnesota Press, 1963.

Western, Jessie L. *From Ritual to Romance*. New York, 1920.

Whitebrook, Peter. *Staging Steinbeck: Dramatizing "The Grapes of Wrath"*. London: Cassell, 1988.

Zola, Emile. *The Experimental Novel*. In: *The Experimental Novel and Other Studies*. New York: Cassell, 1893.

中文资料

爱德华·茂莱:《电影化的想像——作家和电影》,邵牧君译,中国电影出版社 1989 年版。

曾令富:《试析〈愤怒的葡萄〉的思想内涵》,载《外国文学评论》1998 年第 3 期。

常耀信:《漫话英美国文学》,南开大学出版社 1987 年版。

常耀信:《美国文学史》(上),南开大学出版社 1998 年版。

常耀信主编:《美国文学研究评论选》(上、下),南开大学出版社 1992 年版。

戴维·洛奇:《小说的艺术》,王峻岩等译,作家出版社 1998 年版。

丹纳：《艺术哲学》，傅雷译，人民文学出版社 1986 年版。

邓烛非：《电影蒙太奇概论》，中国广播电视出版社 1998 年版。

丁柏铨、周晓扬：《新时期小说思潮和小说流变史》，南京大学
　　出版社 1990 年版。

董衡巽：《论斯坦贝克的兴与衰》，载《外国文学评论》1996 年
　　第 1 期。

方杰：《斯坦贝克〈蒙特雷小说〉中的人生哲学》，载《外国文
　　学评论》1999 年第 2 期。

方杰：《约翰·斯坦贝克与 30 年代的美国——斯坦贝克〈工人
　　三部曲〉研究》，博士论文，2000 年。

弗吉尼亚·伍尔夫：《论小说与小说家》，瞿世镜译，上海译文
　　出版社 2000 年版。

高尔基：《高尔基论文学续集》，人民文学出版社 1983 年版。

郭继德：《美国戏剧史》，河南人民出版社 1993 年版。

桂青山：《现代小说创作学》，香港：新世纪出版社 1992 年版。

海德格尔：《人，诗意地栖居》，郝园宝译，广西师范大学出版
　　社 2000 年版。

河竹登志夫：《戏剧学概论》，陈秋峰等译，中国戏剧出版社
　　1983 年版。

黑格尔：《美学》，朱光潜译，商务印书馆 1981 年版。

胡日佳：《俄国文学与西方》，学林出版社 1999 年版。

胡经之主编：《西方文艺理论名著教程》（上、下），北京大学出
　　版社 1988 年版。

华莱士·马丁：《当代叙事学》，伍晓明译，北京大学出版社
　　1990 年版。

拉尔夫·沃尔多·爱默生：《爱默生集》（上、下），赵一凡译，
　　三联书店 1993 年版。

老舍：《论剧作》，人民文学出版社 1979 年版。

雷纳·韦勒克：《近代文学批评史》（1—4卷），杨自伍译，上海译文出版社 1997 年版。

李赋宁等主编：《欧洲文学史》（三卷），商务印书馆 1999 年版。

理查德·皮尔斯：《激进的理想与美国之梦》，卢允中译，上海外语教育出版社 1996 年版。

《莎士比亚全集》，梁实秋译，内蒙古文化出版社 1995 年版。

《列夫·托尔斯泰文集》第 14 卷，人民文学出版社 1992 年版。

柳鸣九主编：《二十世纪现实主义》，中国社会科学出版社 1992 年版。

罗伯特·E. 斯皮勒：《美国文学的周期》，王长荣译，上海外语教育出版社 1996 年版。

罗京娜：《陀思妥耶夫斯基的小说和戏剧》，莫斯科：科学出版社 1984 年版。

罗伯特·迪莫特编：《斯坦贝克日记选》，邹蓝译，百花文艺出版社 1994 年版。

吕新雨：《神话、悲剧、〈诗学〉》，复旦大学出版社 1995 年版。

马尔克姆·布雷德伯里、詹姆斯·麦克法兰编：《现代主义》，胡家峦等译，上海外语教育出版社 1992 年版。

马乔莉·博尔敦：《英美小说剖析》，林必果译，重庆出版社 1988 年版。

M. H. 艾布拉姆斯：《欧美文学术语词典》，朱金鹏等译，北京大学出版社 1990 年版。

米克·巴尔：《叙述学：叙事理论导论》，谭君强译，中国社会科学出版社 1995 年版。

诺思洛普·弗莱：《伟大的代码——圣经与文学》，郝振益译，北京大学出版社 1998 年版。

欧纳斯特·林格伦：《论电影艺术》，何力等译，中国电影出版社 1979 年版。

彭启华：《现实主义反思与探索》，武汉大学出版社 1992 年版。

皮埃尔·布吕奈尔：《19 世纪法国文学史》，郑克鲁等译，上海
　　人民出版社 1997 年版。

普多夫金：《论电影的编剧、导演和演员》，中国电影出版社
　　1980 年版。

乔治·布鲁斯东：《从小说到电影》，高骏千译，中国电影出版
　　社 1981 年版。

冉欲达、李承烈编著：《文艺学概论》，辽宁人民出版社 1984 年
　　版。

佘江涛、张瑞德等编译：《西方文学术语词典》，黄河文艺出版
　　社 1989 年版。

申丹：《叙述学与小说文体研究》，北京大学出版社 1998 年版。

约翰·斯坦贝克：《愤怒的葡萄》，胡仲持译，外国文学出版社
　　1982 年版。

——，《烦恼的冬天》，吴均燮译，人民文学出版社 1982 年版。

——，《斯坦贝克中短篇小说选》（一），人民文学出版社 1983
　　年版。

——，《斯坦贝克中短篇小说选》（二），人民文学出版社 1984
　　年版。

——，《伊甸之东》，吴均燮译，人民文学出版社 1986 年版。

——，《愤怒的葡萄》（戏剧剧本），康柏译，（台湾）大光出版
　　社有限公司。

苏索才：《约翰·斯坦贝克其人其作》，载《外国文学》1996 年
　　第 1 期。

宋兆林主编：《诺贝尔文学奖文库：授奖与演说卷》（8），浙江
　　文艺出版社 1998 年版。

田俊武：《简论斯坦贝克的剧本小说》，载《外国文学评论》
　　1999 年第 1 期。

——，《剧本小说——一种跨文本写作的范式》，载《外国文学评论》2001 年第 1 期。

——，《论斯坦贝克〈人鼠之间〉的主题》，载《湖北民族学院学报》1999 年第 1 期。

汪义群：《当代美国戏剧》，上海外语教育出版社 1997 年版。

汪流：《电影剧作的结构样式》，中国广播电视出版社 1999 年版。

汪流主编：《电影剧作概论》，中国电影出版社 1986 年版。

王长荣：《现代美国小说史》，上海外语教育出版社 1996 年版。

王春元、钱中文主编：《美国作家论文学》，生活·读书·新知三联书店 1986 年版。

王先霈、王又平主编：《文学批评术语词典》，上海文艺出版社 1999 年版。

王世德主编：《美学词典》，知识出版社 1986 年版。

沃尔特·惠特曼：《草叶集》（上、下），楚图南译，人民文学出版社 1987 年版。

吴富恒、王誉公主编：《美国作家论》，山东教育出版社 1999 年版。

吴均燮：《谈谈斯坦贝克的创作》，载《外国文学》1982 年第 3 期。

吴林伯校注：《老子新解：〈道德经〉的释义与串讲》，京华出版社 1997 年版。

吴蓝铃：《小说言语美学》，警官教育出版社 1997 年版。

伍蠡甫主编：《西方文论选》（上、下），上海译文出版社 1979 年版。

徐岱：《小说形态学》，杭州大学出版社 1992 年版。

许南明、沈善主编：《电影艺术词典》，中国电影出版社 1986 年版。

《外国文学名著赏析词典》，浙江文艺出版社1989年版。

《外国文学名著词典》，湖南出版社1991年版。

《新旧约全书》，中国基督教协会印发，1994年。

亚里士多德：《诗学》，陈中梅译，商务印书馆1999年版。

杨仁敬：《20世纪美国文学史》，青岛出版社2000年版。

杨彩霞：《20世纪美国文学与圣经传统的同构研究——威廉·福克纳与约翰·斯坦贝克小说的基督视角》，博士论文，2002年。

叶尔米洛夫：《陀思妥耶夫斯基论》，上海译文出版社1958年版。

约翰·霍华德·劳逊：《电影的创作过程》，齐宇等译，中国电影出版社1985年版。

詹姆士·O.罗伯逊：《美国神话美国现实》，贾秀东译，中国社会科学出版社1990年版。

张寅德编选：《叙述学研究》，中国社会科学出版社1989年版。

《中国大百科全书·外国文学卷》（Ⅰ、Ⅱ），中国大百科全书出版社1982年版。

朱光潜：《西方美学史》（上、下），人民文学出版社2000年版。

Contents